THE WAY I AM NOW
AMBER SMITH

AUS DEM ENGLISCHEN ÜBERSETZT
VON ULRIKE BRAUNS

THE

AMBER SMITH

WAY

I AM

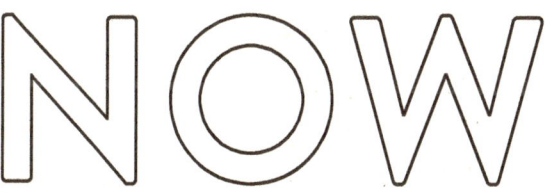

NOW

ISBN: 978-3985851430

1. Auflage 2023

Text © 2023 by Amber Smith
Umschlagfotos © 2023 by GETTY/Andy Roberts,
PhotoShop by Steve Gardner
Umschlag-Design by Debra Sfetsios-Conover © 2023 by Simon & Schuster, Inc.
Die Originalausgabe ist 2023 unter dem Titel THE WAY I AM NOW
bei MARGARET K. MCELDERRY BOOKS An imprint of
Simon & Schuster Children's Publishing Division erschienen.

Dieses Werk wurde vermittelt durch die Jenny Meyer Literary Agency, Inc.

© für die deutsche Ausgabe ADRIAN VERLAG
Adrian & Wimmelbuchverlag GmbH, Friedrichstraße 126, 10117 Berlin

Übersetzung: Ulrike Brauns
Interior-Design: Debra Sfetsios-Conover
Satz deutsche Ausgabe: Catherine Strefford
Korrektorat: Lara Krüger, Annerose Sieck

www.adrian-verlag.de

Dieses Buch behandelt Themen, die für manche Leser*innen verstörend sein können, dazu gehören Unterhaltungen über sexuelle und körperliche Misshandlung, Vergewaltigung, Suizid sowie Alkohol- und Drogenkonsum.

Für uns.
Uns alle – chaotisch und unperfekt –,
die wir es wagen zu wünschen,
zu hoffen, zu heilen.

ANMERKUNG DER AUTORIN

Liebe Leserin, lieber Leser,
als ich vor über zehn Jahren *The Way I Used to Be* schrieb,
dachte ich nicht, dass es je jemand lesen würde. Ich hatte
nicht damit gerechnet, dass ich etwas so Persönliches mit der
Welt würde teilen können. Ich schrieb es einfach für mich
selbst, um meine Gedanken und Gefühle als Betroffene und
als eine zu bearbeiten, die viele andere Betroffene von Gewalt
und Missbrauch kennt. Doch als ich dann zaghaft das, was
ich geschrieben hatte, mit engen Freund*innen teilte, wurde
schnell klar, dass diese Geschichte größer war als ich. Und so
wuchs meine Hoffnung, dass sie etwas Sinnvolles zur allgemeinen Diskussion beitragen könnte.

Ich hatte immer eine Vorstellung davon, wie es mit Eden
weiterging, als die Geschichte endete. Aber als ich das Ma-
nuskript Anfang 2015 fertigstellte, brachte ich es nicht über
mich, ein Ende zu schreiben, das ich in meinem tiefsten
Innern für unmöglich hielt. Gleichzeitig ertrug ich den
Gedanken nicht, Eden ein Ende zu bereiten, das ihr nicht
gerecht wurde. Deshalb endete das Buch so offen, nur mit
einer Hoffnung, einem Wunsch.

Edens Geschichte ist vieles, aber im Kern geht es darum,
die eigene Stimme zu finden. Ich habe meine gefunden,

indem ich sie schrieb. In den Jahren seit der Veröffentlichung habe ich den Mut und die Courage so vieler miterleben dürfen, die sich während der #metoo-Bewegung nicht haben zum Schweigen bringen lassen, die weiterkämpften, um wenigstens ein Quäntchen Gerechtigkeit zu bekommen. Zahllose Leser*innen haben sich an mich gewandt, um mir zu schildern, wie unfassbar tröstlich es für sie war, sich in Edens Geschichte wiederzufinden. Bestärkt von all diesen Stimmen schrieb ich in den folgenden Büchern über Liebe und Hass, Gewalt und Gerechtigkeit. Aber Eden ging mir nie wirklich aus dem Kopf. Immer wieder schlichen sich unvermittelt Ideen an, tippten mir auf die Schulter, flüsterten mir ins Ohr und wollten sich einfach nicht vertreiben lassen. Jetzt endlich, beflügelt von eurer Stärke und Verletzlichkeit, scheint das nächste Kapitel von Edens Geschichte – ein Neuanfang – möglich.

Alles Liebe
Amber

ERSTER

TEIL

APRIL

EDEN

ICH VERSCHWINDE SCHON WIEDER. Es fängt an den Rändern an, meine Gliedmaßen verschwimmen. Finger und Zehen werden ohne Vorwarnung taub. Ich greife nach dem Waschbecken, um mich zu stützen, aber meine Hände funktionieren nicht mehr. Meine Arme sind schwach. Jetzt wollen auch noch meine Knie nachgeben.

Als Nächstes folgt mein Herz, es pumpt schnell, aber unregelmäßig.

Ich will Luft holen.

Meine Lunge ist ein Zementblock, hart und schwer.

Ich hätte niemals zustimmen dürfen. Noch nicht. Es ist viel zu früh.

Ich wische mit der Hand über den Spiegel, aber mein Spiegelbild beschlägt sofort wieder. Ich ersticke an einem Lachen oder einem Schluchzen, ich kann es nicht sagen, weil ich wirklich verschwinde. Im buchstäblichen, im übertragenen Sinne – und allen dazwischen. Bin fast weg. Während ich die Augen zukneife, durchforste ich mein Gedächtnis nach der einen Anweisung, die sie mir für solche Momente mitgegeben hat.

Nenn fünf Dinge, die du siehst. Ich öffne die Augen. Zahnbürsten in einem Keramikbecher. Eins. Okay, alles okay.

Zwei: mein Handy auf dem Waschbeckenrand, eine Reihe von Nachrichten lassen das Display aufleuchten. Drei: ein Wasserglas, ebenfalls beschlagen. Vier: die braune Dose voller Tabletten, die ich so dringend nicht brauchen will. Ich schaue zu meinen Händen, die immer noch nicht aussehen wie sonst. Fünf.

Vier Dinge, die du spürst. Wasser, das mir aus den Haaren tropft, über Schultern und Rücken läuft. Glatte, leicht rutschige Fliesen unter meinen Füßen. Ein gestärktes Handtuch, das um meinen feuchten Körper geschlungen ist. Das Waschbecken aus Porzellan, kalt und hart unter meinen kribbelnden Handflächen.

Drei Geräusche. Das Surren des Lüfters, meine flache, leicht keuchende Atmung, die allmählich schneller wird, und ein Klopfen an der Badezimmertür.

Zwei Gerüche. Pfirsich-Sahne-Shampoo. Eukalyptus-Duschgel.

Ein Geschmack. Beißende Mint-Mundspülung mit einer leichten Kotznote, was mich gleich wieder würgen lassen will. Ich schlucke dagegen an.

»Verdammte Scheiße«, zische ich und wische noch mal über den Spiegel. Diesmal mit beiden Händen, eine über der anderen. Ich weigere mich, einzuknicken. Nicht heute. Ich balle die Hände zu so festen Fäusten, dass die Knöchel knacken. Ich atme ein, viel zu heftig, aber dann endlich bekomme ich Sauerstoff in die Lunge. »Dir geht's gut«, sage ich beim Ausatmen. »Mir geht's gut«, lüge ich.

Ich starre in den tiefschwarzen Abfluss, doch mein Blick driftet wieder zu der Pillendose. Also gut. Mit meinen nutzlosen Händen drehe ich den Verschluss ab und schüttle eine der kreidigen Tabletten auf die Handfläche. Ich schlucke sie. Und dann kippe ich das gesamte Wasserglas hinterher, kippe so schnell, dass mir kleine Rinnsale aus den Mundwinkeln laufen, den Hals hinunter. Ich mache mir nicht mal die Mühe, sie abzuwischen.

»Edy?« Das ist Mom, sie klopft erneut an die Tür. »Alles in Ordnung? Mara ist da, um dich abzuholen.«

»Ja, ich …« Kurz geht mir die Puste aus. »Ich bin fast fertig.«

JOSH

VOR VIER MONATEN WAR ICH das letzte Mal hier. Vor vier Monaten hab ich meine Eltern das letzte Mal gesehen. Vor vier Monaten war der Streit mit meinem Vater. Vor vier Monaten war ich das letzte Mal hier in meinem Zimmer. Ich bin erst wenige Stunden wieder zu Hause und habe meinen Vater noch nicht gesehen, aber schon jetzt das Gefühl zu ersticken.

Ich lege mich aufs Bett, lasse den Kopf ins Kissen sinken, und als ich die Augen schließe, kann ich sie einen Moment lang riechen. Denn das letzte Mal, als ich hier war, war sie bei mir, in meinem Bett. Keine Geheimnisse mehr zwischen uns. Ich drehe den Kopf, drücke mir das Kissen ins Gesicht und atme tiefer ein.

Mein Handy vibriert. Es ist Dominic, mein Mitbewohner, der meine Tasche gepackt und mich praktisch aus der Wohnung in sein Auto gezerrt hat, damit ich diese Woche nach Hause fahre. Früher oder später musste ich ja wieder herkommen.

Er schreibt: Ich mein's ernst. Du bist in 10 min fertig ... denk nicht mal dran zu kneifen!

Ich will antworten, aber jetzt hab ich das Telefon in der Hand und Eden im Kopf. Also schaue ich in unsere Nachrichten. Meine letzten drei sind noch immer unbeantwortet.

Ich hab lange nicht nachgesehen, lese sie jetzt wieder und frage mich, was ich Falsches geschrieben haben könnte. Ich hatte den Artikel über seine Festnahme gelesen und nachgefragt, wie sie mit alldem klarkommt. Sie daran erinnert, dass ich ihr Freund bin. Ihr gesagt, dass ich da bin, wenn sie etwas braucht. Irgendwas. Ein paar Tage später hakte ich nach, die Woche drauf noch mal. Hab sogar eine Sprachnachricht hinterlassen.

Das letzte, was ich schrieb, war: muss ich mir Sorgen machen?

Sie antwortete nicht, und ich wollte keinen Druck ausüben. Jetzt sind Monate vergangen, aber so ist es nun mal. Ich tippe ein simples hey und starre das Wort an. Die drei Buchstaben starren zurück, fordern mich heraus, auf SENDEN zu drücken.

Meine Zimmertür geht auf, weil zweimal kurz und heftig dagegen geklopft wird. Es folgt eine Pause, dann ein weiteres Klopfen. Mein Vater. »Josh?«, fragt er. »Du bist zu Hause.«

»Jup.« Ich lösche das Wort und lege das Handy mit dem Display nach unten aufs Bett. »Was gibt's?«

»Nichts, ich – ich … äh … wollte nur Hallo sagen.« Er steckt die Hände tief in die Taschen seiner Jeans und schaut mich mit klarem und aufmerksamem Blick an. »Ich hab dein Auto draußen gar nicht gesehen.«

»Dominic hat mich mitgenommen«, erkläre ich und merke, dass sich leise Wut meldet.

»Oh«, sagt er und nickt.

Ich nehme das Telefon wieder in die Hand, hoffe, er versteht den Wink.

»Hast du vielleicht einen Augenblick? Ich wollte mit dir reden. Über letztes Mal. Du, ich weiß, dass ich nicht für dich da war, als du …« Er zögert, sucht wohl den Rest des Satzes, der – wie ich annehme – ebenfalls nicht da ist.

Ich beobachte ihn genau, will wissen, ob er sich wirklich

daran erinnert, was beim letzten Mal los war. Ich treffe eine Abmachung mit mir: Wenn er sich auch nur an ein winziges Detail erinnert, bleibe ich heute Abend hier. Dann rede ich mit ihm, ganz wie er will. Ich sage ihm, dass ich ihm vergebe, und vielleicht meine ich das sogar ernst.

»Du weißt schon«, setzt er wieder an, »als du das alles bewältigen musstest.«

»Soll das eine Entschuldigung sein?«, frage ich. »Oder ist das Schritt neun? *Schon wieder*«, zische ich leise.

»Nein«, sagt er und zuckt leicht zusammen. »Ist es nicht, Josh.«

Ich seufze und lege das Handy wieder weg. »Tut mir leid, Dad«, sage ich, obwohl mir rein gar nichts leidtut. Aber er muss ja auch nicht ausgerechnet meinetwegen wieder zur Flasche greifen, nur wegen einer blöden Bemerkung. »Mann, ich …«

»Schon okay, Joshie.« Er hebt die Hände vor die Brust, schüttelt den Kopf und schluckt es einfach. »Ehrlich. Ich hab's nicht anders verdient.« Er weicht ein paar Schritte zurück, damit er sich am Türrahmen festhalten kann, als bräuchte er etwas zum Anlehnen. Er öffnet den Mund, will wohl noch was sagen, aber die Türklingel unterbricht ihn. Ich höre Mum unten, die mit Dominic spricht.

»Ich weiß nicht, warum ich das gesagt habe.« Ich versuche noch mal, mich zu entschuldigen. »Tut mir leid.«

Schon okay, formt er mit den Lippen, dann schaut er in den Flur und begrüßt Dominic wie der perfekte Vater, der er manchmal tatsächlich ist. »Dominic DiCarlo, wie er leibt und lebt! Läuft ja auf dem Spielfeld gerade bestens für dich, wie ich höre.« Was er nicht sagt: Wie kacke es für mich gerade auf dem Spielfeld läuft – muss er auch nicht, wissen wir eh alle. »Und passt noch dazu auf den hier auf«, fügt er auf seine gutmütige Art hinzu.

»Aber hallo«, scherzt Dominic und schüttelt Dads ausgestreckte Hand. »Einer muss es ja machen.« Er ist bestens gelaunt und alles, bis er mich sieht. Ich nehme gerade mein Käppi ab und versuche, mein Shirt glatt zu streichen. »Mann, du bist ja noch nicht mal annähernd fertig.«

EDEN

MEINE HÄNDE ZITTERN NICHT MEHR, als ich nach dem
Türknauf greife. Als ich in Maras Wagen Mascara auftrage.
Als Steve auf der Rückbank neben mich rutscht, seine Finger
mit meinen verschränkt und mit einem lieben Lächeln sagt:
»Hab dich vermisst.«

Mein Herz schlägt langsamer, weil das Medikament den
Weg in meinen Blutkreislauf gefunden hat. Und auch wenn
ich weiß, dass diese vermeintliche Gelassenheit nicht echt
ist, so hilft sie mir, das für meine Freunde tun zu können.
Ausgehen und ein letztes Mal so zu tun, als wäre alles normal, bevor ich die nächste Bombe platzen lasse. Also lüge
ich und sage: »Ich dich auch.«

Maras Freund, Cameron, steigt auf den Beifahrersitz
und knallt die Tür zu. Er gibt Mara einen Kuss, wirft dann
einen Blick zu mir nach hinten und sagt: »Wahrscheinlich
verpassen wir jetzt die Vorband.«

»Verpassen wir nicht«, verteidigt mich Steve, lehnt sich
dann zu mir und küsst meine nackte Schulter. »Ich bin
froh, dass du dich aufgerafft hast.«

»Ja, ich auch«, sage ich mechanisch und fürchte, ich müsste
das ernst meinen.

»Es wurde echt Zeit, dass du mal wieder vor die Tür

kommst«, sagt er.

»Mein Reden, Steve«, meldet sich nun auch Mara zu Wort und grinst breit.

»Sieh das heute Abend einfach als Neuanfang«, fährt er fort. »Morgen kommst du wieder zur Schule, und dann können wir die letzten beiden Monate unseres letzten Schuljahres genießen. Endlich. Das haben wir echt verdient!«

»Ja, verdammt, das haben wir!«, stimmt Cameron zu.

Sie verhalten sich, als hätte ich gerade eine schlimme Grippe überwunden oder so was. Als könnte jetzt, wo ich keine Geheimnisse mehr habe, alles wieder magisch zur Normalität zurückkehren, wo immer die mal gewesen sein sollte. Als wäre der Schulabschluss nicht das letzte, was mich gerade beschäftigt. Aber vielleicht haben sie ja auch recht, und ich sollte zumindest versuchen, den ganzen anderen Scheiß zu ignorieren und die nächsten zwei Monate lang eine normale Teenagerin sein – solange ich noch kann.

»Cameron«, sage ich laut genug, um die Musik zu übertönen, und sie alle schauen mich an. »Wir haben die Tickets doch nicht für die Vorband gekauft, oder? Selbst wenn wir zu spät sind, ist das doch okay.«

Ehrlich gesagt sind mir beide egal, Vor- und Hauptband, aber ich schulde ihnen ein bisschen Enthusiasmus.

Er verdreht die Augen, wendet sich ab und flüstert: »*Ich habe die Tickets gekauft, falls du das vergessen hast.*« Cameron ist der Einzige, der nicht plötzlich nett zu mir ist, sich nicht verstellt, wegen allem, was passiert ist, worüber ich sonderbarerweise dankbar bin. »Kannst mir das Geld dafür gern jederzeit geben.«

Irgendwie muss Mara über unsere Kabbelei grinsen, und Steve drückt meine Hand etwas zu fest. Beide sehen das wohl als Zeichen, dass ich meinen Kampfgeist doch nicht vollends verloren habe. Ich räuspere mich, setze an zu der sensibilisierenden Erklärung, die ich diese Woche mit meiner Therapeutin erarbeitet habe.

»Also, hört mal«, sage ich. »Ich wollte nur … Nun, ihr wisst ja, es ist vier Monate her, dass ich unter Leuten war, kann also sein, dass ich nervös werde oder …«

»Ist alles okay«, unterbricht mich Steve und zieht mich an sich. »Mach dir keine Sorgen, wir sind doch da.«

»Klar, ich will euch nur darauf vorbereiten, dass ich vielleicht mal eben eine Pause brauche und kurz an die Luft muss oder so. Falls das so ist, dann ist das kein großes Ding, mir geht es gut, ihr müsst euch also keine Sorgen um mich machen oder überlegen, ob wir besser aufbrechen oder so was.« Das hörte sich holpriger an als in den Probedurchläufen, aber immerhin hab ich gesagt, was ich sagen musste. Grenzen gesetzt.

Schon spüre ich wieder seinen verschreckten Blick auf mir und auch Mara betrachtet mich verstohlen über den Rückspiegel.

»Ich sage ja nicht, dass es dazu kommt, aber vielleicht halt doch. Schwer vorherzusehen«, füge ich hinzu, damit sie aufhören, mich so anzusehen. »Aber ich könnte mich natürlich auch einfach betrinken, dann haben wir garantiert die beste Zeit.«

»*Edy*«, mahnt Mara, und Steve ruft: »Nein!«

»Scherz«, sage ich grinsend. Es ist auch vier Monate her, dass ich was Schlimmes gemacht hab. Obwohl meine Therapeutin jetzt anmerken würde, ich solle »schlimm« durch »ungesund« ersetzen. Ich habe weder getrunken noch rumgevögelt noch gekifft oder sonstiges genommen. Abgesehen von den Tabletten, aber ehrlich gesagt verstehe ich nicht, wieso ausgerechnet die Tabletten, die ich jetzt nehme, wenn mich alles überwältigt, besser sein sollen als der *ungesunde*

Kram. Wer entscheidet denn, was gut und was schlecht ist. Aber ich halte mich an die Regeln, weil ich gesund werden, gesund sein will. Wirklich.

Auf dem Weg vom Parkplatz zum Veranstaltungslokal kommen wir an einer Gruppe College-Studenten vorbei, alle halten Alkohol in den Händen und stehen um einen alten Holzpicknicktisch herum, der aussieht, als würde er nur stehen, weil er mit einer Seite an der Häuserwand lehnt. Zigarettenqualm wabert herüber und wirkt fast magnetisch auf mich. Ich sehe sie lachen und ihre Getränke verschütten. Wenn Steve meine Hand nicht so fest umklammert hielte, wenn jetzt nicht alles anders wäre, könnte ich mir gut vorstellen, mich zu ihnen treiben zu lassen und einen Platz zwischen ihnen zu finden, an dem sich leicht der Abend, die Nacht verbringen ließe.

Aber es *ist* eben alles anders. Diese Art von Leichtigkeit scheint es für mich nicht mehr zu geben.

An der Tür bekommen wir alle ein neonpinkes Bändchen mit der Aufschrift UNTER 21. Der Typ, der es mir ums Handgelenk bindet, streift dabei meinen Unterarm. Ich weiß, dass das nichts zu bedeuten hat, trotzdem fühlt es sich minimal übergriffig an, gleichzeitig ist es mir aber auch sonderbar egal.

Das Band sitzt zu straff. Ich ziehe daran, teste, ob es noch ein bisschen nachgibt, aber es ist aus diesem komischen Papier, das man nicht abreißen oder übers Handgelenkt quetschen kann.

Mara scheint ihrs nicht zu stören, also versuche ich, meins zu vergessen.

Musik dröhnt aus den Lautsprechern. Wohin ich auch blicke, überall wird gesoffen, gelacht, gerufen. Jemand rempelt mich an, und ich weiß, dass mein Körper irgendwie auf all das reagieren sollte. Mit so einem Adrenalinstoß wie früher, der das Herz kurz rasen, den Atem schneller gehen lässt. Aber nichts. Außer wieder diesem Gefühl zu verschwinden, allerdings folgt darauf diesmal keine Panikattacke. Ich habe einfach nur den Eindruck, nicht ganz da zu sein. Weshalb ich mich plötzlich frage, ob ich in diesem Zustand überhaupt einschätzen kann, ob ich mich in Gefahr befinde oder nicht.

Diesmal klammere ich mich fester an Steve, der uns den Weg zur Bühne bahnt. Mara nimmt meine andere Hand, und als ich nach hinten schaue, sehe ich, dass sie auch Camerons Hand hält. Sofort muss ich an den Kindergarten denken. Kleine Kinder, die eine Kette bilden, um sicher über die Straße zum Spielplatz zu kommen. Wie sehr ich es hasse, dass ich so was jetzt brauche.

»Alles okay?«, fragt Mara direkt in mein Ohr, während die Menge um uns immer dichter wird.

Ich nicke.

Ist es auch. Eigentlich. Während die Vorband spielt, ist alles okay. Ich schaffe es sogar, ein bisschen zur Musik zu wiegen. Kein Tanzen, kein Springen, keine Hüftbewegungen oder so was. Genauso wenig schließe ich die Augen und berühre meinen Freund, wie Mara das tut, bei der das so einfach aussieht. Es fühlt sich so anders an, es ist nicht der Alkohol, der mich benebelt, sondern das Medikament.

Als die Band – Steves Lieblingsband, wegen der wir hergekommen sind – die Bühne übernimmt, habe ich das Gefühl, langsam wieder aufzutauchen. Anfangs nur leicht. Mein Herz stolpert auf mir mittlerweile vertraute Art, dann fällt mir das Atmen schwer, der Bass hallt in meinem Schädel wider. »Alles okay«, flüstere ich, doch es ist so laut, dass ich nicht mal die Stimme in meinem Kopf verstehen kann. Ich lasse Steve los. Meine Hände fangen an zu schwitzen. Und plötzlich spüre ich jeden Teil meines Körpers überdeutlich, wo er von anderen Körpern berührt wird, die gegen mich stoßen.

Ich sehe mich um, zu schnell, nehme in mich auf, was ich beim Ankommen übersehen habe, alles auf einmal. Ich entdecke unsere Schulfarben, eine Jacke unserer Schulmannschaft wird vom Scheinwerfer erleuchtet. Sofort wird mir die Brust eng – ich weiß nicht, wieso ich nicht damit gerechnet habe, anderen aus der Schule zu begegnen. Wir sind ja schließlich auch hier. Aber dann sehe ich ihn, wie er immer wieder im flackernden Licht aufblitzt, den Kopf lachend in den Nacken gelegt. Der Sporttyp. Einer von Joshs Kumpels.

Nein, ich bilde mir das nur ein. Schließe kurz die Augen. Neustart.

Aber als ich sie wieder öffne, ist er noch immer da. Das ist definitiv der Sporttyp. Der Kerl, der einmal nach der Schule an meinem Spind auf mich gewartet hat. Und mich dann durch den Flur jagte. Der Typ, der mir Angst einjagen wollte, der wollte, dass ich dafür büße, dass mein Bruder Josh zusammengeschlagen hat. Ich schaue wieder nach vorn, zur Bühne. Jetzt ist jetzt. Das andere ist vorbei. Trotzdem kann ich mir nicht helfen, ich schaue noch mal zu ihm. Schließe wieder die Augen. Habe sofort seine Stimme im Ohr. *Wie ich höre, bist du so richtig versaut.*

In meinem Kopf hämmert es jetzt.

Ich räuspere mich oder versuche es zumindest. »Steve!«, rufe ich, doch er hört mich nicht. Also berühre ich ihn an der Schulter, sofort sieht er mich an. Ich lege die Hände rechts und links an meinen Mund, und er neigt sich zu mir, dass ich ihm regelrecht ins Ohr schreien kann: »Ich geh kurz raus.«

»Was?«, brüllt er zurück.

Ich deute zum Ausgang.

»Alles okay?«, ruft er.

Ich nicke. »Ja, mir ist bloß komisch.«

»Was?«, brüllt er.

»Kopfschmerzen«, brülle ich zurück.

»Soll ich mitkommen?«

Ich schüttle den Kopf. »Schon okay.«

Er schaut zwischen mir und der Bühne hin und her. »Sicher?«

»Ja, ist nur Kopfweh.« Aber ich glaube kaum, dass er mich versteht.

Mara bekommt mit, dass ich gehe, und packt mich am Arm. Sie sagt was, aber ich höre nichts.

»Nur Kopfweh«, signalisiere ich. »Bin gleich zurück.«

Sie öffnet den Mund, will wohl protestieren und nimmt noch meinen anderen Arm, sodass wir uns jetzt direkt in die Augen sehen. Doch dann – unerwarteter-, aber glücklicherweise – berührt Cameron sie sanft am Handgelenk, weshalb sie mich loslässt. Er nickt mir zu und sorgt dafür, dass Mara bei ihm bleibt.

Ich schiebe mich durch die kleinen Lücken, die sich zwischen den fremden Körpern bilden. Angestrengt halte ich den Atem an, während ich mich durch die Menschenmenge kämpfe. Mein Kopf dröhnt nun heftiger, im Takt der Musik, nicht in dem meiner Schritte, was mich aus dem Gleichgewicht bringt. Die Musik scheppert in meiner Brust. Irgendwann habe ich den schlimmsten Teil bewältigt und titsche nur noch wie eine Flipperkugel durch die Schlange der Leute, die vor dem Lokal anstehen.

Mir ist, als würde ich meinen Namen hören – trotz der Stimmen und Musik, die durch die Tür herausdringen.

Draußen marschiere ich geradewegs zum Parkplatz, und jetzt bin ich sicher, dass er meinen Namen ruft. Steve will immer der Märchenprinz sein. Aber, wenn er der Prinz ist, dann bin ich ja nur ein dummes Schneewittchen, bei der die Wirkung ihrer magischen Pillen nachlässt, der Zauber gebrochen ist. Ich trage doch nur wieder Lumpen, während der Ball ohne mich weitergeht. Aber ich gehöre hier auch nicht mehr hin, habe ich eigentlich nie. Schon da weiß ich, während ich versuche, meine Atmung zu beruhigen, während die kühle Luft auf den Schweiß an meinem Gesicht und Hals trifft, dass ich es unter keinen Umständen wieder dort hineinschaffen werde.

Ich schaue zum Himmel und atme tief ein, schließe beim Ausatmen die Augen. Ein und aus. Ein und aus, wie meine Therapeutin es mir gezeigt hat. Jemand tippt mir leicht gegen den Arm. »Ich hab doch gesagt, es ist alles in Ordnung, Steve.« Ich fahre herum. »Ich habe nur Kopf…weh.«

JOSH

DOMINIC BEKLAGT SICH DARÜBER, wie lang es dauert reinzukommen, wie viel wir schon verpasst haben. Er textet mit unseren Freunden, die schon drin sind – gerade sind es eigentlich eher *seine* Freunde. »Sie halten uns im hinteren Teil Plätze frei«, sagt er. Weil ich nichts erwidere, fügt er hinzu: »Hör schon auf.«

»Was mach ich denn?«

»Ich spür deine Grübelei doch bis hierhin.« Er schaut kurz von seinem Handy auf, es gibt den winzigsten Blickwechsel. »Hör auf.«

»Ich kapier einfach nicht, was an dieser Band so toll sein soll«, sage ich, tue so, als hätte ich wegen des Konzerts so miese Laune und nicht wegen der Situation mit meinem Vater. »Die waren also kurz mal Anfang der 2000er angesagt, und?« Ich zucke mit den Schultern.

»Und sie sind von *hier*«, betont er. »Wie wäre es mit ein bisschen Lokalstolz, du undankbarer Kerl!«

Ich schüttle den Kopf, weil ich weiß, dass ihm das eigentlich auch egal ist. Schließlich sind wir nicht deshalb hier, weder bei dem Konzert noch überhaupt zu Hause. Er trifft sich mit jemandem – derselben Person, mit der er die ganze Zeit textet –, will bloß nicht zugeben, dass er mich genau deshalb dabeihaben will.

»Wenn es nicht bald weitergeht, verpassen wir das ganze Konzert«, brummelt er, »vielleicht geht dein Wunsch also in Erfüllung.«

»Wir wären nicht so spät dran, wenn du mich nicht gezwungen hättest, mich umzuziehen.«

»Du kannst mir dankbar sein, dass ich dich so nicht auf die Straße gelassen habe«, schnaubt er, sieht mich an und steckt dann endlich sein Handy weg. »Manchmal bist du so unfassbar hetero. Dir ist nicht mal klar, wie glücklich du dich schätzen kannst, mich zu haben.«

Er will mir in die Haare fassen, um meine Frisur zu richten, doch ich schiebe seine Hand weg. »Im Ernst?«

»Man sieht noch, dass du vorhin ein Basecap aufhattest, Mann!« Er lacht und streckt noch mal die Hand aus. Ich weiche ihm aus und ramme dabei jemanden.

»Oh, Entschuldigung«, sage ich und kann gerade noch das Profil von dem Mädchen sehen, das sich an mir vorbeischiebt. Ich schaue zu Dominic. »War das …?«

»Wer?«, fragt Dominic.

Ich sehe ihr nach. Sie bewegt sich schnell Richtung Parkplatz. Sie hat die Haare anders, aber das ist sie, ich bin mir absolut sicher. Dieser Gang, die Art, wie sie die Arme vorm Körper verschränkt hält. »Eden?«, rufe ich, aber sie hört mich vermutlich nicht in diesem Lärm. »Ich bin gleich wieder da«, sage ich zu Dominic.

»Josh, lass es«, sagt er und packt meine Schulter. Aus seiner Stimme ist jede Ausgelassenheit gewichen. »Komm, wir sind fast drin …«

»Das seh ich«, sage ich und verlasse schon die Schlange. »Gib mir 'ne Minute, okay?«

»Josh!«, ruft er mir nach.

Mein Herz hämmert, während ich diesem Mädchen nachlaufe, das Eden ist oder nicht. Sie geht schnell, bleibt dann abrupt stehen.

Ich hole sie ein, da auf dem Parkplatz. »Eden?«, sage ich noch einmal viel leiser. Ich strecke die Hand aus, berühre ihren Arm. Ich weiß, dass sie es ist, bevor sie sich umdreht. Mein Körper hat sich ihren vor so langer Zeit so gut eingeprägt.

Sie fährt herum, faselt was von Kopfschmerzen.

»Du bist es wirklich«, sage ich stumpf.

Ihr Mund öffnet sich, verharrt eine Sekunde reglos, dann lächelt sie. Ohne ein Wort kommt sie zu mir, direkt zu mir, schmiegt sich an mich, ihr Kopf passt so perfekt unter mein Kinn wie immer. Keine Ahnung, warum mich das so überrascht, schließlich fühlt es sich so normal an, so als könnten wir gar nichts anderes tun, als uns so zu halten. Sie holt tief Luft, als wolle sie mich einatmen, und ich bohre meine Nase in ihr Haar – nur einen Moment lang, sage ich mir. Sie riecht so sauber und irgendwie süßlich, nach einer Frucht. Leise flüstert sie meinen Namen in mein T-Shirt, und da wird mir bewusst, dass ich vergessen habe, wie gut es sich anfühlt, wenn sie meinen Namen sagt. Ich schließe sie in die Arme, dabei berühren meine Fingerspitzen ihre nackten Oberarme. Es fühlt sich so vertraut an, so tröstlich, ich könnte ewig so stehen bleiben. Aber sie rückt ein Stück ab, die Hände an meinen Flanken schaut sie mich an.

»Du bist wirklich das Letzte, mit dem ich heute Abend gerechnet habe«, sagt sie, noch immer lächelnd.

Und egal wie besorgt und durcheinander und depressiv ich wegen allem war, was passiert ist, ich muss ihr Lächeln sofort erwidern. »Das Letzte?«, wiederhole ich. »Okay, aua.«

Da lacht sie, und es ist das schönste Geräusch der Welt. »Komm, du weißt, was ich meine.«

»Klar, weiß ich das.« Sie lässt mich los und verschränkt wieder die Arme vor der Brust, während sie einen Schritt zurückmacht. Ich stecke die Hände in die Hosentaschen. »Ich bin nicht so cool wie du. Schon verstanden.«

»So cool wie *ich*?«, wiederholt sie in fast singendem Ton.

»Ja, sicher. Also, ich meinte eigentlich: Was machst du hier? Müsstest du nicht am College sein?«

»Ferien.«

»Oh.« Sie schaut sich um und nickt zu der Menschenschlange vorm Eingang. »Musst du zurück?«

»Nein«, antworte ich viel zu schnell.

»Also, wenn du willst ...«, sagt sie, als ich ansetze mit: »Wir könnten ...«

»Sorry«, sagen wir genau gleichzeitig, weil wir einander unterbrochen haben.

Sie zeigt zu dem wackligen Picknicktisch an der Seite des Gebäudes. Wir schlendern nebeneinander hin, und ich mustere sie verstohlen. Möglich, dass sie ein bisschen zugenommen hat, seit ich sie zuletzt gesehen habe, sie wirkt irgendwie weicher, stärker und – Himmel, sie sieht einfach umwerfend aus. Ihr Gesicht, ihr Haar, alles. Da fällt mir auf, dass ich sie, seit ich sie kenne, nie in einem ärmellosen Oberteil, kurzer Hose und Sandalen gesehen habe. Wir waren nur in den kalten Monaten unterwegs, im Herbst oder Winter. Ihre nackten Arme und Beine zu sehen, die lackierten Fußnägel – alles, was ich eigentlich nur in meinem Zimmer kenne –, weckt eine sonderbare Sehnsucht nach den kühlen Jahreszeiten in mir. Ich will nicht, dass sie mitbekommt, dass ich sie anstarre. Aber es entgeht ihr natürlich nicht.

Statt mich darauf anzusprechen, senkt sie jedoch den Blick zu ihren Füßen und sagt: »Du hast also Ferien und dir fällt nichts Besseres ein, als nach Schnarchhausen, USA zu kommen?«

»Hey, Eden, ich hab nie einen Hehl draus gemacht, dass ich ein ziemlich schnarchiger Typ bin.«

Sie schubst mich spielerisch, was mein Verlangen, sie fest in die Arme zu nehmen, nur noch verstärkt.

Wir haben den Tisch erreicht, und während ich mich auf die Bank hocke, nutzt Eden sie als Stufe und setzt sich auf die Tischplatte. Ihre Beine sind so nah. Ich habe das dringende Bedürfnis, ihr Knie zu küssen, ihre Oberschenkel zu streicheln, meinen Kopf auf ihren Schoß zu legen.

Himmel, kann mein Hirn noch was anderes denken? Was stimmt denn nicht mit mir? Ich muss sofort damit aufhören. Also stehe ich abrupt auf und setze mich neben sie auf die Platte.

»Fühlt sich das komisch an für dich?«, fragt sie.

»Nein«, lüge ich. »Kein Stück.«

»Echt? Mich macht es irgendwie nervös, dich zu sehen. Glücklich«, fügt sie dann hinzu und fummelt am Saum ihres Shirts, »aber nervös.«

»Muss es nicht«, bringe ich gerade so heraus, weil mir das Herz bis zum Hals schlägt. Bei mir ist es keine Nervosität, es fühlt sich eher an, als wäre jeder einzelne meiner Nerven in ihrer Gegenwart aktiv. Sie schaut mich genau so an, wie sie mich immer angeschaut hat. Als würde sie mich wirklich sehen, und zum ersten Mal, seit unserem letzten Zusammentreffen, fühle ich mich nicht mehr so verloren. Und weil es immer so einfach ist, mit ihr zu reden, zu einfach, ihr meine ungefilterten Gedanken zu erzählen, zwinge ich mich, was anderes zu sagen.

»Du hast eine neue Frisur.«

Sie fährt sich mit der Hand durchs Haar, streicht es sich aus dem Gesicht. »Ja, ich erfinde mich neu.« Sie macht ein Geräusch – halb Lachen, halb Husten. Dann verdreht sie die Augen. »Oder so.«

»Mir gefällt's.«

Sie neigt den Kopf nach vorn und lächelt auf diese schüchterne Art, die sie immer zeigt – *zeigte* –, wenn ich ihr ein Kompliment machen will. Ihr Haar fällt ihr ins Gesicht. Ich strecke die Hand aus und streiche eine Strähne hinter ihr Ohr, wie ich es schon so oft getan habe. Mein Finger streift ihre Wange. Erst als sie mich ansieht, wird mir bewusst, dass ich das gar nicht mehr darf. »Entschuldige. Reflex oder so. Entschuldige«, wiederhole ich.

»Schon okay, du kannst mich berühren«, sagt sie, und sofort sitzt mir das Herz wieder im Hals, macht mich stumm. »Wir … wir sind doch jetzt Freunde, oder?«

Ich nicke, weil ich immer noch nicht sprechen kann. Es wäre um einiges leichter, mit ihr befreundet zu sein, wenn wir nicht so nebeneinandersäßen.

Sie räuspert sich und wendet sich mir mit dem ganzen Körper zu, schaut mich direkt an. Jetzt streckt sie die Hand aus, ihre Finger berühren kaum die Haare an meiner Stirn, dann lässt sie die Handrückseite über meine Wange gleiten. Wie gern würde ich mich richtig in die Berührung hineinlegen.

»Deine Haare sind länger«, sagt sie. »Und du lässt dir einen Bart wachsen.«

Jetzt bin ich es, der schüchtern und verlegen grinst. »Nicht absichtlich, hab mich bloß nicht rasiert.«

»Verstehe«, sagt sie und lächelt, während sie offenbar über was nachdenkt. »Gefällt mir aber. Ja. Sehr *College Josh*«, fügt sie mit tieferer Stimme hinzu.

Ich lache, und sie auch, schon schmilzt die ganze Anspannung zwischen uns weg. Mir ist klar, dass ich sie wieder viel zu lang anstarre, aber ich kann nicht anders. Mich macht das alles viel zu fertig. Auf eine gute Art.

»Was ist?«, fragt sie.

Ich muss mich zwingen, den Blick abzuwenden, und schüttle nur den Kopf. »Ach, nichts.«

»Was hat es dann mit dem ganzen Grinsen und Seufzen auf sich?«, fragt sie und malt mit dem Finger, der auf mich zeigt, einen Kreis in die Luft.

»Echt nichts. Wenn ich an dich denke, vergesse ich bloß immer irgendwie, wie lustig du sein kannst.« Wenn ich sonst an sie denke, hab ich eher vor Augen, wie traurig sie werden kann und wie viele Sorgen ich mir um sie mache. Aber sobald ich in ihrer Nähe bin, merke ich sofort wieder, dass in ihr genauso viel Licht wie Dunkelheit ist. Ich muss mir auf die Lippe beißen, damit ich das nicht laut ausspreche. Weil das nichts ist, was man zu dem Mädchen sagen sollte, in das man mal verliebt war, während man auf einem alten Picknicktisch hinter einem von Graffiti übersäten Gebäude sitzt, an dem in unregelmäßigen Abständen Betrunkene vorbeikommen und in dem eine Rockband spielt.

»Du denkst an mich?«, fragt sie, plötzlich ernst.

»Das weißt du doch.«

Stille breitet sich zwischen uns aus, über die ich nicht hinweggehe, weil ihr einfach klar sein *muss*, dass ich an sie denke. Wie kann sie das überhaupt fragen?

Ausnahmsweise ist es mal sie, die das Schweigen bricht. »Ich wollte dir zurückschreiben«, sagt sie, als hätte sie meine Gedanken gelesen. »Und ich hätte es tun sollen.«

»Warum hast du nicht?«

»Es gab irgendwie zu viel zu sagen …« Sie verstummt. »Zu viel für eine Textnachricht jedenfalls.«

»Du kannst doch aber auch immer anrufen.«

»Oh, definitiv zu viel für einen Anruf«, fügt sie hinzu, und obwohl mir nicht ganz klar ist, wie sie das meint, verstehe ich sie trotzdem, irgendwie.

»Ich dachte, du bist wütend auf mich«, gebe ich zu.

»Was? Wieso das denn?«, platzt es aus ihr heraus. »Wie könnte ich denn wütend sein? Auf *dich*? Du bist …« Sie unterbricht sich selbst.

»Ich bin?«

»Du …«, setzt sie an, holt dann aber noch mal Luft. »Du bist der beste Mensch, den ich kenne. Ich kann gar nicht wütend auf dich sein, außerdem hast du auch nichts falsch gemacht.«

Aber das ist es ja gerade, ich bin mir nicht mehr sicher, ob ich nicht doch was falsch gemacht habe. »Ach, keine Ahnung. Ich hab einfach gedacht, du bist nicht nur wütend auf mich, sondern auch traurig, vielleicht sogar enttäuscht von mir.«

»Wieso das denn?«

»Du weißt schon. Wegen letztem Mal.«

Sie schüttelt den Kopf sehr langsam, als wüsste sie es wirklich nicht. Also muss ich es aussprechen. »Weil ich dich geküsst hab«, verkünde ich also. »Ich habe darüber nachgedacht – extrem intensiv sogar. Und bei allem, was sonst so gerade los war in deinem Leben, war das vermutlich das Letzte, was du gebraucht hast. Und wegen allem, was ich zu dir gesagt hab. Das war an sich schon scheiße, aber zu dem Zeitpunkt noch mal mehr. Ich dachte, das war dir zu unangenehm …«

»Moment, Moment, Moment«, fällt sie mir ins Wort. »Ich dachte, *ich* habe dich geküsst.«

Ich weiß nicht, was ich darauf erwidern soll. Ich versuche, mich zu erinnern, wie wir vor vier Monaten in meinem Zimmer waren und plötzlich ein einziges Wirrwarr aus Händen und Mündern und Verzweiflung und Erschöpfung und allen erdenklichen Gefühlen, und plötzlich bin ich mir nicht mehr sicher, wer eigentlich wen geküsst, wer zuerst wen berührt hat.

Doch ihr Lachen unterbricht meine Gedanken. Es ist laut und klar. »Und ich dachte die ganze Zeit, ich bin die, die unmöglich war.«

»Unmöglich?« Jetzt muss ich auch lachen. »Wie kommst du denn darauf?«

»Weil ich dich geküsst habe, nachdem du sehr deutlich gemacht hast, dass du eine Freundin hast – was ziemlich Ernstes«, fügt sie ausgerechnet das blöde Wort hinzu, das ich selbst benutzt habe. »Mensch, da hätte ich mir ja ordentlich viele Schuldgefühle sparen können, wenn ich gewusst hätte, dass du die ganze Zeit verantwortlich warst.«

Sie meint das ironisch, klar, aber dieses Wort. *Schuld*. Sie bleibt kurz daran hängen, als wäre es ein Dorn. Es ist kein Wort, das man einfach so benutzt, wenn es dafür keinen unterschwelligen Grund gibt. Aber ich weiß, dass dies nicht der richtige Zeitpunkt ist, ihr die Wahrheit über meine Freundin – *Ex*-Freundin – zu sagen. Oder dass wir uns in jener Nacht getrennt haben, ziemlich genau *wegen* jener Nacht.

»Alles meine Schuld«, sage ich also und lache mit ihr. »Ich übernehme die volle Verantwortung.«

Auf der anderen Seite der Gebäudewand wird laut gejohlt, aber da drin kann kaum etwas Aufregenderes passieren als gerade hier draußen.

»Fuck, Josh.« Sie reißt die Arme in die Luft. »Wenn das mal nicht typisch für uns ist.«

Typisch für uns. Ich komme nicht damit klar, wie sehr ich den Klang dieser Worte liebe.

EDEN

WIE FREMD SICH DAS ANFÜHLT, das Lachen, die Leichtigkeit. Macht mich total hibbelig, aber auf eine angenehme Art. Wie eine Koffeinüberdosis oder so. Mit ihm hier zu sitzen, zu reden, fühlt sich so unwirklich an, als hätte ich es mir ausgedacht – mir *ihn* ausgedacht. Als würde ich träumen oder halluzinieren oder so. Weil ich einfach nichts dringender brauche als genau das. Mit Josh. Und – bei Gott – ich bin es echt nicht gewöhnt zu bekommen, was ich brauche.

»Du machst einen guten Eindruck, Eden«, sagt er, aber sein Lächeln erstirbt.

»Ja.« Ich nicke, kann mich aber nicht überwinden, ihm in die Augen zu sehen. »Hmhmmm.« Kann nur nicken. Unterstützend.

»Du machst einen guten *Eindruck*«, wiederholt er, und ich merke, dass dies mehr Frage als Bemerkung war, aber noch will ich die Leichtigkeit nicht ziehen lassen.

»Ja, sagtest du bereits.« Ich versuche, einfach weiter zu scherzen, wie wir das halt so machen, aber er betrachtet mich ganz genau, blinzelt ein bisschen, als wollte er etwas in der Ferne erkennen, dabei schaut er mir direkt in die Augen. Ich konzentriere mich auf meine Hände, statt auf ihn.

»Eden«, sagt er leise.

»Was denn?«

»Geht es dir denn gut?«, fragt er schließlich.

Ich zucke mit den Schultern. »Klar. Also, mir geht's besser, glaub ich. Mache jedenfalls keine verrückte Scheiße mehr, immerhin.« Ich hoffe mal, er weiß, dass ich mit »verrückter Scheiße« meine, dass ich mich nicht mehr heillos besaufe und wild durch die Gegend vögel. »Oh, und mit dem Rauchen hab ich aufgehört«, füge ich noch hinzu.

»Echt?« Er lächelt. »Herzlichen Glückwunsch. Ich bin beeindruckt.«

»Danke. Ist aber echt scheiße.«

»Das meinte ich trotzdem nicht«, sagt er. »Ich will wissen, wie es dir geht. Ist alles so weit okay?«

»Es ist nicht so als hätte ich die Wahl, nicht okay zu sein. Aber ich gebe mir M-mühe«, stammle ich. Himmel. Das ist nun wirklich keine schwierige Frage, aber beantworten kann ich sie offenbar trotzdem nicht.

»Okay, aber wie geht es dir *wirklich*?«

Er lässt mich nicht davonkommen, er will, dass ich es ausspreche.

»Was willst du denn hören? Mir geht es nicht gut, Josh«, platzt es aus mir heraus, fast brülle ich ihn an, aber ich kriege gerade noch die Kurve. »Sorry. Aber es stimmt, mir geht es nicht gut. Okay?«

»Okay«, sagt er leise. »Keine Sorge, ich fange jetzt keine Diskussion an. Ich möchte nur, dass dir klar ist, dass du mir nichts vorspielen musst. Mehr will ich gar nicht.«

»Ich spiele dir nichts vor«, sage ich. »Du bist der einzige Mensch, dem ich nichts vorspiele, also …« Ich beende den Satz nicht.

Josh öffnet den Mund, als wollte er noch was sagen, aber dann kommt er plötzlich einfach nur näher. Für den Bruchteil einer Sekunde denke ich, er will mich küssen. Mein Herz fängt an zu rasen. Aber dann zieht er nur das Handy aus der hinteren Hosentasche. Während er aufs Display schaut, kann ich nichts anderes denken, als dass ich den Kuss erwidert hätte. Wieder. Immer. Obwohl Steve gleich um die Ecke ist. Obwohl Joshs Freundin irgendwo ist. Ich hätte ihn erwidert.

»Vermisst dich jemand?«, frage ich und hoffe inständig, dass dieser Jemand nicht besagte Freundin ist – dass er mich nicht hier zurücklässt, um stattdessen bei ihr zu sein, obwohl er das sollte. »Musst du los?«

Bitte sag nein.

Er schaut kurz auf, während er eine Nachricht tippt. »Nein, ich schreib nur meinem Kumpel, dass ich hier draußen bin.« Er legt das Handy mit dem Display nach unten auf den Tisch und sieht mich dann mit diesen Augen an, in denen ich im Lernraum am ersten Schultag der Zehnten das erste Mal versunken bin und aus denen ich seither nicht wieder ganz auftauchen konnte. »Und dich?«

»Wie? Mich?«, frage ich, weil ich mich nicht erinnern kann, worüber wir gerade noch gesprochen haben.

»Vermisst dich jemand?«

»Ich bezweifle es.« Ich drehe mein Handy so, dass ich das Display sehen kann. Keine Nachricht. Ich lege es ebenfalls mit dem Display nach unten zu Joshs. »Ich hab ihnen gesagt, dass ich an die frische Luft muss. Wurde bisschen klaustrophobisch da drin, und ich hab Kopfschmerzen von der Musik bekommen.« Dass ich den Sporttypen gesehen habe, lasse ich bewusst aus. Sonst wäre die Versuchung zu groß, ihm zu erzählen, was an jenem Tag passiert ist, und ich muss mich doch gerade konzentrieren – aufs Hier und Jetzt –, damit ich so viel davon aufsaugen kann wie möglich. »Bin gerade nicht so die Stimmungskanone.« Ich zucke mit den Schultern.

Er beobachtet mich beim Reden und streckt dann den Arm aus. »Darf ich mal kurz?«, fragt er und deutet zu meiner Hand.

Ich überlasse sie ihm und sehe zu, wie er vorsichtig seinen Daumen und Zeigefinger an der Hautstelle platziert, wo sich mein Daumen und Zeigefinger treffen. Dann drückt er zu.

»Das ist irgend so ein Druckpunkt«, erklärt er und quetscht fester. »Soll bei Kopfschmerzen helfen. Meine Mutter hat das bei mir gemacht, als ich klein war.«

Ich schließe die Augen, weil mir das plötzlich zu krass wird. Viel zu intim, viel zu real, viel zu einfach. Ich komm nicht klar. Meine Augen brennen, ich bekomme keine Luft. Ich könnte auf der Stelle losheulen, wenn ich es zulassen würde, und ich weiß nicht mal warum. Aber ich lasse es nicht zu. Lasse ich nicht.

»Drücke ich zu doll?«, fragt er, für einen Moment lockert er den Pinzettengriff.

Ich schüttle den Kopf, kann aber die Augen noch nicht öffnen.

»Sicher?«

Ich nicke.

Also drückt er wieder fester, schweigend.

Das ist das Gegenteil von Verschwinden. Ich bin anwesender als jemals zuvor. Alles andere verschwindet um mich, nur ich nicht. Nach ein paar weiteren Sekunden lässt er los. Nimmt meine andere Hand, wiederholt das Manöver. Als auch dort der Druck nachlässt, hole ich tief Luft, öffne die Augen und sehe ihn wieder an. Er betrachtet mich immer noch sehr genau.

»Wie fühlt sich dein Kopf jetzt an?«

Habe ich noch einen?, denke ich. Denn eigentlich spüre ich nichts als den Punkt, an dem seine Hände meine berühren. *Und das ist genau der Grund, weshalb ich dir nie geantwortet habe*, würde ich gern sagen. Aber das wäre nicht fair, besonders nicht im Licht all der anderen unfairen Dinge, die ich ihm schon angetan habe. Ist ja nicht seine Schuld, dass durch ihn der Schmerz oder sogar die ganze Welt verschwindet.

»Besser«, sage ich. »Danke.«

Wir schauen uns einfach weiter irgendwie träge in die Augen, und als ich merke, dass ich mich langsam zu der gedämpften Musik wiege, die durch die Mauer dringt, und mich frage, ob wir beide dasselbe nicht laut aussprechen, vibriert eins unserer Handys.

»Ist das deins oder meins?«, fragt er, nimmt seins in die Hand, und ich bin dankbar für die Unterbrechung. »Offenbar ist es deins.«

Steve: brauchst du mich?

Ich texte zurück: nein, alles gut

Er antwortet sofort: sicher?

Ja.

»Alles okay?«, fragt Josh. »Ich will dich nicht aufhalten … Also, ehrlich gesagt will ich das schon. Aber ich werde dich nicht aufhalten, wenn du zurückmusst.«

»Nein. Ich geh nicht wieder rein.« Ich lege das Handy wieder auf den Tisch und zupfe an dem Armband. »Eigentlich wollte ich gar nicht mitkommen … jetzt bin ich froh drüber.« Ich flirte nicht mit ihm, bin nur ehrlich. Glaube ich.

»Ich auch.«

»Bist du denn sicher, dass du nicht zurück zu deinen Leuten musst?«, frage ich.

»Ich vergesse die ganze Zeit, warum ich eigentlich hier bin. Aber irgendwie hast du diesen Effekt ja immer auf mich.«

Aber *er* flirtet vielleicht.

»Ich bin nicht ganz sicher, wie ich das verstehen soll«, sage ich. »Klingt nicht wie was Gutes.«

Er zuckt mit den Schultern. »Fühlt sich aber gut an.«

Wie er mich ansieht … Mein Gott, ich kann nicht atmen. Ich lache unfreiwillig, weil ich nur so Luft in die Lunge zu kriegen scheine.

»Warum lachst du?«, fragt er, dabei lacht er fast mit. »Ich meine das ernst.«

»Ich weiß«, sage ich. »Ich ja auch.«

Er nickt und versteht wohl, dass es mir langsam zu viel wird, denn er räuspert sich, setzt sich auf und wechselt das Thema, als hätte es eins gegeben. »Dann stehst du jetzt kurz vorm Abschluss?«

»Ja. Mehr oder weniger.«

»Mehr oder weniger?«

»Also, ja, ich stehe kurz vorm Abschluss, aber gerade gehe ich nicht zur Schule. Ich mach alles online.«

Ich sage ihm nicht, warum ich nicht zur Schule gehe. Dass ich in der ersten Woche nach den Winterferien einen Nervenzusammenbruch hatte – irgendein Typ rempelte mich an, als ich in der Mensa anstand, bloß war mir halt nicht klar, dass das alles war. Es fühlte sich nach mehr an. Als würde ich angegriffen. Und ich reagierte einfach nur, trat ihm gegen das Schienbein und warf mein Essenstablett auf ihn. Von allem, was ich so spontan machte, war mir *das* am unerklärlichsten. Aber so war es eben. Und dann bin weggerannt, hab mich in die hinterste Ecke der Mensa gedrückt und dort das Hyperventilieren angefangen, vor den Augen aller. Selbst die Lehrer hatten zu große Angst vor mir, niemand traute sich ran. Nur Steve. Er brachte mich zur Schulkrankenschwester und wartete mit mir, bis meine Mom kam, um mich abzuholen.

Ich kehre wieder ins Hier und Jetzt zurück, sehe Josh, der mich aufmerksam ansieht, eine Sorgenfalte auf der Stirn, die sich mit jeder Sekunde, in der ich nicht spreche, weiter zu vertiefen scheint.

Ich schüttle den Kopf, versuche, die Erinnerung loszuwerden, und rede weiter, als wäre ich nicht gerade gedanklich abgedriftet. »Ähm. Ich habe nicht vor, noch mal hinzugehen. Vielleicht bereite ich mich nebenher schon mal aufs Community College vor und versuche rauszufinden, was ich mit meinem Leben anfangen will.«

»Ganz ohne Druck und so.« Da ist es, sein schiefes Grinsen.

»Du sagst es.« Ich versuche zu lachen, aber es klingt hohl. Er nickt verständnisvoll, als würde er verstehen, warum ich von keinem der Colleges angenommen wurde, bei denen ich mich beworben habe. »Hab ich mir selbst zu verdanken, bei den Scheißnoten, die ich in den letzten Jahren nach Hause gebracht hab«, erkläre ich dennoch.

»Das ist ja nicht deine Schuld.«

Ich zucke mit den Schultern. »Irgendwie schon. Ich habe kaum für den SAT gelernt, und dann superüberstürzt einen Haufen schlechter Bewerbungen zusammengeschustert, damit sie noch rechtzeitig vor Bewerbungsschluss im Februar eingingen. Aus purer Verzweiflung. Aber …«

»Es kam noch keine Antwort?«, fragt er.

»Oh, doch, Antworten kamen.«

»Aber Community College ist ja nicht schlecht.«

»Ich weiß.« Ich seufze. »Das ist der Plan. Zumindest im Moment. Den Abschluss online machen und hoffen, meine Freunde vergeben mir, dass ich nicht mehr zur Schule komme. So ist es halt leichter.«

»Was genau ist leichter?«

»Schule an sich, würde ich sagen. Dass es online ist, weil …« Da wird mir klar, dass ich das Problem noch nie in Worte gefasst habe. Für jemand anderen. »Weil es echt hart ist, da zu sein. Ich glaube, ein paar Leute wissen, was los ist. Einfach durch die Verhaftung und den Prozess. Wissen, dass es was mit mir zu tun hat. Niemand sollte was über mich und

Mandy wissen. Amanda, meine ich. Das ist seine Schwester. Aber fucking Kleinstadt, alle reden. Es ist einfach hart.« Ich höre, dass meine Stimme zittert, und jetzt sieht er mich an, als würde ich gleich zusammenbrechen. Ich zucke mit den Schultern, als könnte ich das alles abschütteln.

»Ja.« Er nickt. »Kann ich verstehen.«

»Danke.«

»Wofür bedankst du dich?«

»Keine Ahnung, manchmal zweifle ich an mir. Und manchmal denke ich, ich müsste besser sein. Dankbar. Längst drüber hinweg oder so. Ich fürchte, meine Freunde kapieren es nicht. Die können das nicht nachvollziehen, insofern ist ein bisschen *Validierung* schön.« Das ist das Lieblingswort meiner Therapeutin.

»Aber sie wissen es doch, oder?«, fragt er. »Deine Freunde wissen, was passiert ist?«

Sofort ist da wieder ein Kloß in meinem Hals. Ich schlucke. »Ja. Ich glaube, sie kapieren bloß nicht, warum ich noch immer …« Warum bring ich denn keinen Satz mehr zu Ende?

»Nicht okay bist?«, beendet Josh ihn für mich.

Ich nicke, und jetzt kann ich es nicht länger unterdrücken. Meine Wangen werden rot, meine Augen füllen sich mit Tränen, meine Haut fühlt sich heiß an. Josh berührt mich erst an der Schulter, dann an der Wange und damit zieht er mir das letzte bisschen Boden unter den Füßen weg.

»Josh«, seufze ich und schiebe seine Hand weg. »Ich wollte heute Abend eigentlich nicht so zerbrechen.« Trotzdem sinke ich in seine ausgebreiteten Arme, schlinge einen Arm um ihn, presse die andere Hand gegen seinen Oberkörper. Es ist ein Reflex, wie er vorhin gesagt hat. Eine gute Gewohnheit, die ich nur zu gern wieder aufnehmen will. Ich schließe die Augen, lege die Wange an seinen Hals und spüre das Brummen seiner Stimme.

»Schon gut«, sagt er. »Du kannst ruhig zerbrechen, macht mir nichts aus.«

In dieser so zarten Umarmung begreife ich, dass mein Herz gerade gar nicht so wild schlägt, weil es bricht. Sondern weil es so stark ist wie seit Monaten nicht. Als ich den Mund öffne, um ihm das zu sagen, streifen meine Lippen sein Schlüsselbein, und ich lasse sie einen Augenblick zu lang dort verharren. Ich hoffe, er spürt meinen offenen Mund nicht, aber offenbar doch, denn seine Hand ist wieder an meiner Wange, wandert in meinen Nacken. Wenn ich jetzt die Augen öffne, werde ich mich nicht zurückhalten können, und er auch nicht, davon bin ich überzeugt … Gott, ey, warum enden wir immer genau hier, und warum ist es doch nie der richtige Zeitpunkt für uns?

»Alles okay«, sage ich und schiebe mich ein Stück weg. »Mir geht's gut. Wirklich.« Ich weiß nicht, ob ich damit mich selbst oder ihn überzeugen will.

»Okay«, flüstert er und hindert mich nicht daran, mich weiter von ihm zurückzuziehen.

»Mir geht es wirklich besser, als das gerade den Eindruck erweckt, das musst du mir glauben. Ich weiß nicht, was mich gerade so emotional macht.« Ich wage erst, ihn wieder anzusehen, als ich weit genug weg bin. Ziehe eine unsichtbare Linie zwischen ihm und mir auf dem Tisch, eine Armlänge Abstand zwischen uns. »Obwohl, vielleicht doch«, kommt mir über die Lippen, bevor ich es verhindern kann.

»Vielleicht doch?«

»Vielleicht weiß ich doch, was mich gerade so emotional macht«, antworte ich, dabei habe ich keine Ahnung, was ich ihm sagen werde. Wie viel von welcher Wahrheit.

»Was denn?«, fragt er und fügt dann schnell hinzu: »Also, nicht, dass ich eine Begründung bräuchte oder so.«

Du. Du bist der Grund.

Aber das sage ich nicht.

»Die Staatsanwältin hat sich Anfang der Woche bei uns gemeldet«, fange ich an. »Bei mir, Amanda und Gen – Gennifer heißt sie, glaube ich. Seine Freundin. Oder Ex-Freundin. Gennifer mit G. Mehr weiß ich eigentlich nicht über sie, aber ...«, stammle ich, stolpere über die Wörter, weil ich nicht weiß, ob ich darüber überhaupt mit ihm sprechen will.

»Dann gibt es was Neues zum Prozess?«, fragt er zögernd.

»Ja und nein«, erwidere ich. »Die Anhörung, die eigentlich jetzt im Frühjahr sein sollte, wurde verschoben. In den Sommer oder sogar Herbst.« Die SMS von Staatsanwältin Silverman verharrt immer noch unbeantwortet in meinem Handy. Genauso die Sprachnachricht von unserer Anwältin vom Frauenzentrum, die uns das Gericht zugeteilt hat. Lane heißt sie und in der Nachricht sagt sie, dass sie jederzeit erreichbar ist, wenn ich reden will. Ich schaue zu Josh auf, weil mir da erst auffällt, dass ich abrupt zu sprechen aufgehört habe.

»Mir tut das so leid«, sagt er, als würde er das wirklich ernst meinen.

»Ich schätze, Kev ...« Mein Mund lässt mich nicht weiterreden, bevor ich mich geräuspert habe. »Er hat so ein krasses, neues Juristenteam, das ihn vertritt.« Ich hole Luft, schaue zu meinen Händen in meinem Schoß und zupfe an dem Armband.

Josh streckt den Arm aus und legt die Hand über meine. »Das ändert doch nichts an dem, was er getan hat«, sagt er, und ich lasse das blöde Armband in Ruhe, nehme stattdessen seine Hand. Mir ist klar, dass ich sie zu fest halte, aber es scheint ihm nichts auszumachen.

»Ich frage mich allmählich, ob es irgendwann mal losgeht.« Ich sehe ihn an. »Ob es das überhaupt wert war.«

»Sag so was nicht. Natürlich ist es das wert«, versichert er mir und drückt dazu bestärkend meine Hand.

Ich nicke und zwinge mich dazu, seine Hand loszulassen, das muss ich ja früher oder später sowieso.

Es entsteht eine Pause. Er senkt den Blick, schaut dann zum Parkplatz, als würde er überlegen, was er sagen könnte. »Woher hat er denn das Geld für so ein Team?«, fragt er schließlich. »Sicher nicht von seinen Eltern – die würden doch nichts zahlen, wenn seine Schwester auch …« Er lässt den Satz verklingen, dabei würde ich supergern wissen, was er hätte sagen wollen.

Wenn seine Schwester auch … was? Eins seiner Opfer ist? Hätte er das Wort gewählt? Sieht er auch Gennifer als sein Opfer? Sehe *ich* sie so? Und ich? Bin ich sein Opfer?

»Nein, nicht von seinen Eltern«, sage ich. Ihre Eltern sind auf Amandas Seite, was mich immer noch zutiefst verwundert, schließlich weiß ich ja, wie gut Kevin darin ist, die Leute auf seine Seite zu ziehen. »Es ist so ein stinkreicher Absolvent – oder vielleicht sind es sogar mehrere –, die ihn nur zu gern unterstützen und es vermutlich nicht erwarten können, ihn in ihren Club aufzunehmen, wo sie dann drauf anstoßen, mit was sie alles davongekommen sind.« Ich will über meinen schlechten Witz lachen und zögere dann kurz, einfach, um mir Zeit zu geben, meine Gefühle wieder ein bisschen einzufangen. »Ach, eigentlich weiß ich das gar nicht so genau. Es hat irgendwas mit diesem Scheißbasketball zu tun und …« Da unterbreche ich mich selbst, reiße die Hand zum Mund. Manchmal vergesse ich, dass er ja Teil dieser Welt ist. »Entschuldige, ich wollte nicht …«

»Kein Grund, sich zu entschuldigen, du hast ja recht«, unterbricht er mich und schüttelt den Kopf. »Ehrlich, ich versteh dich. Scheißbasketball«, wiederholt er sogar mit noch mehr Verachtung und Verbitterung in der Stimme.

»Aber Basketball ist ja nicht *an sich* schlimm. Oder Sport im Allgemeinen. Nur … nur dieser Teil.«

»Ja«, sagt er irgendwie gepresst. Seine Augen werden schmal, und er starrt zum Parkplatz. »Der Teil, wo man nichts auf den Namen des Teams kommen lässt. Auf seinen Ruf, auf sein Image«, schnaubt er und macht immer wieder Gänsefüßchen in die Luft, als hätte er diese Phrasen schon zu oft gehört. »Tut mir leid, aber das ist einfach so eine Scheiße, ich kann das nicht mehr …« Aber auch diesen Satz spricht er nicht zu Ende. Er seufzt und reibt sich den Nacken. Offenbar ist dieses Thema für ihn ähnlich emotional wie für mich.

»Okay, reden wir darüber. Reden wir über *dich*. Bitte, im Ernst.«

»Mich?«, fragt er, hebt eine Schulter und schüttelt den Kopf. »Nein, ich will nicht über mich reden.«

»Du lässt mich immer viel zu viel über mich labern.«

»Bei mir gibt es halt nichts zu erzählen.«

»Oh, doch.«

Er sieht mich an, als hätte ich ihn erschreckt. »Warum sagst du das?«

Darauf habe ich nicht mal eine Antwort, aber seine Reaktion verrät mir, dass ich recht habe. Doch wir werden unterbrochen, bevor ich zu irgendwas ansetzen kann. Plötzlich quellen massenweise Leute aus dem Gebäude, kreischen, rennen durcheinander und zerstören unsere so vertrauliche kleine Bubble.

»Das Konzert kann doch unmöglich schon vorbei sein«, sagt Josh und greift zu seinem Handy, um auf die Uhr zu sehen.

Ich werfe einen Blick auf meins. »Es ist schon nach elf? Wie das?«

Und dann sehe ich die vielen Nachrichten.

Steve: kommst du wieder rein?
Mara: alles ok?
Steve: mache mir langsam Sorgen, alles ok?
Steve: antworte doch bitte
Mara: steve dreht durch
Mara: ich irgendwie auch
Steve: wo bist du?????

»Mist, die suchen mich«, sage ich zu Josh, während ich eine Nachricht tippe, aber sofort wieder lösche, weil ich nicht weiß, wer verständnisvoller wäre: Mara oder Steve. »Tut mir leid, ich wollte wirklich hören, was bei dir los ist.«

»Schon okay«, sagt er und wirft ebenfalls einen Blick auf sein Handy, bevor er es wegsteckt. »Ich glaube, meine Freunde sind auch sauer.«

»Gib mir die Schuld«, sage ich.

Er grinst nur und schüttelt den Kopf. »Niemals.«

Langsam sammeln sich Leute um den Tisch, verdrängen uns. »Wir gehen besser, oder?«, sagt Josh und springt vom Tisch. Dann hält er mir eine Hand hin.

Auch ich klettere vom Tisch auf den Bürgersteig und halte noch Joshs Hand, als ich mich umdrehe und direkt mit Steve zusammenstoße.

JOSH

DER TYP STEHT VIEL ZU NAH. Ich will ihm gerade sagen, dass er einen Schritt zurückmachen soll, da verrät mir seine Miene etwas, der Blick, der zwischen mir und Eden hin- und herhuscht, dann zu unseren Händen. Sie lässt mich viel zu schnell los.

Ich kenne den Blick, denn so gucke ich gerade vermutlich auch.

»Oh«, sage ich, während mein Hirn nicht hinterherkommt.

Er sagt, dass er sie gesucht hat. Sie macht einen Schritt weg von mir, und sofort legt er ihr einen besitzergreifenden Arm um die Schultern. *Meine*, schreit aus seinen Augen.

»Ähm, Josh, das ist Steve«, sagt Eden. »Steve, wahrscheinlich erinnerst du dich noch an Josh – der war auch mal auf unserer Schule.«

»Nein«, sagt der Typ – *Steve*.

Jetzt kommt noch ein Mädchen dazu und legt Eden von der anderen Seite einen Arm um. Die erkenne ich wieder, ich habe sie einmal getroffen. »Oh, mein Gott«, sagt sie, als sie mich erkennt.

Eden entfernt sich ein Stück von Steve, sinkt in den Arm ihrer Freundin. »Ich weiß nicht, ob du dich noch an …«

»Josh, klar. Hallo.«

»Hi, Mara, oder?«, bringe ich heraus.

»Ja«, antwortet sie grinsend. »Gutes Gedächtnis.« Dann lässt sie Eden los und zieht einen anderen Typen vor, der eine Hand hebt, kurz damit grüßt. »Das ist mein Freund, Cameron.«

»Oh, hi.« Keine Ahnung, wie ich es schaffe, noch zu sprechen, wo sie gerade noch so nah ist, aber gleich schon wieder weit weg sein wird, und ich nicht weiß, wann ich sie wiedersehen werde. »Ich glaube, wir hatten einen Kurs zusammen, oder? Bio vielleicht?«

»Chemie«, berichtigt er mich mit einem Nicken.

»Stimmt«, sage ich, aber ich kann mich kaum konzentrieren, weil Eden ihre Arme regelrecht bis zu den Fingerspitzen verknotet. Ich kann richtig spüren, wie unangenehm ihr das alles ist. Dieser Typ, *Steve*, nimmt ihre Hand, löst sie aus ihrer eigenen Umklammerung, und dann starrt er mich an, als wollte er sich prügeln. Ich kann's spüren, es strahlt richtig von ihm ab.

Hinter ihm entdecke ich Dominic in der Menge. Er kommt näher und schüttelt den Kopf. Dann reckt er die Arme in die Luft. »Du hast das ganze Konzert verpasst!«, brüllt er. Und weil er eine so tiefe, dröhnende Stimme hat und alle anderen überragt, wird er gleich aus allen Richtungen angeglotzt.

Als er bei mir ankommt und sieht, was los ist, wirft er mir einen *Hab-ichs-dir-nicht-gesagt*-Blick zu, in dem aber Mitleid mitschwingt.

»Dominic«, ich nicke ihm zu, froh, weil ich endlich etwas zu sagen habe. »Das ist …«

»Eden«, beendet er den Satz in so heiterem Ton, dass niemand ahnen würde, was er wirklich von Eden hält – oder eher von *mir* und Eden. »Schön, dich endlich kennenzulernen.«

»Oh«, sagt sie, wohl überrascht, dass er weiß, wer sie ist. Aber sie schenkt ihm ein Lächeln und nickt ihm zu. »Dich auch.«

Ich fahre mit der Vorstellungsrunde fort. »Und das sind Mara, Cameron und …« Ich schaue Steve in die Augen. Klar, das ist echt arschig von mir, aber er hält schließlich gerade ihre Hand. »Entschuldige, wie war noch gleich dein Name?«

Er zischt durch zusammengebissene Zähne: »Steve.«

»Ach ja, Steve.«

Dominic übernimmt, spricht über die Schule, über das Konzert, normale Sachen. Mit seiner üblichen Leichtigkeit. Ich starre derweil zu Boden, weil ich fürchte, irgendwas Dramatisches oder Dummes zu sagen, wenn ich sie noch mal ansehe. Wie: *Der Typ, Eden? Im Ernst? Wegen dem lässt du mich stehen? Diesem Kerl, der so offensichtlich eifersüchtig und besitzergreifend und wütend ist* – aber dann stocken meine Gedanken plötzlich. Beschreibe ich da gerade mich selbst? Vielleicht bin *ich* ja derjenige, der eifersüchtig und besitzergreifend und wütend ist.

Als ich doch aufsehe, ist ihr Mund leicht geöffnet. Ich wünschte, sie würde etwas sagen, irgendwas. Damit ich weiß, was sie denkt, damit ich weiß, was ich denken sollte. Denn für einen Moment dachte ich echt *vielleicht*. Aber jetzt sehe ich, wie sie Luft holt, aber bevor sie was sagen kann, wird sie von dem ganzen Trupp unterbrochen, mit dem wir verabredet waren. Ein paar alte Teamkameraden, ein paar Mädels, die mit uns den Abschluss gemacht haben, an die ich mich aber kaum erinnern kann. Sie rufen laut und winken. Eden schielt zu ihnen, und ich kann förmlich sehen, dass sie sich kleiner macht, in sich zurückzieht. Als sie mich wieder ansieht, habe ich den Eindruck, wir sind plötzlich so weit voneinander entfernt, dass wir uns nicht mal verstehen würden, wenn wir brüllen würden.

»Es gibt noch 'ne Afterparty«, erzählt Dominic und deutet zu der aufgekratzten Gruppe, die es augenscheinlich nicht erwarten kann, dass wir uns endlich weiterbewegen. »Ihr könnt gern mitkommen, wenn ihr wollt.«

Da meldet sich Steve zu Wort, spricht offenbar für alle: »Wir haben schon andere Pläne.«

Mara fügt schnell hinzu: »Aber danke.«

»Kein Ding«, sagt Dominic und schlägt mir gegen die Schulter, was mich endlich aus meiner Lethargie löst. »Wollen wir?«

Ich nicke, dabei könnte ich nicht weniger wollen.

»Eden?«, bringe ich raus. »Lass uns …« *Gehen. Es noch mal versuchen. Zusammen durchbrennen.*

»Lass uns bald mal treffen«, beendet sie den Satz für mich. Wie sehr ich wünschte, da wäre eine versteckte Botschaft in ihren Worten. Ich schaue ihnen nach, aber es ist einfach zu krass. Ich hab das Gefühl, von einer Naturgewalt auseinandergerissen zu werden, uns in der Strömung zu verlieren.

Eden dreht sich noch einmal um. Kurz stelle ich mir vor, dass sie zu mir gerannt kommt. Aber dann schaut sich auch Steve um, eine Warnung. Eden geht weiter und sieht nicht noch mal nach mir.

»Das war also die berühmt-berüchtigte Eden?«, fragt Dominic.

Aber ich finde meine Stimme erst, als sie außer Sichtweite ist. Ich habe das starke Bedürfnis, ihr nachzurennen. Angst packt mich wie bei unserer letzten Verabschiedung im Dezember. Als ich auf der Veranda stand und ihr nachsah, ohne zu wissen, ob ich sie je wiedersehen würde.

»Hey.« Dominic stupst mich an. »Alles okay? Wir können uns auch absetzen.« Er nickt zu unseren alten Schulfreunden. »Irgendwas anderes machen. Mit denen werden wir doch eh wieder nur saufen und irgendeinen Blödsinn anstellen. Das können wir ja auch ohne die.«

»Nein, nein«, sage ich. »Das musst du ja meinetwegen nicht verpassen.«

Er legt den Kopf auf die Seite, betrachtet mich genau und versucht, dabei nicht zu grinsen.

»Was denn?« Ich schüttle den Kopf. »So krass ahnungslos bin ich nun auch wieder nicht. Dein heimlicher Verehrer wird da doch rumspringen, oder?« Ich glaube, er heißt Luke, und das weiß ich eigentlich nur, weil D mich mal vermeintlich unauffällig gefragt hat, ob ich mich an ihn erinnern kann. Konnte ich nicht – der war ein Jahr unter uns. Aber ich weiß, dass er der eigentliche Grund dafür ist, dass Dominic nach Hause kommen wollte. Sie haben Onlinekontakt, aber Dominic hält ziemlich hinterm Berg – und seit wir am College sind, hält er eigentlich mit nichts hinterm Berg. »Dieser Luke, ne?«

»Wie raffiniert und aufmerksam du doch bist«, antwortet er.

»Ein anderer Grund dafür, dass du unbedingt diese Woche nach Hause kommen wolltest, ist mir nicht eingefallen.«

Dominic lacht und seufzt. »Ich fürchte allerdings, dass ich *sein* heimlicher Verehrer bin.«

»Oh«, sage ich. »Dann ist er noch nicht geoutet?«

»Unklar.«

Ich nicke. »Saufen und irgendwelchen Blödsinn anstellen, klingt jedenfalls großartig.«

»So ist's recht!«, sagt er etwas zu aufgedreht. »Dann los.«

Als wir zu unseren Leuten stoßen, werden wir mit offenen Armen, viel Rückengeklopfe, Gejohle und Geschubse empfangen. Eins der Mädels stellt sich mir vor, als ich an ihr vorbeikomme – ich meine, sie sagt, sie heißt Hannah –, und sieht mich an, als sollte ich gefälligst mit ihr flirten. Sofort hab ich einen bitteren Geschmack im Mund, von dem mir schlecht wird.

Das wird eine lange, bekloppte Nacht.

EDEN

DIE FAHRT ZU DEM 24-Stunden-Lokal ist unerträglich. Steve sitzt am anderen Ende der Rückbank und starrt aus dem Fenster. Mara und Cameron werfen verstohlene Blicke nach hinten.

»Mensch, ich hab vielleicht Kohldampf«, sagt Mara im Versuch, das Schweigen zu brechen. »Hoffentlich ist es nicht zu voll.«

Niemand reagiert.

Cameron und Mara wechseln einen Blick, dann fügt Cameron hinzu: »Steve, der Auftritt war Hammer, oder?«

Nichts.

Auch zwei Ampeln später schmollt Steve noch, ihm kommt praktisch der Qualm aus den Ohren, so wütend ist er, und tut so, als wäre das meine Schuld.

»Würdest du vielleicht mal was sagen?«, frage ich schließlich.

Da schaut Steve mich zum ersten Mal an. »Du kannst nicht einfach so verschwinden.«

Mach ich aber, denke ich. Ich verschwinde die ganze Zeit. Sogar gerade in diesem Moment. Eigentlich mache ich nichts anderes, wenn ich mit dir zusammen bin. Aber ich antworte: »Ich bin nicht verschwunden. Ich musste raus, und das hab ich dir gesagt.«

Er schüttelt den Kopf, als ergäbe das so keinen Sinn.

»Was?«, will ich wissen.

Kurz huscht sein Blick nach vorn, dann rückt er näher zu mir. »Warst du heute mit dem verabredet?«

»Das fragst du mich nicht wirklich, oder?« Ich spreche laut genug, dass ich auch vorn im Wagen verstanden werden kann.

»Du kannst mir wohl kaum vorwerfen, dass mir das ein bisschen zu bekannt vorgekommen ist«, sagt er noch immer leise, als wollte er *mich* nicht vor unseren Freunden bloßstellen.

Es dauert einen Augenblick, bis ich all meine Verfehlungen der letzten Jahre durchgegangen bin und wohl bei der Situation gelandet bin, auf die er sich bezieht. »Aha, darauf willst du hinaus? Okay, reden wir drüber.«

Meine Erinnerungen an diese Nacht sind verschwommen, aber die Höhepunkte weiß ich natürlich noch: Wir waren bei einer Party in einem Studentenwohnheim. Mara, Cameron, Steve und ich. Mara hat mich gedrängt, Steve eine Chance zu geben. Aber er war so unerträglich lieb zu mir da in diesem übervollen Flur, dass ich ihn mit jedem Schluck Alkohol abstoßender fand. Weil er irgendwie davon ausging, dass ich noch immer das unschuldige kleine Nerd-Mädchen war, mit dem er in der Fünften befreundet gewesen war. Also schickte ich ihn los, um mir einen Drink zu holen und angelte mir den erstbesten Typen, der mich ansah. Bis aus irgendeinem Grund mein Bruder aufkreuzte – an die Einzelheiten erinnere ich mich nicht mehr –, und wir uns vor versammelter Mannschaft anbrüllten. Ich war unfassbar betrunken und unfassbar gemein zu allen Anwesenden, so wurde es mir zumindest erzählt. Als ich meiner Therapeutin diese Geschichte schilderte, sagte sie, das klingt, als wäre das mein absoluter Tiefpunkt gewesen. Ich kann nur hoffen, dass das stimmt.

»Edy?«, fragt Mara von vorn. »Steve hat das sicher nicht so gemeint. Nicht wahr, Steve?«

Ich gehe da gar nicht drauf ein, weil er das definitiv so gemeint hat. »Dir ist schon klar, dass wir gar nicht zusammen waren, als das passiert ist, oder?«

»Okay, ist ja auch egal.« Er nimmt meine Hand, aber ich reiße sie weg. »Vergiss, dass ich überhaupt was gesagt habe.«

»Heute Abend, also an dem Abend, über den wir hier *wirklich* reden«, sage ich und gebe mir große Mühe, dass meine Stimme nicht zittert, »hat Josh gesehen, dass ich aus dem Lokal gelaufen bin und ist mir nachgekommen, um zu schauen, ob alles okay ist.«

»Mir hast du gesagt, ich soll nicht mitkommen«, erwidert er. »Mir hast du gesagt, alles ist okay.«

»Offenbar war nicht alles okay.« Wieso weiß Josh, dass nicht alles in Ordnung ist, während Steve – den ich ständig treffe, mit dem ich angeblich in einer Beziehung bin – keinen blassen Schimmer hat? »Du weißt, dass ich Panikattacken bekomme, dass ich dann das Gefühl habe, ich sterbe. Außerdem wusstest du genauso gut wie ich, dass ich niemals ein ganzes Konzert lang durchhalten würde, aber du hast mich trotzdem so lange unter Druck gesetzt, bis ich klein beigegeben habe, und jetzt ...«

Er fängt an zu lachen, aber nicht belustigt, sondern wütend, als wäre er mir moralisch überlegen, weshalb ich am liebsten die Tür aufstoßen und aus dem fahrenden Wagen springen würde, einfach nur um nicht länger neben ihm sitzen zu müssen.

»Was ist so witzig?«

»Du hast mir immer noch nicht geantwortet.«

»Werde ich auch nicht.«

»Leute!«, ruft Mara. »Ich muss mich aufs Fahren konzentrieren, und ich bekomme hier gerade Flashbacks, weil ihr so streitet wie meine Eltern kurz vor der Scheidung.«

»Echt, kannst du dich vielleicht mal abregen?«, mischt sich nun auch Cameron ein. Ich will sofort contra geben, aber dann wird mir bewusst, dass er gar nicht mich, sondern Steve meint. Er gibt ausnahmsweise mal nicht mir die Schuld.

Im Wagen ist es still, bis wir durch die Schlaglöcher auf den Parkplatz poltern, die Maras alten, braunen Buick zu zerreißen drohen. Sie setzt den Wagen in eine Parklücke, rammt den Hebel auf Park und fährt dann zu uns herum. »Wir gehen rein und nehmen uns einen Tisch. Ihr beide könnt gern hier draußen bleiben und streiten oder ficken oder sonst was machen. Ich bestelle mir so oder so einen Bananensplit. Hier, schließt ab, wenn ihr fertig seid.« Sie wirft den Schlüssel auf die Rückbank, und dann steigen die beiden aus und lassen uns allein.

»Dann streiten wir wohl«, sagt Steve, als hätte er nicht angefangen.

»Das andere machen wir jedenfalls definitiv nicht.«

»Klar.« Er schnaubt. »Wieso überrascht mich das jetzt nicht?«

»Was soll das denn heißen?«

»Das weißt du genau.«

»Nein, weiß ich nicht.«

»Ich bitte dich. Ich bin zwar kein brunftiger Collegekerl, aber …« Er stoppt mitten im Satz.

»Äh, warte, jetzt bin ich verwirrt. Ist das Problem, dass ich dir *zu* schlampig bin oder nicht schlampig genug?«

»Jetzt drehst du mir die Worte im Mund rum.«

»Mach ich nicht, ich will nur sicherstellen, dass ich dich richtig verstehe, *Stephen*«, füge ich hinzu und nutze seinen korrekten Namen, ganz so wie früher, als wir nur befreundet waren. »Machst du jetzt nur so ein Drama, weil ich dir letztens keinen blasen wollte?«

»Himmel, musst du das so formulieren?«, fragt er entsetzt flüsternd.

»Du weißt nämlich, dass es keinen denkbar schlechteren Zeitpunkt hätte geben können, mich danach zu fragen. Wir waren gerade in einem ersten Gespräch darüber, ob ich wieder zur Schule komme.«

»Ich weiß, und ich habe mich schon entschuldigt. Aber es ist ja nicht nur das.« Er verdreht die Augen und seufzt. »Wieso hab ich den Eindruck, dass du dich mehr für mich interessiert hast, als wir noch nicht zusammen waren?«

Ich muss mir auf die Lippe beißen, damit ich nicht grinse oder lache. Ich könnte ihm so wehtun, wenn ich wollte. Ich könnte ihm die Wahrheit sagen, dass ich mich eigentlich nie für ihn interessiert habe. Aber ich versuche ja, gut zu sein. Versuche, glücklich zu sein in dieser Beziehung mit einem Jungen angemessenen Alters, den meine beste Freundin mir aufgezwängt hat, weil sie findet, er ist der liebste Kerl, den wir kennen. In Wahrheit war er einfach nur da. Und ich war auch einfach nur da, so verzweifelt damit beschäftigt, normal zu sein. Ich dachte halt, vielleicht wäre das eine gute Idee.

»Als wir noch nicht zusammen waren«, setze ich an und überlege dabei, wie ehrlich ich sein kann, »habe ich mich für jeden interessiert, der einen Puls hatte.«

»Super.« Er steigt aus, steckt dann den Kopf zu mir herein und sagt: »Das ist wirklich super, vielen, vielen Dank.« Dann knallt er die Tür zu. *Zu ehrlich also.* Ich nehme den Autoschlüssel und folge Steve an den Rand des Parkplatzes, wo er mit dem Rücken zu mir steht.

»Steve!«, rufe ich und stapfe zu ihm. »Ich meinte das mehr so in die Richtung: Willst du wirklich, dass ich wieder so bin, wie bevor wir zusammen waren?«

Er fährt so schnell herum, dass ich den Impuls unterdrücken muss, schützend die Arme hochzureißen. »Hattest du Sex mit ihm?«, brüllt er mich an.

»Ist das dein Ernst? Wir haben nur geredet!«

»Nicht heute«, faucht er. »Hattest du mal Sex mit ihm?«

»Warum?«

»Weil er dich angesehen hat, als wäre …« Er ballt die Hände zu Fäusten, während er sich von rechts nach links dreht, als lägen die Worte, die ihm fehlen, auf dem Boden.

»Als wäre?«

Sein Gesicht zuckt vor Ekel, als er neu ansetzt. »Als wäre …« Und da entscheide ich, dass ich gar nicht wissen will, wie Josh mich angeblich angesehen hat, weil das sowieso keine Rolle spielt.

»Als wäre er besorgt?«, frage ich.

»Und *ich* war nicht besorgt? Ich hab dir den ganzen Abend über Nachrichten geschrieben, Edy!«, brüllt er.

»Okay, tut mir leid. Bitte, Steve, ich will nicht streiten.«

»Ich auch nicht.« Es entsteht eine Pause, und als er weiterspricht, ist er leiser. »Es ist nur – er hat deine Hand gehalten.«

»Er hat mir vom Tisch geholfen. Und wir haben uns nur unterhalten. Wir sind Freunde. Und das ist, was Freunde machen.«

Er schüttelt den Kopf, als wäre egal, was ich sage, eigentlich sieht er mich sogar so an, als würde ich lügen. Dann hätte ich Josh ja genauso gut küssen können, ganz wie ich wollte – allen eventuellen Partner*innen zum Trotz.

»Aber ihr wart mal zusammen, oder?«, fragt er.

»Er ist mein Freund«, wiederhole ich etwas entschiedener.

Steve schaut zu seinen Händen, dann wieder in mein Gesicht, leicht blinzelnd.

»*Jetzt* ist er mein Freund. Er hat mir ziemlich geholfen, und außerdem ist er wirklich nett, und du hast dich wie ein Arsch verhalten.«

»Das weiß ich selbst!«, brüllt er. »Aber er auch.«

»Gar nicht.«

Er schnaubt und schüttelt den Kopf. »Du hast es nur nicht mitbekommen«, sagt er.

Ich hasse es, wenn er wütend wird – es ist verwirrend und beängstigend, am liebsten will ich dann nur noch wegschrumpfen und klein beigeben. Ich fühle mich dann schwach, was mir eigentlich die größte Angst macht. »Du weißt, dass ich nicht geplant habe, ihn dort zu treffen, oder?«, frage ich schließlich und hänge damit das letzte bisschen Selbstachtung an den Nagel, an dem ich noch festgehalten habe.

»Ja«, gibt er zu.

»Wieso bist du dann so?«

Er fährt herum und sieht mich an, als wäre ich bescheuert. »Mir ist halt klar, dass du eine Zehn bist und ich eine, tja, was wohl? Eine Drei vielleicht«, sagt er etwas leiser, fast normal. »An einem guten Tag.«

»Wie bitte?« Ich lache. »Ich bin keine …«

»Und dieser beschissene *Miller*«, zischt er, wusste seinen Namen also doch. »Mann ey, könnte der noch größer sein?«

»Moment, dann bist du einfach nur … eifersüchtig?«

Er zuckt mit den Schultern und nickt, seine Wangen laufen rot an, jetzt ist er verlegen.

»Und deshalb bist du gemein und beleidigst mich?«

»Tut mir leid.« Er streckt den linken Arm aus und tippt mit seinen Fingern gegen meine rechte Hand. »Tut es mir wirklich. Ach, ich weiß auch nicht. Seit wir zusammen sind, bin ich einfach so unsicher. Ich hab die ganze Zeit Angst, dass du aufwachst und merkst, dass ich nicht mit dir mithalten kann und …«

»Das ist nicht mal …«, will ich ihn unterbrechen, aber er reißt das Wort gleich wieder an sich.

»Ich meine das ernst. Ich habe das Gefühl, es ist nur eine Frage der Zeit, bis ich dich an einen wie ihn verliere.«

Jetzt nehme ich seine Hand und er zieht mich in seine Arme.

»Darüber musst du dir keine Sorgen machen«, sage ich. Denn es wäre nicht jemand *wie* Josh, es *wäre* Josh.

Er legt mir den Zeigefinger unters Kinn und hebt meinen Kopf, damit er mir in die Augen sehen kann. Ich habe keine Ahnung, was er wirklich denkt, aber er beugt sich zu mir und presst seine Lippen auf meine. Dann schlingt er erneut die Arme um mich und wiederholt: »Es tut mir leid.«

Ich sollte so was sagen wie »schon gut«. Nicht, weil es das wäre, sondern einfach um des Friedens willen. Aber ich bringe es nicht über mich. Nicht, wenn ich die Augen schließen und noch immer Joshs Arme um mich spüren kann.

»Bleibst du heute Nacht bei mir?«, flüstert er gegen mein Haar, bevor er sich von mir löst, um mich anzusehen. »Mein Dad ist bei seiner Freundin. Du könntest deiner Mom sagen, dass du bei Mara pennst.«

Eigentlich will ich nur nach Hause, mich aufs Sofa hauen und vor dem Fernseher einschlafen. Aber bevor ich überhaupt über eine Antwort oder Ausrede nachdenken kann, spricht er schon weiter.

»Ich hab einfach das Gefühl, dass wir gar nichts mehr allein machen. Immer sind Mara und Cam dabei. Du weißt, wie lieb ich die hab, aber mir fehlt es, einfach mal unter uns zu sein.«

»Ich schreib Vanessa – äh, meiner Mutter«, verbessere ich mich. Versuche, mir das wieder anzugewöhnen. Meine Therapeutin sagt, dass es mir guttun wird, meine Eltern wieder Mom und Dad zu nennen, dass so allmählich das Gefühl zurückkehren wird, dass wir eine Familie sind.

Wir betreten das Lokal, und ich entdecke Mara und Cameron an einem Tisch in der Nähe der Küche. Ich schicke Steve hin und signalisiere Mara, dass ich aufs Klo gehe. Dort lehne ich mich gegen das Waschbecken und warte auf sie.

»Bisschen angespannte Lage da draußen, was?«, sagt Mara.

»Nur ein bisschen«, stimme ich zu. »Aber mal im Ernst: Hab ich was falsch gemacht?«

»Nein. Also, ich meine, nein, aber …« Mara zögert und hievt ihre Tasche aufs Waschbecken. »Es war schon ein bisschen beängstigend, als du nicht geantwortet hast, aber Steve war definitiv ein Aggroarsch. Was echt seltsam ist, sonst ist er doch der gechillteste Typ überhaupt.«

»Nicht immer«, flüstere ich. Hat sie vergessen, wie er mich vor vier Monaten zusammengestaucht hat? Er hat gesagt, dass ich verkorkst bin, womit er ja nicht wirklich unrecht hat, aber dann nannte er mich Schlampe, und egal wie oft er sich dafür schon entschuldigt hat, das kann ich ihm irgendwie nicht vergeben. »Ich fasse nicht, dass er diese bescheuerte Party angesprochen hat.«

Maras Lippen zucken, sie saugt zischend Luft ein. »Ja, das war echt unter der Gürtellinie. Ich schätze, selbst große, niedliche Teddybären wie Steve können mal Arschlöcher sein.«

»Auch Teddybären sind Bären.« Eine Aussage, die Mara nicht weiter nachdenklich zu stimmen scheint, denn sie lehnt sich vor, um die Wimperntusche unter ihren Augen wegzuwischen. Den Satz muss ich mir für meine Therapeutin merken, der es immer gelingt, dass ich mich klug und scharfsinnig fühle.

Mara sucht im Spiegel meinen Blick. »Aber … Joshua Miller«, sagt sie – eine Frage, eine Feststellung, ein Befehl, ein Ausruf.

»Ja.« Ich hole tief Luft, versuche es zumindest, aber es verschlägt mir schon wieder den Atem. »Genau der.«

»*Joshhhh*«, sagt sie lang gezogen, um mich zu quälen. Dann lächelt sie verschmitzt. »Offenbar wird der auch immer nur noch attraktiver, was?«

»Ach, findest du?«, frage ich unschuldig, bekomme aber das riesige Grinsen nicht von den Lippen. »Himmel, erwähne das bloß nicht vor Steve. Davon mal ganz abgesehen, ich dachte, du bist voll für Team Steve?«

»Bin ich ja, aber … Puh.« Sie fächert sich mit der Hand Luft zu wie eine Schauspielerin in einem dieser Schwarzweißfilme aus den Südstaaten. »Wer hätte denn ahnen können, wie gut ihm so Bartstoppeln stehen?«

Ich schüttle den Kopf, ignoriere ihr aufgesetztes Lechzen nach Josh und betrachte mich im Spiegel. Gott sei Dank hab ich heute geduscht. »Es war komisch, ihn zu sehen.«

»Verständlich«, sagt sie und zieht dann mit dem roten Lippenstift ihre Oberlippe nach. »Ihr habt euch schließlich eine Weile nicht gesehen.« Dann die Unterlippe. »Ist viel passiert.«

»Aber das ist es ja gerade. Es war voll komisch, dass es nicht komisch war. Also, nach einem etwas unbeholfenen Hallo haben wir eigentlich genau da weitergemacht, wo wir aufgehört haben und …« Ich unterbreche mich, bevor ich zu ehrlich werde. Bevor ich sage, dass ich das Gefühl habe, dass ich mich seit Monaten keinen Zentimeter bewegt habe, während mein Leben ohne mich weiterläuft, und dass es sich heute, mit ihm, angefühlt hat, als wäre da wieder Bewegung, als wäre ich wieder lebendig, wenn auch nur kurz.

Mara dreht sich zu mir. »Und was?«

Ich schraube den Deckel von ihrem teuren Lipgloss, hole mit dem Ringfinger etwas heraus und tupfe es mir auf die Lippen, statt zu antworten, statt zuzugeben, dass ich viel zu oft an ihn gedacht habe, seit ich mit Steve zusammen bin. Dass ich alles, was er tut – und lässt – mit Josh vergleiche.

»Du hast da wieder Bock drauf, oder? Und mit ›da‹ meine ich die ganze Josh*sache*.«

»Die ganze Joshsache?«, frage ich und muss fast lachen. »Was soll das denn sein?«

»Das weißt du ganz genau. Diese Joshua-Miller-ist-meine-heiße-leidenschaftliche-Geheimnis-Sache.« Dazu lässt sie ihren gesamten Körper beben.

»Okay, erstens: Du bist lächerlich. Und zweitens: Selbst wenn ich da wieder Bock drauf hätte, würde da nix draus.« Ich zucke mit den Schultern und lasse das Lipgloss in ihre Handtasche plumpsen. »Josh hat eine Freundin.«

Mara legt den Kopf in den Nacken und lacht. Dann fügt sie hinzu: »Und Steve hat auch eine Freundin, vergiss das nicht.«

Eine Kellnerin kommt herein, will wohl sicherstellen, dass wir hier nicht koksen oder so was. »Hör schon auf«, flüstere ich. »Das auch, selbstverständlich.«

Wir verlassen die Toilette, aber dann bleibt Mara plötzlich stehen und schaut mir in die Augen. »Ich bin übrigens ganz für Team Edy«, sagt sie. Dabei sieht sie mich so ernst an wie lange nicht – sie meidet die Ernsthaftigkeit, seit ich ihr erzählt habe, was passiert ist. Ich glaube, sie will mich einfach immer aufmuntern, aber manchmal fehlt mir dieser Blick.

Dann drückt sie meine Hand. »Das ist dir klar, oder?«

JOSH

ICH SPÜRE, DASS DOMINIC mich die ganze Fahrt über anstarrt. »Brauchen wir ein Codewort?«, fragt er schließlich, als er bei den anderen Wagen hinterm Footballfeld parkt.

»Ein Codewort? Wovon redest du?«

»Das kannst du sagen, wenn du aufbrechen willst.«

»Wieso sollte ich aufbrechen wollen?«

»Weil du deine Ex getroffen hast«, sagt er, als wäre das total offensichtlich.

»Ich hab doch gesagt, dass alles okay ist.«

»Ja, aber ich kenn dich zu gut, deshalb glaube ich dir nicht.«

Ich will die Tür öffnen, doch er verriegelt sie. »Brauche ich ein Codewort, damit du mich aussteigen lässt?«

»Du sprichst hier mit mir.« Und dann sieht er mich so an, wie er mich dieses Semester schon x-mal angesehen hat, weil ich kurz davor bin, Scheiße zu bauen. »Kannst du wenigstens zugeben, dass nicht alles okay ist?«

»Okay.« Ich gebe klein bei. »War es beschissen, sie mit diesem Idioten zu sehen? Klar. Aber wir sind Freunde! Wir haben uns ja nichts versprochen.«

»Ich sage nur eins, okay? Dann halte ich die Klappe. Ja?«

Ich seufze. »Okay.«

»Sie wirkte wie ein nettes Mädchen. Ganz niedlich sogar. Und ich bin sicher, dass sie nicht bewusst absolutes Chaos in deinem Leben veranstaltet, aber ...«

»Okay«, unterbreche ich ihn. »Übertreib nicht.«

»Ich mein ja nur, vielleicht ist es gar nicht so schlecht, sie mit einem anderen zu sehen? Dann kannst du das Thema jetzt endlich abschließen.«

»Jetzt endlich?« Ich lache. »Ich hab doch längst damit abgeschlossen.«

»Ja, sicher.« Er sieht mich mit hochgezogener Augenbraue an, sein typischer Laber-keine-Scheiße-Blick. »Ich mein ja nur. Jetzt kannst du aufhören, ihr hinterherzulechzen. Sonst verdurstest du noch.«

»Ich hab dir schon ein paar Mal gesagt, das ist was anderes zwischen uns«, betone ich.

»Außerdem ... ist sie noch in der Highschool«, fährt er trotzdem fort.

»Das weiß ich doch, D!«, fauche ich. »Und ich wiederhole: Wir sind nur Freunde.«

»Vielleicht. Trotzdem hab ich das Gefühl, dass sie dich irgendwie warmhält, während du ...«

»So ein Quatsch«, unterbreche ich ihn. »Das macht sie gar nicht, Dominic. Kein bisschen.«

»Während du«, er wird lauter, um mich zu übertönen, »dein ganzes Leben für sie auf den Kopf gestellt hast, ist sie einfach mit jemand anderem zusammen. Ich will doch nur, dass du das siehst. Und dass das nicht in Ordnung ist.«

»Aber so war das doch gar nicht«, wiederhole ich. »Nichts davon war ihre Schuld.«

»Oh, dann ist sie also nicht der Grund dafür, dass du dich von Bella getrennt hast und plötzlich obdachlos bei mir vor der Tür saßt?«

»Nein. Und außerdem hat Bella sich von mir getrennt.«

»Okay. Dann lag es also auch nicht an Eden, dass du die gesamten Winterferien depressiv warst, dass du eins unserer wichtigsten Spiele verpasst hast und fast aus dem Team geflogen bist, nachdem du nur einen Tag mit ihr verbracht hast? Einen Tag«, betont er und hält dazu noch den Zeigefinger hoch, um seinen Standpunkt zu verdeutlichen, dabei könnte er damit nicht falscher liegen.

»Ich hab nicht …« Aber ich unterbreche mich selbst, weil es besser ist, alle in dem Glauben zu lassen, dass ich einfach nur nicht bei dem Spiel aufgekreuzt bin, statt die Wahrheit zu verraten. »Das lag nicht an ihr.«

»Dann ist es also nur Zufall, dass du seither niemanden gedatet hast? Und dass du nicht mal versucht hast, Bella zurückzukriegen, die wir alle übrigens sehr mochten.«

»Hör zu, ich find's echt gut, wie sehr du dich um mich sorgst, aber ich kann da jetzt nicht länger drüber sprechen, sonst …« *Sonst sage ich was, was ich nicht sagen sollte.* »Mir geht's gut, okay? Versprochen. Kann das bitte für heute reichen?«

Er seufzt, nickt dann und drückt auf den Knopf, um die Türen zu entriegeln. Öffnet gleich noch den Kofferraum, aus dem wir die Sixpacks holen, die wir auf dem Weg zu dieser spontanen Wiedersehensfeier noch schnell gekauft haben. Zusammen überqueren wir das Spielfeld, vorbei an der riesigen Silhouette des Schulmaskottchens, die an die Wand der Tribüne gemalt ist.

Da sagt Dominic: »Oh, wie wäre es mit ›Adler‹? Als Codewort.«

»Adler ist auch ein total unauffälliges Wort, das man locker in jede Unterhaltung einflechten kann.«

»Wir könnten auch ›einflechten‹ nehmen«, sagt er lachend. »Versteht die Hälfte sicher nicht mal.«

Damit entlockt er mir ein Lächeln. »Du bist gemein.« Vor

uns tanzen Handylampen auf der Tribüne. »Wir reden hier schließlich über unsere Freunde.«

»Ich bin nur ehrlich«, sagt er. »Außerdem hast du gelacht.«

»Hab ich gar nicht.«

»Ist ja nicht unsere Schuld, dass nicht all unsere Freunde mit unseren Astralkörpern und IQs gesegnet sind«, sagt er mit seiner besten Drag-Queen-Stimme, wie er sie nennt. Dazu hebt er die Sixpacks zu perfekten Bizepscurls.

»Genau«, schnaube ich. »Oder deiner Bescheidenheit.«

»Mit Bescheidenheit bin ich durch!«, brüllt er in die Nacht, und es wird von den Highschoolgebäuden zurückgeworfen.

»Wer ist da? DiCarlo? Miller!«, ruft jemand von der Tribüne. Perfekte Imitation unseres Trainers. »Schwingt eure Ärsche her!«, brüllt Zac.

»Ist das bescheuert«, stöhne ich.

»Bist du wohl nett jetzt!« Dominic lacht, hört aber abrupt auf, als er Zac erblickt. »Oh, mein Gott«, flüstert er. »Ist das …?«

»Ja, er trägt noch immer die Jacke von der Schulmannschaft«, beantworte ich seine unausgesprochene Frage.

»Okay, vergiss, was ich gesagt hab. Kein Grund, nett zu sein«, murmelt er, während wir die Stufen hochsteigen.

Alles in allem sind so zehn, zwölf Leute da. Ein paar waren auch beim Konzert, inklusive Zac, dem ich bisher glücklicherweise aus dem Weg gehen konnte. Sie sind schon jetzt betrunken und rauflustig. Wir können uns glücklich schätzen, wenn niemand die Bullen ruft, schließlich dürften wir hier gar nicht sein. Die meisten kenne ich von der Schule. Zac scheint sich selbst zum Anführer gekürt zu haben. Ich dachte mal, er ist mein bester Freund. Aber alles hat sich in meinem letzten Schuljahr verändert. Nach Eden. Aber so gesehen hat sich nach Eden das meiste für mich verändert. Er hat sie nach unserer Trennung einmal Schlampe genannt – obwohl ich ihm anvertraut hatte, wie sehr ich sie geliebt habe – und selbst zwei Jahre später kann ich an nichts anderes denken, wenn ich ihn sehe.

»Und? Wie ist es, wieder hier zu sein?«, fragt Zac und breitet dabei die Arme aus, als wäre dies sein riesiges König-reich.

»Sieht so aus, als wärst du nie weggewesen.« Keine Ah-nung, ob ich ihn aufziehen oder provozieren will, aber er grinst sowieso nur. Hat es gar nicht kapiert, vielleicht auch besser so.

Ich sehe mich um. Dieser Ort, der sich mal so wichtig an-gefühlt hat, so nach Leben und Tod, kommt mir klein vor. Vier Backsteingebäude, eine alte Anzeigetafel, ein Tennis-platz, ein Fußballplatz, leere Parkplätze und in der Mitte ein rostiger Fahnenmast.

»Triumphal!«, sagt Dominic. Ich kann nicht einschätzen, ob er das ernst meint. Gut möglich, dass es sich für ihn tat-sächlich triumphal anfühlt – er war damals noch nicht wirk-lich geoutet, im Team definitiv nicht. Als schwuler Schwarzer in einer überwiegend hetero und weißen Schule, hat er sich vor allem unsichtbar gemacht, außer bei den Spielen. »Ein College-Basketball-Star zu sein, bekommt mir.«

»So, so«, murmelt Zac, und man hört die Eifersucht, ohne ihn überhaupt sehen zu müssen. »Miller, Augen auf.« Ich drehe mich gerade noch rechtzeitig um, um die Bierdose zu fangen, die er mir zuwirft.

Ich nicke ihm zu und gehe in die oberste Tribünenreihe. Ich beobachte Dominic, der die Runde macht und sich lang-sam den Weg zu dem einen Anwesenden bahnt, wegen dem er hergekommen ist. Dann werde ich mich ihm auch vor-stellen – Dominic war vorhin schließlich echt nett zu Eden, obwohl er meint, sie ist schlecht für mich. Ich kann sie ihm halt einfach nicht erklären oder warum er mit seiner Einschätzung falsch liegt oder was sie mir bedeutet, ohne ihm Dinge zu erzählen, die mir zu erzählen nicht zustehen.

Drei Jungs springen über den Zaun und laufen auf der Aschenbahn um die Wette, zwei der Mädels, die, wenn ich mich richtig erinnere, Cheerleaderinnen waren, folgen ihnen. Sie versuchen sich an ihren alten Routinen, und ein bisschen kommt mir bekannt vor, was sie singen, aber sie lachen viel zu viel und stolpern herum. Überall sind kleine Grüppchen, und ich frage mich, ob die alle so tun, als hätten sie Spaß, oder ob sie wirklich Spaß haben und nur mit mir irgendwas nicht stimmt, weil ich so einfach nicht mehr sein kann.

Ich stelle die Dose neben mir auf die Sitzbank und hole mein Handy aus der Tasche. Am liebsten würde ich ihr schreiben, aber es stimmt, was sie gesagt hat. Es gibt zu viel zu sagen für so eine Textnachricht. Also stecke ich das das Handy wieder weg.

Das Mädel von vorhin lässt mich nicht aus den Augen. Wie gern würde ich mir ein Schild umhängen, auf dem steht: MINDESTABSTAND 30 METER. Als ich das gerade denke, landet plötzlich Zacs Fokus auf mir, und er kommt die Stufen hoch. Schnell öffne ich das Bier, die Dose protestiert mit einem Zischen. Ich trinke einen ordentlichen Schluck. Nüchtern stehe ich mit dem kein Gespräch durch.

»Na«, sagt er und setzt sich neben mich. »Wir haben uns ja `ne Weile nicht gesehen.«

»Stimmt.« Trink, trink, trink.

»Und?«, sagt er. »Erzähl! Was geht so ab bei dir?«

Ich zucke mit den Schultern und leere die Dose. Er zieht eine weitere aus der Jackentasche wie bei einem Zaubertrick und reicht sie mir. »Danke.« Ich mach sie sofort auf.

»Was ist los mit dir?«, fragt er und mustert mich.

»Nichts ist los mit mir.«

»Wenn du das sagst.« Er trinkt selbst einen großen Schluck. »He, hast du die gesehen?«, sagt er und deutet dann mit der Dose auf sie. »Die hat nach dir gefragt, bevor ihr aufgekreuzt seid.«

»Aha.«

»*Aha*? Mehr nicht?« Er lacht schnaubend und säuft weiter. »Erfolgreicher Collegetyp, siehst wohl genug davon, was?«

»Hey«, warne ich ihn und trinke noch einen Schluck. »Lass den Scheiß.«

»Außer DiCarlo färbt ab«, sagt er und lacht über seinen eigenen Witz.

»Hey!«, wiederhole ich entschiedener. »Sieht es aus, als fände ich das lustig?«

»Entspann dich mal.« Er legt mir den Arm um die Schultern und drückt zu.

»Mann, warst du schon immer so?«, sage ich eigentlich mehr zu mir selbst und schüttle ihn ab.

»Warst *du* schon immer so?«, fragt er zurück.

»Ich hab einfach kein Interesse, okay?«, sage ich und hoffe, dass er sich damit endlich zufriedengibt. Dann trinke ich noch einen Schluck, aber versuche, langsamer zu machen.

»Okay, okay.« Er hält die Hände hoch, als wäre ich das Arschloch von uns beiden. »Hab dich beim Konzert gesehen, du hast mit dieser einen geredet. War das … äh …?« Er schaut in die Ferne und schnipst mit den Fingern, als könne er so ihren Namen herbeibeschwören.

»Eden«, sage ich.

»Genau.« Er nickt. »Eine Frage: Hat die dich das letzte Mal nicht irgendwie verarscht? Dich betrogen oder so?«

»Nein, hat sie nicht.«

»Wir sprechen aber von Caelin McCroreys kleiner Schwester, oder?«

»Ja.« Ich trinke noch einen Schluck, aber lasse ihn nicht

aus den Augen. »Wenn ich mich richtig erinnere, hast du sie mal Schlampe genannt.«

Er lacht es weg, als wäre das nichts. »*Deshalb* bist du sauer auf mich?«

»Wer sagt, dass ich sauer bin?«

»Mann, das ist tausend Jahre her.« Er starrt mich an, und dann zeigt sich so ein komisches Grinsen auf seinem Gesicht. Als würde er sich halb über sich selbst amüsieren, halb aus Angst vor mir in die Hose machen. »Was soll das? Hat sie was über mich gesagt oder …?« Er spricht nicht weiter. »Das war nämlich nur ein Scherz.«

Sie hat mir gegenüber nie ein Wort über Zac verloren, aber jetzt frage ich mich natürlich, ob da noch mehr passiert ist als das eine Mal, als er im Flur Schlampe gehustet hat.

»Was denn zum Beispiel?«, frage ich. »Was könnte sie gesagt haben?«

Bevor er antworten kann, stürmen die drei Kerle, die unten um die Wette gelaufen sind, zu uns auf die Tribüne, die beiden Cheerleader folgen ihnen. Dominic kommt auch zu uns, den Arm um den Typen gelegt, den er so gut findet – offenbar doch nicht so heimlich –, und der Rest ebenfalls.

»Hat gerade jemand Caelin McCrorey gesagt?«, fragt einer von ihnen. »Habt ihr gehört, was da passiert ist?«

»Oh, ja«, antwortet ein anderer. »Ist der nicht vom College geflogen?«

»Nein, nein, du meinst seinen Kumpel«, sagt eine der Cheerleaderinnen. »Kevin. Kevin Armstrong.«

Allein der Name stellt mir die Nackenhaare auf. Ich suche Dominics Blick. *Adler.*

»Der ist nicht nur vom College geflogen. Ich hab gehört, der ist im Knast.«

»Nein, im Knast ist er nicht«, sagt jemand anderes. »Aber verhaftet wurde er.«

Mein Herz rast. *Adler*, schreie ich in Gedanken.

»Dieser Musterschüler?«, geifert Zac und lacht. »Warum das denn?«

Ich trinke weiter. Offenbar kennt niemand den Grund. Mein Herzschlag beruhigt sich etwas. Vielleicht wechselt ja gleich jemand das Thema.

»Ich weiß, warum«, meldet sich nun die andere Cheerleaderin zu Wort. Sie wartet, bis sie alle ansehen, dann spricht sie weiter: »Er hat jemanden vergewaltigt.«

Sofort gibt es laute Zwischenrufe wie »Was?« und »im Ernst?« und »unmöglich«, aber am lautesten ist Zac zu hören: »Okay, jetzt will ich wissen, wer das behauptet. Das ist doch absoluter Bullshit!«

Ich fahre herum und sehe ihn an, aber mir fällt nichts ein, was ich zu ihm sagen könnte, weil ich meine ganze Energie brauche, um ihn nicht umzupumpen.

»Ist es nicht«, sagt die Cheerleaderin. »Ich kenne sie. Wir haben sie kennengelernt.« Sie zeigt zu der anderen Cheerleaderin. »Weißt du noch? Kevin hat sie letztes Jahr an Thanksgiving mitgebracht. Jen oder Gin oder so. Seine Freundin.« Dann hatte Eden wohl recht, die Leute haben sich die Mäuler zerrissen.

»Mittlerweile wohl nicht mehr«, fügt die andere lachend hinzu.

»Ach so, seine Freundin?«, sagt Zac laut und schleudert einen Arm nach vorn. »Dann ist ja alles klar.«

»Was soll das denn heißen?«, frage ich, weil ich mich einfach nicht mehr zusammenreißen kann.

»Komm schon, seine Freundin wirft ihm Vergewaltigung vor? Ich bitte dich.«

Ich zerdrücke die jetzt leere Dose mit der Hand. »Dir ist schon klar, wie arschig du gerade klingst, oder?«

»Whoa, Miller.« Zac stupst mich mit dem Ellbogen an.

»Entspann dich mal.«

Dominic wirft mir einen fragenden Blick zu. Er gibt mir Rückendeckung, obwohl er keinen Schimmer hat, warum. Aber deshalb ist er ein guter Freund. »Im Ernst, Zac«, stichelt er. »Sag uns, dass du ein Arschloch bist, ohne uns zu sagen, dass du ein Arschloch bist. Nicht wahr?«

Vereinzelte Lacher, nur Zac sieht mich immer noch an, als hätte ich ihn wirklich umgepumpt. *Gut.*

»Ist ja nicht nur sie«, fährt die Cheerleaderin fort. »Es gibt mindestens noch eine weitere. Keine Ahnung, wer, aber es ist ein richtig großes Ding.«

»*In echt*«, lallt die andere nun. »Ich hab gehört, es wird richtig 'nen Prozess geben.«

Ich entdecke ein Sixpack und gestikuliere, dass ich eine Dose will. Ich öffne sie sofort. Trinke schnell. Das ist einfach zu hart.

»Vielleicht klingt das schlimm«, meldet sich eine leise Stimme zu Wort, »aber es würde mich nicht überraschen, wenn es stimmt.«

Eine Reihe unter mir sitzt das Mädel, das gerade gesprochen hat. Es ist Hannah, die vom Konzert, die, die Zac meinte. Sie schaut mich an und lächelt, bevor sie den Blick abwendet.

»Oh, mein Gott«, sagt ihre Freundin neben ihr und packt ihren Arm. »Was soll das heißen?«

»Nein! Lieber Gott, nein. Mir hat er nichts getan«, erwidert sie sofort. »Aber ich war mal nach einem Spiel allein mit ihm, und er war echt creepy.«

»Inwiefern?«, frage ich. Dominic wirft mir noch einen Blick zu, will mir damit sagen, dass ich zu krass rüberkomme. »Also, ich meine, warum? Was hat er getan?«

»Oh, ähm«, stammelt sie und läuft leicht rot an, als wäre sie überrumpelt, weil ich mit ihr spreche. »Getan hat er eigentlich nichts«, sagt sie. »Ich hatte einfach ein komisches Gefühl, keine Ahnung.« Sie zuckt mit den Schultern. »Die Art, wie er mich angesehen hat, vielleicht. Irgendwie komisch. So …« Sie starrt in den Himmel, als müsse sie schwer nachdenken, um sich besser zu erinnern.

Und dann sehe ich für eine Sekunde – den Bruchteil einer Sekunde, weil ich sie zum ersten Mal richtig anschaue – etwas in ihr, was mich an Eden erinnert. Ich trinke einen Schluck. Nicht weil sie ihr ähnlich sieht, denn das tut sie nicht. Nein, es geht irgendwie tiefer, ich schätze es liegt an einer grundlegenden Schüchternheit, die sich in ihrer Gestik zeigt. Und auf einmal habe ich überdeutlich vor Augen, was Kevin gesehen haben muss. In diesem Mädchen. In Eden. Als gäbe es da was Ungeschütztes, Verletzliches. Die Vorstellung, dass ich etwas sehe, was Kevin gesehen hat, macht mir unbändige Angst.

»Gefährlich«, sagt sie dann, voller Selbstvertrauen, schüttelt aber gleich den Kopf und lacht. »Ach, keine Ahnung. Mir ist in dem Moment bloß klar geworden, dass ich nicht noch mal allein mit ihm sein will. Unter keinen Umständen.«

»Das ist sicher eine gute Idee.« Ich nicke und verkneife mir jedes weitere Wort. Jemand reicht mir die nächste Dose. Ich trinke viel zu schnell viel zu viel, aber ich nehme sie trotzdem. Dominic macht eine Geste, vermutlich soll es *mach langsam* bedeuten, aber wenn er wüsste, wie hart das gerade ist, würde er es verstehen.

»Jetzt verstehe ich«, sagt Hannahs Freundin. »Ich fand Kevin Armstrong immer superheiß. Und ich picke mir ja nur die absoluten Psychopathen raus. Insofern passt das ja.«

Alle lachen, als wäre das nichts als ein Witz.

Ich stehe zu schnell auf, die Welt dreht sich. Ich muss mich am Geländer festhalten.

»Wohin willst du?«, ruft Zac mir nach. »Hey, Miller!«

Ich reagiere nicht mal. Konzentriere mich darauf, die

Stufen runterzukommen, ohne das Bier zu verschütten. Als ich unten ankomme, ist Dominic plötzlich bei mir, vor mir. Ich schaue mich um – war der nicht gerade noch da oben mit all den anderen? Als ich mich zurückdrehe, liegt eine seiner Hände auf meiner Schulter, als müsse er mich stützen.

»Hey, alles in Ordnung?«

»Ja, alles super«, lüge ich. »Wollte nur grad bisschen allein rumflattern, mehr nicht.«

»Wie bitte?«, fragt er und wirkt voll und ganz verwirrt.

»*Adler*-Metapher. Klar, oder?«

»Du bist total besoffen und benutzt trotzdem das Wort ›Metapher‹?«, sagt er und schüttelt den Kopf. »Wie kannst du schon so betrunken sein?«

»Weil ich sonst nicht trinke, schon vergessen?«

»Ich muss noch ein bisschen warten, bis ich wieder fahrtüchtig bin. Kommst du wirklich allein klar?«

»Sicher. Ich geh einfach 'ne Runde rasieren.«

»Du gehst 'ne Runde rasieren?«, wiederholt er.

»Spazieren«, korrigiere ich mich und spreche jede Silbe sorgfältig aus. »Und du, geh. Verbring Zeit mit deinem … *Kerl*«, das ist das Wort, auf das ich mich mit mir selbst einige, nachdem ich gedanklich von »Junge« zu »Freund« zu »Kumpel« zu »Kumpelfreund« gesprungen war.

»Oh, dann ist er jetzt also mein Kerl? Okay.« Dominic lacht hysterisch. »Dafür kriegst du gleich noch was zu hören.«

»Du bist ein guter Freund, weißt du das?«

»Schon gut, du ja auch. Los, geh rasieren. Wir brechen dann bald auf, okay?«

Ich taumle zurück zum Schulgebäude, ohne wirklich zu wissen, wohin ich will, bis ich auf dem Stück Rasen zwischen dem Tennisplatz und dem Parkplatz stehe. Ich will noch einen Schluck trinken, aber merke da erst, dass die

Dose leer ist. Ich drücke sie zusammen und ziele auf den Mülleimer am Eingang zum Tennisplatz.

»Er wirft«, sage ich laut. »Er *trifft*.«

Hinter mir wird geklatscht, ich drehe mich um.

»Super Wurf«, sagt sie. Hannah.

»Oh, ich hab dich gar nicht gesehen.«

»Darf ich mich zu dir gesellen?«, fragt sie und zieht eine Flasche aus der Handtasche. »Ich hab auch das gute Zeug dabei.«

»Klar«, sage ich, wenn auch widerwillig. Vielleicht auch nur, um ihr Zac vom Hals zu halten.

Wie setzen uns an die Stelle, an der ich mit Eden saß, als sie zugestimmt hat, mit mir auszugehen. Damals wuchs hier überall Löwenzahn. Wir sprachen über Pusteblumen und was man sich so wünschen kann. Und sie tat ganz taff, aber ließ mich doch ein bisschen an sich ran. Wenn ich die Augen schließe, sehe ich sie klar und deutlich da in der Sonne neben mir sitzen.

Ich fahre mit der Hand über das Gras. Frisch gemäht. Hier wächst gerade nichts.

»Mir hat gefallen, was du da vorhin gesagt hast«, verkündet sie und hält mir dann die Flasche hin.

Ich nehme sie und setze sie an meine Lippen. Whiskey. *Kleine Schlucke ab jetzt*, mahne ich mich. Ich zucke mit den Schultern und gebe ihr die Flasche zurück. »Ich hab das einfach so satt.«

Sie nickt, trinkt einen wesentlich größeren Schluck und knautscht dabei das ganze Gesicht zusammen.

»Ich muss dir was sagen … ich war die ganze Highschoolzeit tierisch in dich verknallt. Dabei wusstest du vermutlich nicht mal, dass es mich überhaupt gibt.«

Sie reicht mir die Flasche, und ich trinke erst mal, bevor ich mir überlege, wie ich darauf reagiere.

»Fuck, jetzt ist es komisch, oder?« Sie lacht und legt sich die Hände vors Gesicht. Dann spreizt sie zwei Finger, um mich anzusehen.

»Ach, Quatsch«, sage ich schließlich. »Ich bin gerade nur nicht in der Verfassung, um … Also, das schmeichelt mir natürlich sehr, aber …«

»Aber du hast eine Freundin? Klar, wie sollte es auch anders sein.«

»Hab ich nicht, aber ich bin nicht …« Ich stoppe mitten im Satz, weil ich nicht weiß, wie ich das formulieren soll. Ja, ich habe keine Freundin, aber es fühlt sich trotzdem nicht so an, als wäre ich bereit für irgendwas. »Was ich sagen will, es ist irgendwie …«

»Kompliziert?« Sie lacht wissend.

»Genau.«

Sie trinkt einen großen Schluck und reicht mir die Flasche dann wieder. Während ich noch einmal daran nippe, schaut sie sich um und sagt: »Also, gerade sind wir ja ziemlich unter uns.«

»Du wirkst echt sehr nett, aber ich …«

Sie lehnt sich so schnell zu mir, dass ich sie nicht abwehren kann. Ihr Mund ist auf meinem, sie schmeckt so intensiv nach Whiskey, dass ich das Gefühl habe, allein davon noch betrunkener zu werden. Ich erwidere den Kuss, obwohl ich weiß, dass ich das nicht tun sollte. Und es fühlt sich gut an, obwohl ich das gar nicht will. Ich habe seit vier Monaten niemanden geküsst, seit ich Eden geküsst habe … oder sie mich.

Jetzt setzt sie sich rittlings auf mich, ihr langer Rock gleitet an ihr hoch. Sie nimmt meine Hände und führt sie über ihre Oberschenkel. Sofort denke ich an Edens nackte Beine von vorhin. Ihre Haut ist so warm. Weich. Jetzt presst sie beide Hände gegen meinen Oberkörper, drückt mich ins Gras. Ich ziehe sie mit. Ich drifte davon, weil mir so schwindelig ist.

Wie sehr ich wünschte, ich hätte sie heute Abend geküsst. Wie sehr ich wünschte, ich hätte die richtigen Worte gefunden, um ihr alles zu sagen. Sie war direkt da. In meinen Armen. Und ich habe sie gehen lassen. Wieder.

Langsam kehre ich wieder in meinen Körper zurück, als ich die Augen öffne. Ich liege auf dem Rücken im Gras, und es ist nicht Edens Körper, der sich an meinen presst, nicht ihre Haare, in denen meine Hände sich verfangen haben. Sie stemmt sich über mich und sagt lachend: »Eigentlich heiße ich Hannah.«

»W-was?«

»Du hast mich gerade Eden genannt.«

»Oh, sorry«, sage ich und versuche, Luft zu kriegen. »Mein Kopf ist einfach … Irgendwie kann ich nicht klar denken. Ich kenne deinen Namen, ehrlich.«

»Schon okay«, sagt sie, ihre Hand reibt über meine Jeans. »Wenn du mich weiter so küsst, kannst du mich nennen, wie du willst.«

»Nein, ich … Ich bin nicht wirklich in der Verfassung … ich …« Ich fühle mich so wirr, mein Kopf ist schwer, als ich versuche, mich aufzusetzen. »Mann«, sage ich leise, »fick mich, ey.«

»Hm.« Sie kichert. »Das versuche ich ja gerade.« Sie kommt näher, will mich wieder küssen, doch ich schiebe sie weg.

»Nein, im Ernst. Es geht nicht.« Ich rücke ab und stehe auf, knöpfe meine Hose wieder zu und fädle den Gürtel wieder durch die Schnalle. Hannah sieht zu mir hoch, so sonderbar, so verwirrt. »Es tut mir leid, es liegt wirklich nicht an dir.«

Sie sagt nichts, kommt einfach selbst auf die Beine und geht weg. Schaut sich nicht mal um.

»Es liegt nicht an dir«, rufe ich ihr nach. »Wirklich.«

Es liegt nicht an ihr. Sie ist halt nur nicht Eden.

Ich trete ins Gras und treffe dabei die Flasche, falle fast um, als ich sie aufheben will. Also setze ich mich wieder, trinke noch einen Schluck und hole das Handy aus der Tasche.

EDEN

WIR DÖSEN ZUSAMMEN, während ein Film auf Steves Laptop läuft, als mein Handy auf dem Nachttisch vibriert. Ich hebe den Kopf von seinem Brustkorb, um auf die Uhr zu gucken.

Er legt den Arm fester um mich, als ich den Kopf wieder ablege. Aber dann, im nächsten Moment, setzt er sich plötzlich auf und ich rutsche von ihm. »Im Ernst?«, ruft er und schaut auf mein Handy, dessen Display sich gerade wieder verdunkelt. »Warum schreibt der dir um halb zwei in der Nacht?«

»Keine Ahnung«, sage ich. »Willst du, dass ich nachsehe?«

»Nein«, ist seine knappe Antwort.

Ich greife an ihm vorbei und drehe das Handy um, damit es mit dem Display nach unten liegt, und tue so, als würde es mir nichts ausmachen, dass er gerade unerlaubterweise auf mein Handy geschaut hat, als würde mich nicht interessieren, was immer Josh geschrieben hat. Steve starrt mich an, als müsste ich ihm was erklären.

»Fängst du jetzt wieder damit an?«, frage ich. »Weil ich echt lieber nach Hause gehe, als noch mal mit dir darüber zu streiten.«

Widerwillig legt er sich neben mich. Mein Handy vibriert

ein zweites Mal, und wir ignorieren es beide. Beim dritten Mal setzt Steve sich wieder auf. »Oh, mein Gott, was will der denn?«

Ich greife nach meinem Handy, diesmal um es auszuschalten, aber dabei sehe ich die Anfänge seiner Nachrichten aufleuchten:

Es war schön, ...

Tut mir leid, wenn ...

Können wir uns treffen ...?

»Weiß ich nicht, ist mir auch egal«, lüge ich. »Kannst du's nicht einfach vergessen?«, bitte ich. Dabei versuche ich schon gedanklich, jeden der Sätze zu vervollständigen, dabei würde ich liebend gern jedes einzelne Wort anstarren und endlos darüber brüten, was es bedeuten könnte.

»Sorry«, sagt Steve, klappt den Laptop zu und stellt ihn auf den Boden. »Damit ist die Stimmung ruiniert.« Dabei war die Stimmung schon ruiniert, bevor wir überhaupt hergekommen sind. Beleidigt legt er sich wieder neben mich.

»Ich habe wieder das Gefühl, dass du mir die Schuld gibst. Dabei habe ich ihn nicht gebeten, mir zu schreiben.«

»Weiß ich doch«, grummelt Steve. »Dir gebe ich auch gar nicht die Schuld. *Ihm* dafür umso mehr.«

Ich zögere damit, auch den Rest zu wiederholen. Dass wir Freunde sind und Freunde sich nun mal schreiben. Und dass er meint, sich da irgendwie einmischen zu dürfen, gefällt mir überhaupt nicht. Aber ich frage nur: »Willst du, dass ich bleibe?«

»Natürlich«, antwortet er und entspannt sich ein bisschen, als er mich ansieht.

»Kann ich mir ein T-Shirt leihen? Ich hatte nicht damit gerechnet, nicht zu Hause zu schlafen.«

»Oh, klar. Darauf hätte ich ja selbst kommen können«, sagt er, offenbar fällt ihm gerade erst wieder ein, dass er ja ein netter Kerl ist. Er springt auf, und ich folge ihm zu seiner Kommode. Steve zieht eine Schublade auf, die von seinen nerdigen T-Shirts überquillt, keins wirklich richtig zusammengelegt. »Such dir eins aus.«

Ich wühle mich durch die Sammlung, bis ich eins entdecke, das ich schon so oft an ihm gesehen habe in all den Jahren, die wir befreundet, dann nicht befreundet, dann irgendwie doch wieder befreundet und jetzt halt das waren, was immer wir gerade sind. Darauf ist ein Strichmännchen mit erhobenen Fäusten, darunter steht ICH BIN SCHLAG-FERTIG. Ich halte es an mir hoch und drehe mich zu ihm. »Was hältst du davon?«

Er lacht und nickt. »Perfekt.«

Und zum ersten Mal, seit ich Joshs Hand losgelassen habe, kann ich mich entspannen. Denn in diesem Moment, Auge in Auge, begreifen wir wohl beide, dass wir absolut keine Ahnung haben, was wir jetzt machen sollen. Wir haben uns schon ein paar Mal nackt gesehen, aber nie, wenn wir uns einfach direkt gegenüberstehen.

»Ähm«, er fährt sich nervös mit der Hand durch die Haare. »Soll ich mich umdrehen?«

»Nein«, sage ich unsicher, während ich mein Oberteil über den Kopf ziehe und es auf die Kommode lege. Aber nur im BH fühle ich mich plötzlich irgendwie gehemmt, also fange ich an, meine Shorts aufzuknöpfen, einfach, damit meine Finger was zu tun haben. Steve zieht seine Jeans aus und legt sie zu meinem Oberteil, Gleichstand. Jetzt trägt er nur noch seine Boxershorts und das Bandshirt. Er greift nach dem T-Shirt und hält es mir so über den Kopf, dass ich nur die Arme ausstrecken muss, um hineinzuschlüpfen. Glücklicherweise ist es groß genug, dass es mir über den Po reicht.

»Danke.«

Jetzt ziehe ich die Shorts aus und dann auch noch den BH unter dem T-Shirt. Wir gehen ins Bett, und er grinst irgendwie so schüchtern wie früher, weshalb ich gleich wieder an den pummeligen Steve denken muss, mit dem ich in der Fünften befreundet war.

»Was ist?«

»Ich hab echt nicht gedacht, dass das T-Shirt sexy aussehen könnte.«

Ich recke mich lachend nach dem Lichtschalter, knipse es aus, aber da küsst er mich schon, heftig, verschluckt jedes Geräusch. Seine Hände bewegen sich selbstsicherer über das T-Shirt, irgendwie freier, als er mich in den drei Monaten berührt hat, seit wir offiziell zusammen sind. Normalerweise ist er so zaghaft, wenn sich die Stimmung aufheizt, aber wie er mich gerade an sich zieht, nimmt mir den Atem. Vielleicht weil sein Vater nicht da ist, vielleicht wegen Josh, denn den hat er garantiert noch im Hinterkopf.

Keine Ahnung. Was immer der Grund, ich möchte mich gern mitreißen lassen. Will mich nicht wehren, will nicht warten, bis sich irgendwann jedes letzte Bisschen richtig anfühlt, bevor ich das mal genießen kann. Das Küssen, sein Gewicht auf mir, die Nähe. Er schiebt mein T-Shirt hoch und zieht seins über den Kopf, damit Haut auf Haut liegt. Er legt eins meiner Beine um seine Taille und reibt sich an meiner Hüfte, sein Oberschenkel presst sich zwischen meine Beine.

»Gefällt dir das?«, flüstert er.

Ich nicke.

Mir egal, dass ich ihn nicht liebe. Ich mag ihn. Ich traue ihm. Größtenteils. Obwohl die Ereignisse des Abends gezeigt haben, dass er mir absolut nicht traut, versuche ich, das alles auszuklammern. Er lässt die Hand über meinen Bauch wandern, in meine Unterwäsche und stöhnt, als seine Finger in mich eindringen.

»Ich habe ein Kondom«, sagt er, seine Lippen an meinen. »Wenn du es noch mal versuchen willst.«

Wir haben bisher dreimal versucht, miteinander zu schlafen, aber immer ist was schiefgegangen. Beim ersten Mal bin ich irgendwie durchgedreht, beim zweiten Mal er, und beim dritten Mal waren wir beide so nervös, dass es zu schnell vorbei war, um es zählen zu können. Ich würde Ja sagen, wenn es leicht wäre. Aber mit ihm ist so was nicht leicht, und ich glaube nicht, dass ich heute noch einen emotionalen Rückschlag verkrafte.

»Warte«, sage ich und ziehe seine Hand aus meiner Unterwäsche. »Können wir nicht erst mal so bleiben?«, frage ich und schlinge Arme und Beine fester um ihn. »Es fühlt sich so gut an.«

»Ich mache, was du willst.« Er küsst mich und legt sich dann so, dass sein ganzer Körper gegen meinen presst. Nur ein paar wenige Lagen Stoff dämpfen den Druck, den er auf mich ausübt, die Reibung unserer Körper wird kaum von unserer Unterwäsche abgeleitet. »Gut so?«, fragt er atemlos.

Ich keuche: »Ja.«

Jetzt atmen wir beide heftiger, bewegen uns schneller. Seine Hände finden unter mein Shirt, und schon bekomme ich Josh nicht mehr aus dem Kopf. Ich muss an *seine* Hände denken, die mich berühren, seine Arme, seinen Atem, seine Stimme, seinen Körper. Ich öffne die Augen, versuche, mich trotz Dunkelheit daran zu erinnern, wo ich bin, aber es hilft nicht, denn sofort wird es zu Joshs Zimmer.

Ein Stöhnen dringt aus meiner Kehle, und ich bekomme Angst, dass er merkt, wem es eigentlich gilt. Aber sein Stoßen wird nur heftiger, und ich frage mich, ob er gedanklich auch ganz woanders ist. Wenn wir gerade richtigen Sex hätten und uns nicht nur aneinanderreiben würden, würde er mir wehtun. Aber das haben wir ja nicht, sage ich mir. Es ist kein richtiger Sex, also tut er mir nicht weh. Alles in Ordnung.

»Gott, ich komm gleich«, sagt er, während ich all das denke.

Ich schließe die Augen und versuche es, versuche mit aller Macht, an Josh und nicht an Steve zu denken. Ich bin ein schlechter Mensch, ich weiß. Aber ich will nicht, dass es aufhört. Ich weiß nicht, wann ich mich das nächste Mal so fühlen werde, und ich möchte das so lange auskosten, wie ich kann. Er rammt sich so extrem gegen mich, dass ich die Arme über den Kopf zur Wand strecke, einfach damit ich was habe, das mir Halt gibt.

»Gleich«, keucht er an meinem Hals.

Bevor ich überhaupt darüber nachdenken kann, wie lange ich wohl noch brauchen könnte, packt er urplötzlich meine Arme und reißt mich damit zurück in die Realität.

»Steve.« *Das ist zu krass*, will ich sagen, aber es geht alles so schnell. Er umklammert meine Handgelenke und presst meine Arme aufs Bett. »Steve?«, wiederhole ich, aber er sieht mich nicht, hört mich nicht. Ich ziehe und zerre an meinen Händen. Versuche, mich zu bewegen. Aber ich kann nicht. Ich quetsche die Beine zusammen, versuche, ihn so auszubremsen. Ich will seinen Namen wiederholen, aber meine Stimme versagt, ich bekomme keinen Ton raus.

Es fühlt sich an, als würde etwas an meinem Herzen zerren, bis es wie ein Gummiband zerreißt, als würde eine Naturgewalt über mir zusammenschlagen und mich wie Hände unter Wasser ziehen. Finsteres, eiskaltes Wasser, in dem ich nicht sehen kann.

Ich werde durch diese trübe Dunkelheit gespült, bis ich wieder dort bin. Da ist nicht Steve über mir, nicht Josh. Meine

Handgelenke sind überkreuzt und werden so fest von einer Hand zusammengehalten, dass ich Angst habe, sie brechen. Wieder. Die andere Hand ist an meiner Kehle. Wieder. Eine Stimme sagt mir, ich soll still sein. *Wieder.* Ich ertrinke. Ich kann mich nicht wehren. Ich versuche es. Brülle, er soll aufhören – zumindest glaube ich, dass ich brülle. Ich atme nicht mehr. Viel zu lange atme ich nicht mehr. Ich ertrinke, es gibt keine andere Erklärung. Und dann, als ich gerade aufgeben will, versinken, sterben, löst sich der eiserne Griff, und ich durchbreche die Oberfläche des dunklen Wassers, keuchend, um mich schlagend.

Ich komme auf die Beine, schalte das Licht wieder an. Ich atme schwer, huste, renne auf und ab, versuche, die Erinnerungen loszuwerden, die gerade ohne Vorwarnung mein Bewusstsein, meinen Körper geflutet haben.

Steve beobachtete mich mehrere Sekunden lang, sitzt da auf dem Bett, ein Kissen auf den Schoß gezogen. »Edy!«, ruft er dann, die Augen aufgerissen, als wäre es nicht das erste Mal, dass er meinen Namen sagt. »Edy, wo warst du denn gerade?«

»Wo warst *du* denn?«, zische ich.

»Ich war hier«, sagt er. »Ich b-bin hier.« Dabei sieht er mich so unschuldig an, ich kann es nicht ertragen. Ich wende mich ab, stütze mich mit beiden Händen auf seinen Tisch, versuche, mich zu beruhigen, und dann atme ich langsam, zitternd aus. Ich betrachte mich selbst im Spiegel. Klare, harte Linien. Keine Unschärfe, kein Verschwinden. Ich bin ganz da.

»Bitte, komm wieder ins Bett, Edy«, sagt Steve sanft.

Unsere Blicke treffen sich im Spiegel, aber ich muss sofort wieder wegschauen. »Ich brauche einen Moment«, zwänge ich zwischen zwei Atemzügen hervor. Und dann sehe ich zu, wie sein Spiegelbild aufsteht und vorsichtig hinter mich tritt.

»Du machst mir Angst«, sagt er. »Was hab ich getan?«

»Nichts«, presse ich hervor. »Es liegt nicht an dir.«

»Muss es doch«, widerspricht er. »Alles war gut – du hast es doch selbst gesagt –, und dann ist irgendwas passiert.«

Ich schüttle den Kopf. Er legt mir die Hände auf die Schultern, dreht mich langsam zu sich. Dann nimmt er meine Hände in seine. »Meine Güte, du zitterst ja.«

Ich reiße sie zurück und schüttle sie aus. »Alles in Ordnung.«

»Ist das eine Panikattacke oder so was?« Er erstarrt, wirkt ernsthaft besorgt. »Was kann ich tun?«

»Bleib einfach da«, sage ich und strecke die Arme aus, damit er nicht näherkommt. »Für einen Moment.« Ich keuche. »Okay?«

Er nickt. Bewegt sich nicht. Ich lehne mich gegen den Tisch. Schließe die Augen. Atme ein und aus. Ein und aus. Ein und aus, bis meine Lunge wieder richtig arbeitet.

Als ich die Augen öffne, sitzt Steve auf dem Bett. Er hat sein T-Shirt wieder angezogen.

»Komm, dann kuscheln wir halt, okay?«, sagt er und hält die Decke hoch, damit ich gleich hineinkrabbeln kann. Und ich mache es. Er legt sich hinter mich, schlingt die Arme um mich. Das kann er wirklich gut. »Ich bin nicht er«, sagt er leise und streichelt mir über den Kopf. »Das weißt du, oder?«

Wenn ich antworte, fange ich vielleicht an zu weinen, also nicke ich nur. Weil ich weiß, was er meint. Er ist nicht Kevin. Natürlich ist er das nicht. Aber er ist halt auch nicht Josh.

JOSH

»ER IST ECHT EIN GUTER KERL«, höre ich Dominic sagen.
»Ganz ehrlich der beste Freund, den ich je hatte. Im Moment
kommt er nur nicht über dieses Mädel hinweg, glaube ich.
Außerdem trinkt er normalerweise keinen Alkohol, deshalb
ist er heute einfach komplett neben der Spur.«

»Verstehe schon«, antwortet jemand anderes. »Ist uns das
nicht allen schon mal passiert? Also, vielleicht nicht wegen
'nem Mädel, aber … Du weißt schon …«

Ich öffne die Augen. Straßenlaternen blitzen in den Auto-
fenstern auf. Ich liege auf der Seite, zusammengerollt auf der
Rückbank von Dominics Wagen. Ich höre mich selbst stöhnen.
Jedes Geräusch hallt in meinem Kopf nach.

»Hallo, Prinzessin«, sagt Dominics heimlicher Verehrer,
der lächelnd vom Beifahrersitz aus zu mir schaut.

»Von wegen Prinzessin«, wirft nun Dominic ein. »Wehe
du kotzt mir auf den Rücksitz!«

Ich taste nach meinem Handy, das Display verschwimmt vor
meinen Augen. Trotzdem erkenne ich irgendwann, dass es drei
Uhr morgens ist. »Sie hat nicht geantwortet«, murmle ich.

»Luke, nimmst du ihm das bitte ab? Wir müssen verhindern, dass er in dem Zustand auch noch seine Ex anruft.«

»Hier, wieso gibst du mir das nicht erst mal?« Er ist so

zuvorkommend und sanft, dass ich es sofort tue.

»Luke«, wiederhole ich seinen Namen. »Ich bin echt unhöflich, ich hab mich nich ma vorgestellt.«

»Du hast dich vorgestellt, Josh«, erwidert Luke.

»Um die fünf Mal bisher«, fügt Dominic hinzu.

»Sie hat nicht geantwortet«, höre ich mich selbst flüstern.

»Ich weiß«, sagt Dominic. »Aber das ist sicher okay.«

Das Nächste, was ich mitschneide: Ich stehe, na ja, zumindest annähernd, zwischen Dominic und Luke. Sie stützen mich, während ich die Verandastufen hochstolpere. Dominic steckt die Hand in meine Hosentasche, um den Schlüssel rauszuholen. Als könnte ich das nicht selbst! Ich möchte ihnen sagen, dass das alles total unnötig ist, aber meine Zunge gehorcht mir nicht.

Dann rumpeln wir durch die Haustür, und ich will nach der Klinke greifen, damit sie nicht gegen die Wand donnert und meine Mom aufwacht, aber irgendwie stolpere ich, und dann stürzen wir alle drei übereinander.

Ich lache, obwohl ich versuche, leise zu sein. Dominic macht sehr angestrengt *psst, psst.*

Dann setzen sie mich aufs Sofa.

Danach stehen Dominic und Luke mit dem Rücken zu mir am anderen Ende des Wohnzimmers. Die Zeit springt, jetzt sind Mom und Dad bei ihnen, beide in Bademänteln und Hausschuhen. Sie sprechen zu leise, ich verstehe nichts.

Jetzt beugen sie sich über mich. Mom hält eine Hand vor den Mund und schüttelt den Kopf. Dad sieht mich an, als würde etwas ernsthaft nicht mit mir stimmen, als wäre ich entsetzlich entstellt oder so was. Unter Anstrengung hebe ich die Hand ans Gesicht und taste nach Augen, Nase und Mund, die alle an Ort und Stelle zu sein scheinen.

Ich lasse die Augen wieder zufallen.

EDEN

ER WACHT AUF, als ich mich über ihn beuge, um mein Handy vom Nachttisch zu nehmen, das immer noch ausgeschaltet ist. »Was machst du?«, fragt er mit belegter Stimme und blinzelt im Sonnenlicht. »Oh, nein. Wieso hast du mein T-Shirt ausgezogen?«

»Ich muss nach Hause«, flüstere ich.

»Aber es ist Samstag«, stöhnt er und streckt die Arme nach mir aus. »Wieso bist du schon angezogen?«

»Ich muss nach Hause«, wiederhole ich leise.

»Nein, geh nicht. Bleib doch. Bitte. Wann können wir das schließlich noch mal machen?«

Ich setze mich zu ihm und lasse mich von ihm drücken, weil ich nicht weiß, wann wir das noch mal machen. *Ob* wir das noch mal machen. Mein Kopf liegt auf seiner Schulter, er hat einen Arm um mich gelegt. Ich schließe die Augen, spüre, wie sich sein Brustkorb hebt und senkt. Es wäre ein Leichtes, so zu bleiben. Fast drifte ich wieder in den Schlaf, da holt er tief Luft und sagt: »Edy?«

»Hmhm?«

»Können wir über gestern sprechen?«

Ich bin nicht sicher, über was genau – über Josh, unseren Streit, unseren jüngsten traurigen und beschämenden Versuch, intim zu werden –, aber ich fürchte, das Fazit wird so oder so immer dasselbe sein.

»Müssen wir?«, frage ich.

»Ja, schon«, sagt er und setzt sich auf, wodurch auch ich mich gezwungenermaßen aufsetzen muss. Er dreht sich so, dass wir uns ansehen können, dann reibt er sich den Schlaf aus den Augen. »Oder?«

»Vermutlich«, gebe ich zu.

Er nimmt meine Hand, küsst sie. »Es tut mir leid«, sagt er.

»Was?«

»Alles.«

»*Steve*, hör schon auf, du musst doch nicht …«

»Doch. Weil ich dich wirklich unter Druck gesetzt habe, gestern mitzukommen. Ich wollte dich einfach dabeihaben, aber das war egoistisch. Und ich weiß, dass ich echt zu weit gegangen bin mit dem ganzen Mist, den ich über dich und … *ihn* gesagt habe.« Offenbar kann er sich nicht überwinden, Joshs Namen auszusprechen. Ich schaff das ja manchmal auch nicht, aber schätzungsweise aus sehr anderen Gründen als Steve.

»Danke.«

»Und dann hier, im Bett«, setzt er an, zögert dann und legt einen Finger an den Mund, aber kann sich davon abhalten, am Fingernagel zu kauen. »Ich hab das Gefühl, ich hab's mächtig verkackt.«

»Hast du nicht.«

»Du hattest meinetwegen eine Panikattacke, Edy.«

»Das war nicht deine Schuld«, versichere ich ihm, dabei stimmt das ja gar nicht.

»Sag mir doch bitte, was ich gemacht hab, damit das nicht noch mal passiert.«

Er sieht mich mit solcher Intensität an und kann offenbar nicht mal atmen, weil das, was er sich ausmalt, wohl viel

schlimmer ist als das, was tatsächlich passiert ist. »Es ist …
Es war gar nicht *so* schlimm«, setze ich an, und er lehnt sich
näher zu mir. »Du hast halt nur meine Arme gepackt.«

»Okay«, sagt er und wartet auf mehr.

»Sehr fest«, füge ich hinzu.

»Oh«, macht er und zieht die Augenbrauen zusammen.

»Du hast mich festgehalten, wirklich *extrem* festgehalten.«

»Aber ich dachte, du wolltest das.« Er schaut auf das zer-
wühlte Laken, an die Stelle, wo wir gelegen haben, als würde
er das gedanklich noch mal durchgehen. »Ich dachte, dir hat
es gefallen.«

»Hat es ja auch«, versichere ich ihm. »Bis zu diesem Moment. Ich konnte mich nicht mehr bewegen und habe Angst
bekommen und habe dir signalisiert, dass du aufhören
sollst, aber du hast mich nicht gehört.«

»Doch, ich habe dich gehört. Ich habe aufgehört. Sofort.«

Daran kann ich mich nicht erinnern. Dass er aufgehört
hat. Aber dann wiederum kann ich absolut nicht sagen, was
zwischen dem Gefühl, unter Wasser gezogen zu werden und
dem Aufspringen in den Fängen der Panikattacke passiert
ist. »Hast du?«

»Selbstverständlich«, beharrt er und nimmt meine Hände.
»Selbstverständlich hab ich das. Ich schwöre, ich hab sofort
aufgehört, als du was gesagt hast. Du … du glaubst mir doch,
oder?«

»Ich glaube dir, ich erinnere mich bloß nicht«, gebe ich
zu, und ich kann nicht sagen, wer von uns beiden über diese
Erkenntnis betroffener ist. »Ich musste sofort an die Nacht
damals denken … *Er* hat das auch gemacht. Kevin«, füge ich
noch hinzu, weil die Staatsanwältin mir empfohlen hat, das
zu üben. Seinen Namen mit Selbstvertrauen zu sagen und
nicht so unsicher zu klingen.

»Oh, Gott, das war mir nicht klar«, sagt Steve und reibt

sich die Stirn. »Das tut mir so leid.«

»Weiß ich doch. Allerdings …«

»Aber du weißt doch, dass ich sofort loslasse. Also, mir war nicht mal klar, dass ich dich so extrem festgehalten habe. Ich dachte, du kannst jederzeit aufstehen …« Weil ich den Kopf schüttle, verstummt er. Ich glaube, er kapiert erst in diesem Moment, dass er mich problemlos überwältigen könnte, wenn er wollte, denn er lehnt sich vor und küsst beide meiner Handgelenke genau dort, wo er sie festgehalten hat. Als er sich wieder aufsetzt, glänzen seine Augen feucht. »Du weißt, dass ich dir nicht wehtun will oder dich zu irgendwas zwingen würde …«

»Klar, das weiß ich.« Zumindest weiß mein Kopf das. Mein Körper hat die Memo offenbar noch nicht bekommen. »Aber in dem Moment ging mir das nicht als Erstes durch den Kopf.«

Er nickt und räuspert sich, als ob er noch was sagen will, aber dann zögert er.

»Was?«

»Ich liebe dich«, sagt er leise.

Ich schaue zu unseren Händen, und sofort ist da ein riesiger Druck in meiner Kehle. Gestern Nacht war mir das mit der Liebe egal, heute Morgen darf es mir nicht egal sein.

»Du musst es nicht sagen«, fügt er hinzu. »Aber ich – ich – liebe dich.« Jedes Mal, wenn er das sagt, versetzt es meinem Herzen einen Stich. »Ich liebe dich seit der Neunten, seit wir zusammen in der Jahrbuchredaktion waren. Gott, wahrscheinlich schon seit der Fünften.«

»Nein, Steve«, sage ich und lasse eine seiner Hände los, um mir die Tränen aus den Augen zu wischen. »Tust du nicht.«

»Sag mir nicht, was ich fühle«, widerspricht er mir sanft und berührt mein Gesicht.

»Okay, aber darf ich dir sagen, was ich glaube?«

Er nickt.

»Ich glaube, du liebst den Menschen, den du damals kanntest. Und du glaubst, dass ich eines Tages wieder dieser Mensch sein werde. Das ist nicht dasselbe wie mich lieben, so wie ich gerade bin.«

»Edy, sag das nicht. Das stimmt nicht ...«

»Selbst das, Steve. *Edy*. Ich will nicht mehr ›Edy‹ genannt werden, aber alle nennen mich weiter so. Dabei bin ich das nicht mehr.« Jetzt muss es raus, so halbherzig kann es nicht weitergehen. »Ich bin das nicht mehr – und ich glaube, ich kann so nicht weitermachen.«

»Was willst du damit sagen?«, fragt er und beißt sich auf die Lippe, als hätte er Angst, es auszusprechen. »Heißt das ...? Du trennst dich nicht gerade von mir, oder?«

Ich nicke, und sofort vergräbt er den Kopf in beiden Händen. Schlimmerweise ist das nicht das erste Mal, dass ich Steve zum Weinen bringe. »Es tut mir leid.« Ich strecke den Arm aus, kann mich aber nicht überwinden, ihn wirklich zu berühren. »Ich wollte, dass das funktioniert. Ehrlich.«

Er sieht mich mit Tränen in den Augen an. »Es könnte funktionieren, wenn du es versuchen würdest.«

»Du glaubst, dass ich es nicht versuche?« Meine Stimme bricht, trotzdem spreche ich weiter. »Ich versuche es doch ununterbrochen. Ich gebe mir solche Mühe. Zu viel Mühe.« Jetzt weinen wir beide. »Hasst du mich jetzt?«, frage ich. »Bitte, hass mich nicht.«

Er schüttelt den Kopf, und dann lehnt er sich gegen mich. Zum ersten Mal bin ich es, die ihn hält. Mir schläft der Arm ein, trotzdem bewege ich mich nicht.

»Steve?«, sage ich, als sich seine und meine Atmung normalisiert hat und niemand mehr schluchzt.

»Ja?«, antwortet er mit erstickter Stimme.

»Du weißt schon, dass du eine Zehn bist, oder?«

Er lacht. »Lügnerin.«

»Bin ich nicht.«

Er sieht mich an und lächelt.

»Darf ich dir noch was sagen?«

Er nickt.

»Ich komme nicht wieder zur Schule.«

Er öffnet den Mund. Schließt ihn dann wieder.

»Ich pack das einfach nicht«, erkläre ich. »Da ist zu viel passiert.«

»Ich weiß«, sagt er und legt den Kopf auf meine Schulter. »Können wir noch ein bisschen so bleiben?«, fragt er.

»Klar.«

JOSH

ICH WERDE IN MEINEM Bett wach. Das Licht, das durch mein Fenster fällt, ist so grell, dass ich das Gefühl habe, direkt in die Sonne zu starren. Ich schließe die Augen wieder, und dann blitzt ein Erinnerungsfetzen in meinem Kopf auf. Mein Dad und Dominic bringen mich die Stufen hoch, in mein Zimmer, lassen mich aufs Bett fallen.

Ich trage noch die Klamotten von gestern und suche in meinen Taschen nach meinem Handy. Nichts. Ich setze mich auf. Mein Körper ist so schwer, mein Kopf dröhnt. Ich taste das Bett ab, schaue unter die Decke, auf den Boden. Ich stehe auf, werde aber sofort von der Schwerkraft zurückgedrückt.

Beim zweiten Mal bin ich vorsichtiger, stehe langsamer auf. Ich suche auf meinem Tisch, schiebe Papierstapel hin und her, werfe Bücher zu Boden. Auch hier ist es nicht. Ich gehe zur Tür, muss es irgendwo unterwegs verloren haben.

Aber da kommt Mom ins Zimmer. »Josh, warum wirfst du mit Sachen um dich?«

»Ich werfe überhaupt nichts, ich suche mein Handy«, sage ich. »Hast du es irgendwo gesehen? Es muss mir aus der Tasche gefallen sein.«

»Dein Handy kann warten«, sagt mein Dad, der plötzlich in der Tür erscheint. Und dann stehen sie beide in meinem

Zimmer, als hätten sie schon den ganzen Morgen im Flur gewartet, bis ich aufwache. Mom schlägt die Decke über mein Bett und nimmt darauf Platz, klopft dann neben sich.

»Wir müssen reden, mein Schatz«, sagt sie. »Setz dich.«

Dad nickt zustimmend und macht einen Schritt nach vorn.

Ich setze mich. Als sie mich das letzte Mal so hingesetzt haben, war ich zehn und unsere erste Katze gestorben.

»Was ist passiert?«, frage ich.

»Erzähl du es uns«, antwortet Dad.

»Was meinst du?«

»Josh«, sagt Mom, die plötzlich sauer klingt. »Gestern Nacht, verdammt. Was war da los?«

»Nichts war los.« Mein Kopf platzt bei jeder Silbe, die sie mich auszusprechen zwingen.

»Joshua«, sagt Mom, zieht das Ding mit dem vollen Namen durch. »Du bist nicht mal allein durch die Tür gekommen.«

»Darum geht es?« Ich lache, als müsste ich nicht gleich sterben. »Ihr übertreibt. Ich habe zu viel getrunken. Alle da haben zu viel getrunken.«

»Ach so, na, wenn alle zu viel getrunken haben«, Mom reißt die Hände in die Luft, »dann ist ja alles in Ordnung.«

»Wir reden hier von einem Abend.« Ich kann nicht fassen, dass sie mich so an den Pranger stellen. »Und ich bin nicht mal gefahren.«

»Sah auch nicht so aus, als hättest du dich am Ende überhaupt allein auf den Beinen halten können«, wirft Dad mir vor.

Da stehe ich auf. Das ertrage ich nicht sitzend. Besonders nicht von ihm.

»Darf ich nicht ein einziges Mal Scheiße bauen?« Mein Herz pumpt schneller.

Sie starren mich einfach nur an.

»Die Frage meine ich ernst«, sage ich. »Muss ich euch daran erinnern, dass ich an der Highschool *nichts* verbockt habe? Rein gar nichts. Ich habe nie blaugemacht, ich habe nicht gesoffen, habe nie Drogen genommen, hab nicht mal geraucht. Ich musste nicht mal nachsitzen, verdammt!«

»Du bist nicht mehr in der Highschool«, sagt Mom.

»Okay. Genau. Ich bin kein Kind mehr. Ich wohne nicht mal mehr hier. Ich bin zwanzig und bin jetzt zum ersten Mal ...«

»Das war nicht das erste Mal, dass du so betrunken warst, Joshua«, unterbricht Mom mich und steht nun ebenfalls auf. »Aber ich bin dankbar, dass du dich diesmal zumindest nicht geprügelt hast.«

»*Mom*«, sage ich – muss sie das ausgerechnet jetzt ansprechen? »Das war was anderes.«

»Moment mal, wie bitte?« Dad macht das *Time-out*-Zeichen mit den Händen. Wie früher, als er noch meine Basketballspiele gecoacht hat und der Schiri meinte, ich hätte gefoult. »Wann hat er sich geprügelt?«

»In den Winterferien. Sein letztes Schuljahr, Matt«, sagt Mom. Dass sie ihm nicht gleich das exakte Datum nennt! Da hab ich mich mit Edens Bruder geprügelt. Oder vielmehr er hat mich verprügelt, weil ich nicht mal Bock hatte, mich zu verteidigen.

»Natürlich erinnerst du dich an das *einzige* Mal, als ich gewagt habe, mich altersgemäß zu verhalten«, zische ich. Ihre Augen weiten sich, dies ist fast ein Treuebruch – wir waren doch sonst immer auf derselben Seite.

»Betrunken mit blutigen Händen, blauen Flecken und einem Veilchen nach Hause zu kommen, ist nie altersgemäß. Es ist gefährlich und dumm. Und nein, du irrst dich. Das hier ...« Sie wedelt mit der Hand in meine Richtung. »Das ist mir viel zu vertraut.«

»Wieso höre ich da jetzt erst von?«, fragt Dad über Mom hinweg.

»Inwiefern ist das bitte vertraut?«, frage ich und ignoriere Dad.

»Wieso höre ich da jetzt erst von?«, wiederholt Dad lauter.

»Du warst dabei, Matthew!«, brüllt Mom. »Weißt du das nicht mehr? Der Bruder von diesem Mädchen hat ihn angegriffen.«

»Er hat mich nicht *angegriffen*«, werfe ich ein, aber Mom ist jetzt ganz bei Dad. *Natürlich weiß er das nicht mehr. Er hat da doch getrunken. Unter anderem.*

»Jetzt geht es wieder um dasselbe Mädchen«, sagt sie ihm, dann wendet sie sich an mich. »Josh, jedes Mal, wenn du dich mit diesem Mädchen einlässt …«

»Hörst du bitte auf, sie ›dieses Mädchen‹ zu nennen?«

»Dann ist es dasselbe Mädchen wie vor ein paar Monaten?«, fragt Dad, der irgendwie immer noch nicht mitkommt, was Moms Geduld auf eine harte Probe stellt.

»Das hat nichts mit Eden zu tun. Es hat mit gar nichts zu tun. Es ist eigentlich auch gar nichts!«

Mom schaut zwischen Dad und mir hin und her, dann verlässt sie kopfschüttelnd das Zimmer. »Ich kann echt nicht mehr. Einer schlimmer als der andere.«

Kaum ist sie draußen, fühlt es sich gleich leichter an. Ich atme auf, rolle den Kopf von links nach rechts. »Hast du mein Handy gesehen?«, frage ich Dad und setze die Suche unterm Bett fort.

»Nein, Joshie«, sagt er und wirkt außer sich. »Vergiss das verdammte Handy und sprich mit mir!«

»Worüber denn?« Ich lasse mich aufs Bett plumpsen, weil mir vom Vorbeugen schwindlig geworden ist.

»Dominic hat erzählt, dass du dieses Mädchen getroffen hast – diese Ex-Freundin – bei irgendeinem Konzert, und als

Nächstes bist du sturzbetrunken. Also, raus mit der Sprache, was ist passiert?«

Als ich ihm in die Augen schaue, habe ich plötzlich das Bedürfnis zu lachen. *Jetzt* will er also über sie sprechen. »Dad, du kennst ihren Namen. Wenn du sie noch einmal ›dieses Mädchen‹ nennst, dann …« Aber ich bremse mich. Diskutieren hat ja doch keinen Zweck. »Außerdem hat es nichts mit ihr zu tun, hab ich ja schon gesagt. Da war 'ne Party. Es wurde getrunken. Ende der Geschichte.«

»Eden«, berichtigt er sich. »Okay? Ich weiß, dass sie Eden heißt. Und was genau ist jetzt mit diesem M … mit Eden?«, fragt er und kommt näher, senkt die Stimme. »Was ist los? Spuck's schon aus, Josh. Du kannst es mir doch sagen.«

»Was genau soll ich dir denn sagen?«

»Ist sie schwanger?«

»Wie bitte?« Ich stehe wieder auf. »Wovon redest du überhaupt?«

»Hast du sie geschwängert?«, wiederholt er noch leiser und wirft einen Blick über die Schulter. Er sieht so ernst aus, so besorgt, dass ich wirklich lachen muss. »Hey, das ist nicht lustig. Ist es das, was dich so belastet? Denn wenn ja, dann kriegen wir das hin.«

»Nein, ich habe sie nicht geschwängert, Dad. Aber das war gut geraten. Willst du's noch mal versuchen?«

»Ich gebe mir hier echt Mühe.«

»Du erinnerst dich also wirklich nicht an das, was ich dir erzählt habe?«

Er schließt die Augen, als würde ich ihn verletzen und nicht andersrum. Mein Dad hat große Teile meines Lebens verdrängt, und vieles ist mir echt scheißegal, aber das war etwas, das er nicht hätte vergessen dürfen. Und es könnte nicht deutlicher sein, dass genau das passiert ist. Es ist einfach nicht mehr da. Er erinnert sich nicht daran, dass ich ihm das Herz ausgeschüttet habe, ihm wirklich alles erzählt habe, ihn um Rat angefleht habe, um Rückhalt. Aber ich habe erst, als er um den Küchentisch zu mir kam und mich in die Arme nahm, den Alkohol gerochen. Da erst ist mir der leere Blick in seinen Augen aufgefallen.

»Ich wollte darüber im Dezember mit dir sprechen. Ich bin zu dir gekommen. Erinnerst du dich wirklich nicht daran?«, frage ich ihn. »Falls nicht, habe ich Verständnis, schließlich hattest du da gerade einen deiner Rückfälle.«

»Ich weiß noch, dass du sehr durcheinander warst. Daran erinnere ich mich. Ich habe seither oft versucht, mit dir darüber zu sprechen, aber du hast mich immer wieder weggestoßen. Du warst nicht mal über Weihnachten zu Hause, Josh …«

»Ja, ich wollte dich einfach nicht sehen.« Mir ist egal, ob ich ihn damit verletze.

»Das verstehe ich, ehrlich«, sagt er, »aber können wir denn jetzt reden?«

»Weiß Mom denn überhaupt Bescheid? Oder glaubt sie, du warst jetzt die ganze Zeit trocken?«

»Sie weiß von dem Rückfall. Aber ich bin wieder auf Kurs.« Er greift in die Tasche und holt eine dieser Münzen heraus, die ich schon so oft gesehen habe. »Hab letzte Woche die hier bekommen. Neunzig Tage.«

»Boah, Dad. Weißt du was? Mir ist das so egal. Bekiff dich. Sauf dich zu Tode. Es ist mir wirklich egal. Mittlerweile.« Ich gehe zur Tür. »Ich muss mein Handy finden, wenn das für dich okay ist.«

»Joshie, ich bitte dich.« Er hält die Hände hoch, als wollte er mich aufhalten. »Ich höre zu. Du hast mich gebraucht, und ich war nicht für dich da. Es tut mir leid, wenn das dazu geführt hat, dass dein Leben gerade so entgleist. Aber du kannst nicht alles hinschmeißen, nur weil du wütend auf mich bist.«

»Nicht alles dreht sich um dich, Dad! Ob du das nun glaubst oder nicht, aber ich habe ganz eigene Probleme, die rein gar nichts mit dir zu tun haben.«

»Du betäubst dich. Du bist fahrlässig. Du verbaust dir deine Zukunft als Basketballer.«

»Basketballer?«, schnaube ich. »Das ist eh nicht meine Zukunft.«

»Was wäre denn passiert, wenn sie dich aus dem Team geworfen hätten, weil du Anfang des Jahres betrunken zum Spiel gegangen bist? Du wärst dein Stipendium losgewesen. Weißt du, wie viele Stunden ich am Telefon verbracht habe, um deine Trainer, deinen Dekan, deinen Berater davon zu überzeugen, dass du den Rest des Jahres auf der Bank verbringst, statt vom College zu fliegen?«

»Ich war nicht betrunken«, lüge ich. Dabei war ich die ganzen Winterferien über depressiv gewesen, wie D es ganz richtig zusammengefasst hatte. Ich habe die Wohnung kaum verlassen. Mich hat das mit Eden, das mit meinem Dad so angekotzt – weil ich absolut nichts ändern konnte, weder am einen noch am anderen. Irgendwann hat es mich dann angekotzt, dass mich alles angekotzt hat, deshalb habe ich mir vor dem Spiel ein paar Drinks gegönnt. Es hat funktioniert, mir ging's besser. Aber ich war nicht *betrunken*. Ich dachte nicht, dass es auffällt. Aber der Coach hat es gemerkt. Sofort. Und er hat mich von einem der Assistenten nach Hause fahren lassen, bevor es noch wer merken konnte.

Dad steht da, starrt mich an und verkneift sich jedes weitere Wort.

»Ich war krank«, sage ich. Er hält das für eine Lüge, und ich kann nicht erklären, warum es keine ist, also rede ich einfach weiter. »Und ich habe dich nicht gebeten, das zu tun. Ich hätte die Konsequenzen schon selbst ausgebadet.«

»Du warst *verkatert*«, sagt er und meint, mich zu berichtigen. »So wie jetzt.«

»Ausgerechnet du?«, brülle ich nun. »Ausgerechnet du stellst dich da hin und hältst mir 'ne Moralpredigt?«

»Weil ich besser weiß als alle anderen, wovon ich spreche!«, brüllt er zurück. »Tu dir das nicht an. Gott, du bist mir einfach so ähnlich«, flüstert er mehr zu sich selbst. »Bitte, sei nicht wie ich.«

»Ich bin überhaupt nicht wie du, hör auf mit dem Scheiß!« Mir dröhnt durch das viele Schreien der Kopf, mein Herz hämmert und mir ist ganz flau. »Aus dem Weg, Dad … Ich muss kotzen.«

Ich schaffe es ins Bad, und während sich mein Körper gefühlt auf Links dreht, klopft Dad mir auf den Rücken. »Immer raus damit«, sagt er wieder und wieder. »Alles wird gut.«

Als ich sicher bin, dass nichts mehr kommt, setze ich mich auf den Boden, lehnte mich gegen die Wand. Die kalten Fliesen fühlen sich gut an. Ich schaue zu, wie mein Vater einen Waschlappen aus dem Schrank holt und unter den Hahn hält. Er wringt ihn aus, setzt sich zu mir und legt mir den Lappen in den Nacken.

»Hör auf, Dad.« Ich schiebe seine Hände weg.

»Ich will nur helfen.«

Ich werfe den Lappen ins Waschbecken, weil ich mich gar nicht besser fühlen *will*. Aber das sage ich natürlich nicht, sonst kommt er auf den Gedanken, dass es noch schlimmer um mich steht, als er eh schon annimmt.

Er seufzt, und weil ich keine Lust auf weitere Standpauken hab, mache ich den Mund auf. Das Erste, was rauskommt, ist: »Mom irrt sich, was Eden angeht.«

»Okay«, sagt er. »Ich höre.«

»Das alles hat nichts mit ihr zu tun. Also, na ja, irgendwie hat es schon ein bisschen mit ihr zu tun, aber nicht, weil sie irgendwas getan hat. Sie hat mir nichts getan. Ich …«

»Du?«, fragt er und stupst mich an. »Erzähl mir doch bitte, was los ist.«

»Sie ist was Besonderes. Mir liegt echt was an ihr.«

»Aber?«

»Sag Mom nichts davon, okay? Ich soll nicht darüber sprechen.«

Er hält beide Hände in die Luft und schüttelt den Kopf. »Das kann ich dir nicht versprechen, solange ich nicht weiß, worum es geht.«

»Sie wurde vergewaltigt.«

Er schnalzt mit der Zunge. »Oh, Gott.«

»Bevor wir zusammen waren. Aber ich hab es erst nach unserer Trennung erfahren. Lange nach unserer Trennung. Sie hat es mir vor ein paar Monaten erzählt und …«

»Im Dezember?«, fragt er.

Ich nicke. »Und mich hat das einfach so … Keine Ahnung. Ich war der erste Mensch, dem sie erzählt hat, was passiert ist, und ich wusste nicht, was ich sagen oder machen sollte.« Ich verkneife mir gerade noch ein: *Und deshalb hätte ich dich so sehr gebraucht.* »Ich hab mich so hilflos gefühlt … Eigentlich fühl ich mich immer noch hilflos.«

»Das tut mir leid«, sagt Dad.

»Ich hätte das gern eher gewusst. Irgendwie hab ich das Gefühl, ich hätte es wissen müssen, auch ohne dass sie was gesagt hat. Vielleicht hätte ich irgendwie helfen können. Ach, keine Ahnung. Ich hab seither so viele Gedanken gleichzeitig. Was, wenn ich irgendwas getan hab, was es für sie noch schlimmer gemacht hat? Einfach, weil ich nicht richtig aufgepasst oder zu viel Druck gemacht habe …«

»Du meinst sexuell?« Bei all seinen Fehlern, was dieses Thema angeht, war er immer sehr locker, deshalb weiß ich, dass die Nachfrage einfach zum Verständnis ist, nicht wertend.

Ich nicke. »Überwiegend, ja. Aber auch sonst.«

»Och, Josh, du warst schon immer verantwortungsvoll. Ich bin mir sicher, dass du ein perfekter Gentleman warst.«

»Wie kannst du da so sicher sein? Ich bin es jedenfalls nicht. Manchmal bin ich richtig wütend auf sie geworden, hab die Geduld verloren. Aber nur, weil ich nicht kapiert hab, was los war. Jetzt, wo ich's weiß, sehe ich vieles, was zwischen uns gelaufen ist, in einem anderen Licht. Ich wünschte, wir könnten noch mal von vorn anfangen. Ich würde alles anders machen, wenn ich könnte.«

»Dafür ist es doch nie zu spät, oder?«

Ich schüttle den Kopf. »Keine Ahnung. Vermutlich ist es besser, wenn wir einfach Freunde bleiben. Es ist einfach so … kompliziert.« Ich borge mir Hannahs Wort von gestern Nacht. »Bis ich sie sehe. Dann fühlt sich alles so unfassbar leicht an. Aber sie ist mit einem anderen zusammen, und dann ist da noch der Altersunterschied …«

»Oh.« Er atmet das mehr, als er es ausspricht. Ich sehe die Sorge, die ihm übers Gesicht huscht. »Wie groß ist denn euer Altersunterschied, Josh?«

»Sie ist siebzehn. Also nicht dramatisch, aber halt … ein Unterschied. Sie war nur zwei Stufen unter mir«, erkläre ich. »Jetzt steht sie kurz vorm Abschluss.«

»Okay.« Er scheint sich etwas zu entspannen. »Entschuldige, ich wollte dich nicht unterbrechen.«

»Ich würde gern …«, setze ich an. »Ach, keine Ahnung. Ich weiß nicht … Ich dachte einfach …« Offenbar weiß ich selbst nicht, was ich sagen will, was ich generell will, was ich denke. »Ich dachte halt, ich bin über sie hinweg«, gebe ich schließlich zu.

Er seufzt und drückt meine Schulter, gibt diesen Worten erst mal Raum. »Klingt für mich, als müsstest du einen Weg finden, wirklich über sie hinwegzukommen. Einen anderen als diesen«, sagt er und macht eine Kreisbewegung mit der Hand. Als verkatert und halbtot im Bad auf dem Boden zu sitzen, meint er wohl.

»Ja«, stimme ich zu.

»Spring mal unter die Dusche. Trink viel Wasser. Leg dich noch mal hin.« Dad klopft mir auf den Rücken und steht dann auf. »Alles wird gut, Josh, das versprech ich dir.« Und dann lässt er mich allein und schließt die Badezimmertür hinter sich. »Ich suche derweil dein Handy«, ruft er aus dem Flur.

EDEN

ICH WARTE, BIS ICH frisch geduscht in frischen Klamotten
an meinem Schreibtisch sitze, ganz ruhig und gefasst, bevor
ich seine Nachrichten lese.

Es war schön, dich heute zufällig zu sehen.
Hat mir gefehlt, mit dir zu reden.

Tut mir leid, wenn es jetzt komisch ist zwischen
dir und deinem Freund. Er wirkte ziemlich
sauer. Ich hoffe, er versteht, was das zwischen
uns ist. Soll ich ihm sagen, dass da nichts läuft?
Mach ich, wenn du willst. Ich möchte nur, dass
du glücklich bist

Können wir uns treffen, bevor ich zurückfahre?

Mir hat's auch gefehlt, mit dir zu reden

Zwischen uns war es nicht deinetwegen
komisch, das war es schon so

Sag mir wann/wo und ich bin da.

Ich warte eine Stunde. Ich rufe sogar bei ihm an. Ich warte noch eine halbe Stunde. Während ich die Auffahrt zu seinem Elternhaus entlanggehe, muss ich an all die anderen Male denken, die ich hier war. Im Dunkeln. In der Kälte. Das Haus hat sich nicht verändert. Seine Katze sprintet von der Veranda, als ich mich nähere, aber kommt dann auf mich zugeschlendert, als hätte sie mich erwartet. Ich beuge sich zu ihr, um sie zu streicheln, und entdecke etwas zwischen den Stufen und dem Gebüsch. Es ist ein Handy. Ich hebe es auf und drehe es. Joshs Handy. Das Display hat einen Riss, es ist nicht eingeschaltet.

Die Tür geht auf, bevor ich klopfen kann.

»Oh!«, keuche ich, springe zurück und lasse fast Joshs Handy fallen.

»Entschuldigung«, sagt der Mann, der praktisch eine ältere Version von Josh ist. Mir verschlägt es kurz die Sprache, während ich die ganzen Ähnlichkeiten auf mich wirken lasse. Gleiche Statur, gleicher Körperbau, gleiche Gesichtszüge, gleiche Augen. Abgesehen von den gealterten Zügen, dem grau gesprenkelten Haar und der leicht anderen Nase *ist* das Josh. »Kann ich Ihnen helfen?«

»Oh, äh, ich habe das hier gefunden«, sage ich und halte ihm das Handy hin. »Es lag auf dem Gehweg. Ich habe ihm geschrieben, aber die Nachricht ist wohl nicht angekommen. Ich hab auch angerufen. Das ist wohl der Grund dafür, dass er nicht drangegangen ist.« Was labere ich denn da? Aber aufhören kann ich offenbar auch nicht. »Da hab ich gedacht, ich komme einfach vorbei, weil ich nicht wusste, wie lange er bleibt. Ich wollte ihn nicht verpassen.«

»Eden?«, fragt er und blinzelt mich an, während er das Handy entgegennimmt.

»Oh, ja, Entschuldigung. Ich bin Eden.« Wie ich rumzapple, weil ich plötzlich so nervös bin. Wer hätte denn auch damit rechnen können, dass seine Eltern an einem Samstagmorgen zu Hause sind? Für gewöhnlich hassen Eltern mich. Manchmal glaube ich, sie riechen, dass ich Ärger bedeute, und dann haben sie Angst, dass sich das auf ihre Kinder überträgt.

»Matt«, sagt er und deutet auf sich. Sofort hab ich Josh vor Augen, als er mir seinen vollen Namen sagt. *Joshua Matthew Miller*, hat er gesagt, und ich dachte, es ist der beste Name der Welt. »Der Vater«, fügt er hinzu, weil ich nicht reagiere.

»Ja, klar. Hallo«, sage ich dümmlich daher. »Ähm, ist Josh da?«

Die Tür öffnet sich weiter, und Joshs Mutter erscheint neben Matt. Ich habe sie schon einmal gesehen, da hat sie Josh von der Schule abgeholt. Sofort erkenne ich Josh auch in ihr. Die gleiche Nase, der gleiche, schöne Mund. Aber da liegt eine Anspannung in ihrem Gesicht, eine Strenge in ihrem Blick.

»Dies ist kein guter Zeitpunkt«, sagt sie.

»Oh, verstehe. Okay«, stammle ich. »Richten Sie ihm aus, dass ich da war?«, bitte ich und bereue es sofort, weil ich dafür einen so stechenden Blick von seiner Mutter ernte, so was habe ich noch nie gesehen. Sie dreht sich ohne ein Wort um und lässt seinen Vater einfach stehen.

»S-sorry«, stottere ich überrumpelt und weiche zurück. »Ich wollte nicht stören.«

»Warte«, sagt sein Vater, tritt auf die Veranda und zieht die Tür hinter sich zu. »Kein Grund, sich zu entschuldigen, das war einfach ein harter Morgen für uns.«

Ich nicke. Das verstehe ich natürlich. Ich habe ja selbst einen ziemlich harten Morgen. Aber das sage ich nicht. Ich schaue mich suchend um, weil ich irgendwie die Orientierung verloren habe, und da fällt mir auf, dass Joshs Auto gar nicht in der Auffahrt steht. »Ist mit Josh … alles in

Ordnung?«, frage ich, mein Blick wandert erneut zu dem gebrochenen Display seines Handys, das jetzt sein Vater in der Hand hält.

»Der kommt schon wieder in Ordnung«, antwortet er, was mich nur noch mehr beunruhigt.

Meine Hand legt sich wie von selbst auf mein Herz, das plötzlich rast, weil meine Gedanken immer finsterer werden. »Sein Auto ist nicht hier. Aber es ist doch nichts passiert, oder? Kein Unfall oder so? Ich meine, es geht ihm gut, oder? Er ist doch nicht verletzt?«

»Nein«, sagt er schnell. »Guter Gott, nichts dergleichen. Er kämpft nur mit einem ziemlichen Kater.«

»*Josh*?« Es klingt piepsig. Das ergibt doch alles keinen Sinn. »Aber ich hab ihn doch gestern Abend gesehen. Er hat nicht getrunken. Er trinkt nicht«, sage ich seinem Vater, der mich weiter so ansieht, wie Josh, wenn er meint, dass ich mehr weiß, als ich zugebe. Wie unheimlich.

»Nun«, seufzt er. »Gestern Abend schon.«

»Oh.« Ich atme aus und lasse die Hand sinken. »Okay. Richten Sie ihm trotzdem aus, dass ich hier war?«, bitte ich noch mal, weil ich sicher bin, dass seine Mutter es nicht tun wird.

»Ich sehe, dass er dir was bedeutet«, sagt er. »Nicht wahr?«

»Ja, er bedeutet mir mehr als ...« Meine Ehrlichkeit ist mir ein bisschen peinlich, aber Joshs Vater kommt noch einen Schritt auf mich zu, was mich davon überzeugt, dass er Josh vielleicht doch sagt, dass ich hier bin. »Alle anderen«, beende ich den Satz.

Aber er lässt mich nicht ins Haus, er nickt nur ernst und setzt sich auf die oberste Verandastufe. »Hast du einen Moment?«, fragt er.

Ich nicke. Er deutet neben sich, also setze ich mich zu ihm. Erst mal sagt er nichts, und ich frage mich, ob ich anfangen soll. Ich weiß nicht, wie so was mit Eltern normalerweise abläuft. Er tätschelt die Brusttasche seines Hemds und holt eine Zigarettenpackung heraus. Sie ist so zerdrückt und zerknittert, dass er sie schon eine Weile mit sich rumtragen muss. »Darf ich?«, fragt er und tippt die Packung gegen seine Handfläche, woraufhin ein Feuerzeug herausfällt.

»Klar«, sage ich. »Schon okay.«

Er fischt eine Zigarette aus der Packung und steckt sie zwischen seine Lippen. Er zündet sie an, und während der Rauch um uns kringelt, klopft mein Herz, sehnt sich nach der unmittelbaren Erleichterung, die so ein Glimmstängel bietet.

Er zieht lange an der Zigarette und sagt, während er den Rauch in der Lunge hält: »Ich versuche schon so lange aufzuhören …« Dann wendet er das Gesicht ab, um den Rauch von mir weg zu atmen. Fast bitte ich ihn um eine, doch da drückt er seine schon an der Betontreppe aus. Nach dem einen, tiefen Zug. Ich bezweifle, dass ich mich so beherrschen könnte.

»Als Josh klein war, hat er Comics geliebt.« Lächelnd lässt er den Blick in den Vorgarten wandern. »Wir haben die immer zusammen gelesen.«

Ich lächle mit, aber habe plötzlich keinen blassen Schimmer, wohin diese Unterhaltung führen wird.

»Jeder Superheld hat eine ultimative Schwäche«, fährt er fort. »Das Ding bei Josh ist … er war immer schon einer, der makellos erscheint. Vielleicht weißt du ja, was ich meine. Er wirkt nach außen hin immer so abgeklärt und beieinander, dass man leicht vergisst, wie anders es in seinem Innern aussehen könnte. Ich hab mich immer gefragt, ob das seine ultimative Schwäche ist.«

»Ich weiß«, sage ich, und er sieht mich an, als wolle er ergründen, ob ich das wirklich weiß oder ob ich nur zustimme, um nett zu sein.

»Aus ihm ist ein so guter Kerl geworden – was er absolut nicht mir zu verdanken hat, so viel weißt du sicher«, merkt er an, fährt aber schnell fort: »Ich bin sehr stolz auf ihn, trotzdem mache ich mir Sorgen«, gibt er zu. »Er will immer, dass es allen anderen gut geht. Ich fürchte manchmal, er geht so sehr in der Sorge um andere auf, dass er sich selbst vergisst. So wie gerade. Das macht mir ziemliche Angst.«

Ich halte die Luft an, die sich dann in einem kurzen, nervösen Lachen entlädt. »Ich weiß irgendwie nicht, ob sie mir die Schuld geben oder mich um Hilfe bitten.«

»Weder noch«, sagt er, steht auf und hält die ausgedrückte Zigarette in der Hand. »Ich dachte einfach, das solltest du wissen.«

»Okay.« Ich stehe ebenfalls auf. »Danke.«

»Schön, dich kennenzulernen, Eden«, sagt er.

»Ja, gleichfalls.« Ich entferne mich ein paar Schritte, drehe mich dann noch mal um. »Hm, sagen Sie ihm vielleicht doch lieber nicht, dass ich hier war. Ich … Wir können uns ja ein andermal treffen, wenn der Zeitpunkt besser ist«, sage ich, weil ich an die Worte seiner Mutter denken muss.

Er schenkt mir so ein schiefes Grinsen, wie ich es von Josh kenne und hält dann das Handy hoch. »Ich geb ihm das.«

ZWEITER

TEIL

JULI

JOSH

ICH SITZE AM TRESEN des Sportzentrums, scanne alle paar Minuten einen Studierendenausweis und prüfe, ob das Bild auch zu dem Menschen passt, der ins Gebäude will. Die Nachmittagssonne strahlt durch die bodentiefen Fenster und macht mich müde.

Freitags ist es hier wie ausgestorben, besonders im Sommersemester, weshalb ich endlich mal Zeit zum Lernen habe. Ich quäle mich durch ein Kapitel zu Forschungsmethoden für den Psychologiekurs, als ich das verräterische Klimpern von Coachs Schlüsselkette höre. Sofort setze ich mich auf, trinke einen Schluck Kaffee und versuche, wacher zu wirken, als ich bin.

Er kommt zu mir an den Tresen und sagt: »Wir sehen uns Montag, in aller Herrgottsfrühe.«

»Ja«, sage ich gleich. »Bis Montag.«

»Grüß deinen Vater von mir«, fügt er noch hinzu.

»Mach ich. Danke, Coach. Schönes Wochenende.«

Ich hab mir große Mühe gegeben, damit der Coach mir endlich wieder einigermaßen wohlgesonnen ist. Er hat mir diesen Job den Sommer organisiert, hauptsächlich, um mich im Blick zu haben, fürchte ich. Er hat dafür gesorgt, dass ich keine Zeit zum Lernen, ach, eigentlich keine Zeit für irgendwas anderes habe, als mir für ihn den Arsch aufzureißen. Mit anderen Worten: Ich war der Laufbursche für die ganze Abteilung. Jemand hat Hunger, ich hole was zu essen. Irgendein Geldgeber oder sonst wie wichtiger Mensch muss vom Flughafen abgeholt werden, ich bin der Chauffeur. Sportausrüstung muss gereinigt werden, ich bin der Hausmeister. Ein Athlet hat 'ne Krise und braucht einen Tutor – übernehm ich auch. Immerhin darf ich dieses Wochenende mal nach Hause. Hab ihm gesagt, es gibt eine Familiensache. Glücklicherweise hat er nicht weiter nachgehakt.

Vermutlich verdiene ich diese Strafe für das, was ich getan habe.

Trotzdem setzt jeden Morgen, wenn mein Wecker in aller Herrgottsfrühe klingelt, eine Art Tauziehen in meinem Kopf ein. Auf der einen Seite ist der Teil von mir, der weiß, wie glücklich ich mich schätzen kann, diese Chance zu haben, der mit vollem Einsatz weitermachen will. Schließlich habe ich mich dazu verpflichtet, als ich das Stipendium angenommen und beschlossen habe, für dieses Team zu spielen. Außerdem weiß ich, dass es meinen Dad glücklich macht. Aber auf der anderen Seite ist der Teil von mir, der manchmal einfach ausschlafen, ein normaler Student sein will, der hier ist, um was zu lernen und nicht um ein Spiel zu spielen, an dem er eigentlich keinen Spaß hat.

Die meisten anderen in meinem Team machen drei Kurse pro Semester, weil einfach nicht genug Zeit für mehr bleibt, aber ich habe mich über meinen Berater hinweggesetzt und vier gewählt. Und diesen Sommer will ich mindestens zwei Kurse abschließen, sonst muss ich noch ein Collegejahr dranhängen, und ich habe wirklich keinen Bock, länger Basketball zu spielen, als ich muss.

Nicht, dass ich nicht gewusst hätte, worauf ich mich einlasse. Die Opfer, die ich bringe, den Druck, den ich aushalten muss. Aber dass ich mich nach zwei Jahren schon so ausgebrannt fühle, obwohl ich noch nicht mal die Hälfte hinter mir habe ... manchmal würde ich so gern hinschmeißen. Basketball. Das College an sich. Aber heute Morgen vor dem Unterricht hat meine Psychologieprofessorin etwas gefragt, worüber ich noch gar nicht nachgedacht hatte, was mir aber seither nicht mehr aus dem Kopf geht. Sie wollte wissen, ob ich für den Herbst ein Nebenfach wählen will.

»Ein Nebenfach?«, wiederholte ich – weil ich mich noch nicht mal wirklich für ein *Hauptfach* entschieden habe. Zur Sportmedizin hat Bella mich im ersten Semester überredet, und irgendwie war das logisch damals. Sie wollte Medizin studieren – will sie sicher immer noch, nehme ich an –, machte die entsprechenden Vorbereitungskurse und hat mich überzeugt.

»Psychologie als Nebenfach«, verdeutlichte Dr. Gupta, weil ihr wohl klar war, dass ich ihr nicht folgen konnte. »Die nötigen Scheine hast du schon zusammen.« Ich habe zwei Kurse bei Dr. Gupta gemacht und letztes Semester einen anderen Psychologiekurs, der die Voraussetzung für Sozialwissenschaften war. Weil ich schon Nachweise von Psychologiekursen an der Highschool mitgebracht hatte, konnte ich die Einführungskurse überspringen – das wirkte sinnvoll. Ich meine, ich interessiere mich für das Fach, keine Frage, aber es war nicht direkt geplant. Es ist einfach passiert. Deshalb wusste ich nicht, was ich ihr antworten soll.

»Denk drüber nach«, riet sie mir. »Und wenn du Fragen hast, komm zu mir.«

Genau das mache ich gerade, darüber nachdenken. Bellas Hauptargument war eigentlich gewesen, dass *ich* den Sport mache und *sie* Medizin studieren will, und wir so halt auch ein paar Kurse zusammen hätten.

Ich greife zu meinem Handy, denn Bella hat sich Anfang

der Woche gemeldet. Es war das erste Mal, dass ich seit unserer Trennung im Dezember von ihr gehört habe. Sie schrieb:

Bist du gerade auf dem Campus?
Wollen wir mal was trinken gehen,
bisschen reden?

Ich habe es vor mir hergeschoben, darauf zu reagieren, weil ich nicht ablehnen will. Aber wenn ich zustimme, weiß ich schon jetzt, was passieren wird. Sie würde mich zurücknehmen, obwohl ich sie verletzt habe, und ich würde mich drauf einlassen, weil wir theoretisch ganz gut zusammenpassen. Meine rationale Seite, die, die sich an Absprachen und Abmachungen hält, obwohl ich das eigentlich gar nicht will, fragt sich manchmal, ob ich da was Gutes aufgegeben habe. Fragt sich, was passiert wäre, wenn ich damals nicht Edens Anruf angenommen hätte. Ich bin mir zu neunundneunzig Prozent sicher, dass Bella und ich noch zusammen wären, dass ich weder wüsste, was Eden passiert ist, noch dass mein Vater einen Rückfall hatte, außerdem hätte ich letzten Winter nicht vor dem Spiel getrunken, weshalb Basketball einfach weitergelaufen wäre. Alles wäre einfach glatt weitergelaufen, wie geplant.

Aber während ich ihre Nachricht gerade noch einmal lese, erinnere ich mich an all die Dinge, die in der Praxis nicht funktioniert haben.

Sie hat gefragt, ob wir was trinken gehen, weil sie nicht mal weiß, wie ungern ich trinke. Weil ich es ihr nicht erzählt habe. Und ich habe es ihr nicht erzählt, weil sie nach dem Grund gefragt hätte, und dann hätte ich ihr auch von Dad erzählen müssen und von den paar Gelegenheiten, als ich doch mal getrunken und es dann gleich übertrieben habe. Hinterher habe ich es extrem bereut und sofort Panik bekommen, dass ich Dad vielleicht ähnlicher bin, als ich mir eingestehen will. Obwohl Bella und ich zusammengewohnt und uns gut verstanden haben und ich sie wirklich mochte – oder sogar liebte, wie ich da annahm –, gab es doch Dinge, die ich ihr gegenüber niemals aussprechen konnte. Anders als bei Eden.

Ich lasse Bellas Nachricht weiter unbeantwortet und wechsle zu der Nachricht, die Eden mir heute Morgen geschickt hat. Die Nachricht, über die ich richtig laut lachen musste.

Auf Arbeit, perfektioniere
gerade meine Milchschaum-
verschönerungsfähigkeiten

Dazu schickte sie ein Foto von einer flachen Tasse mit dem Logo von The Bean – dem Café im Ort, wo sie vor ein paar Wochen zu jobben angefangen hat.

Ich weiß, ich weiß. Viele Baristas
wählen ein Herz oder eine Blume,
meine Lieblingsform hingegen ist ...
der Fleck.

Sieht sehr fleckig (?) aus.
Starbucks kann mit The Bean
absolut nicht mithalten.

Danke.

Ich zaubere dir meinen speziellen Vanille-Fleck-
Latte, wenn du das nächste Mal hier bist

Ich frage mich immer noch, ob ich ihr sagen soll, dass ich am Wochenende mal wieder bei meinen Eltern vorbeischaue. Bei meinem letzten Besuch im April haben wir uns nicht wiedergesehen. Sie hat angerufen und mir eine Sprachnachricht hinterlassen, die ich in den letzten Monaten viel zu oft angehört habe. Sie hat gesagt, dass sie mich treffen will. Ich hatte viele Ausflüchte – Handy verloren, Handy kaputt, krank, neues Handy holen müssen, viel zu viel zu tun, früher losmüssen –, was alles nicht gelogen war, auch wenn es sich so angefühlt hat.

Seither schreibt sie mir ziemlich viel, aber es ist immer oberflächliches Zeug, als ginge es mehr um Quantität als Qualität. So war sie sonst nie. Ich habe den Eindruck, irgendwas hat sich verändert, aber ich weiß weder was noch warum, und ich traue mich nicht, sie zu fragen. Glücklicherweise schreibt sie nichts über *Steve*. Immerhin. Ich glaube nicht, dass ich damit klarkäme. Weder jetzt noch jemals.

Am nächsten Morgen starte ich die fünfstündige Fahrt und halte, wie immer, nach etwa dreißig Kilometern bei der Tankstelle. Ich schaue an die Zapfsäule. Nummer zwei. Dieselbe Säule, an der ich letztes Mal getankt habe, als ich im Dezember nach Hause gefahren bin.

Es hat geschneit, als sie an dem Nachmittag das erste Mal angerufen und gleich wieder aufgelegt hat. Ich war unterwegs gewesen zum Training. Sie hat viermal hintereinander angerufen und aufgelegt. Ich hatte ihre Nummer längst gelöscht, sie aber sofort am Atmen erkannt.

Danach habe ich versucht, das so gut es ging zu verdrängen, aber später am Abend, als wir am Küchentisch saßen, die Bücher um uns ausgebreitet beim Lernen für die Prüfungen, wurden wir von ihrem nächsten Anruf unterbrochen. Ich ging dran, aber sie legte sofort wieder auf. Dreimal.

»Was soll das?«, fragte Bella beim vierten Anruf. »Ignorier das doch einfach.«

Aber ich konnte nicht. »Eden, bist du das?«, sagte ich.

Sofort legte sie wieder auf.

»*Eden*? Deine Ex-Freundin Eden?«, fragte Bella und legte den Textmarker in ihr Buch. »Was will *die* denn?«

Ich schüttelte den Kopf und stand auf. Wählte ihre Nummer. Ich wurde richtig wütend, während ich darauf wartete, dass sie dranging, und ich konnte nicht mal sagen, warum – weil Bella sich so aufregte oder weil ich langsam wirklich ihre Stimme hören wollte.

Sie ging dran, sagte aber immer noch nichts, und Bella war ja direkt neben mir und lauschte, also bat ich sie, nicht noch mal anzurufen. Zu meiner großen Erleichterung tat sie es aber doch sofort wieder.

»Stalkt die dich oder was?«, zischte Bella fieser, als ich sie je gehört hatte. »Geh *nicht* dran, Josh – die verarscht dich.«

Aber ich hob ab. Und als sie endlich was sagte, hebelte ihre Stimme mich fast aus. Sie klang absolut nicht gut. Sie sagte: »Mir lag was an dir.« Ich wusste nicht, was sie meinte, aber dann sagte sie es noch mal anders. »Du warst mir wichtig. Du warst mir immer wichtig.«

So was hatte sie noch nie zu mir gesagt, und das jetzt zu hören, machte mir höllische Angst.

»Hast du's gewusst?«, fragte sie. »Dass du mir was bedeutest?«

Ich wusste nicht, was ich erwidern sollte, also sagte ich die Wahrheit. »Manchmal schon.«

Dann rasselte sie völlig willkürlich runter, wann sie mich angelogen hatte, was für ein furchtbarer Mensch sie war und wie sehr sie sich selbst hasste und dass ich sie auch hassen sollte. Das war so kryptisch und wirr, dass ich einfach nur hoffte, sie wäre betrunken, aber als ich sie genau das fragte, lachte sie nur und verneinte. Und dann hörte ich, dass sie zu weinen anfing.

Irgendwas stimmte nicht. Ich wusste nicht, was, aber ich wusste, dass es ernst war. Ich versuchte, sie am Telefon zu halten, aber ich spürte richtig, wie sie sich mit jedem meiner Worte weiter entfernte. Ich fragte sie, was sie brauche, ob oder wie ich helfen könne.

»Kannst du nicht!«, kreischte sie.

Das verstärkte meine Angst nur noch, weil sie immer weiter zumachte. Ich verlor sie oder den Zugang zu ihr. Sie entschuldigte sich und sagte, sie hätte nicht anrufen sollen. Ich versuchte, ihr zu verstehen zu geben, dass das okay war, aber sie hörte gar nicht mehr zu.

»Manchmal fehlst du mir einfach, und ich wollte, dass du weißt, dass mir was an dir lag. Wirklich«, sagte sie so leise, dass ich mir das andere Ohr zuhalten musste, um sie überhaupt verstehen zu können. »Und es gab keinen anderen. Nie. Ich hoffe, du glaubst mir.«

»Warte, Eden«, rief ich, weil ich einfach wusste, sie hatte abgeschlossen. »Leg nicht auf«, sagte ich, obwohl es schon zu spät war.

Bella beobachtete mich dabei, wie ich in unserer kleinen Wohnung hin- und herrannte und verzweifelt versuchte, Eden zu erreichen, die aber nicht mehr ans Telefon ging, weshalb ich eine Nachricht nach der anderen hinterließ. Wir waren über ein Jahr zusammen gewesen – ich wollte sie in den Winterferien nach Hause mitnehmen und meinen Eltern vorstellen –, aber so hatte sie mich noch nie gesehen.

»Beruhig dich mal«, sagte sie immer wieder. »Findest du dein Verhalten nicht ein bisschen übertrieben?«

Aber ich konnte mich nicht beruhigen. Und mein Verhalten war nicht übertrieben.

»Du liebst sie doch nicht mehr«, sagte sie und unterdrückte

ein Lachen. Sie formulierte es aber nicht wie eine Frage, das war eher eine Feststellung. *Selbstverständlich bist du nicht mehr in ein Highschoolmädchen verliebt, die nie wirklich deine Freundin war.* Ich sagte mir dasselbe. Manchmal kam sie mir monatelang nicht in den Sinn. Ich war über sie hinweg. Aber wenn das wirklich stimmte, wie war es dann möglich, dass sie nach so langer Zeit einfach so anrief und mich der Klang ihrer Stimme komplett umnietete?

»Josh?«, hakte sie nach, als ich nicht reagierte.

»Lieber Gott, was denn?«, blaffte ich. Noch etwas, das sie bisher nicht von mir kannte.

»Hey, so redest du nicht mit mir«, sagte sie und stand auf. Sie kam zu mir und stellte sich mir in den Weg, betrachtete mich. »Wieso drehst du so durch?«

»Bella, lass mich gerade bitte erst mal machen. Du verstehst das nicht. Irgendwas stimmt da nicht, okay?«

»Dann erklär es mir doch.« Super Idee. Da stand sie also erwartungsvoll vor mir, als könnte ich ihr Eden *erklären.* Als wäre das eins dieser Matheprobleme, die wir zusammen lösen konnten, wenn wir uns nur Mühe gaben. Dabei konnte ich Eden niemandem erklären, nicht mal mir selbst.

»Okay«, sagte Bella und verschränkte die Arme, während ich einfach nur schweigend vor ihr stand. »Ich kann nicht fassen, dass ich das fragen muss, aber: Läuft da was zwischen euch?«

»Bella, ich bitte dich.« Was Besseres fiel mir als Reaktion nicht ein. Denn irgendwas lief da schließlich noch zwischen uns. Das mit uns hat ja nie aufgehört. Es hat eigentlich sogar nie wirklich angefangen.

»Das ist keine Fangfrage, Josh. Sag mir einfach die Wahrheit«, verlangte sie.

Die Wahrheit war aber zu kompliziert, um sie Bella begreiflich machen zu können, die, was mir erst in diesem

Moment auffiel, offenbar nicht wusste, dass *ich* auch ziemlich kompliziert war.

Dabei war die Wahrheit über uns eigentlich ganz einfach. Eden war wütend, und ich war traurig, und das hätte niemals funktionieren dürfen, aber das hat es nun mal. Es hat funktioniert, als wären wir dafür nicht zu kaputt gewesen. Aber vielleicht auch nur manchmal, wenn nicht gerade irgendwas dazwischenkam. Wie die ganze Traurigkeit, die ganze Wut. Oder andere Leute oder schlechtes Timing oder Teenagerblödsinn. Natürlich gab es da noch ihre Lügen. Und ich wusste einfach, dass sie was vor mir geheim hielt.

Trotz alledem rief ich zurück. Trotz alledem ließ ich mitten in der Nacht – mitten in einem Streit – meine Freundin in unserer neuen Wohnung zurück. Ich weiß noch, dass ich in diesem Moment gedacht habe, dass ich nicht bereit sein sollte, alles für sie über Bord zu werfen. Ich sollte nicht einfach über das Weinen meiner Freundin hinweghören können, über ihr Flehen, doch zu bleiben. Ich sollte nicht aufbrechen können, obwohl sie mich am Arm festhält. Ich sollte in der Lage sein, wenn sie zum ersten und letzten Mal in unserer Beziehung ein Ultimatum ausspricht, das ich ihr voll abkaufe: »Wage es ja nicht, jetzt zu ihr zu fahren, wenn du hierher zurückkehren willst«, eine ernst gemeinte Entschuldigung über die Lippen bringen können. Ich sollte nicht trotzdem einfach die Wohnungstür zuziehen und in meinen Wagen steigen können.

Nur weil sie mich angerufen hat. Nur weil ich Angst hatte. Angst, weil mir plötzlich bewusst wurde, dass jetzt vielleicht ich wütend und sie traurig war – *zu* traurig vielleicht.

Ich hinterließ ihr eine Sprachnachricht, als ich an dieser Tankstelle stand. Genau an dieser Stelle, in der Eiseskälte, mitten in der Nacht. Ich sagte ihr, dass ich unterwegs war, und dann betete ich zu allen Göttern aller Universen, dass sie sich melden würde, bis der Tank voll war, und mir sagen würde, dass ich umdrehen solle. Ich wollte, dass sie mich anlog. Dass sie anrief und mir sagte, dass alles gut wäre. Dass sie mich nicht brauchte. Dass ihr doch nichts an mir lag. Nie was an mir gelegen hatte.

Ich wollte glauben, dass dieser Anruf kein Abschied gewesen war – kein endgültiger. Denn auch wenn ich mir in vielen Punkten unsicher war, was sie betraf, in dem Punkt nicht. Dazu war sie definitiv fähig. Keine Ahnung, woher ich das wusste, ich wusste es halt einfach. Und obwohl ich jetzt so viele Monate ohne sie weitergemacht hatte, wusste ich nicht, ob ich weitermachen könnte, wenn es sie nicht mehr gäbe.

»Bitte, Eden«, flüsterte ich. Die Wörter bildeten eine weiße Wolke aus Kälte vor meinem Gesicht. »Ruf doch bitte einfach an.«

*

Der Zapfhahn klickt, reißt mich zurück ins Tageslicht, in die Hitze, in die Sonnenstrahlen, die mir auf Nacken und Schultern brennen. Ich schaue auf meine Arme, all meine Haare stellen sich auf und mir läuft ein Schauer über den Rücken.

Ich hänge den Zapfhahn wieder an die Säule und sehe zu, wie die Zahlen auf dem Display blinken und dann wieder auf Null gesetzt werden. Ich holte tief Luft und versuche, die Kälte abzuschütteln, die mir offenbar noch immer von jener Nacht in den Knochen steckte.

Ich steige ein und angle mein Handy hervor, um Bella zu antworten:

Ich halte es für keine gute Idee,
dass wir uns treffen. Aber ich hoffe,
dir geht es gut, Bella. Tut mir leid.

EDEN

DIE BEWERBUNGEN WAREN MÜLL, das war mir klar. Ich habe bei jedem College dasselbe eingereicht, garniert mit einem bescheuerten Essay, der eigentlich nur aus Textbausteinen bestand, die meine Beraterin praktisch für mich verfasst hat, der alles abgedeckt hat, wonach diese Schulen suchen. Sagte sie. Ich weiß noch, dass ich mich flüchtig fragte: *Und was ist mit dem, wonach ich suche?*

Abgesehen von einer Bewerbung, bei der ich dachte, dass es auf sie auch nicht mehr ankommen würde.

Für die schrieb ich etwas, das vermutlich besser in einem Tagebuch aufgehoben gewesen wäre, verschlossen vor den Augen der Welt. Es war eine Mischung aus einer Entschuldigung an mich selbst, einem Liebesbrief an Josh und einer Art Stellungnahme einer Vergewaltigten an wer auch immer gerade zuhört … all das verwurstet zu einem Essay für die Zulassungsstelle der Tucker Hill University. Viel zu gekünstelt, viel zu ehrlich und triefend vor Metaphern und so vielen schillernden Wörtern, aber ich war so stolz darauf. Es ging um zweite Chancen und verlorene Zeit und Bedauern und eine leise Hoffnung auf eine Zukunft. Ich glaubte, schrieb ich im Brustton der Überzeugung, dass meine Zukunft dort auf mich warte.

Ich meinte das sogar ganz ernst, als ich das schrieb. Es war ein Schuss ins Blaue, ein Wunsch, der wahrscheinlich nicht Wirklichkeit werden würde. Und diese Unwahrscheinlichkeit verlieh mir den nötigen Mut, zumindest diesen Versuch zu starten.

Das war Ende Januar, ich schwebte in anderen Sphären, weil Kevin verhaftet worden war und mir offenbar geglaubt wurde, weil ich zu dem Zeitpunkt noch dachte, dass das irgendwie zählte. Ich ging davon aus, dass er schon bald hinter Schloss und Riegel sein, eben aus meinem – aus unser aller – Leben verschwinden würde. Ich fühlte mich frei. Josh und ich hatten wieder miteinander gesprochen, das war, bevor ich aufgehört hatte zur Schule zu gehen, vor Steve, bevor alles so viel härter wurde. So tippte ich praktisch in letzter Minute diesen Essay. Ohne zu wissen, dass selbst Monate später nichts passiert wäre, um den Prozess voranzutreiben, oder dass ich mich mit jedem verstreichenden Tag erheblich weniger frei, weniger hoffnungsvoll fühlen würde.

Ich hatte keine Ahnung von dem ganzen juristischen Kram, weshalb ich, als Staatsanwältin Silverman und die uns zugeteilte Anwältin, Lane, mir erklärten, dass ich in diesem Prozess nicht allein gegen ihn antrat, sondern der ganze Staat, dass ich einfach nur Teil von etwas Größerem war, immense Erleichterung verspürte. Fast so etwas wie Macht. Ich fühlte mich geschützt. Weil es drei gegen eins stand – Amanda und Gennifer und ich –, so wirkte die Ausgangslage gleich viel fairer. Zahlenmäßige Überlegenheit. Ich stellte mir vor, wie wir drei wie so eine Gang von einem Filmposter in einen schicken Verhandlungssaal schritten: die Ex-Freundin, die kleine Schwester und die Nachbarstochter, alle taff und stark, alle untergehakt.

Das war eine schöne Vorstellung.

Aber das Gefühl hielt nicht an. Denn Silverman und Lane erklärten mit Nachdruck, während sie den ganzen Ablauf inklusive Beweisaufnahme, Anhörungen und eigentlichem Prozess beschrieben, dass wir uns unter keinen Umständen über irgendetwas, das mit dem Fall, Kevin oder unserem Erlebten zu tun hatte, unterhalten durften. Denn dann konnte man uns des … Ja, des was eigentlich beschuldigen? Des Lügens vermutlich. Als wären wir irgendwelche Superhirne, die sich eine tolle Geschichte ausdenken. War denen nicht klar, dass das eigentliche Superhirn Kevin war, der hinter all dem steckte?

Ich kann mich kaum noch an diese hoffnungsvolle Person erinnern, die diesen Essay geschrieben hat. Ich dachte permanent daran, Tag und Nacht über Wochen, bis die kalte, herrliche Erkenntnis sackte: Ich konnte aufhören zu hoffen. Nach einem Blick auf meine Noten würde sowieso niemand mehr meinen Essay lesen.

Genau deshalb verstehe ich die E-Mail nicht, die gerade auf meinem Handy erschienen ist. Darin steht, dass ich nicht länger auf der Warteliste stehe, sondern man mir einen Studienplatz anbietet. Ich lese das sicher zehnmal, ohne es wirklich zu begreifen. Das muss ein Fehler sein.

Hektisch suche ich nach der vorangegangenen Mail.

Ich hatte sie gar nicht richtig gelesen, sie nur überflogen, bis ich auf das Wort »bedauerlicherweise« gestoßen bin, dann hab ich sie sofort weggewischt – und nie wieder angeschaut. Dabei war es gar keine Absage. Nur die Info, dass ich auf der Warteliste stehe. Ich schaue noch mal in die Mail von heute. Ja, da steht tatsächlich: *Wir freuen uns sehr, Ihnen für das Herbstsemester einen Studienplatz anbieten zu können.*

»Oh, mein Gott«, flüstere ich.

»Was ist passiert?«, fragt mein Bruder, Caelin, der gerade in die Küche schlurft, wo ich wie erstarrt stehe, die Tür der

Mikrowelle noch in der Hand, darin kühlt mein Burrito ab. Noch im Poloshirt und mit dem Visor von The Bean auf dem Kopf, noch immer nach Kaffee riechend.

»Ich … ich wurde angenommen«, stammle ich und schaue auf. »An der Tucker Hill University.«

»Krasse Scheiße, Eeds.« Er lächelt, und ich gebe ihm mein Handy. Da erst fällt mir auf, wie lange ich ihn schon nicht mehr habe lächeln sehen. »Im Ernst, das ist ja großartig. Ich wusste nicht mal, dass du dich da beworben hast. Tucker Hill ist eine richtig gute Uni.«

»Ich weiß. Genau deshalb hab ich ja absolut nicht damit gerechnet, dass die mich nehmen.«

»Herzlichen Glückwunsch«, sagt er und breitet die Arme aus wie zu einer Umarmung, hält dann aber inne.

»Aber das wird ja doch nichts werden, oder? Es ist teuer und viel zu weit weg …«

»Eden, du musst an diese Uni«, fällt er mir ins Wort. »Und so weit ist das nun auch nicht. Ist ja nicht mal ein anderer Bundesstaat. Das sind vier oder fünf Stunden von hier, maximal.«

»Okay, aber *teuer* ist es.«

»Ach, pfft«, macht er und wedelt wegwerfend mit der Hand. »Es gibt doch Stipendien und Beihilfen und andere Unterstützungen … Kredite.«

»Aber das ist schon so bald. Ich hab gar nicht genug Zeit, mich vorzubereiten, bei allem, was sonst noch ansteht.« Der Prozess soll im Herbst anfangen, aber darüber haben wir beide bislang noch nicht gesprochen. Wie es für ihn sein wird, seinen ehemals besten Freund so zu sehen … und seine Schwester.

»Ein Grund mehr, von hier zu verschwinden. Du kannst ja zurückkommen, wenn du musst«, sagt er und meidet so geschickt *für den Prozess*. »Außerdem hast du dann jetzt noch über einen Monat, das ist doch 'ne ganze Menge Zeit.«

»Mom und Dad halten das sicher nicht für eine gute Idee. Ich, allein – die trauen mir ja noch nicht mal genug, um mir ein Auto zu leihen, mit dem ich zur Arbeit fahren könnte. Und das ist gleich der nächste Punkt … ich hab kein Auto.«

»Stopp, stopp, stopp.« Er presst die Handflächen zusammen, als würde er beten. »Erstens, seit wann interessiert dich, was die denken … oder was *ich* denke?« Er lacht, und ich lache mit, weil er natürlich recht hat. »Und ein Auto treibst du schon auf. Weißt du was? Nimm meins!«, ruft er. »Hör auf, irgendwelche Ausreden zu finden.«

»Ich werde dein Auto brauchen.«

»Klar. Brauche ich gerade eins? Nein, ich setze schließlich ein Semester aus«, erinnert er mich. »Du machst das.«

Ich versuche mir vorzustellen, wie das funktionieren könnte. Ist das nicht völlig verrückt? Ich muss lachen und lege mir die Hand über den Mund. Kopfschüttelnd schaue ich noch mal aufs Display. Plötzlich bin ich ganz aufgeregt und dann wird mir flau, weil mich die Möglichkeiten überwältigen, die sich mir da eröffnen.

»Tucker Hill«, sagt Caelin. »Ist da nicht auch Josh Miller?«

Ich nicke langsam.

»Heißt das … Läuft da wieder was zwischen dir und ihm?«, fragt er unbeholfen.

»Er hat eine Freundin«, höre ich meine Standardantwort. Das ist der Satz, der seit Monaten auf Dauerschleife in meinem Kopf läuft, obwohl das ja gar nicht die Antwort auf seine eigentliche Frage ist. »Will sagen, wir sind nur Freunde«, schiebe ich hinterher.

Ich gehe mit meinem lauwarmen Burrito in mein Zimmer und schließe die Tür hinter mir. Dann starte ich meinen Laptop. Wie gern würde ich jetzt eine rauchen. In mir kämpfen all diese Gefühle – Angst, Aufregung, Freude, Panik – um den ersten Rang.

Aber ich hole erst mal Luft. Langsam ein, langsam aus. Dann öffne ich meine Mails, einfach zum Prüfen. Als hätte sich die Nachricht zwischen Handy und Computer verändern können. Hat sie aber nicht. Ich klicke auf den Link, der mich zu den Stipendien für den Fachbereich Englisch führt. Englisch, das hatte ich als angestrebtes Hauptfach angegeben. Ich versuche, mich dort zu sehen, zwischen den Leuten auf den idyllischen Fotos, die die Internetseite zieren. Vielleicht könnte ich ja die eine da sein, die unter dem Baum auf einer Decke sitzt und liest. Oder die Lächelnde in dem Vorlesungssaal. Ich könnte Teil der kleinen Menschengruppe sein, die lachend zusammen über den Campus geht – Freunde. Ich schließe die Augen und versuche, es mir vorzustellen: die großen Gebäude, die riesigen Bibliotheken. In einer richtigen Stadt leben.

Und dann ist da noch diese andere Kleinigkeit. Ich klappe den Laptop zu. Josh. Die ganze Josh ... *sache,* wie Mara es nach dem Konzert formulierte.

Abends stochere ich in meinem Salat herum und versuche, den richtigen Moment zu finden, um es anzusprechen. Caelin sieht immer wieder zu mir, wartet wohl darauf, dass ich was sage. Mom liest in ihrem Handy. Dad, der derzeit kaum mit mir spricht, isst wie immer schweigend.

»Also«, verkündet Caelin. »Eden hat ziemlich gute Neuigkeiten.«

Mom schaut von ihrem Handy auf und tupft sich mit der Serviette die Mundwinkel. »Gute Neuigkeiten? Davon könnten wir gerade welche brauchen.«

»Äh, ja. Sieht so aus, als hätte die Tucker Hill University mich genommen.«

»Wie bitte?«, fragt Dad, legt die Gabel weg und schaut

zwischen Caelin und mir hin und her, als hätten wir was vor ihm geheim gehalten.

»Ich habe es heute erst erfahren«, sage ich schnell.

»Und du … willst … das machen?«, fragt Mom sehr langsam und klingt verunsichert.

»Ich …«, setze ich an, aber die Art, wie sie das gesagt hat, gibt mir das Gefühl, ich sollte das nicht machen wollen, ich hätte nicht das Recht, das zu wollen.

Caelin mischt sich ein. »Selbstverständlich will sie das.«

»Ja, klar, selbstverständlich willst du das«, sagt Mom, und ich kann das *aber* schon förmlich hören.

»Das ist doch gut.« Caelin kommt zu meiner Unterstützung und hilft damit auch meiner Entschlossenheit ein bisschen.

»Genau«, sage ich. »Wieso fühlt es sich so an, als wären das schlechte Nachrichten für euch?«

»Nein, nein, das sind tolle Neuigkeiten. Wirklich«, erwidert Mom. »Einfach etwas unerwartet.«

»Okay«, schnaube ich. »Freust du dich wenigstens ein bisschen für mich?«

»Aber natürlich!«, sagt Mom. »Natürlich freuen wir uns. Entschuldige, ich muss nur an alles denken, was bei dir los ist. Ich habe den Eindruck, dass gerade ein bisschen Ruhe einkehrt … Du hast eine Routine durch deine *Termine* und deinen Job und … Ich frage mich einfach, ob das nicht eine zu große Veränderung wäre.«

»Vielleicht wäre sie aber auch genau richtig. Ich habe schon in der Praxis angerufen, und die meinten, ich könnte meine Therapie übers Telefon weitermachen. Und ich finde sicher auch dort einen Job, wo ich überteuerten Kaffee verkaufen kann. Zur Anhörung kann ich zurückkommen, wenn sie denn jemals stattfinden wird. Wer weiß, vielleicht wird sie ja noch mal verschoben. Warum soll ich denn mein ganzes Leben auf Eis legen?«

Dad seufzt laut und schüttelt den Kopf.

»Was ist?«, fragt ihn Caelin, und selbst ich höre, wie herausfordernd das klingt.

Dads Augen werden schmal. »Wie bitte?«

»Ich hab ›Therapie‹ gesagt«, flüstere ich. »Und ›Anhörung‹. Du weißt doch, dass wir so tun sollen, als gäbe es nichts davon.«

»Eden«, sagt Mom. »Niemand …«

Aber Dad fällt ihr ins Wort. »Sie macht doch eh, was sie will. Wozu also überhaupt fragen?«

»Wer? *Ich?*«, sage ich laut, Caelins Unerschrockenheit ist wohl ansteckend. Ich habe es so satt, dass Dad nicht mehr mit mir spricht, seit das alles rausgekommen ist – als hätte *ich* was falsch gemacht. »Willst du damit sagen, dass du mich tatsächlich lieber hier hättest? Du sprichst ja kaum noch zwei zusammenhängende Sätze mit mir.«

»Das …«, setzt Dad an und drückt sich mit dem Stuhl vom Tisch weg, den Blick auf Mom gerichtet. »Sie ist zu jung, Vanessa. Sie ist zu jung, um auszuziehen. Das«, wiederholt er, »das kommt nicht infrage.«

»Du kannst mich nicht mal ansehen?«, schreie ich.

»Eden«, sagt Mom. »Beruhige dich.«

»Oh, mein Gott«, flüstert Caelin.

»Und was genau soll ich hier machen?«, frage ich, und ehrlich gesagt ist mir egal, wie laut ich dabei werde. »Bis an mein Lebensende bei The Bean arbeiten und hin und wieder mal 'nen Kurs am Community College belegen? Ich bin definitiv in der Lage, andere Dinge zu meistern. Und das ist etwas, das ich will. Ich weiß nicht, warum du so bist.«

Jetzt steht er auf, geht zur Haustür und nimmt den Autoschlüssel.

Und dann sage ich, was ich mir seit sieben Monaten verkneife. »Du gibst mir die Schuld an alledem, oder?«

Er fährt herum, sieht mich seit Wochen zum ersten Mal an.

»Ich hab um nichts davon gebeten! Was Kevin getan hat, ist nicht meine Schuld, und ich habe es echt satt, dass du mir jeden Tag wieder die Schuld dafür gibst!«, brülle ich.

»Dein Vater gibt nicht dir die Schuld.« Jetzt steht auch Mom auf. »Conner, sag es ihr«, verlangt sie.

Auch Caelin steht auf. Er schaut von Dad zu mir und sagt: »Nein, Eden, er gibt mir die Schuld.« Langsam und besonnen schiebt er den Stuhl unter den Tisch und geht dann in sein Zimmer.

Da wendet Dad sich wieder ab, öffnet die Haustür und weg ist er.

»Herrgott noch mal«, zischt Mon. »Eden, ich bin gleich wieder da. Wir kriegen das schon hin – lass mich nur grad …« Dann folgt sie meinem Vater, und ich bleibe allein am Tisch zurück, auf dem vier noch halb volle Teller stehen.

»Ich mache das«, sage ich zu niemandem.

Ich brauche den ganzen Abend, bis ich genug Mut zusammen habe, um ihm schreiben zu können. Seit dem Gespräch mit seinem Vater auf der Veranda habe ich mir solche Mühe gegeben, ihn nicht mit meinem Mist zu belasten. Habe mir solche Mühe gegeben, für ihn da zu sein, falls *er* zur Abwechslung mal mich brauchen sollte. Ich habe ihn so oft gefragt, wie es ihm geht, aber er hat sich nullkommanull geöffnet. Allmählich fürchte ich, dass unsere Zeit einfach abgelaufen ist. Dass wir zu viele Chancen verpasst haben und die Nummer jetzt durch ist.

Ich liege auf dem Rücken und starre den sich drehenden Deckenventilator an, lasse mich von ihm hypnotisieren. Muss mich richtig zwingen, den Blick abzuwenden. Ich drehe mich auf die Seite, setze mich auf, hole tief Luft und öffne zum millionsten Mal unseren Chat. Wenn ich noch länger warte, ist es zu spät, und dann muss ich morgen von vorn anfangen.

Ich weiß, es ist spät …
aber kann ich noch anrufen?

Sofort vibriert mein Handy.

JOSH

ES TUTET VIEL ZU OFT, bevor sie drangeht. In meinem Kopf überschlagen sich schon alle möglichen furchtbaren Szenarien, Adrenalin rauscht mir durch die Adern.

»Hi«, sagt sie leise.

»Hi. Was ist los?«

Sie lacht. »Okay, warum ist das deine erste Frage an mich?«

Ich begutachte ihren Ton. »Tut mir leid. Seit ich dich kenne, rufst du mich eigentlich nur an, wenn was nicht stimmt.«

»Oh, echt?«

»Ach, keine Ahnung«, murmle ich, weil ich nicht will, dass sie sich komisch fühlt und an diesen Anruf zurückdenkt.

»Also, ich würde nicht sagen, dass was nicht stimmt. Ich«, sie holt tief Luft und atmet dann langsam aus, »wollte einfach nur mit dir reden. Ist das okay?«

»Klar. Ich hab doch gesagt, dass du mich jederzeit anrufen kannst.«

»Ja, das weiß ich, aber … okay, danke.« Sie zögert. »Äh, ist deine Freundin gerade in der Nähe?«

Ich hab ihr nie erzählt, dass wir uns getrennt haben. Irgendwie hätte es nie so geklungen, als hätte ich dabei nicht den Hintergedanken, eigentlich wieder mit ihr zusammenkommen zu wollen.

»Wird sie sich darüber aufregen, dass ich so spät anrufe?«

»*Ich* hab ja *dich* angerufen, also ...« Ich halte das Handy ans andere Ohr, vielleicht kann ich so besser denken. »Wieso, würde dein Freund sich aufregen?«, frage ich.

»Ja, vermutlich.« Sie lacht dieses perfekte Lachen – das echte. »Wenn er noch mein Freund wäre.«

»Oh«, keuche ich.

Sie lacht wieder, hofft wohl, dass ich mitlache, aber ich kann nicht.

»Warte, was? Ist das wahr?«, frage ich, bevor mein Herz mir davonrennt. »Ihr seid nicht mehr zusammen?«

»Ja«, sagt sie. »Also, ja, es ist wahr, und nein, wir sind nicht mehr zusammen.«

»Oh«, wiederhole ich.

»Josh?«

»Sorry. Ähm, nein, die Einzige, die sich darüber aufregen würde, dass ich gerade mit dir telefoniere, ist Harley.« Jetzt rechne ich mit einem Lachen von ihr, aber es kommt keins. »Du weißt schon, meine Katze ... Harley Quinn? Ach, egal. Ich bin gerade zu Hause.«

»Zu Hause im Sinne von bei denen Eltern?«, fragt sie.

»Ja, nur übers Wochenende.«

»Und davon wolltest du mir nichts erzählen?«

»Oh, ist ja nur so kurz.«

»Aber ... davon wolltest du mir nichts erzählen?«

»Ich war nicht sicher, ob ich Zeit habe, dich zu treffen, also ...« Ich lasse den Satz verklingen und hoffe einfach, dass sie was erwidert, weil ... Ich kann ihr ja schlecht die Wahrheit sagen. *Ich bin nicht sicher, ob ich mir in deiner Nähe trauen kann.*

»Eden?«

»Ja? Ich bin hier«, sagt sie sanft.

»Was hältst du davon …?«

»Was halte ich wovon?«

»Was hältst du davon, wenn wir uns sehen?«, frage ich. »Darf ich vorbeikommen?«

Ich halte die Luft an, weil es am anderen Ende der Leitung so still ist. Ich durfte noch nie zu ihr kommen. Ich weiß gar nicht, warum ich überhaupt gefragt habe. Ich hätte sie einfach zu mir einladen sollen.

»Schon okay, wenn nicht …«, setze ich an, aber sie fällt mir ins Wort.

»Komm her.«

Ich habe mir ein frisches T-Shirt angezogen und die Zähne geputzt. Weniger als zehn Minuten später parke ich bei ihr vorm Haus. Seit ich sie kenne, habe ich sie noch nie hier abgesetzt oder abgeholt, war nie drin. Im Haus ist es dunkel, aber als ich den Autoschlüssel wegstecke und die Auffahrt hinaufgehe, geht das Verandalicht an.

Sie öffnet die Tür, als ich näherkomme, und tritt barfuß heraus. Sie lächelt, nimmt eine der Stufen nach unten, während ich eine nach oben nehme, und dann umarmen wir uns unbeholfen auf der Treppe, fallen irgendwie ineinander und schwanken herum.

»Hi«, sagt sie leise, als sie sich von mir löst und rückt etwas ab. »Sorry, ich bin die Umarmung vielleicht etwas zu ehrgeizig angegangen.«

»Ich habe kein Problem mit ehrgeizigen Umarmungen, wenn sie mit dir sind.«

Das ist buchstäblich eins der dümmsten Dinge, die ich je gesagt habe, aber sie trägt wieder Shorts – diesmal so eine weiche Schlafhose –, und ich kann sehen, dass sie unter dem übergroßen Pulli ein dazu passendes Oberteil anhat, und deshalb kann ich kaum an was anderes denken. Ich folge ihr hinein und versuche, ein Mindestmaß an innerer und äußerer Ruhe herzustellen.

Im Flur stehen Schuhe aufgereiht, also ziehe ich meine aus.

»Danke«, sagt sie leise, verlagert das Gewicht immer wieder, kratzt sich am Oberschenkel, schaut über die Schulter. Sie wirkt eigenartig, fühlt sich spürbar unwohl in ihrem eigenen Zuhause. Vielleicht überträgt sich aber auch nur meine Nervosität. »Meine Eltern sind oben.« Sie flüstert nicht direkt, sagt mir damit aber, dass wir leise sein müssen.

»Oh, verstehe.« Ich nicke.

»Hier lang.« Sie führt mich durch das Wohnzimmer und dann durch einen Flur. In einem der Zimmer läuft gedämpft ein Fernseher, unter der Tür sieht man einen dünnen Lichtstreifen. »Mein Bruder«, erklärt sie. Sofort muss ich an die Silvesterparty in meinem letzten Highschooljahr denken. Es kursierten die schillerndsten Gerüchte über Eden, und ich versuchte, erfolglos, weil ich betrunken war – ich hatte zum ersten Mal in meinem Leben Alkohol getrunken –, zu erklären, dass diese Gerüchte alle erstunken und erlogen waren. Rückblickend fürchte ich, damit alles nur noch schlimmer gemacht zu haben. Und als mich später am selben Abend ihr Bruder zur Rede stellte, wollte ich ihm erklären, dass Eden nicht nur eine Nummer für mich war, aber bevor ich sagen konnte, dass ich sie wirklich liebte, hatte er mich schon zu Boden geschlagen. Meine erste Prügelei. Mein erstes Veilchen. Mein erster Kater.

Sie schließt die Tür hinter uns, und ich versuche, mich unauffällig umzusehen. Es wirkt sehr minimalistisch und karg, erinnert eher an ein Musterzimmer. »Das ist es also, mein Zimmer.«

»Irgendwie anders, als ich es mir vorgestellt habe.«

Sie schaut sich um, als würde sie es ebenfalls zum ersten Mal sehen.

»Also, es ist schön«, rudere ich zurück.

»Nein, nein«, sagt sie. »Mir ist klar, dass es komisch wirken muss. Ist einfach nicht mehr viel von mir hier.«

Ich bin nicht sicher, ob ich verstehe, wie sie das meint, und das sieht sie mir offenbar an.

»Mom ist in so einen IKEA-Wahn verfallen und hat einfach alles entfernt, was hier vorher mal war. Hat sogar neu gestrichen und jetzt ist halt alles sehr … grau. Ich habe mir noch keine Mühe gemacht, meine eigene Note einzubringen. Abgesehen von dieser Lampe«, sagt sie, tritt an ihren Schreibtisch und knipst eine kleine Tiffanyleuchte ein, den einzigen Farbklecks im gesamten Zimmer. »Hab ich in einem Trödelladen entdeckt. Ich bin irgendwie sehr stolz drauf. Laberrhabarber, sorry. Irgendwie bin ich wohl nervös.«

»Schon okay. Gut möglich, dass ich auch nervös bin.« Ich zögere. »Das erste Mal hier zu sein, ist irgendwie komisch. Als wäre ich wieder in der Highschool.«

Sie lacht kurz. Dann greift sie um mich, um hinter mir auf den Schalter zu drücken. Das Deckenlicht erlischt, und ihre Schreibtischlampe taucht das Zimmer in gelben Schein. »So ist's doch schon besser«, sagt sie. »Nicht mehr ganz so grell.«

»Stimmt.« Ich betrachte sie, wie sie da in dem schummrigen Licht vor mir steht und sogar noch … *hinreißender* aussieht. Das ist irgendwie das Wort, das mir permanent durch den Kopf schießt.

»Ich hatte hier noch nie Besuch. Also, Mara war da, klar. Aber nie einen *Jungen*«, flüstert sie hinter vorgehaltener Hand. Dann holt sie tief Luft und sagt: »Sorry, ich dachte, das käme irgendwie niedlich oder lustig rüber oder so.«

»Ist es doch«, sage ich, dabei muss ich sofort an *Steve* denken. War der wirklich nie hier oder wie meint sie das?

»Ähm, möchtest du dich hinsetzen? Oh, oder vielleicht was trinken?«

»Danke, nicht nötig«, sage ich. »Schon okay.«

»Okay«, erwidert sie, bleibt dann aber bei mir stehen und spielt mit den Bändeln ihres Kapuzenpullis, den sie ganz offensichtlich einfach schnell über ihren Schlafanzug gezogen hat, bevor ich angekommen bin. Und irgendwas daran lässt meine Fantasie mal wieder in die falsche Richtung davongaloppieren. Ich muss den Blick abwenden.

»Wollen wir noch mal von vorn anfangen?«, frage ich. »Mit 'ner richtigen Umarmung?«

Sie nickt.

»Ja? Okay. Dann komm her.« Ich reiche ihr die Hände, sie nimmt sie und bewegt sich auf mich zu, schlingt mir die Arme um die Hüften. Ich lege die Arme um sie und senke das Kinn auf ihren Kopf, ihr Haar riecht wie immer umwerfend. Sie presst das Gesicht gegen meinen Oberkörper und klammert sich fest. Immer wieder holt sie bewusst tief Luft, als müsse sie sich beruhigen. Ich würde so gern fragen, ob alles in Ordnung ist, dabei ist es das ja offensichtlich nicht. Deshalb atme ich einfach mit ihr, um mich selbst zu beruhigen. Allmählich lockert sich ihre Umklammerung, dann lassen wir uns los.

»Tut mir leid, ich war einfach … War ein bisschen viel in letzter Zeit, aber ich bin froh, dass du hier bist. Ich hab mich immer lieber direkt mit dir unterhalten.«

In ihren Nachrichten stand nichts davon, *dass es ein bisschen viel* war *in letzter Zeit*. Aber ich war ja nun selbst nicht gerade sehr mitteilsam, was meine Themen angeht. Wir setzen uns auf ihr Bett, sitzen praktisch so wie auf dem Picknicktisch.

»Also, worüber wolltest du mit mir sprechen?«, frage ich genau in dem Moment, in dem sie sagt: »Wieso bist du denn zu Hause?« Wie immer reden wir gleichzeitig.

»Sorry, du zuerst«, sage ich.

»Okay, warum bist du gerade zu Hause?«, wiederholt sie.

»Wegen Dad. Er ist jetzt seit sechs Monaten nüchtern. Es gibt eine Feier von A.A., und dann feiern wir als Familie auch noch.«

»Oh, wow. Sechs Monate. Das ist 'ne große Sache, oder?«

Ich nicke. »Schon. Also, die Münze hat er schon ein paar Mal bekommen, aber …«

»Aber?«

»Wahrscheinlich beißen mich diese Worte noch in den Hintern, aber irgendwie fühlt es sich diesmal anders an.«

»Gut«, sagt sie mit diesem langsamen Blinzeln, das mir zeigt, wie ernst sie das meint.

»Ach, ich weiß nicht. Ich bin vorsichtig optimistisch, würde ich sagen.«

»Das freut mich, Josh. Das hast du verdient.«

»*Ich?*«, frage ich.

»Ja, du verdienst es, dass dein Dad gesund ist und … und für dich da. Ich weiß ja, wie sehr dich das alles verletzt hat über die Jahre.« Sie nimmt meine Hand und rückt etwas näher. Ein mir bekannter Schimmer tritt in ihre Augen. »Ich …« Sie schweigt und schließt kurz die Augen. »Ich möchte einfach, dass es diesmal auch für dich anders ist.«

Ich nehme ihre andere Hand und begreife wohl endlich etwas, was mir vorher nicht ganz klar gewesen ist. Während wir zusammen waren, hat sie ihre Gefühle so sehr versteckt, weil sie offenbar alles *so* wahrnimmt – sehr tief und umfassend. Und dass ihr wirklich immer was an mir lag.

»Eden«, fange ich an, aber dann fällt mir nichts weiter ein. Also hänge ich ein plumpes »Danke« an.

»Entschuldige den komischen Anruf«, sagt sie. »Ich war einfach überrascht, dass du nicht erwähnt hast, dass du herkommst. Aber es ist ja nun wirklich nicht so, als *müsstest* du mir erzählen, wann immer du hier bist.«

»Ich wollte es dir ja sagen.« Jetzt rücke auch ich etwas näher. »Aber seit dem letzten Mal war da einfach so eine …« Ich suche nach dem richtigen Wort. »Anspannung. Kann natürlich sein, dass ich mir das nur einbilde.«

»Nein, nein, das ist keine Einbildung.«

Wir verfallen in Schweigen, und ich habe das Gefühl, dass es an mir ist, es zu brechen.

»Wenn ich ehrlich bin, war es hart, dich mit einem anderen zu sehen. Aber davon abgesehen hatte ich plötzlich den Eindruck, ich sollte dich besser in Ruhe lassen.«

»Nein«, sagt sie und drückt meine Hand. »Ich will nicht, dass du mich je in Ruhe lässt.«

»Ich dachte, wenn du komplett mit mir abgeschlossen hast, sollte ich das auch versuchen. Dass es dann vielleicht leichter wird oder …«

»Wenn *ich* mit dir abgeschlossen habe?« Ihre Stimme hat einen härteren Klang, und sie lässt meine Hände los. »Du bist doch der in der ernsten Beziehung.«

Ich schüttle den Kopf. »Nein, bin ich nicht. Das … Das ist schon eine Weile vorbei.«

»Bitte?«

»Das ist vorbei.«

»Seit wann?«

»Seit ich im Dezember hier war. Sie hatte doch ein ziemliches Problem damit.«

»Dann hast du mich angelogen?«

»Ja«, gebe ich zu. Sie nickt langsam, und ich beobachte, wie sie auf ihre Unterlippe beißt und dann den Blick zu ihren Händen senkt, die in ihrem Schoß liegen. Ihre Haare schließen sich um ihr Gesicht. Ich drehe den Kopf, damit ich ihren Gesichtsausdruck sehen kann, aber sie legt die Hand an die Stirn, als müsse sie starkes Sonnenlicht abschirmen. »Eden?«

Ich lege ihr die Hand unters Kinn und hebe es an, bis ich ihr ins Gesicht sehen kann … sie *lächelt*.

»Oh, das scheint dich ja ordentlich mitzunehmen«, scherze ich.

Jetzt schaut sie auf und hält sich den Mund zu. »Nein, tut mir leid. Ich grinse gar nicht«, sagt sie, aber ihre Stimme wird immer dünner, weil sie ein Lachen unterdrückt.

»Stimmt, du lachst nämlich!« Deshalb muss auch ich lachen, weil das einfach so absurd ist. »Was ist so lustig?«

»Nichts, ehrlich – sorry!« Sie schlägt mir gegen den Arm. »Hör auf«, verlangt sie, aber dann fängt sie selbst wieder an.

»Hör *du* doch auf.« Ihr Lachen ist berauschend. »Du lachst hier schließlich mich aus.«

»Sorry, ich weiß echt nicht, warum. Sorry«, wiederholt sie. »Und ich lache dich nicht aus, ich schwöre.«

»Nein, nein, schon gut«, sage ich. »Geht hier ja nur um mein Herz und meine Gefühle.«

»Oh, mein Gott!«, stöhnt sie und reißt sich zusammen. »Ich bin echt die Schlimmste.«

Ich nicke, tue so, als wäre ich ihrer Meinung, dabei wäre mir fast rausgeplatzt: *Nein, die Beste.*

Als wir irgendwann zu lachen aufhören, sind wir uns sogar noch nähergekommen. »Ich hab mich einfach so reingesteigert in meine Vorstellung von dir und dieser *Traumfrau*, und jetzt …« Sie schüttelt den Kopf, und dann sieht sie mich superintensiv an, ihre Wangen werden rot.

»Jetzt?«, frage ich.

»Dein Herz und deine Gefühle sind mir schon wichtig, solltest du wissen.« Sie streckt den Arm aus und lässt die Hand vor meinem Brustkorb schweben, ihre Finger berühren so gerade mein T-Shirt. »Sehr sogar.«

Ich lege meine Hand auf ihre, presse sie gegen mich. Wir sind uns so nah, ich frage mich, ob sie mein Herz klopfen spürt. Sie kommt noch näher und berührt mit ihrer anderen Hand mein Gesicht, genau wie am Abend des Konzerts, ganz sanft. Ich drehe den Kopf und küsse ihre Hand, die langsam an meinem Hals hinunterwandert und mich zu sich zieht. Sie drückt ihre Lippen gegen meine Wange und sieht mich dann an. Ihre andere Hand greift in den Stoff meines T-Shirts, ihr Blick wandert zu meinem Mund. Ich sehe, wie sie so ein klein bisschen Luft holt – Himmel, wie konnte ich das denn vergessen? Das hat mich doch immer umgehauen. Sie hat immer dieses kleine bisschen Luft geholt, bevor sie mich geküsst hat. Ich schließe die Augen und spüre die Wärme ihres Mundes, unsere Lippen berühren sich fast.

Mir verschlägt es fast den Atem – weil es jetzt passiert –, aber dann, während ich darauf warte, dass sie auch noch diese letzte, winzige Lücke zwischen uns schließt, lässt sie mein T-Shirt los und drückt gegen meine Brust. Ich öffne die Augen und sehe, wie sie zurückweicht.

EDEN

ICH BESTEHE GERADE AUS zwei Versionen. Die erste will sich in dieses Abenteuer stürzen. In ihn. Ihr Tunnelblick zielt nur darauf, wie gut es sich anfühlen wird, wie richtig, wie echt, wie ehrlich. Aber die zweite? Sieht ihn eigentlich gar nicht. Sie hat den Röntgenblick. Für sie ist und bleibt dies der Ort, an dem alles passiert ist, es lässt sich nicht ausblenden, es fühlt sich fast so an, als wäre er überhaupt nicht hier. Sie kann durch den frischen Anstrich, durch die neuen Möbel und frische Bettwäsche und die ganze monochrome Ordnung hindurch die ganzen darunterliegenden Narben sehen.

Die Eine zieht ihn an sich, die Andere drückt ihn weg, und ich hasse sie beide, weil sich keine echt anfühlt, wie *Ich*.

»Es tut mir leid«, flüstere ich.

»Nein, mir tut es leid. Hab ich das alles missverstanden?«

Mir fehlen die Worte, um das zu erklären. Ich verstehe ja eigentlich selbst kaum, was mir da gerade durch den Kopf geht, deshalb nehme ich seine Hände und drücke sie fest, mehr kann ich irgendwie nicht tun. »Du hast nichts missverstanden. Ich … nicht hier. Ich kann das einfach nicht. Nicht hier«, wiederhole ich und schaue so schüchtern durchs Zimmer, als würden uns die Wände beobachten. Manchmal habe ich das Gefühl, dass sie das tun.

»Das ist völlig okay«, sagt er so sanft, dabei muss er mindestens so verwirrt sein wie ich.

»Es ist hier passiert«, erkläre ich. »Du … du weißt, wovon ich spreche, oder?«

Verständnis huscht über sein Gesicht. Er drückt meine Hände zurück und nickt. »Ja«, flüstert er. »Verstanden.«

»Darüber wollte ich auch eigentlich mit dir sprechen.«

»Oh.« Es ist mehr ein Atmen. Er setzt sich gleich auf. »Okay.«

»Nein, nein, nicht *das*. Keine Sorge.«

»Das macht mir keine Sorgen. Du weißt, dass du mit mir über alles reden kannst.«

Ich schließe die Augen und schüttle den Kopf. »Nein … Also, ich meine, danke dir. Ich meinte, ich will mit dir über das *Hier* sprechen.«

»Das Hier?«, wiederholt er, als würde ihm dadurch klarer werden, was meine. »Okay.«

»Mir ist bewusst, dass das gerade nicht viel Sinn ergibt und sicher total chaotisch klingt.«

»Schon okay, ich kann dir folgen«, sagt er und wagt ein vorsichtiges Lächeln. »Zum Großteil.«

»Also, ich will nicht ausblenden, was gerade passiert ist. Oder fast passiert ist. Ich will es nicht vergessen. Ich vergesse es auch nicht, das kannst du mir echt glauben, aber …« Ich ziehe seine Hände zu mir und küsse beide. »Können wir das vielleicht erst mal ausklammern? Oder wie immer die Redewendung geht. Weil ich dringend über was anderes reden möchte.«

»Sicher können wir das.«

»Okay.« Ich atme tief ein und aus, versuche, etwas von der Anspannung loszuwerden. Rein mit dem Guten, raus mit dem Schlechten, ganz wie meine Therapeutin mir beigebracht hat. »Du weißt, wie hart ich daran gearbeitet habe, dass das hier alles läuft, oder?«

Er nickt.

»Aber es läuft einfach nicht«, gestehe ich mir endlich laut ein. »Und je mehr ich darüber nachdenke, desto mehr bin ich davon überzeugt, dass es das auch nie tun wird. Ich versuche zum Beispiel, mir vorzustellen, wie mein Leben hier in einem Jahr aussehen wird, aber da kommt einfach nichts.« Ich zögere kurz, damit ich mich räuspern kann, weil diese Wörter meine Kehle haben eng werden lassen. »Ich kann nicht hierbleiben. In diesem Haus, diesem Ort. Es ist einfach zu viel passiert. Ich passe hier nicht mehr hin. Schon lange nicht mehr.«

»Hm-hmm«, macht er und nickt ermunternd. »Ich kann verstehen, warum sich das so anfühlt.«

»Ich denke also darüber nach wegzuziehen.«

»Wegzuziehen?« Seine Augenbrauen ziehen sich zusammen, und er schüttelt leicht den Kopf. »Aber wohin?«

»Hm, was würdest du sagen, wenn ich mich an deinem College bewerbe? Wäre das komisch für dich oder …«

»An der Tucker?«, unterbricht er mich. »Machst du Witze? Nein, das wäre …« Er sucht nach dem richtigen Wort. »Perfekt.«

»Echt?« Ich atme auf. »Im Ernst?«

»Ja, im Ernst. Hundertprozentig. Tausendprozentig.«

Ich versuche, nicht so extrem zu grinsen, aber das ist schwer, weil er mich genauso angrinst. »Okay, ich bin froh, dass du das sagst, weil … ich mich da nämlich beworben hab.«

»Hast du?«

»Und die haben mich genommen.«

»Moment, was? Du wurdest genommen?«, fragt er fast zu laut, es ist schließlich fast Mitternacht.

»Und ich würde wirklich gern da anfangen.«

»Du wurdest genommen«, wiederholt er. »Im Ernst, Eden?«

Ich nicke.

»Das ist ja großartig!« Er schlingt die Arme um mich, und ich fühle mich sofort freier. »Ich freu mich«, flüstert er. »Ich freu mich so sehr für dich.«

»Echt?«, frage ich und hasse es, wie flach und blöd meine Stimme klingt.

Wir lösen uns voneinander, und er streicht mir die Haare hinter die Ohren, hält dann kurz meinen Kopf in beiden Händen, sieht mir lächelnd in die Augen. »Musst du das wirklich fragen? Das weißt du doch.« Er gibt mir einen schnellen Kuss auf die Stirn. Dann schaut er mir noch mal in die Augen, bevor er von mir abrückt – sich gegen die Wand lehnt. Ich setze mich direkt neben ihn, Rücken an der Wand, Arm an seinem Arm, Bein an seinem Bein.

Er ist plötzlich so still.

»Was denkst du gerade?«

Er schüttelt den Kopf. »Keine Ahnung, so viel gleichzeitig.«

»Was denn?«

»Wie stolz ich auf dich bin – ist das blöd, das so zu sagen?«

»Gar nicht.« Ich sehe, dass er schluckt und sich in meinem Zimmer umsieht. Anders als beim ersten Mal. »Was noch?«

Er schaut mich an, blinzelt ein bisschen. »Ganz ehrlich? Hauptsächlich versuche ich, *nicht* daran zu denken, wie du … in diesem Zimmer … mit *ihm*«, fügt er noch hinzu, bekommt irgendwie nicht mehr raus.

»Tut mir leid«, sage ich. War vielleicht nicht fair, diesen Gedanken in seinen Kopf zu pflanzen.

»Wieso tut dir das leid? Ich meinte nicht, dass du nichts hättest sagen sollen. Ich bin froh drüber. Dir muss echt gar nichts leidtun.«

»Dabei sieht es doch aus, wie ein schönes Zimmer, oder?«, frage ich. Keine Ahnung, ob ich gerade was runterspielen will oder das wirklich wissen möchte. Ich will einfach, dass er begreift, wie dringend ich hier wegmuss, aber jetzt fällt es mir schwer mitzubekommen, dass er genau hinsieht und versteht, wie es mir geht. Etwas, das niemand sonst zu begreifen scheint.

»Nein, tut es nicht«, sagt er sofort. »Ich verstehe echt nicht, wie du das schaffst.«

»Was denn?«

»Hier zu leben … nach alledem.«

»Ich schaffe es auch gar nicht. Also, nicht wirklich. Ehrlich gesagt, kann ich hier nicht gut schlafen. Das Bett ist brandneu, trotzdem penn ich meistens auf der Couch. Es ist definitiv besser als vorher. Ich hab praktisch all die Jahre im Schlafsack auf dem Boden geschlafen. Das … Das hab ich noch niemandem erzählt.«

Er atmet sehr lange aus, dann legt er einen Arm um mich. Ich lasse mich gegen ihn sinken. »Ich habe nur bei Mara in einem richtigen Bett geschlafen. Oder …«

»Oder?«, fragt er.

»Oder bei dir«, sage ich und schaue verstohlen zu ihm. Er sieht so unfassbar bestürzt aus. »Tut mir leid.«

»Muss es nicht.«

»Ich weiß echt nicht, warum ich dir das alles ausgerechnet jetzt erzähle. Ich bin einfach echt müde.« Ich seufze. »Oh, Mann. Ich laber rum, vermiese die Stimmung und verpeste alles mit meiner Negativität, oder?«

»Gar nicht. Hör doch bitte auf, so was zu sagen.«

Bevor ich reagieren kann, rückt er von mir ab, und für einen Moment fürchte ich, dass ich es jetzt wirklich verbockt habe, aber er legt sich einfach nur hin, Kopf auf mein Kissen. Dann streckt er einen Arm aus. »Komm, legt dich zu mir. Ich bleibe, bis du eingeschlafen bist.«

»Wirklich?«

»Wenn das für dich okay ist.«

Ich nicke und rücke an ihn.

»Gut so?«, fragt er.

Ich setze mich noch mal auf, weil mir in dem Pulli einfach zu heiß ist. Ich hab ihn nur angezogen, weil ich im Schlafanzug war und keinen BH anhatte, was mir jetzt echt bekloppt vorkommt. Also öffne ich den Reißverschluss, und er hilft mir dabei, die Arme aus den Ärmeln zu ziehen. Ich lege mich wieder hin, schmiege den Kopf an diese perfekte Stelle, die ich bei so vielen anderen Menschen gesucht und doch nie gefunden habe.

»Soll ich das Licht ausmachen?«, fragt er und streckt schon den Arm nach dem Schalter aus.

»*Nein*«, sage ich viel zu schnell, und er zuckt fast erschrocken zurück. »Äh, ich meine, macht's dir was aus, wenn es an bleibt?«

»Kein Problem«, sagt er leise. »Lässt du immer das Licht an?«

»Also, nicht, weil ich Angst vor der Dunkelheit hätte oder so«, versuche ich zu erklären und schaue ihn an. »Nur hier … Das hab ich auch noch niemandem erzählt.«

Er erwidert nichts, nickt nur. Ich lege den Kopf wieder ab, schiebe meinen Arm über seinen Bauch, während seine Finger über meine nackte Haut wandern – wie ein Schlaflied.

»Eden?«, sagt er so leise, dass ich ihn fast nicht höre. »Darf ich dich was fragen?«

»Okay.«

Sein Brustkorb hebt sich, weil er tief einatmet. Sein Herzschlag beschleunigt unter meiner Hand. »Als wir zusammen waren, hab ich da jemals …« Er verfällt in Schweigen, und ich warte. »Also, unsere Beziehung wurde ja sehr schnell, sehr … äh …«

»Sexuell?«, biete ich ihm an, weil es ihm offenbar echt schwerfällt, Worte zu finden.

»Ich hätte körperlich gesagt, aber ja.« Wieder zögert er und schluckt, bevor er fortfährt. »Und du warst jünger, als ich gedacht habe.«

»Weil ich dich angelogen habe.«

Darüber geht er hinweg, als hätte ich gar nichts gesagt. »Habe ich je irgendwas gemacht, das nicht okay war? Oder wodurch du dich … Keine Ahnung. Nicht gehört gefühlt hast? Oder hab ich dich zu was gezwungen, das du ...«

Jetzt weiß ich, worauf er hinauswill, also falle ich ihm ins Wort. »Josh, *nein*.«

»Eden, sag …« Seine Stimme zittert so sehr, dass ich ihn ansehen muss. »Sag doch bitte nicht einfach das, was ich vermeintlich hören will. Ich möchte die Wahrheit wissen. Mich macht das echt fertig«, fügt er hinzu, seine Worte wie Stiche in mein Herz.

»Ich sage dir die Wahrheit.«

»Manchmal denke ich zurück, und ich bin mir nicht sicher, ob ich dich wirklich so gut behandelt habe. Ich meine, ich wusste, dass was nicht stimmte. Schon beim ersten Mal. Ich wusste es, aber ich habe nichts getan, um …«

»Was hättest du denn noch tun sollen? Du hast mich doch darauf angesprochen, und ich hab dir deshalb ziemlich deutlich den Stinkefinger gezeigt.«

»Aber ich …«

»Hör auf. Du hast *nie* was falsch gemacht. Ich schwöre.« Ich strecke die Hand aus, um seine Wange zu berühren. Er nimmt sie, hält sie dort und sieht mir tief in die Augen.

»Du schwörst es?«, wiederholt er. »Ehrlich?«

»Ehrlich.« Dann lässt er meine Hand los. Ich kuschle mich wieder an ihn. »Josh, das darfst du nicht mal für eine Sekunde denken. Wenn überhaupt ist das Gegenteil der Fall.«

»Okay«, flüstert er und streichelt mir mit der einen Hand über den Kopf, während die andere meinen Arm hält.

»Dann lass ich dich jetzt schlafen. Entschuldige.«

»Schon gut.«

Ein paar Minuten später, als er vermutlich nicht mehr damit rechnet, dass ich ihn höre, sagt er sehr, sehr leise: »Danke.«

JOSH

ICH KANN NICHT SAGEN, wie lang ich an ihre Zimmerdecke starre. Eigentlich sollte ich mich besser fühlen, schließlich habe ich endlich eine Antwort, aber ihre Worte laufen mir nur in Endlosschleife durch den Kopf.

»Das Gegenteil«, höre ich mich sagen. »Was ist denn das Gegenteil?«

»Hmm?«, macht sie.

»Du hast gesagt: ›Wenn überhaupt ist das Gegenteil der Fall.‹ Aber was soll das heißen?«

»Oh.« Ihre Stimme ist schon ganz schläfrig. »Keine Ahnung. Ich hab mich bei dir immer sicher gefühlt … Zu sicher, vielleicht.« Dann lacht sie ein ganz kleines bisschen. »Damit hast du mich für alle anderen verdorben.«

»Ich weiß nicht, wie genau ich das verstehen soll«, flüstere ich, klammere mich aber an das Lachen.

»Ach, es ist einfach niemand wie du.«

Innerhalb weniger Sekunden vertieft sich ihre Atmung, und dann ist sie eingeschlafen.

»Es ist auch niemand wie du«, sage ich, obwohl sie das nicht mehr hören wird.

Als ich die Augen wieder öffne, ist mir klar, dass ich eine

ganze Weile gepennt haben muss. Eden schläft noch tief und fest, ihr Bein liegt nun über mir. Vorsichtig bewege ich mich und fische mein Handy aus der hinteren Hosentasche. Es ist fast vier. Erst schiebe ich, so vorsichtig ich kann, ihr Bein von mir. Dann ziehe ich langsam den Arm unter ihrem Hals vor. Ich will sie nicht wecken, aber ich will sie auch nicht einfach so allein lassen. Auf ihrem Schreibtisch bei der Lampe ist ein Stapel Haftzettel und ein Becher mit Stiften.

Fortsetzung folgt ... Schlaf gut, J.

Ich nehme eine gestrickte Decke von der Stuhllehne und breite sie über ihr aus. Den Zettel lege ich auf das Kissen neben ihrem Kopf.

Dann schleiche ich durch das dunkle Haus, traue mich fast nicht zu atmen. Ich kann gar nicht sagen, ob es schlimmer wäre, so mitten in der Nacht ihren Eltern zu begegnen, die keine Ahnung haben, wer ich bin, und mich vermutlich für einen Einbrecher halten, oder ihrem Bruder. Ich schaffe es bis zum Flur, wo ich mir meine Schuhe schnappe und mit nach draußen nehme. Erst als ich die Haustür hinter mir geschlossen habe, wage ich den nächsten Atemzug. Ich stütze mich ans Geländer, damit ich mir die Schuhe anziehen kann.

»Hey, Miller.«

»Fuck!« Ich falle fast die Stufen runter, als ich aufschaue und ihren Bruder im Dunkeln entdecke.

»Sorry«, sagt er. »Ich wollte dich eigentlich gerade *nicht* erschrecken.«

»Schon okay«, sage ich und kämpfe mit meinem zweiten Schuh. Besser, wenn der an meinem Fuß ist, falls ich schnell wegrennen muss. »Äh, ich weiß, wie das jetzt aussieht, aber komm bitte nicht auf falsche Gedanken.«

Er lacht. »Ja, bissl unangenehme Situation, was?«, murmelt

er und zündet sich eine Zigarette an. In dem kurzen Lichtschein entdecke ich eine ganze Batterie leerer Flaschen neben ihm.

»Mit dir alles in Ordnung?«, frage ich, weil er ziemlich beschissen aussieht. Absolut nicht mehr wie der überragende Basketballer, mit dem ich in der Highschool gespielt habe, und bei dem alle munkelten, dass er schon mit zwanzig in der NBA erfolgreich sein würde. Eigentlich nicht mal mehr wie der Typ, der mich bei der Silvesterparty verprügelt hat.

Er zuckt mit den Schultern. »Willst du eins?«, fragt er und lässt dann fast die Bierflasche fallen, die er mir angeboten hat. Wenn ich je wirklich eine Motivation brauchte, nie wieder Alkohol anzurühren … dieser Anblick sollte reichen.

»Nein, aber danke. Es ist schon spät, ich sollte mich auf den Heimweg machen.«

Er nickt und öffnet dann selbst die Flasche.

»Schön, dich mal wiederzusehen«, sage ich, obwohl es eigentlich eher erschreckend ist. In diesem Zustand zumindest.

»Miller?«, fragt er, als ich gerade einen Schritt gemacht habe. »Wusstest du es?«

Ich muss nicht nachhaken, was er meint. »Nein, ich wusste es nicht. Aber ich wünschte, ich hätte es gewusst.«

»Ist sie okay? Was meinst du?«

Ich habe keine Ahnung, was ich antworten soll, versuche es aber trotzdem. »Ich glaube, sie … tut ihr Bestes. Frag sie doch ruhig selbst«, füge ich hinzu.

Er nickt, sagt aber nichts. Ich hebe die Hand zum Abschied und wende mich wieder ab. »Ach, eins noch, Josh …«, ruft er mir nach. »Tut mir leid, dass ich dich geschlagen habe.«

»Schon okay«, erwidere ich, mache noch einen Schritt, drehe ich dann aber noch mal zu ihm. »Mir liegt echt was an ihr. Von Anfang an. Es war nie so, wie du gedacht hast.«

Caelin nickt noch mal, steht dann auf und macht mit

ausgestreckter Hand ein paar wacklige Schritte auf mich zu. Ich nehme sie, und er klopft mir gleichzeitig auf den Rücken, ganz wie wir es früher nach Spielen getan haben. »Ich bin froh, dass sie dich hat ... Als Freund oder was auch immer.«

»Ich bin froh, dass ich sie habe«, sage ich und hoffe, dass er sich da morgen noch dran erinnert. »Pass auf dich auf, ja?«

»Klar. Bis dann.«

Als ich losfahre, ist er längst wieder im Haus.

EDEN

WIR STEHEN IN UNSERER AUFFAHRT. Alle zusammen. Wie in der Verabschiedungsszene bei *Der Zauber von Oz*. Doch statt roter Schuhe wartet mein magisches Transportmittel in Form eines geliehenen beigefarbenen Toyotas. Und ich bin nicht auf dem Weg nach Hause, ich lasse es hinter mir.

Es ist erstaunlich, wie schnell die Zeit vergeht, wenn man versucht, sein ganzes, chaotisches Leben auf die Reihe zu kriegen. Ich musste bei The Bean kündigen, mich einschreiben, ein Zimmer und einen neuen Job finden und so viele Sitzungen bei meiner Therapeutin unterbringen, wie ich konnte. Ich bin absolut k.o.

Aber ich habe es geschafft. Und jetzt sind wir hier. Mara weint offen und heftig. Zu unser aller Überraschung mein Vater ebenfalls. Irgendwie fällt es mir schwerer als gedacht, mich zusammenzureißen, dabei hab ich sogar zwei Tabletten genommen. Aber ich schaffe das.

»Eden, sollen wir wirklich nicht mitkommen?«, fragt Mom noch mal. »Bis du dich eingewöhnt hast?«

»Nicht nötig. Ich habe dort alle Hilfe, die ich brauche. Und ich komme doch schon nächsten Monat wieder wegen der …« Ich zögere, schaue Caelin in die Augen, der den Blick senkt, »Anhörung.«

»Hast du wirklich nichts vergessen?«, fragt sie und wirft einen Blick zum Haus.

»Wahrscheinlich schon, aber dann nehme ich es eben nächstes Mal mit.«

»Wenn wir wenigstens diesen Joshua kennen würden, mit dem du zusammenwohnen wirst«, sagt Dad leise.

»Ich werde nicht *mit ihm* zusammenwohnen, Dad«, verbessere ich ihn. Aber ich will auch nicht zu streng sein, schließlich ist das wohl das meiste, was er seit dem Streit beim Abendessen zu mir oder in meiner Nähe gesagt hat. »Wir sind nur im selben Wohnheim.«

»Ich kenn den«, sagt Caelin. »Das ist ein anständiger Kerl.«

Das scheint Dad zu beruhigen, weshalb sofort ein kleines Feuer in meinem Inneren auflodert. Warum reicht es nicht, dass *ich* ihn kenne und ihm traue? Sofort zieht sich mein Bauch zusammen, aber ich ersticke den Funken des Gedankens, bevor er mich noch etwas sagen lässt, was ich später bereuen werde. Ich will nicht, dass es so endet. Oder anfängt.

Wir sehen voneinander zu Caelins Auto, das bis obenhin mit Kartons und Taschen vollgestopft ist. Meine noch immer recht neue Matratze ist in Plastikfolie gewickelt und aufs Dach gespannt.

»Hm«, macht Mom und presst die Finger in die Augenwinkel. »Ich mag das gar nicht.«

»Ich auch nicht«, schluchzt Mara.

Ich gehe nacheinander zu jedem von ihnen – Mom, Dad und Caelin. Umarme sie, sagen ihnen, dass ich sie lieb habe. Mara, meine Vogelscheuche, hebe ich mir bis zum Schluss auf. »*Ich glaube, du wirst mir am meisten fehlen*«, flüstere ich ihr ins Ohr.

»Hör auf.« Sie lacht und wimmert gleichzeitig. »Ich kann nicht fassen, dass du wirklich wegziehst.«

»Besser, du kommst mich besuchen«, sage ich, ihre Haare

im Gesicht, ihre Arme um meinen Hals geklammert. Ihr ganzer Körper zittert, weil sie so schluchzt, und ich erwidere ihre Umarmung.

»Meld dich, wenn du angekommen bist«, ruft Mom mir noch hinterher, als ich aus der Auffahrt zurücksetze.

Ich bin fast beim Highway, als mir auffällt, dass ich gar nicht weiß, wie ich fahren muss. Also biege ich in eine Seitenstraße und parke erst mal. Dort entdecke ich eine SMS von Amanda, die gerade mal fünfzehn Minuten alt ist.

Darin steht nur: *du kommst aber wirklich zurück, oder?*

Sofort frage ich mich, ob sie uns wohl beim Verabschieden beobachtet hat. Panik spricht aus ihren Worten. Sie meint, ob ich zur Anhörung zurückkomme. Als ich die Staatsanwältin gefragt habe, ob ich anwesend sein müsse, sagte sie, man könne dafür sorgen, dass ich es bin. Sie nutzte allerdings das Wort »zwingen«. Ich schätze, davon weiß Mandy nichts. Aber ich kann mich gerade nicht mit ihr befassen. Ich sammle mich, kopiere dann die Adresse aus Joshs Nachricht und setze sie beim Navi ein.

Hole Luft. Fange von vorn an.

Zwanzig Minuten später sterbe ich fast, als ich in die linke Spur wechsle, während ich einen Blick auf die Handyanweisungen werfe. Der Fahrer, mit dessen Lkw ich fast kollidiere, hupt zweimal eindrücklich und zeigt mir den Finger. Als ich die Stadtgrenzen verlassen habe, fühle ich mich endlich besser, um nicht zu sagen gut. Die Straße ist frei, und ich fahre mit offenem Fenster, aufgedrehtem Autoradio, aus dem die Playlist dröhnt, die Mara für mich gemacht hat, mit allen Liedern, die ich auswendig kann. Mit jedem Kilometer verstärkt sich das Gefühl, dass das vielleicht doch keine so verrückte Idee war. Im Gegenteil, vielleicht war es gut. Der Himmel ist grau, aber das wirkt passend. Der perfekte Tag, um eine Veränderung anzugehen.

Nach der Hälfte texte ich Josh meine prognostizierte Ankunftszeit. Auf dem zweiten Teil lasse ich die Musik aus. So weit hatte ich noch nicht vorausgedacht. Klar, ich weiß, dass meine Kurse in einer Woche losgehen, und dass Montagmorgen eine Einführungsveranstaltung und Campusführung für alle Erstsemester ansteht. Und dass meine Mitbewohnerin Parker Kim heißt, ins dritte Semester startet und im Schwimmteam ist. Und in Joshs Wohnheim wohnt. Ich drossle das Tempo bis zur erlaubten Geschwindigkeit und versuche, mich zu wappnen.

Unsere Gespräche und Nachrichten waren rein logistisch gewesen. Es ging um das knappe Wohnangebot auf dem Campus, darum, dass die freien Wohnungen, deren Anzeigen ich ihm geschickt hatte, um sie mal für mich anzusehen, offenbar alle in schlechten Gegenden und viel zu weit vom Campus entfernt waren. Um das freie Zimmer im Apartment seiner Bekannten – deren ehemalige Mitbewohnerin gerade mit ihrer Freundin zusammengezogen war, weshalb sie dringend eine neue Mitbewohnerin brauchte, fast so dringend wie ich einen Ort zum Leben.»Das ist doch perfekt?«, hatte Josh gesagt. Und ich beschloss, nicht zu viel in die Tatsache hineinzulesen, dass er mich so nah bei sich haben wollte.

Während der vergangenen sechs Wochen, während all der Planung und Vorbereitung, hatten wir den Beinahekuss erfolgreich ausgeklammert. Den einzigen Hinweis auf das, was möglicherweise in ihm vorging, bekam ich in einer Nachricht mit dem Link zu einem Job in der Bibliothek, die mit ein paar verwirrend zweideutigen Emojis garniert war.

Vielleicht solltest du dich hier bewerben.
Du hast doch freiwillig in der Bibliothek
ausgeholfen, damals, als du dich

Wie oft ich diese Nachricht gelesen habe. Ich habe sogar Mara gebeten, sie für mich zu analysieren, die ziemlich sicher war, dass er darin mit mir flirtete. Trotzdem bin ich nicht überzeugt. Aber ich habe mich für den Job beworben, und nach einem fünfminütigen Telefoninterview hab ich ihn auch bekommen. Nur zwölf Stunden die Woche, ich muss also definitiv noch was anderes finden, aber das ist schon mal ein guter Anfang.

Laut Navi bin ich nur noch zwei Minuten entfernt. Ein paar Blocks von dem Gebäude entfernt fahre ich rechts ran, spüle mir mit lauwarmem Wasser den Mund aus und stecke mir ein Pfefferminzbonbon in den Mund. Beim Kramen in meiner Handtasche komme ich mit der Hand gegen eine der mittlerweile drei Tablettendosen. Ein Medikament gegen Depressionen, eins gegen Schlafstörungen und eins für Notfälle, wenn ich eine Panikattacke bekomme. Ich überlege, ob ich einfach präventiv eine davon nehmen soll. Aber dann trage ich nur etwas Lipgloss auf und richte meine vom Wind verwuschelten Haare. Nur für den Fall. Welchen genau, kann ich selbst nicht sagen.

JOSH

ICH KONNTE LETZTE NACHT kaum schlafen. Gerade sitze ich mit Parker auf dem Dach unseres Wohnheims und trinke Kaffee, obwohl ich für heute schon viel zu viel Koffein intus habe.

»Boah, dein Rumgezappel macht mich wahnsinnig«, sagt Parker. »Muss ich dir das wegnehmen?«, fragt sie und deutet zu der Tasse in meiner Hand. Ich stelle sie so hektisch ab, dass Kaffee auf den Tisch schwappt. Dann werfe ich einen Blick aufs Handy. Wieder.

»Sie müsste gleich da sein.«

»Darf ich was fragen?« Sie schaut mich über den Rand ihrer Kaffeetasse hinweg an. »Warum bist du so nervös? Ist das gute oder schlechte Aufregung?«

Ich weiß nicht, was ich darauf antworten soll, weil ich das gerade nicht auseinanderdröseln kann.

»Dein Verhalten ist nämlich irgendwie alarmierend«, fährt Parker fort, aber ich konzentriere mich schon wieder so sehr auf Edens letzte Nachricht, dass Parkers Stimme immer mehr in den Hintergrund tritt.

»Josh!«, sagt sie laut und schnipst mit den Fingern vor meinem Gesicht.

»Sorry, was?«

»Sie ist *cool*, oder?«, fragt sie dann. »Ich werde mit der zusammenwohnen, und dein Verhalten gerade macht mich nervös.«

»Sie ist super, echt. Es liegt an mir. Ich bin einfach nicht ...«

»Cool?«

»Witzig.« Ich ringe mir ein Lächeln ab. »Nein, es ist halt nicht ganz klar, was das zwischen uns gerade ist. Irgendwie ist die Grenze zwischen Freundschaft und mehr verwischt, und ich weiß einfach nicht, womit ich rechnen sollte.«

»Was würdest du dir denn wünschen?«

Ich zucke mit der Schulter. Wie gern würde ich sagen, dass mir eine Freundschaft reichen würde. »Ich nehme, was sie anbietet.«

»Toll, das klingt wirklich gesund. Kein Drama oder so.«

»Okay, offensichtlich will ich mehr.«

Sie sieht mich weiter an, ein Grinsen tritt auf ihr Gesicht. »Du.« Mehr sagt sie nicht.

»Ich, was?«

»*Du* ...« Sie steht auf und deutet auf mich. »... veranstaltest besser kein Drama mit *meiner* Mitbewohnerin. Sonst kannst du dich auf Dramen mit *mir* einstellen.« Jetzt deutet sie auf sich. »Und ich halte nix von Drama.«

»Ich auch nicht.«

»Aha.« Sie klingt nicht überzeugt.

Mein Handy piepst. »Sie ist da.«

Ich jogge die Treppe runter, und Parker ruft mir hinterher: »*Lauf, Josh-i, lauf!*« Das ist ein Zitat aus dem Film, den wir in Amerikanische Geschichte gesehen haben, wo wir willkürlich verpartnert wurden, um ein Referat zu halten. Es hat ein ganzes Jahr gedauert, bis ich kapiert habe, dass sie mich gar nicht wirklich hasst. Das ist einfach ihr Humor, dieses Sticheln.

Und als ich an meine Tür klopfe und dann in mein Zimmer rufe: »D, sie ist hier!«, frage ich mich, ob es so klug war, sie bei

Parker unterzubringen. Ich weiß ja, dass Parker echt nett ist, aber sie kommt halt erst mal sehr barsch rüber.

»Bin schon unterwegs«, ruft Dominic, während ich die Tür schon wieder schließe.

Ich warte auf Parker.

»Was denn?«, fragt sie.

»Also ... Du bist bitte nett zu ihr, ja?«, sage ich so behutsam wie möglich.

»Ich bin immer nett, du Arsch.«

»Okay, aber bei ihr ist halt gerade viel los und ...«

»Bei den meisten Frauen ist viel los«, unterbricht sie mich. »Josh, ich kann zwischen den Zeilen lesen. Ich hab's kapiert. Ich bin nett zu ihr.« Und zum ersten Mal, seit ich sie kenne, ist da keine Spur von Sarkasmus in ihrer Stimme, kein angedeutetes Grinsen auf ihrem Gesicht. »Versuch mal, nicht alles zu kontrollieren.«

»Okay«, sagt Dominic, als er zwischen uns im Flur erscheint. »Ich bin bereit. Dann wollen wir mal.«

»Okay«, sage ich zu ihnen beiden.

Ich zwinge mich, langsamer die nächste Treppe runterzugehen, weil Parker recht hat. Ich kann eh nicht kontrollieren, was als Nächstes passieren wird. Draußen entdecke ich den Wagen von Edens Bruder direkt vorm Haus. Er ist nicht schwer zu erkennen, schließlich ist eine Matratze obendrauf gespannt und er bis obenhin vollgestopft. Bloß von Eden keine Spur. Ich schaue durchs Beifahrerfenster. Ihr Handy steckt im Getränkehalter, die Lampe aus ihrem Zimmer lugt aus einer Tasche, die im Fußraum steht.

»Entspann dich«, flötet Parker hinter mir. »Und ich glaube schwer, dass sie da gerade kommt, oder?«

Ich folge Parkers Blick auf die andere Straßenseite, wo jemand an der Ampel steht. Die junge Frau hat die Haare zu einem Zopf zusammengefasst und trägt ein Tablett vom

Café an der Ecke. Ich erkenne sie nicht sofort, kann gar nicht sagen, warum. Vielleicht dachte ich, dass sie hier auffallen würde, dass ich ihr helfen müsste, sich einzufügen, sie vielleicht sogar beschützen. Aber sie sieht aus, als würde sie hier hingehören, als wäre sie schon immer hier gewesen. Die Ampel schaltet auf Grün, und sie kommt auf uns zu. Als sie mich sieht, winkt sie.

»Hi!«, sagt sie, als sie nah genug ist. »Ich habe Frozen Cappuccino dabei.«

Parker tritt auf sie zu und sagt: »Oh, das ist der Beginn einer wunderbaren Freundschaft, das weiß ich schon jetzt.«

»Du bist bestimmt Parker«, sagt Eden und schiebt mit der freien Hand ihre Sonnenbrille hoch.

»Und du Eden.« Parker geht mit offenen Armen auf sie zu, zögert dann. »Magst du Umarmungen?«

»Ähm, klar«, sagt Eden, deren Blick ganz kurz zu mir huscht.

»Ich hab schon viel von dir gehört«, sagt Parker und umarmt Eden. Ich habe Parker noch nie irgendwen umarmen sehen. »Willkommen an der Tuck Hill. Dir wird es hier gefallen, versprochen.«

»Danke«, sagt Eden. »Ich bin froh, hier zu sein.«

»Hallo, schön, dich wiederzusehen«, meldet sich nun Dominic zu Wort – keine Spur der unzähligen Zweifel, die er mir ganz ungezwungen mitgeteilt hat –, als er Eden kurz mit Links umarmt. »Ich nehm dir davon gern einen ab.«

»Schön, dich wiederzusehen«, sagt auch sie und reicht erst ihm und dann Parker einen der Becher.

Und dann sieht sie mich an. Ihre Augen funkeln so sehr, dass ich buchstäblich nichts rausbekomme als: »Na, du.«

Wir gehen aufeinander zu, und als ich meine Arme um sie schließe, nimmt Parker ihr das Tablett ab. Jetzt spüre ich ihre Hände an meinem Rücken, die mich an sie pressen. Ich genieße es einen Moment lang, aber weil ich ewig so stehen bleiben würde, wenn ich könnte, lasse ich zuerst los.

EDEN

ICH FOLGE PARKER DIE Treppen hinauf in mein neues Leben. Sie spricht völlig problemlos die ganze Zeit über, während ich total außer Atem komme. Vermutlich liegt es an ihrer Schwimmerinnenlunge. Aber vielleicht habe ich auch einfach so lange die Luft angehalten, dass ich gar nicht mehr weiß, wie man aufatmet.

»Waschmaschinen sind im Keller. Josh und D wohnen eine Etage über uns«, erklärt sie und geht voran durch einen engen Flur. »Oh, und erinnere uns dran, dir danach noch unser Eckchen auf dem Dach zu zeigen.«

»Okay«, bekomme ich irgendwie raus.

Am Ende des Flurs sagt sie: »Da wären wir, 2C. Willkommen in deinem neuen Zuhause.«

Ich frage mich, ob mein Herz vielleicht nicht nur wegen der ungewohnten Herausforderung so vieler Stufen so schnell schlägt oder weil die Wirkung der Tabletten nachlässt, aber es wäre auch möglich, dass es mit Josh zu tun hat, damit, ihn endlich umarmen zu können, bei Tag, in der Öffentlichkeit, ohne mir Gedanken darüber machen zu müssen, wer uns sehen und was sie denken könnten. Oder weil ich mich irre und mir selbst vorgaukele, dass das mehr ist, als es ist.

Parker drückt die Tür auf und streckt den Arm aus, lässt mich durch. Es ist ein großer, heller Raum, Fenster zu zwei Seiten. Eine abgenutzte, ehemals leuchtend rote Couch steht in der Mitte. In der Ecke ein kleiner Tisch mit verschiedenen Stühlen. Dazu eine kleine Küchenecke mit alten, weißen Geräten und einem schmalen, thekenähnlichen Tisch, der den Bereich abtrennt.

»Ist nicht groß«, sagt Parker, während ich mich umsehe. »Wenig Platz, und wir müssen uns ein Bad teilen, aber immer noch besser als ein Zimmer im Wohnheim mit Bad auf dem Flur.«

»Ach, was. Es ist …« Es ist sauber und ordentlich und ganz anders als zu Hause. Ich mache einen Schritt und die alten Holzdielen knarzen. »Ich liebe es.«

»Dein Zimmer ist hier«, sagt sie und bringt mich lächelnd zu einer Holztür am anderen Ende des Apartments. »Deine Vormieterin hat ein paar Sachen hiergelassen. Nur eine Kommode, ein Regal, einen Tisch und einen Stuhl. Wir können die auch entsorgen, wenn du sie nicht brauchst, aber das wollte ich eben erst mal abwarten.«

Mein Zimmer.

Auch hier Holzboden. Ich trete durch die Tür und habe das Gefühl, das Zimmer zieht mich an. Es ist kleiner als mein altes. Aber es hat ein großes Fenster mit einem Baum direkt davor, und die alten Möbel machen es warm und gemütlich. Ich fahre mit der Hand über die Tischplatte und spüre Rillen von Stiften auf der Oberfläche.

»Und, was sagst du?«, höre ich Joshs Stimme hinter mir.

Als ich mich umdrehe, ist Parker weg, nur Josh steht im Türrahmen mit zwei meiner Taschen zu seinen Füßen. Er wiegt meine Tiffanylampe im Arm wie ein Baby.

Unsere Finger berühren sich, als ich sie entgegennehme. Das Messing ist ganz warm von seinen Händen. Ich stelle sie auf den Tisch – *meinen* Tisch –, stecke sie ein und drehe den kleinen, schlüsselförmigen Schalter.

»Perfekt«, sage ich und drehe mich wieder zu Josh. Er lehnt im Türrahmen und lächelt so, wie er immer lächelt. Sein perfektes unperfektes Lächeln. Aber diesmal entfacht es etwas in mir, ganz wie dieser schlüsselförmige Schalter. Als würde ich ihn zum ersten Mal richtig sehen. Meine Füße sind wie angewurzelt. Aber in meinem Kopf gehe ich zu ihm. Weil ich eigentlich nichts anderes will, als ihn ins Zimmer, *mein* Zimmer zu ziehen, die Tür zu schließen, seine Hände zu nehmen und auf mich zu legen. Ich möchte ihn überall küssen, seinen Mund auf mir spüren.

»Alles okay?«, fragt er, nimmt die Taschen in die Hand und trägt sie zu mir, als hätte er gerade definitiv anderes im Kopf als ich.

Ich schlucke, beobachte wie seine Armmuskulatur arbeitet, während er die Taschen vor den Wandschrank stellt. »Ja, ich … bin …« Ich presse die Handrücken gegen meine Wangen. Sie glühen. Ich habe mich schon immer von ihm angezogen gefühlt, aber das jetzt ist anders – wie ein quälendes Hungergefühl bloß noch tiefer. Normalerweise denke ich erst an ihn, wenn ich unfassbar viele Schutzmauern hochgezogen habe, deshalb überrascht mich diese plötzliche Vorstellung. »Nur heiß … Mir ist nur heiß«, korrigiere ich mich.

Ich weiß nicht, was da gerade mit mir passiert. Sind das einfach meine ungefilterten Gedanken und Gefühle für ihn?

Er geht an mir vorbei zum Fenster, dabei berührt sein Arm flüchtig meinen. »Mal sehen, ob ich das aufkriege. Diese alten Dinger klemmen im Sommer ziemlich.« Er löst die Metallsicherung und verpasst dem Rahmen einen Schlag, bevor das Fenster sich quietschend öffnen lässt. Sofort dringt eine frische Brise herein, die mich so weit runterkühlt, dass ich nicht sofort zu ihm rennen und die

Vorstellung, die nonstop in meinem Kopf läuft, in die Tat umsetzen möchte.

»Danke.« Ich strecke die Hand aus, als er an mir vorbeikommt. Meine Finger streifen den Saum seines Ärmels, dann umschließe ich mit der Hand seinen Unterarm, und er bleibt stehen. Ich möchte ihn an mich ziehen, möchte, dass er auch mich berührt, aber er steht nur da und legt kurz seine Hand auf meine.

»Kein Ding«, sagt er ganz locker und geht weiter, als hätte ich mich nur fürs Fensteraufmachen bedankt.

Ich gehe wieder nach unten und mir ist leicht schwindelig, weil ich mir so seiner Anwesenheit direkt hinter mir bewusst bin. Den ganzen Tag lang sind wir uns so nah, schieben uns im Treppenhaus aneinander vorbei. Jedes Mal möchte ich nichts lieber, als ihn berühren. Er scheint dieses Problem absolut nicht zu haben, und ich weiß nicht, was ich mit dieser Erkenntnis anfangen soll.

Es ist sogar noch heißer und die Luftfeuchtigkeit noch höher, als ich allein unten stehe. Ich trinke den letzten Schluck des nun geschmolzenen Frozen Cappuccinos und beschließe, dass ich zumindest versuchen werde, die Gurte zu lösen, mit der die Matratze befestigt ist.

Ich nutze die Beifahrertür als Stufe, stelle mich auf Zehenspitzen und taste mich vor auf der Suche nach dem Verschluss. Sehen kann ich ihn nicht, aber fast spüren.

»Eden, du musst hier niemandem was beweisen!«, ruft Parker plötzlich direkt hinter mir. »Überlass das den Jungs. Das ist nicht antifeministisch, versprochen. Und selbst wenn, werde ich's niemandem verraten.«

»Ich hab's schon«, sage ich, obwohl ich langsam den Halt verliere.

»Lass mich mal«, sagt Josh und tritt hinter mich. Ich spüre sein Bein an meinem, seine Hand ruht für einen Moment auf meinem Rücken, bis er über mich greift. Jetzt presst er sich mit seinem gesamten Körpergewicht gegen mich. »Du hast es fast geschafft«, sagt er, seine Hand gleitet an meinem Arm entlang bis zu meinen Fingern, die nur wenig von dem Verschluss entfernt sind. Er zieht ihn näher und sagt – sein Mund ist quälend nah: »Halt das.« Er schiebt einen Teil des Verschlusses in meine Hand, reckt sich dann noch weiter, presst sich noch stärker gegen mich und löst den Verschluss.

Ihn so an mir zu spüren, lässt mein Herz stolpern. Das muss er doch auch merken.

Als er zurücktritt, verliere ich das Gleichgewicht. »Oh, alles in Ordnung?«, fragt er und klingt so sachlich, während er mir mit beiden Händen in die Seiten fasst, um mich zu stabilisieren. Ich hab Angst, dass ich mich nicht umdrehen kann, ohne ihn zu küssen.

Und weil ich nicht glaube, dass ich das hier, mitten auf der Straße, tun sollte, flüstere ich nur: »Ja, alles okay.« Mit dem Rücken zu ihm tauche ich unter seinem Arm hindurch und stelle mich zu Parker, die aus etwas Entfernung das Spektakel beobachtet. Zusammen sehen wir zu, wie die beiden Jungs meine Matratze vom Autodach holen.

Schnell renne ich die Stufen hoch, um ihnen die Tür aufzuhalten. Als Josh auf meiner Höhe ist, sagt er: »Danke.«

Ich erlaube mir, ihn für den Bruchteil einer Sekunde anzusehen. Ihm stehen sämtliche Fragen ins Gesicht geschrieben, als wäre *ich* es, die sich hier gerade total komisch verhält.

Die Tür fällt hinter ihnen zu, und Parker lacht los.

»Wow.« Dann seufzt sie übertrieben, pfeift fast durch die Zähne. »Die Luft war ja fast zum Schneiden.«

»Bitte?«, frage ich, obwohl ich genau weiß, was sie meint.

Sie legt den Kopf schief und grinst.

Ich presse mir wieder die Hände an die Wangen, spüre, wie das Blut darunter kocht. »Hm, Essen?«, sage ich dann, statt auf das einzugehen, was alle um uns herum offenbar problemlos mitschneiden. »Ich bestell uns was. Kannst du was empfehlen?«

Dreißig Minuten später sind wir alle auf dem Dach, eine große Pizza und zwei Liter Limo im Gepäck. Dominic hat Papierteller und Plastikbecher mitgebracht, die er verteilt.

Parker sagt: »Dir ist schon klar, dass der Planet wegen genau so was stirbt, oder?«

Dominic zögert keine Sekunde. »Der Planet stirbt wegen Energie- und anderen Großkonzernen. Ich gebe mir bloß Mühe, damit unser Essen ein bisschen zivilisierter abläuft.«

Josh rutscht auf dem Zweisitzer zur Seite, damit ich neben ihm Platz habe. »An dieses Gezanke wirst du dich gewöhnen müssen«, sagt er und lächelt, als unsere Blicke sich treffen. Ich hab das Gefühl, dass er mich heute zum ersten Mal ansieht.

»Mir gefällt's«, sage ich, und das ist nicht gelogen. Die letzten Monate zu Hause waren schrecklich, niemand hat gesprochen. Niemand mal einen Witz gemacht. Niemand gelacht. »Ganz allgemein gefällt es mir hier«, füge ich hinzu und begutachte dieses kleine Fleckchen. Sie haben es sich auf dem Dach richtig gemütlich gemacht, es gibt ein Allerlei an Gartenmöbeln, einen Klapptisch mit Stühlen und Topfpflanzen.

Die Sonne geht langsam hinter einem der höheren Gebäude unter, und mit der Dämmerung senkt sich eine angenehme Stille über uns, während wir Pizza essen. Bis Dominic sieht, dass ich versuche, meine öligen Finger an einem noch nicht öligen Teil des Tellers abzutupfen.

»Oh, Mist, ganz vergessen …« Er zieht einen Haufen Servietten aus der Tasche und reicht mir eine. »Hier.«

»Mehr Wegwerfscheiß?«, quengelt Parker mit dem letzten Bissen im Mund.

»Du kannst ja deine Finger an der Hose abwischen, wenn's dir lieber ist!«

Parker hält beide Hände hoch, legt sie dann demonstrativ auf ihre Oberschenkel und reibt sie über ihre Jeans. Dominic schießt sofort in die Senkrechte und reckt einen Finger in die Luft, als wolle er zu einem Monolog ansetzen, aber dann sagt er nur: »Bah.«

Ich muss lachen, obwohl ich mir nicht ganz sicher bin, ob die das wirklich scherzhaft meinen. Josh neben mir kichert einmal leise, kann sich dann aber zusammenreißen.

Parker steht zufrieden grinsend auf. »Gut, Kinder. Dann werde ich mal eine Runde schwimmen, bevor es zu spät wird.«

»Und ich muss mich auf ein heißes Date vorbereiten«, sagt Dominic. »Und mit ›heißes Date‹ meine ich einen Videocall in meinem Zimmer.« Er muss mir meine Verwirrung ansehen, denn er fügt hinzu: »Mit Luke – den kennst du, glaub ich. Lucas Ramirez?«

»Oh, ja«, sage ich. »Der war eine Stufe über mir.«

»Wir machen gerade einen auf Fernbeziehung. Aber ich versuche, ihn dazu zu kriegen, dass er wie du auch hier ans College kommt, aber …« Er hört plötzlich auf zu sprechen, und neben mir windet Josh sich. »Äh, also, nicht dass das vergleichbar wäre. Ich will damit nicht sagen, dass du nur hergekommen bist, damit du mit …«

»O-kay«, fällt Josh ihm ins Wort. »Wolltest du nicht gerade los?«

Parker legt beide Hände an Dominics Rücken und schiebt ihn zur Tür. »Wir sind schon weg. Genießt ihr mal diesen komplett unromantischen Sonnenuntergang. Bis später, Mitbewohni.«

»Wow«, atmet Josh mehr, als er es sagt, während die beiden ins Treppenhaus poltern, wo ihr Lachen widerhallt. »Ich kann mich nur für die beiden entschuldigen. Die sind irgendwie komisch und unreif.«

»Sie sind toll.« Dabei würde ich am liebsten sagen, dass er komisch und unreif ist. »Ich mag sie.«

Ich stelle den Papierteller auf den leeren Pizzakarton und lasse mich in die Sofakissen sinken. Sofort übernimmt die Anspannung meinen gesamten Körper. Dabei ist der Ausblick wunderschön, weil das Licht der untergehenden Sonne so schön auf die kleine Universitätsstadt fällt, an die eine grüne Hügellandschaft anschließt. Es ist so viel schöner als das platte Land zu Hause.

Ein Windstoß strömt über uns hinweg, raschelt in den umstehenden Bäumen und kühlt meine glühende Haut. Dies wäre der perfekte Moment, um mich zu küssen, mich anzusprechen, buchstäblich irgendwas mit mir zu machen.

JOSH

ICH SEHNE SCHON DEN ganzen Tag den Moment herbei, endlich allein mit ihr zu sein, und habe versucht, cool zu bleiben, nichts zu erzwingen oder sie verlegen zu machen, aber jetzt ist der Moment endlich da, und ich weiß nicht, was ich tun soll.

»Hm«, sagt Eden. »Mit dem Sonnenuntergang liegt sie nicht falsch.«

Ich schaue sie an. Sie hat den Blick in den Himmel gerichtet, der ein goldenes Licht auf sie wirft, aber alles, was mir als Antwort einfällt ist »Ja.«

Sie lehnt sich weiter zurück und zieht die Beine unter den Körper. Dann bewegt sie den Kopf von Seite zu Seite, setzt sich auf, macht einen Buckel und massiert sich die Schultern. »Himmel, ich bin echt nicht mehr in Form.« Sie lacht.

Mir fällt nichts ein, was ich über ihre Form sagen könnte, das unverfänglich wäre, also sitze ich einfach nur da und versuche, nicht zu ihr zu schauen.

»Offenbar bin ich so viel Tragen und Schleppen nicht gewöhnt«, fährt sie fort und lässt die Schultern kreisen.

»Oh, bestimmt«, bringe ich raus.

»Josh?«

Als ich sie ansehe, hat sie aufgehört, sich zu bewegen und starrt mich an. »Alles okay mit dir?«

»Mit mir?«, frage ich. »Ja, warum?«

»Keine Ahnung. Du bist so still, den ganzen Tag schon.« Sie zögert. »Hab ich was falsch gemacht? Oder bist du doch nicht froh, dass ich hier bin?«

»*Nein.*« Offenbar ist es komplett nach hinten losgegangen, so cool zu tun. »Mein Gott, nein. Ich bin total froh, dass du hier bist. Ich wollte dich bloß nicht einengen.«

»Warum? Willst du, dass ich *dich* nicht einenge?«

»Nein.« Ich brülle es fast. »Das ist es nicht. Überhaupt nicht. Du bist halt bloß gerade erst angekommen, und ich will nicht, dass du glaubst, wir müssen irgendwas überstürzen.«

»Oh.« Sie nickt und scheint darüber nachzudenken. »Okay, also das ist null so bei mir angekommen.«

»Sorry«, sage ich. »Wahrscheinlich wäre ich damit besser gleich rausgerückt.«

»Dabei bist du doch derjenige in dieser Beziehung, der eins a kommunizieren kann«, sagt sie und lacht. Fügt dann schnell hinzu: »Also, nicht *Beziehung*-Beziehung. Du weißt schon, was ich meine.« Sie fasst sich erneut in den Nacken, drückt darauf herum, während sie den Kopf bewegt.

»Meine Fähigkeiten lassen wohl nach.« Nachdem das raus ist … und sie so über das Wort Beziehung gestolpert ist, kann ich etwas entspannen. »Brauchst du Hilfe?«

»Ja, bitte.« Sie dreht mir den Rücken zu. »Ich dachte schon, du fragst nie. Genau da«, sie fährt mit der Hand vom Nacken zur Schulter, »tut es weh.«

Sie fühlt sich so warm an. Ich schiebe die Hand oben unter ihr T-Shirt und muss mich wahnsinnig zusammenreißen, ihr nicht sofort einen Kuss auf den Hals zu geben. Ich spüre förmlich, dass ihr ganzer Körper unter meinen Händen aufatmet und wegschmilzt. Sie fängt an, sich zu wiegen, und stöhnt ganz leise, immer wenn ich ein bisschen drücke. Ich bin froh, dass ich hinter ihr sitze und sie nicht sehen kann, was ihre leisen Geräusche mit mir machen. Wenn ich es nicht besser wüsste, würde ich mich fragen, ob das Absicht ist, um mich anzumachen, aber so denkt sie nicht, das weiß ich. Sie hat keinen blassen Schimmer, was sie mit mir macht. Hatte sie nie.

»Okay«, sage ich und höre abrupt auf, weil ich das einfach zu sehr will.

»Oh, hör bitte nicht auf«, stöhnt sie und schaut mich über die Schulter hinweg an. »Das war so gut.«

»Ja, ein bisschen zu gut – auch für mich«, murmle ich.

»Bitte?«, fragt sie, und ich kann nicht sagen, ob sie mich einfach nur nicht verstanden hat oder nicht weiß, was ich meine.

Ich räuspere mich und muss mich blitzschnell entscheiden, ob ich es ihr sagen sollte oder nicht. »N-nichts.«

»Komm, sag schon.« Sie dreht sich ganz zu mir herum.

»Eden, du …«, setze ich an, muss dann aber lachen. »Du hast …«

»Was denn?«, wiederholt sie.

»Du hast … Sexlaute gemacht.«

Ihr fällt der Mund auf, und sie keucht. Ich kann zusehen, wie sie rot anläuft. Aber gleichzeitig versucht sie, nicht zu lachen. »Oh, mein Gott, Josh!«

»Was denn? Hast du echt!«

»Hab ich gar nicht!«, kreischt sie und schlägt spielerisch nach mir, bevor sie das Gesicht hinter ihren Händen verbirgt.

»Oh, doch. Ich weiß, wovon ich spreche.«

Ihr Lachen versiegt, und sie schaut von mir zum letzten bisschen Sonne am Himmel.

»Tut mir leid«, sage ich, weil ich diese Unbeschwertheit nicht aufgeben will. »Ich hab's nicht länger ausgehalten.«

Sie lehnt sich wieder zurück und schaut in den immer dunkler werdenden Himmel. Dazu schüttelt sie den Kopf und lacht immer mal wieder laut. »Sexlaute«, schnaubt sie. Schließlich sieht sie mich wieder direkt an. »Äh, okay. Wo wir schon mal bei dem Thema sind«, setzt sie an. »Vielleicht sollten wir es mal wieder einklammern?«

»Das überlasse ich ganz dir.« Ich will, dass sie Kontrolle über den nächsten Zug hat, und doch kann ich nie einschätzen, ob ich ihr dadurch zu viel Spielraum gebe oder zu wenig. »Für mich ist alles okay. Wenn du warten willst oder mehr Zeit brauchst, können wir auch darüber reden, wenn wir nicht gerade völlig erschöpft sind.«

»Okay.« Sie seufzt und gähnt dann sofort. »War echt ein großer Tag.«

»War es«, stimme ich zu. »Vielleicht sollten wir langsam reingehen? Du musst ja vermutlich noch eine Menge auspacken?«

Nickend steht sie auf und hält mir eine Hand hin, um mir aufzuhelfen. Ich nehme sie, und dann lassen wir nicht los, bis wir im Treppenhaus sind.

Bei meinem Stockwerk bleiben wir stehen.

»Hier muss ich abbiegen«, sage ich. »Soll ich dich noch runterbringen?«

»Nein, schon gut.«

Wir schlendern noch zu meiner Tür, wo sie mich umarmt, mir die Arme um den Hals legt. »Ich bin wirklich froh, dass du hier bist«, betone ich noch mal.

»Ich auch«, flüstert sie, ihr Mund nah an meinem Ohr. »Du hast mir gefehlt.« Sie gibt mir einen flüchtigen Kuss an den Hals, bevor sie sich von mir löst. Stoßwellen gehen von meinem Herzen aus.

»Okay«, sage ich ohne jeden Anlass, dazu grinse ich wahrscheinlich noch wie blöd und laufe langsam rot an. »Na, du weißt ja, wo du mich findest, wenn du mich brauchst.«

Sie nimmt meine Hand, während sie sich abwendet, und drückt sie einmal kurz, bevor sie zu weit weg ist. »Und du mich«, fügt sie hinzu. Da ist was in ihrem Ton, ihrem Lächeln – flirtet sie etwa mit mir? *Bitte, Gott, führe mich nicht in Versuchung.*

»Gute Nacht«, rufe ich ihr nach. Im Treppenhaus dreht sie sich noch mal um und winkt.

In unserem Apartment kann ich Dominic durch die geschlossene Zimmertür mit Luke sprechen hören. Ich spüre noch ihre Lippen an meinem Hals. Werfe einen Blick aufs Handy. Erst halb neun. Was mache ich eigentlich? Wieso habe ich ihr nicht einfach gesagt, dass ich nicht aufhören kann, an sie zu denken? Dass mich eigentlich nur interessiert, wo sie uns sieht? *Für mich ist alles okay.* Das habe ich tatsächlich gesagt, oder? Also, ist es. *War* es. Seit Monaten. Jahren.

Da fällt mir auf, dass ich rastlos hin- und herrenne. Ich gehe zur Tür, aber meine Hand weigert sich, sie zu öffnen. Ich sollte warten. Ich kann warten. Nein, kann ich nicht. Ich öffne die Tür und jogge den Flur entlang, die Stufen hinunter bis vor ihre Tür. Ich hebe die Hand, um anzuklopfen, aber mache es doch nicht. Gehe wieder zum Treppenhaus, wo ich wieder innehalte. Kehre zu ihrer Tür zurück. Renne also erneut hin und her, bloß diesmal auf ihrem Flur.

Sie ist doch genau da, sage ich mir.

Ich stelle mich vor ihre Tür. Ich mach das jetzt.

Ich hebe die Hand und klopfe, zu laut und schnell.

Drinnen raschelt es, und als Eden öffnet, wirkt sie überrascht, mich zu sehen. Sie hat die Haare offen und irgendwie durcheinander, wodurch ich sie nur noch attraktiver finde.

»Hi«, sagt sie.

Ich hole Luft, lasse die Begrüßung weg und platze einfach heraus: »Eden, gehst du morgen mit mir auf ein Date?«

»Ein Date?«, fragt sie.

»Ja. Ein Date. Mit mir. Morgen. Bitte.«

Sie senkt den Blick zu Boden und lächelt, und es kostet mich alle Kraft, nicht die Hände aus der Tasche zu holen und ihr die Haare aus dem Gesicht zu streichen.

»Okay«, sagt sie schließlich und schaut wieder zu mir auf.

»Okay?«, wiederhole ich.

»Okay.« Sie lacht einmal.

»Okay.« Ich weiche zurück und stolpere dabei fast über meine eigenen Füße, als wäre ich zwölf und dies das erste Mal, dass ich mich mit einem Mädchen verabredet habe.

»Dann noch mal gute Nacht«, sagt sie.

»Noch mal gute Nacht.«

Sie schließt die Tür, und ich bin schon halb den Flur hinunter, fühle mich endlich wieder voller frischer Energie, nachdem ich den ganzen Tag lang jede Bewegung, jedes Wort, jeden Gedanken kontrolliert habe. Ich könnte aus dem Stand einen Marathon laufen. Ich werde schneller, will im Treppenhaus gleich zwei Stufen auf einmal nehmen, um ein bisschen Aufregung abzubauen, da höre ich, wie hinter mir eine Tür schließt.

»Josh, warte!«

Ich drehe mich um und sehe, wie sie mir hinterherläuft. Als sie bei mir ist, bleibt sie abrupt stehen, so nah, holt ein paar Mal schnell Luft und nimmt nach kurzem Zögern meine Hände. »Ich ... ähm«, fängt sie an, spricht aber nicht weiter, sondern lässt ihre Hände an meinen Armen hinaufwandern, über meine Schultern, meinen Hals bis zu meinem Gesicht. Ich kann spüren, dass ihre Finger leicht zittern, ihr Daumen streift über meine Unterlippe.

Dann öffnet sie den Mund, und es sieht so aus, als würde sie doch noch etwas sagen, aber dann folgt dieser kleine Atmer, den ich so liebe, und sie schaut mich an. Sucht in meinen

Augen nach einer Antwort. Ich glaube nicht, dass ich sprechen könnte, selbst wenn ich es versuchen würde, aber ich nicke, denn, was immer sie fragt, was immer sie will, meine Antwort wird immer Ja sein.

Ihre Lippen sind so weich, ihr Mund warm, und als meine Zunge auf ihre trifft, küsst sie mich heftiger. Wir atmen einander, immer tiefer und tiefer, und schon macht sie dieselben Laute wie oben auf dem Dach, und ich kann nicht fassen, wie gut es sich anfühlt, sie zu küssen. Sie *nur* zu küssen.

Meine Hände wollen gern gleichzeitig in ihr Haar, ihre Arme entlang, an ihre Taille. Sie klammert sich an mich, presst sich an mich, ich ziehe sie mit, bis wir gegen die Wand stoßen, mein Ellbogen knallt dagegen. »Oh«, flüstert Eden in meinen Mund und schiebt ihre Hand zwischen meinen Ellbogen und die Wand, und ich habe keine Ahnung, wieso eine so einfache Geste mein Herz so unkontrolliert schlagen lässt, aber sie tut es, und ich will nichts lieber, als dass sie mich mit in ihr Zimmer nimmt.

Jemand öffnet die Tür, und wir lösen uns gerade noch rechtzeitig voneinander, als der ältere Mann aus 2E den Kopf in den Flur steckt und murmelt: »Nehmt euch ein Zimmer, verdammt«, bevor er die Tür wieder schließt.

Wir sehen einander an, und so sehr ich sie hier stundenlang weiterküssen könnte, lachen wir doch nur einfach los.

»Sorry!«, ruft Eden in Richtung der nun wieder geschlossenen Tür. »Dabei tut mir absolut nichts leid!«, flüstert sie mir zu.

Ich schüttle den Kopf. »Mir auch nicht.«

Sie legt die Hände auf meine Schultern und zieht mich so weit zu sich, dass sie mich noch einmal küssen kann. Zart, langsam. Dann lehnt sie den Kopf gegen meine Brust und seufzt. Ich spüre ihren warmen Atem durch mein T-Shirt. Sie sieht mich an und platziert ihre Hand auf meinem Herzen. »Fortsetzung folgt?«, fragt sie.

Ich nicke, denn antworten kann ich nicht. Bewegen kann ich mich nicht. Selbst als sie sich langsam von mir entfernt, ihre Hand nicht länger auf meinem Herzen ist, ersetze ich sie durch meine Hand, weil ich das Gefühl der Berührung nicht missen will. Sie schlendert durch den Flur, dreht sich nur einmal um, lächelt mich an. Sie hält sich den Mund zu und kichert kurz, dann joggt sie zurück zu ihrem Apartment. Ich bleibe sicher eine ganze Minute wie angewurzelt stehen. Nur, falls sie noch mal zurückkommt. Aber als ich dann doch die Treppen hochgehe, langsam, eine Stufe nach der anderen, kann ich nur eins denken: So hätte das immer sein sollen, so hätte es damals mit uns anfangen sollen.

EDEN

ICH HABE DEN GANZEN TAG damit verbracht, Mara Fotos jeder möglichen Klamottenkombination zu schicken, die mein Kleiderschrank bieten kann, was nicht viel ist. Sie beharrte darauf, dass ich das eine Kleid nehmen solle, das ich mitgenommen habe, aber ein Kleid fühlte sich nach zu viel Druck an für unser erstes, richtiges Date. Und an Druck mangelt es nicht, schließlich warte ich ja seit drei Jahren auf diese Chance, da muss ich ihn nicht noch verstärken.

Also entscheide ich mich für die Jeansshorts, die ich beim Konzert anhatte. Sie ist noch recht neu, und ich habe mitbekommen, wie er an dem Abend meine Beine abgecheckt hat. Dazu ein einfaches T-Shirt mit winzigen gelben Blumen. Hübsch, aber nicht sexy. Sandalen. Ich rasiere mir die Beine und Achseln. Für den Fall der Fälle. Dann versuche ich umzusetzen, was in einem der Videos für Menschen mit schulterlangen Haaren, die Mara mir geschickt hat, vorgeschlagen wird. Irgendwie eingedreht und mit einer Menge Haarklammern. Es sieht okay genug aus – zumindest von vorn. Außerdem: Lipgloss, Mascara, Armband, Halskette, Ohrringe.

Er holt mich um Punkt acht ab, ganz wie er gesagt hat, und er sieht umwerfend aus und riecht so gut, dass ich am liebsten gar nicht mit ihm irgendwo hingehen, sondern ihn gleich in die Wohnung ziehen würde. Aber dann gibt er mir einen Kuss auf die Wange, worüber ich aus irgendeinem Grund lachen muss. Als wir draußen auf die Straße treten, nimmt er meine Hand, aber das ist so unerwartet und zärtlich und ehrlich, dass ich fast weinen muss.

Wir halten Händchen und lassen uns Zeit, grinsen und schauen uns verstohlen an, während wir die drei Blocks bis zum Restaurant gehen. Nonna's Little Italy heißt es. Es ist klein und dunkel und gemütlich. Ich kann die Gewürze, den Käse, Knoblauch und das Öl von draußen riechen. Wenn Trostessen ein Ort wäre, dann dieser. Die Frau, die uns zu unserem Tisch bringt, verliert nicht viele Worte, aber sie lächelt uns warm an, während sie uns die Karte gibt. Ein junger Kellner bringt uns einen Korb mit frisch gebackenem Brot, das in den gleichen Stoff eingeschlagen ist wie das Besteck.

Nachdem wir bestellt haben, fragt Josh: »Und?« Dabei zieht er so vorsichtig das Tuch vom Brot, als wäre es in teures Geschenkpapier gewickelt. »Wie läuft das Date bisher so für dich? Und lass dich beim Beantworten nicht von der Tatsache beeinflussen, dass ich das in etwa plane, seit wir uns kennen.«

»Nun, pünktlich warst du schon mal. Und siehst außerordentlich gut aus, möchte ich sagen.« Ich verfalle in Schweigen … habe ich ihn wirklich gerade *gut aussehend* genannt? Laut? Irgendwie hab ich das Gefühl, dass ich verlegen sein sollte, weil ich ja praktisch gleich mit offenen Karten spiele, aber dann wiederum … haben wir lange genug gewartet, dass wir keine Spielchen mehr brauchen. So was hätte die alte Eden gemacht. Also zwinge ich mich, weiterzusprechen. »Der Wangenkuss war ebenfalls eine schöne Idee.«

»Oh, das freut mich«, sagt er und läuft ein bisschen rot an. »Ich war mir nicht sicher, ob das so angekommen ist, wie ich dachte.«

»Oh, doch, doch«, versichere ich ihm. »Und dieses Restaurant! Als hättest du meine Gedanken gelesen. Nonna's Little Italy könnte schon jetzt mein neues Lieblingslokal sein, dabei hab ich das Brot noch nicht mal probiert.«

Er schiebt den Korb zu mir, und ich reiße ein Stück ab, obwohl es fast zu heiß zum Anfassen ist. Aber die Butter schmilzt perfekt hinein. Er wartet ab, bis ich einmal abgebissen habe.

»Und jetzt? Nachdem du probiert hast?«, fragt er.

Ich lasse mir Zeit, kaue, schlucke, öffne dann den Mund, als würde ich antworten, beiße dann aber noch mal ab, worüber er lachen muss, wodurch mir ganz warm und mein Herz ganz weich wird. »Bestes Date, das ich je erlebt habe«, sage ich.

»Wow. Okay, das ist besser, als ich erwartet habe.«

»Na ja, ehrlich gesagt ist es auch mein *erstes* Date.«

»Steve war nie auf Dates mit dir?«

Ich habe fast vergessen, dass Josh von Steve weiß. Außerdem dachte ich gerade eher an die vielen random Typen, mit denen ich nach der Sache mit Josh was hatte – die ich bei Partys oder sonstigen Events aufgegabelt hatte, wo es Alkohol und anderes Berauschendes gab. Überwiegend gesichtslose Typen. Namenlos. Leute, die ich nie wiedergesehen habe, ergo auch nie auf Dates war. »Nicht so richtig«, antworte ich also. »Aber das lag nicht daran, dass er es nicht versucht hätte«, füge ich hinzu, einfach zu Steves Verteidigung.

Josh senkt den Blick auf seinen Teller, als er wieder aufschaut, verzieht er ein bisschen das Gesicht. »Hm, das ist wohl die oberste Regel für erste Dates, oder? Nicht die Ex der andern Person erwähnen? Himmel, vielleicht ist das auch mein erstes Date«, sagt er scherzhaft und trinkt einen Schluck Wasser.

»Schon okay.« Aber jetzt hängt der Name schon in der Luft, irgendwie fühle ich mich verpflichtet, etwas dazu zu sagen. »Steve ist ein ziemlich guter Mensch. Wir hätten nur einfach Freunde bleiben sollen.«

Josh nickt. Als er gerade etwas erwidern will, kommt das Essen. Schweigend legen wir los, und sofort mache ich mir Gedanken, ob ich das jetzt verhauen habe, aber dann spricht Josh endlich. »Heißt das, ihr seid noch befreundet?«

»Du meinst, so wie wir beide noch befreundet sind?«

»So in der Art, ja«, gibt er zu.

»Nein. Wir sind Freunde, aber keine *Freunde* wie du und ich, wenn du verstehst, was ich meine.«

Er grinst. Breit und mutig und gleichzeitig schüchtern. »Ich glaube, ich verstehe, was du meinst.«

»Gut.« Ich drehe Pasta auf meine Gabel und stecke sie mir in den Mund, damit ich nicht weiterrede.

»Und nur damit du es weißt«, fügt er hinzu. »Ich bin auch gerade mit niemandem *befreundet*, wie wir es sind.«

»Verstanden.« Jetzt muss auch ich darüber lachen, wie unbeholfen und nerdig wir gerade sind. »Vielen Dank für die Information.«

»Gern geschehen.«

Vollgestopft mit Pasta, Soße, Brot und Käse verlassen wir Nonna's, aber als wir auf die Straße treten, geht Josh nicht in die Richtung, aus der wir gekommen sind.

»Nicht hier lang?«, frage ich.

»Das Date ist noch nicht vorbei«, sagt er.

»Es geht noch weiter?«

»Ja, es gibt so was wie ein Motiv.«

»Es gibt so was wie ein *Motiv*?« Ich bin wirklich beeindruckt.

»Welches denn?«

»Ach … äh … es ist eher ein Grundmotiv. Oder ein angelehntes«, sagt er und wedelt mit den Händen, während er sich an der Erklärung versucht.

Wir schlendern ungefähr einen halben Block weiter, vorbei an ein paar Häusern, die aussehen wie unser Wohnheim. Im Erdgeschoss befinden sich Geschäfte, die allerdings schon geschlossen haben. Alte Bäume säumen hier die Straße, ihre Wurzeln versuchen, den Bürgersteig zu durchbrechen, kleine Hügel machen den Boden uneben. Josh nimmt wieder meine Hand, und ich lasse ihn. Aber selbst als wir den holprigen Teil des Bürgersteigs hinter uns haben, hält er sie weiter.

»Das haben wir noch nie gemacht«, sagt er und verschränkt seine Finger mit meinen. »Sonst hast du deine Hand immer weggezogen, wenn ich versucht hab, sie zu nehmen.«

Ich nicke. »Jetzt mag ich's. Ist irgendwie schön.« Dabei ist es mehr als schön. Und ich mag es nicht nur. Ich weiß bloß nicht, wie ich das besser ausdrücken könnte.

Er lächelt, den Blick zu Boden gerichtet, und ich drücke seine Hand. Er drückt zurück. Wie unser ganz eigener Morsecode. Wir biegen um eine dunkle Ecke, wo der Wind plötzlich stärker wird und uns durch Klamotten und Haare pfeift. Plötzlich habe ich das deutliche Gefühl, dass ich hier vermutlich um diese Uhrzeit allein nicht langgehen würde.

»Ist nicht mehr weit«, sagt er, als hätte er meinen Gedanken gespürt.

Wir bleiben vor einem kleinen Laden stehen. Ich halte ihn für einen Coffee-Shop, weil auf dem Neonschild im Fenster steht: GREATHER THAN > GROUNDS. Beim Eintreten klingelt ein Glöckchen. Drinnen ist niemand zu sehen, und als wir an den Tresen treten, entdecke ich mindestens zwanzig verschiedene Eissorten in der gekühlten Auslage. Auf dem handgeschriebenen Schild an der Kasse steht: KOMMT AUF NEN KAFFEE, BLEIBT AUFN EIS.

»Hmm, Eis zum Nachtisch?«, frage ich.

»War so meine Idee«, sagt er und hält die Luft an, während er meine Reaktion abwartet. »Dann magst du italienisches Eis?«

»Ich mag Eiscreme, also …«

Ein Mädchen taucht hinterm Tresen auf und verkündet, während sie die Brille hochschiebt: »Italienisches Eis ist nicht vergleichbar mit banaler Eiscreme. Italienisches Eis ist tausendmal besser. Das ist eine Tatsache.«

»Ganz meine Meinung«, stimmt Josh zu, dabei sieht er sie fast nicht an, dieses Mädchen, das mich irgendwie an mich erinnert. Vielleicht liegt es an der Brille, der ähnlichen Haarfarbe und Größe, aber ich finde, das könnte ich sein in einem Paralleluniversum.

Sie streift Latexhandschuhe über und sagt: »Ich heiße Chelsea und bin heute für euch zuständig.« Dann seufzt sie, als wäre es der schlimmste Teil ihres Jobs, ihren Namen so zu verkünden. »Wenn ihr eine der Sorten probieren wollt, lasst es mich wissen.«

»Danke«, sagt Josh, während wir die Auswahl begutachten.

Ich schiele immer wieder zu ihr. Sie schaut Josh an – natürlich, mir ist völlig klar, warum –, aber als sie meinen Blick bemerkt, schiebt sie ihre Brille hoch. Das hab ich auch immer gemacht, wenn ich nervös war.

»Ähm, könnte ich Pistazie-Minze mal probieren?«, frage ich.

Sie füllt einen winzigen Plastiklöffel mit dem Eis und reicht ihn mir. Aus den Augenwinkeln sehe ich, dass Josh mich dabei beobachtet, wie ich es mir in den Mund stecke.

»Was denn?«

»Ach, nichts. Aber Pistazie-Minze? Bist du Rentnerin?«

»Das ist total lecker! Hier, probier mal«, sage ich und wedele mit dem Löffel vor seinem Gesicht.

»Ekelhaft. Behalt dein Omaeis.« Chelsea seufzt erneut, offenbar absolut nicht belustigt von uns. Ein bisschen frage ich mich, ob sie Josh und mich betrachtet und darüber rätselt, wie es sein kann, dass er mit einer wie mir hier ist und sie doch keines Blickes würdigt, wo wir uns doch so ähnlich sind.

»Dürfte ich mal Schoko-Erdnussbutter probieren?«, fragt Josh, dem entweder nicht klar ist, wie genervt die Barista von uns ist, oder aber es ihm egal ist. Sie reicht Josh ebenfalls einen winzigen Löffel, und wir beide schauen zu, wie er ihn an seine Zunge drückt und dabei die Augen schließt.

»Schoko-Erdnussbutter? Im Ernst?«

»Was hast du daran auszusetzen? Das ist doch eine klassische Geschmackskombination.«

»Ich weiß ja, dass ich damit in der Minderheit bin, aber manche Sachen passen einfach nicht zusammen.«

Die Barista sagt, völlig monoton: »Oh, mein Gott. Nimm das zurück.«

Josh sieht erst sie an, dann mich, und sofort frage ich mich, ob er die Ähnlichkeit auch sieht. Doch er sagt nur: »Okay, tut mir leid, aber das funktioniert wohl doch nicht mit uns.« Er dreht sich um, als wollte er zur Tür, und ich will lachen, ich weiß ja, dass das ein Witz sein soll, aber dann – aus dem Nichts – trifft mich die schiere Panik, weil ich fürchte, dass er das eines Tages wirklich zu mir sagen wird.

Ich strecke den Arm nach ihm aus, bekomme ihn aber nicht zu fassen, weil meine Finger plötzlich prickeln. Die Sekunde, die es dauert, bis er sich umdreht und mich in die Arme schließt, dehnt sich ins Unendliche.

»Nur ein Scherz«, flüstert er, sieht mir in die Augen und gibt mir einen Kuss auf den Mund. Die Zeit schnellt zurück. *Ich bin hier*, sage ich mir, *alles in Ordnung*. Es gelingt mir, im Hier zu bleiben.

Ich sehe: Josh. *Ich fühle*: Josh. *Ich rieche*: Josh. *Ich schmecke*: Josh.

Er schiebt mir die Hand unters Kinn und hebt meinen Kopf in seine Richtung. »Dir ist klar, dass das nur ein Scherz war, oder?«, sagt er sehr leise und fährt mir mit dem Daumen über die Wange.

»Ja«, flüstere ich, habe aber immerhin meine Sprache wiedergefunden. Ich verschwinde nicht. Nicht heute Abend. Nicht in seiner Gegenwart.

Die Barista räuspert sich und sagt laut: »Dann also einmal Pistazie-Minze und einmal Schoko-Erdnussbutter?«

Ich sehe sie erneut an, und vielleicht ist die Ähnlichkeit doch gar nicht so groß. Sie ist einfach ein Mädchen namens Chelsea mit ihrem eigenen Leben, die vermutlich nie wieder an uns denken wird, wenn wir erst den Laden verlassen haben. »Ja, bitte«, antworte ich und löse mich von Josh. Als ich zur Kasse gehe, spüre ich meine Füße, Hände, Arme und Beine wieder.

»Ich übernehm das, Eden«, sagt Josh.

»Nein, nein«, widerspreche ich. »Du hast schon das Abendessen gezahlt. Der Nachtisch geht auf mich.«

»Okay.« Er nickt. »Danke.«

Chelsea schiebt die Becher über die Theke und sagt: »Schönen Abend noch.« Fast tonlos fügt sie hinzu: »Den werdet ihr offenbar sicher haben.«

Wir nehmen die kleinen Becher mit dem Eis und die winzigen, flachen Löffel und essen, während wir die Straße hinunterschlendern. »Hm, irgendwie hatte ich den Eindruck, dass Chelsea uns nicht mochte«, sagt er lachend.

»Zu ihrer Verteidigung – wir waren ein bisschen sehr … *süß*.«

»Du meinst, *Du* warst ein bisschen sehr süß.« Er stupst mich an, aber ich gehe über den niedlichen Kommentar hinweg, denn obwohl ich mir große Mühe gebe, bin ich immer noch ich, ein Mensch, der offenbar nicht mal das unschuldigste Kompliment annehmen kann.

»Ich würde gern raten, was das Grundmotiv des Abends ist.«

»Okay«, sagt er, kratzt dabei seinen Becher aus und leckt den Löffel ab.

»Irgendwas mit Italien«, sage ich, tippe mir mit dem Finger gegen das Kinn und tue so, als würde ich sehr ernsthaft darüber nachdenken. »Leckeres, italienisches Essen?«

»Fast«, sagt er. »Es ist ja eher ein angelehntes Motiv. Wir haben noch einen Stopp vor uns.«

»Als Nächstes geht es richtig nach Italien?«

»Genau.« Grinsend wirft er seinen leeren Becher in den nächsten Mülleimer. »Schön wär's.«

»Hier ist noch ein Löffel Pistazie-Minze. Sicher, dass du das wirklich nicht probieren willst? Es schmeckt wirklich gut. Ich würde dich nicht verarschen.«

Er schaut in meinen Becher und sagt dann: »Okay, ich probier's.«

Ich sammle den Rest zusammen und kann mich dann nicht entscheiden, ob ich ihm den Löffel geben oder ihn füttern soll. Er lacht über meine so offensichtliche Unbeholfenheit, beugt sich zum Löffel und hält meine Hand, damit sein Mund ihn nicht verfehlt. Er sieht mich an, während er intensiv nachschmeckt. Dieser Moment ist fast unerträglich intim, wir beide auf dem verwaisten Bürgersteig, der Wind bläst um uns, meine Hand noch in seiner, während er probiert, genießt.

Langsam fängt er an zu nicken. »Hmm.«

»Hmm? Also findest du es gut?«

»Anders«, sagt er und leckt sich über die Lippen. »Anders als ich erwartet habe, aber irgendwie lecker. Sogar richtig lecker.«

»Siehst du.«

Er nimmt meinen leeren Becher und den Löffel und wirft beides in den Mülleimer, der ein paar Schritte entfernt ist. Als er wieder bei mir ist, stellt er sich vor mich und berührt meine Wange wie vorhin im Coffee-Shop. Dann küsst er mich, ganz sanft, nicht so übereilt wie zuvor, und ich erwidere den Kuss. Josh schmeckt nach beiden Eissorten.

»Als Wiedergutmachung für diesen spontanen, komischen Kuss da drin, ich konnte einfach nicht bis zum Ende des Abends warten.« Er hält mir die Hand hin. »Tut mir leid.«

»Muss es gar nicht, ich mochte beide.« Ich drücke seine Hand wieder, und er drückt sie sofort zurück, während wir den Rückweg einschlagen.

Wir betreten einen parkähnlichen Platz, der von der Straße abgeht. Ich lese laut vor, was auf dem Schild steht: »Tucker Hill Memorial Garden. Gehört der zum Campus?«

»Ja. Im ersten Semester hab ich da drüben gewohnt«, sagt er und deutet ein Stück die Straße hinunter. »Und dann bin ich jeden Tag hier durch zur Uni gegangen.«

»Es ist sehr hübsch hier.« Wir folgen dem schmalen Pfad durch den Park. Es gibt eine Menge unterschiedlicher Pflanzen und Blumen, gelegentlich steht eine Bank unter einem der Bäume. Kleine Laternen erleuchten den Weg, und kleine Plaketten mit den Namen von Menschen zieren alles, soweit das Auge reicht.

»Kleines Geständnis«, sagt Josh und drückt meine Hand. »Ich musste immer an dich denken, wenn ich den Park durchquert habe.«

»Echt?« Mein Herz fängt bei der Vorstellung an zu rasen, dass er hier entlanggeht und an mich denkt.

Er nickt.

»Warum?«

Er zuckt mit den Schultern. »Hier ist es immer so ruhig und wunderschön – zu jeder Jahreszeit blüht etwas anderes.

Gleichzeitig ist es irgendwie ein bisschen traurig, aber so friedlich. Ich glaube, ich hab gedacht, es könnte dir gefallen.«

Ich denke über seine Worte nach, während ich mir den Zweig einer jungen Trauerweide durch die Finger gleiten lasse. Als ich den Kopf drehe, um Josh anzusehen, merke ich, dass er mich beobachtet. Ich lasse seine Hand los und hake mich bei ihm unter, möchte ihn näher an mir haben.

»Was denkst du gerade?«, fragt er. »Rede ich zu viel?«

»Nein, ich höre dir gern zu.« Er zieht mich an sich, unsere Füße stoßen gegeneinander. »Es überrumpelt mich bloß, wenn du das machst.«

»Wenn ich was mache?«

»Mich so … verstehst. Du liegst einfach so oft so richtig.«

»Hm, das ist mir nicht allein zuzuschreiben«, sagt er. Diesmal scheint er dem Kompliment auszuweichen. »Wir nähern uns etwas, das dabei die Hauptrolle gespielt hat.«

Ich habe keine Ahnung, was er damit meint, aber je weiter wir auf dem von Laubwerk gesäumten Weg kommen, lichtet es sich vor uns. Ich kann Wasser hören. Plätschern.

»Wow«, sage ich und lasse Josh los, um mich besser umsehen zu können. Es ist ein Brunnen in der Form eines Apfels, gemacht aus Stein und Metall, der einfach in der Mitte eines Granitblocks sitzt. Da ist kein Geländer, das verhindern würde, dass man direkt hingehen kann. Deshalb mach ich das. Aber als ich eine gewisse Grenze überschreite, spritzt überall um mich Wasser in die Luft. Man muss sich schon Mühe geben, trockenen Fußes bis zur Mitte zu kommen. Der Apfel selbst ist feuerwehrrot gestrichen, und das Wasser kommt oben aus dem Stiel, an dem ein Metallblatt im Wind schwingt, offenbar von Draht oder einer Kette gehalten.

Als ich um den Apfel herumgehe, sehe ich, dass dort etwas fehlt, ganz so, als hätte ein Riese in die Frucht gebissen, sodass nur noch das Gehäuse in Form einer Sanduhr zurückgeblieben ist, in dem die Samen aus dunklem Metall ruhen, aus denen Wasser quillt. In dem runden Teil des Apfels befinden sich zwei Sitze, geformt wie Blätter – ganz wie das am Stiel, abgeschirmt von dem fallenden Wasser. Irgendwie muss ich an die Kutsche bei Schneewittchen denken, dabei ist dieser Apfel kerniger, weniger elegant … dafür gefährlicher, fast sinnlich.

Josh ist auf der anderen Seite stehen geblieben, wartet dort auf mich – ich vermute, er hat den Apfel schon oft genug gesehen. »Das ist wirklich …«, setze ich an, als ich zu ihm zurückkehre. »So was hab ich noch nie gesehen. Auf seltsame Weise wunderschön.«

Er beobachtet mich lächelnd und deutet dann zu etwas am Boden. Ich stelle mich neben ihn. Dort ist eine kleine Tafel eingelassen, auf der steht:

FONTANA DELL 'EDEN/EDENS QUELL

»Oh, mein Gott«, sage ich.

»Siehst du, ich kann es mir nicht allein zuschreiben«, wiederholt er.

»Jetzt ergibt das mit dem Apfel auch Sinn«, sage ich und betrachte den Brunnen erneut.

»Schön, dass er dir gefällt.«

»Mich überrascht, dass er *dir* gefällt. Der ist so ausgefallen und irgendwie schräg.«

»Ich mag ausgefallen und schräg«, sagt er und streicht mir eine Strähne aus dem Gesicht, die sich aus meiner dilettantisch ausgeführten Hochsteckfrisur gelöst hat. »Der mir liebste Mensch der Welt ist ausgefallen und schräg.«

»Josh«, setze ich an, dabei weiß ich gar nicht, was ich sagen will.

Er starrt auf das Wasser. Es wird von unten beleuchtet, was ganz wunderliche Muster um uns wirft.

»Jeden Tag habe ich deinen Namen hier gesehen und mir

vorgestellt, dass du bei mir bist.«

»Du weißt, dass ich auch an dich gedacht habe, oder?«

Er nickt, nimmt meine Hände.

Aber ich will, dass er das wirklich weiß. »Also, ich habe nicht nur an dich gedacht, ich …« *Habe mich nach dir gesehnt*, wäre wohl treffender, aber das bekomme ich nicht raus.

»Ich weiß«, sagt er leise, doch irgendwie bezweifle ich das. »Ich hab mir immer gesagt, wenn wir mal eine zweite Chance bekommen, dann mach ich es richtig«, fährt er fort und zieht die Brauen zusammen. »Weißt du, was ich meine?«

Diesmal bin ich es, die nickt.

»Weil ich das will. Mit dir«, sagt er und sieht mir in die Augen. »Ehrlich.«

»Ich doch auch«, sage ich. »Mehr als alles andere.«

Jetzt lächelt er, und ich kann förmlich sehen, wie sich alles an ihm entspannt. »Also, dann … dann machen wir es diesmal richtig?«

JOSH

MEINE FRAGE HÄNGT ZWISCHEN uns in der Luft, mein Herz rast, während ich warte. Langsam bilde ich mir ein, dass ihre Antwort im Rauschen des Wassers verloren geht, aber dann nickt sie.

»Ja«, sagt sie schließlich.

Wir stehen da, halten uns an den Händen und lächeln uns an. Ich beuge mich zu ihr, will sie küssen, aber sie weicht ein paar Schritte zurück. Ich bin verwirrt. Sie lässt meine Hände nicht los, sie hört nicht auf zu lächeln. *Spielt sie mit mir?* Sie hat sich verändert – das denke ich nicht zum ersten Mal in den letzten Monaten, aber diesmal bin ich mir sicher.

»Nein?«, frage ich.

Sie schüttelt den Kopf.

»Kein Kuss? Nicht mal nach meinem Seelenstriptease?«

Ich gebe mein Bestes, mitzuspielen.

»Oh, den kriegst du schon noch, keine Sorge«, sagt sie und geht näher zum Brunnen. »Komm mit.«

Sie zieht mich auf die andere Seite des Brunnens, der durch Bewegungsmelder aktiviert zu werden scheint, denn plötzlich schießen kleine Fontänen aus dem Boden und formen schmale Bögen aus Wasser.

»Siehst du die kleine Bank da?« Sie deutet zu einer Bank

hinter dem Vorhang aus Wasser, die aus Blättern und Ranken geformt scheint. »Rennen wir hin«, sagt sie und umklammert meine Hand fester.

»Rennen?«

»Ja, das schaffen wir.«

Ich schaue mich um. Hier ist niemand außer uns. Vermutlich nicht mal in der Nähe, schließlich ist Sonntagabend, und das Semester hat noch nicht angefangen. »Ich glaube nicht, dass es erlaubt ist …« Doch bevor ich zu Ende sprechen kann, lässt sie meine Hand los und rennt unter dem Tunnel aus Wasser hindurch. »Warte, was machst du?«, rufe ich ihr nach.

Aber sie hat es geschafft. Sie dreht sich um und feiert sich total niedlich dafür, dass sie noch trocken ist. »Komm schon!«, ruft sie und wedelt auffordernd mit den Händen.

Ich lache, ich muss ihr wohl folgen.

»Bereit?«, schreit sie. »Und los!«

Ich laufe los, bleibe dann aber stehen.

»Josh, komm schon. Du packst das, du musst nur durchrennen. Los. Jetzt!«

Also mach ich es. Ich renne los – entweder zu schnell oder zu langsam, jedenfalls trifft mich jeder einzelne Wasserstrahl. Als ich bei ihr ankomme, bin ich nass bis auf die Knochen.

Eden hält sich lachend den Mund zu. »Ups«, murmelt sie hinter der Hand. »Vielleicht hättest du doch warten sollen.«

»Ach, das findest du also lustig?« Ich schließe sie in die Arme, und sie kreischt, als sie in Kontakt mit meinen nasskalten Sachen kommt. Sie schaut zu mir auf, und das Wasser tropft aus meinen Haaren in ihr Gesicht.

»Okay, okay«, kichert sie. Dann streicht sie mit beiden Händen meine Haare zurück und weiter über meinen Hals, bis ihre Hände auf meinen Schultern zum Liegen kommen. Und wie immer atmet sie so ein kleines bisschen ein und dann langsam aus, während sie mich küsst. Tiefer, heftiger.

Meine Hände folgen der Wölbung ihres Rückens bis zur Hüfte, wo sie sich perfekt in ihre Taille fügen. Sie schmiegt sich an mich, stellt sich auf die Zehenspitzen. Ich schließe sie fester in die Arme und hebe sie ein bisschen an. Unser Kuss wird noch inniger. Sie ist nun mit ihrem gesamten Körpergewicht gegen mich gepresst, und mir reicht selbst das nicht.

»Halt dich an mir fest«, flüstere ich, und sie schlingt die Arme um meinen Hals. Ich schiebe die Hände unter ihren Po und hebe sie so, dass sie die Beine um meine Hüfte legen kann, woraufhin sie heftig einatmet und dann leise keucht.

»Okay«, sagt sie und küsst mich weiter. Ich spüre überall, wie die Muskeln in ihren Armen und Beinen arbeiten. »Jetzt lache ich nicht mehr.«

»Ich auch nicht«, sage ich, unsere Atmung wird immer schneller. Sie öffnet den Mund und holt so tief Luft, dass sich ihr Brustkorb gegen meinen presst. Ich küsse ihren Halsansatz, der feucht ist von dem leichten Sprühwasser der Fontänen.

»*Gott*«, keucht sie.

Ich schaue sie an, ihre Augen funkeln wahnsinnig hell, selbst im Dunkeln, und ich glaube, ich habe noch nie etwas oder jemanden – nicht mal sie –, so sehr gewollt wie in diesem Moment.

Sie sieht aus, als wollte sie noch etwas sagen, aber dann küsst sie mich doch wieder. Ich mache ein paar Schritte zur Wand, damit ich sie besser halten kann, doch als ihr Rücken aufs Innere des Apfels trifft, stößt Eden einen Schrei aus. Sie verspannt sich am ganzen Körper und zuckt. Da erst begreife ich, dass ich sie direkt unter eine Art Wasserfall halte.

Ich mache einen Schritt zurück und stelle sie auf den Boden, wo sie kurz mit offenem Mund völlig reglos stehenbleibt. »Das tut mir so leid«, sage ich.

»Kalt«, sagt sie, von Kopf bis Fuß durchweicht. »Das ist *wirklich* kalt.« Um Luft ringend sieht sie mich an. »War das Absicht?«

»Ich hätte niemals absichtlich unterbrochen, was da gerade passiert ist.« Dabei bin es jetzt ich, der sich den Mund vor Lachen zuhält.

»Aha, verstehe«, sagt sie und nimmt meine Hände. »Du hast mich einfach nur verführt, damit du deine Rache kriegst.«

»Nein«, setze ich an, doch da zerrt sie mich schon mit unter den Wasserfall. »Oh!« Ich erschaudere. »Shit, das ist ja wirklich eiskalt.«

»Ach was!« Sie lacht und gibt mir noch einen Kuss. »Bringst du mich jetzt nach Hause?«

»Ja.« Ich halte ihr meine Hand hin.

»Bleibst du heute Nacht bei mir?«

Wir versuchen, so leise wie möglich zu sein, aber weil wir zahllose Pfützen hinterlassen und unsere Schuhe quietschen und schmatzen, lachen wir hysterisch, als wir vor ihrer Tür ankommen.

»Oh, mein Gott«, stöhnt Eden. Sie reibt mit einem Finger unter ihrem Auge entlang und schaut dann auf den dunklen Fleck, der sich darauf befindet. »Wie sehe ich überhaupt aus?«

»Wunderschön«, antworte ich.

Aber sie verdreht nur die Augen und löst ihr Haar. »Gibst du mir ein paar Minuten?«, fragt sie. »Ich will einfach das hier ein bisschen in Ordnung bringen«, sagt sie und bewegt die Hand vor ihrem Gesicht.

»Du siehst wunderschön aus«, versuche ich es noch mal.

Sie reagiert nur, indem sie mich küsst.

»Okay, dann renne ich kurz rauf und bringe das hier in Ordnung«, sage ich und schaue an mir hinab.

Sie lacht leise, sagt dann aber ein bisschen ernster:»DU kommst aber wieder, oder?«

»So was von.«

»Wenn ich dann noch nicht aus dem Bad bin, warte einfach in meinem Zimmer auf mich, okay?«, flüstert sie. »Ich lass dir die Tür auf.«

Dominic steht in der Küche und isst Müsli, als ich reinkomme.»Was um alles in der Welt ...?«, fragt er und schaut dann aus dem Fenster.»Regnet es?«

»Nein.« Ich husche ohne Erklärung an ihm vorbei. Dann putze ich mir die Zähne und dusche fix, um den Chlorgeruch abzuspülen. Ich hänge die nassen Sachen über meine Tür und ziehe mir was Frisches an. T-Shirt, Boxerbriefs, weil die bequem sind und ich mal gelesen habe, dass Frauen die am besten finden, sexy halt. Das war eine Info, die mir bis zu diesem Moment erstaunlich egal war. Ich überlege hin und her, ob ich die Jeans oder die Shorts nehme – Dominics Stimme in meinem Kopf sagt, dass Cargohosen gesetzlich verboten werden sollten –, aber wenn wir doch nur in ihrem Zimmer sind und schlafen, spricht ja nichts dagegen, leger angezogen zu sein, oder? Ich entscheide mich für eine meiner neueren Sportshorts. Kurz verharre ich an meinem Nachttisch, weiß nicht, ob ich sie mitnehmen soll. Wie wirkt es, wenn ich sie dabeihabe? Vorausschauend oder überheblich? Ich öffne die Schublade und stecke eins ein. Für den Fall der Fälle.

Als ich aus dem Zimmer komme, werde ich von Dominic beobachtet.

»Sehe ich okay aus?«

»Okay für ... *was*?«, fragt er mit entsetztem, aber auch ratlosem Gesichtsausdruck.

»Übernachten«, gebe ich zu.

»Möchtest du dich darüber wirklich austauschen?«

»Nein, eher nicht.« Ich hole eine Flasche Wasser aus dem Kühlschrank. »Danke. Ich muss los.«

»Viel Spaß«, ruft er mir nach. »Und vergiss nicht, du hast morgen Früh Training. Verausgabe dich nicht!«

Nach nicht mal zehn Minuten stehe ich wieder von ihrer Tür. Ich klopfe leise an, öffne sie und schleiche durch die Küche und an der Badezimmertür vorbei, unter der ein Lichtstreifen zu sehen ist.

Ich gehe in ihr Zimmer. Ich würde mich ja hinsetzen, aber auf ihrem Bett und Stuhl liegen überall Klamotten. Also bleibe ich mitten in dem kleinen Raum stehen. Abgesehen von der kleinen Lampe auf ihrem Tisch ist es dunkel, und das bunte, gedämpfte Licht erinnert mich an ihr früheres Zimmer. An das bedrückende Gefühl dort.

Hier fühlt es sich schon nach Eden an. Ich bestaune alles, was wahllos herumliegt. Auf dem Tisch steht ihr Laptop, auf dem das Vorlesungsverzeichnis und eine Musik-App geöffnet ist, auf der gerade nichts läuft. Außerdem liegen ein paar Bücher und Blätter dort, gefährlich nah an der Kante. Und da springt mir etwas anderes ins Auge. Drei Pillendosen, die hinter einer Bodylotion und ein paar Haarprodukten versteckt sind.

Geht mich nichts an, das weiß ich.

Aber, sendet mein Hirn.

Weil mein dummes Hirn immer sofort an Dad und seine Probleme denkt. Daran, dass er Pillen und Flaschen versteckt hat – daran, dass wir diesen Kram vor *ihm* versteckt haben. Aber Eden ist nicht mein Dad. Sie hat gesagt, das liegt alles in der Vergangenheit, und ich glaube ihr.

Im ruhigen Apartment ist zu hören, wie die Dusche abgestellt wird.

»Okay«, sage ich laut und hole tief Luft, zwinge mich,

woanders hinzusehen. Ihr Regal. Perfekt. Ich gehe hin, kann mich aber auf keinen Titel konzentrieren. Ich kehre zum Schreibtisch zurück und werfe einen Blick zur geschlossenen Tür.

Ich muss nicht wissen, *was* das für Tabletten sind. Nur, ob es ihre sind. Vorsichtig nehme ich die erste Dose in die Hand und präge mir ein, wo genau sie war. Auf dem Aufkleber steht ihr Name. Auch auf der zweiten. Und dritten. Alle ordnungsgemäß verschrieben von einer Ärztin aus unserer Heimatstadt. Daran ist nichts Schlimmes. Geht mich absolut nichts an.

Aber, wieder.

Jetzt muss ich nur noch wissen, was sie *nicht* sind. Und außerdem läuft die Lüftung im Bad ja auch noch.

Gott, wie ich mich hasse.

Wie automatisch greife ich noch mal nach den Dosen. Es steht nicht darauf, wofür die Tabletten sind, aber die Namen kommen mir zumindest nicht bekannt vor. Das ist gut. Die einzigen Medikamente, die ich kenne – durch meinen Vater – sind gefährliche Betäubungsmittel. Und das sind diese nicht. Auf der ersten steht: eine am Tag. Bei der zweiten: eine abends. Bei der dritten: nach Bedarf. Alle sind laufend verschrieben. Ich stelle sie wieder zurück.

Es gibt absolut keinen Grund, dass ich mich darin so verbeiße. Es ist schließlich nicht mal überraschend, dass sie medikamentös behandelt wird nach allem, was sie durchgemacht hat. *Mir* würde es vermutlich selbst nicht schaden, medikamentös behandelt zu werden.

Da wird der Lüftung im Bad abgestellt, und die Tür geht quietschend auf. Schnell parke ich mich vor dem Regal und ziehe eins der Bücher heraus, um so zu tun, als hätte ich schon die ganze Zeit gelesen, was auf dem Schutzumschlag steht.

»Hi«, flüstert sie. »Da bist du ja.«

Als ich ihr Gesicht sehe und mich die blumige, fruchtige Geruchsmischung erreicht, die sie mitbringt, kann ich fast vergessen, was mich nichts angeht. »Natürlich bin ich da.« Ich stecke das Buch zurück, während sie auf mich zukommt.

Aber dann bleibt sie abrupt stehen, schaut zu ihrem Schreibtisch, und sofort springt mir fast das Herz aus der Brust. Kann sie sehen, dass ich ihre Pillendosen in der Hand hatte? »Tut mir leid, dass es hier so chaotisch ist.« Sie dreht sich um, rafft alle Klamotten zusammen und wirft sie auf den Tisch – über den Kram, den ich, da bin ich mir jetzt ziemlich sicher, nicht sehen sollte.

»Ach, kein Ding … ich meine, sooo chaotisch ist es doch gar nicht«, lüge ich.

Jetzt kommt sie wirklich zu mir und schlingt die Arme um mich. »Es ist chaotisch, aber nur, weil ich supernervös war vor einem wichtigen Date mit diesem Typen, den ich echt mag.«

Sofort hasse ich mich richtig und abgrundtief. Aber die Wahrheit zu sagen, würde mein Schuldgefühl nicht mindern, aber sie würde zu dem Schluss kommen, dass ich ihr nicht traue oder sie mir nicht trauen kann. Es gibt keinen Grund, einen bisher so wunderbaren Abend zu ruinieren, nur weil ich panische Angst davor habe, dass alle, die ich liebe, suchtkrank werden.

Ich räuspere mich, atme ihren Geruch ein und sage: »Oh?« Sie schaut zu mir auf, und ich gebe ihr einen Kuss. »Und, werdet ihr euch wiedersehen?«

Sie grinst und lacht leise. Dann drückt sie die Wange gegen meine Brust, wodurch ihre nassen Haare dort einen feuchten Fleck hinterlassen.

»So viel Spaß wie heute hatte ich sehr lange nicht«, sage ich. Auch eine Wahrheit. Und es stimmt. Ich hatte *Spaß*, aber es war außerdem ziemlich sexy und romantisch und vielsagend. Ich weiß bloß nicht, wie ich das formulieren soll.

»Hmm, ich auch nicht«, flötet sie. »Aber …«

»Aber?«, frage ich und bekomme leise Panik. Hat sie doch schon Zweifel?

»Du musst mir verraten, was das Motiv des Abends war.«

»Oh.« Ich atme viel zu sehr auf, aber es scheint ihr nicht aufzufallen.

»Also, italienisches Restaurant, italienisches Eis, italienischer Brunnen, der Zusammenhang ist mir klar. Der war doch das Grundmotiv, oder?«

»Ja.«

»Und was ist dann das übergeordnete? Ich glaube, das hab ich noch nicht kapiert.«

»Du. Hier. Ich. So überglücklich darüber, dass du hier bist. Ich glaube, das war es, worum es mir ging.«

»Oh.« Sie zögert. »Hm, dann hab ich's ja doch kapiert.«

»Gut.« Ich berühre ihre Wangen, die leicht rot werden. »Ich habe das Gefühl, ich lerne eine ganz neue Seite an dir kennen.« Dann fahre ich ihr mit den Händen durch das nasse Haar.

»Wirklich?« Sie streckt die Arme aus, faltet die Hände in meinem Nacken und lächelt mich ganz ungezwungen an. »Dann war dir nicht klar, dass man mit mir auch Spaß haben kann?«

»Oh, das schon. Bloß nicht, dass du außerdem so … wild bist.«

»Ich?«, keucht sie. »Du erst.«

»Ich? Also, ich kann dir versichern, dass mir bislang nie vorgeworfen wurde, wild zu sein. Verantwortungsbewusst, zuverlässig, umsichtig?« Ich halte mit jedem Wort einen weiteren Finger in die Luft. »Ja, ja, ja. Aber wild? Nie.«

»Muss ich dir etwa ein Video von dem heißen Kuss im

Brunnen vorspielen?«, fragt sie. Ihre Finger tanzen so leicht an meinen Armen entlang, dass mir für einen Moment ganz schwindelig wird. »Das läuft bei mir im Kopf nämlich gerade in Dauerschleife. Also, der Teil, bevor du mich in den Wasserfall gehalten hast.« Sie wartet, bis ihr Grinsen verschwunden ist, um ernster fortzufahren. »Der Moment direkt davor war ... *krass*.«

Ich küsse seitlich ihren Hals, damit sie nicht sehen kann, wie rot ich werde, aber dann reiße ich mich zusammen und schaue sie doch an, damit sie das mitbekommt. »Das hätte ich mit niemandem sonst gemacht.«

»Ich auch nicht.«

Meine Hände finden ihre nackten Arme. Sie hat nur ein dünnes Trägerhemd und eine Shorts an, und als ich mich zu ihr neige, um ihr auch einen Kuss auf die andere Seite zu geben, bemerke ich, dass sie keinen BH trägt. Sie berührt mein Gesicht und küsst mich auf den Mund, während ihre Finger an mir hinab und dann unter mein T-Shirt wandern.

»Können wir das ausziehen?«, fragt sie und schiebt den Stoff hoch. Irgendwas in mir schmilzt ein bisschen, weil sie »wir« sagt.

Also ziehen wir es aus. Ziehen es mir über den Kopf und lassen es zu Boden fallen. Aber bevor ich sie weiterküssen kann, spüre ich ihre Lippen an meinem Bauch. Sie verteilt kleine, sanfte, warme Küsse dort und auf meiner Brust. Sofort überlaufen mich kalte Schauer.

»Oh, Gott«, keuche ich. »Das fühlt sich so gut an.«

Sie nimmt meine Hände, die ich in ihren Haaren vergessen habe, und presst sie vorn gegen ihr Oberteil. Ich ziehe es gerade so weit hoch, dass ich darunter ihre nackte Haut spüren kann, aber dann sind auch ihre Hände da, schieben meine Hände weiter hoch, auf ihren Bauch.

»Ist das okay?«, frage ich, obwohl sie meine Hände ja

dorthin bewegt hat. »Können wir …«, setze ich an, kriege den Satz aber nicht zu Ende. »Können wir das ausziehen?«

»Hm-hmm«, macht sie, ihre Stimme etwas gedämpft, weil sie sich das Top über den Kopf zieht. Dann hält sie die Arme vor ihren Oberkörper und kommt näher, bevor ich sie richtig ansehen kann. Das Gefühl ihrer nackten Haut an meiner, ihres Körpers an meinem, lässt mein Herz rasen. Obwohl ich jeden Zentimeter ihres Körpers bereits nackt gesehen habe, fühlt sich das neu an. Weil sich nicht nur ihr Verhalten in den vielen Monaten seither verändert hat, sondern auch ihr Körper – alles an ihr ist ausgefüllter, stärker, weicher, angefangen bei ihrem elegant geschwungenen Rücken über die Schultern, ihre Oberschenkel, Hüften und die Taille. Ich brauche einen Augenblick, um mich zu wappnen. Ich hole tief Luft, während sie die Finger in den Saum meiner Shorts schiebt, ihre Hände zärtlich über meine mit so viel Sorgfalt ausgewählte Unterwäsche wandern und langsam meine Shorts über meine Hüfte streifen.

»Darf ich?«, fragt sie und öffnet ein bisschen Raum zwischen uns.

Ich wage es, sie anzusehen, und weil sie noch viel großartiger ist, als ich sie in Erinnerung habe, kann ich nur nicken. Schon schiebt sie die Shorts das letzte Stück und sie fällt zu Boden. Ihre folgt genauso schnell, und ich halte ihre Hände, als sie hinaussteigt. Und dann stehen wir uns zum ersten Mal seit Jahren in nichts als Unterwäsche gegenüber.

»Du bist so wunderschön«, sage ich und drücke dabei ihre Hände, wie wir es schon den ganzen Abend lang machen. »Ich weiß, dass du mich weiter ignorieren wirst, wenn ich so was sage, aber ich wünschte, du würdest hinhören, weil ich das nämlich wirklich ernst meine.«

»Sorry.« Sie schüttelt den Kopf, aber lächelt dann so schüchtern, wie sie es nur selten tut. »Ich bin nervös«, flüstert sie.

»Schon okay, ich doch auch«, versichere ich ihr. Ich habe in meinem Leben bisher mit fünf Menschen geschlafen – zwei waren Gelegenheitsnummern, drei in Beziehungen, Eden mitgerechnet –, und trotzdem bin ich so nervös, als wäre es mein erstes Mal.

»Ich habe nicht geahnt, dass ich so nervös sein würde«, sagt sie.

»Du, da muss heute Nacht überhaupt nichts laufen zwischen uns.«

Sie schaut mir prüfend ins Gesicht.

Fast, als wollte sie rausfinden, ob das mein Ernst ist oder nicht – dabei sollte sie das wissen. Nur für den Fall, dass es nicht so ist, füge ich hinzu: »Hab ich je erwähnt, dass du ultragut küssen kannst?«

Sie grinst. »Nein, noch nie.«

»Nun … Du bist die beste Küsserin der Welt – he, hör auf zu lachen, das meine ich todernst«, sage ich. »Und ich wäre ganz ehrlich mehr als glücklich, wenn wir einfach nur zusammen im Bett liegen und uns weiterküssen. Da muss wirklich nichts weiter passieren.«

»Ich weiß. Danke.« Sie atmet tief ein und aus. »Aber ich möchte es. Also, wenn du willst.«

»Oh, ich möchte.« Ich schaue an mir hinunter, weil ich fürchte, ich müsste mich besser unter Kontrolle haben. »Unverkennbar. Trotzdem besteht keine Eile.«

Sie nickt und legt meine Hände in ihre Taille, als wüsste sie, wie gern ich genau das habe. Und dann lässt sie ihre Hände über mein Gesicht, über meinen Oberkörper, über meinen Bauch wandern, und sie versucht nicht mal, die Tatsache zu überspielen, dass sie mich dabei genau ansieht. Anstarrt. Angafft. Ich habe das Bedürfnis, einen blöden Witz zu machen. So was wie: *Hey, meine Dame, meine Augen sind hier oben.* Denn so vor ihr zu stehen, ihr Blick auf mich gerichtet, ihre

Hände auf mir, ist krass – das war doch ihr Wort vorhin –, es ist fast zu krass, um es zu ertragen.

»Du siehst sagenhaft aus«, flüstert sie.

»W-was?«, stottere ich. Es gibt buchstäblich nichts, womit sie mich mehr hätte schockieren können. So was hat sie noch nie zu mir gesagt. Nicht mal annähernd. Fast halte ich das für einen Witz. Aber dann wandern ihre Hände meinen Rücken hinunter und bleiben auf meinen Hüften liegen. Das fühlt sich nun absolut nicht nach einem Witz an.

»Ist dir das überhaupt bewusst?«, fragt sie und sieht mir direkt in die Augen, als erwarte sie eine Antwort.

EDEN

ES GAB MAL EINE ZEIT, da hatte ich Angst davor, ihn so direkt anzusehen. Angst davor, wie schön sein Körper war. Angst vor dem, was er tun könnte, wie er mich damit verletzten könnte.

Aber nicht jetzt, nicht mehr. Gerade habe ich überhaupt keine Angst. Ich kann nicht aufhören, ihm ins Gesicht zu sehen, während ich ihn berühre. Seine Augen sind geschlossen wie vorhin, als er sich das Eis auf der Zunge zergehen ließ.

»Eden …«, sagt er atemlos, nimmt meine Hand und legt sie auf seinen Brustkorb.

»Entschuldige, war das …«

»Oh, mein Gott, nein.« Er streicht meine Haare zurück, berührt meine Lippen. »Das war …« Er schüttelt fast unmerklich den Kopf, und ich spüre, wie sein Herz unter meiner Hand rast. »Ich brauche nur einen Moment. Es ist eine Weile her, dass ich das zuletzt gemacht habe. Und … Ich muss kurz Luft holen.«

»Oh«, sage ich irgendwie plump, »okay.« Ich entferne mich ein Stück von ihm und versuche, mich mit meinen Armen zu bedecken, während ich mich auf die Bettkante setze. Aber schon einen Moment später ist er bei mir, als folgten unsere Bewegungen einer Choreografie, kniet sich vor mich, damit wir auf Augenhöhe sind. Er gibt mir Küsse auf die Knie und stößt dann einen sehr langen Seufzer aus, bevor er seinen Kopf in meinen Schoß legt. Es fühlt sich so sonderbar an, so lieb und verletzlich. Ich streichle ihm über den Rücken, durch die noch immer feuchten Haare.

Er hebt langsam den Kopf und küsst meine Beine, streichelt sie und bewegt sich auf mich zu, während ich sie öffne, weil ich will, dass er näherkommt. Ich lasse mich aufs Bett sinken und ziehe ihn auf mich. Ich kann meinen Puls überall gleichzeitig spüren. Josh schiebt einen Arm unter mich – wenn er mir noch mal sagt: *Halt dich an mir fest*, dann bleibt mein Herz stehen –, aber er sagt es nicht, sondern schafft es auch so, uns irgendwie elegant auf dem Bett nach oben zu befördern, bis mein Kopf auf dem Kissen ist.

»Danke«, flüstere ich.

Wir küssen uns langsam, pressen unsere Körper gegeneinander, und es fühlt sich so gut an, ihm so nah zu sein. Ich halte die Luft an, als seine Hand an mir hinunterwandert, bis er mich durch die Unterwäsche hindurch berührt. »Ist das okay?«, flüstert er und küsst mich direkt unters Ohr.

Irgendwo nehme ich genug Luft her, um ein »Ja« rauszubringen.

Und dann wandert seine Hand, die sich so warm anfühlt, über meinen Bauch, taucht unter meine Unterwäsche, und schlagartig beschleunigt meine Atmung von fast gar nicht zu viel zu schnell. Mein Herz rast, während Josh sich Zeit lässt. Er bewegt sich langsam an mir hinunter, küsst mich überall, und als er mit den Zähnen über meinen Hüftknochen streicht, entkommt mir unfreiwillig ein Geräusch, von dem ich gar nicht weiß, wie es überhaupt entstanden sein könnte. Josh erreicht meine Unterwäsche, und ich weiß nicht, wie viel ich davon noch ertragen kann. Ich muss die Augen schließen.

»Darf ich?«, fragt er, seine Finger schließen sich um das Gummiband. Ich nicke, und er muss mich angesehen haben, denn er sagt kaum hörbar:»Okay.« Und dann zieht er mir langsam die Unterwäsche aus. Ich öffne die Augen wieder, und da ist er, kniet zwischen meinen Beinen, küsst meine Fußgelenke, dann meine Waden, meine Knie. Als er meinen inneren Oberschenkel erreicht, sein Mund immer näher und näher kommt, verliere ich mich langsam. Er legt sich auf den Bauch, schlingt seine Arme um meine Beine, presst die Hände gegen meine Hüften. Alles an mir will das, aber je besser es sich anfühlt, desto mehr entgleite ich mental.

Dabei haben wir all das schon zusammen gemacht, rufe ich mir in Erinnerung. Ich bin sicher bei ihm, ich kann mich fallenlassen. Es ist sicher.

Meine Hände suchen einen Ort an ihm, an dem sie sich festhalten können – seine Haare, seinen Nacken, seine Arme, seine Handgelenke –, und dann nimmt er meine Hände, und sie sind wie ein Anker. Unsere Finger verschränken sich, holen mich zurück ins Hier. Ich bin kurz davor, aber kann es nicht zulassen. Weil ich an die Decke schaue, die mich zu sehr an so viele andere Decken erinnert, an die ich gestarrt habe, und obwohl es mit ihm ist, *wir* das sind, ist es anders als damals.

Ich habe so viel Übung darin, Kevin in diesen Moment aus meinem Kopf zu halten, und meist bin ich erfolgreich. Diesmal sind es jedoch die anderen. Die namenlosen, gesichtslosen anderen, die mich von hier wegholen. Ich schließe wieder die Augen, versuche, mich darauf zu konzentrieren, wie gut es sich anfühlt. Sein Mund, seine Zunge, die Wärme, der Rausch, aber …

Ich lasse seine Hände los. »Josh …?«

»Ja?« Er rutscht zu mir hoch. »Was ist passiert? Alles okay?«

Ich nicke und versuche mich an meinem besten Lächeln.

»Ja, alles okay, es ist bloß …«

»Zu schnell, zu viel?«, sagt er. »Es tut mir leid.«

»Nein, nein, gar nicht. Es hat sich tierisch gut angefühlt. Mein Kopf hat sich einfach ein bisschen zu sehr eingemischt. Es … äh … ist auch eine Weile her, dass ich das zuletzt gemacht hab.«

»Oh«, keucht er und sieht mich an, als hätte er das gar nicht bedacht. »Okay. Hm. Weißt du, was du gerade brauchst?«

»Kannst du einfach bei mir bleiben? Hier? So nah, meine ich?«

»Klar.« Er legt sich neben mich und küsst meine Schulter. »Ich bleib genau hier. Sollen wir aufhören? Können wir. Macht mir nichts aus, ich schwöre.«

Ich schüttle den Kopf, nehme seine Hand und führe sie an mir hinunter, genau dahin, wo ich sie haben will. »Ich möchte nicht aufhören.« Ich möchte bloß hier sein – für alles. Ich möchte alles fühlen. Ich möchte nicht, dass diese bescheuerten Gespenster in meinem Kopf gewinnen.

Ich hatte vergessen, wie aufmerksam er ist. Als würde es nichts geben außer uns. Ich ziehe ihn an mich, damit ich sein Gewicht an mir spüre. Seine Berührung spricht weder von Angst noch Ungeduld noch Befangenheit. Er hat mich ständig im Blick, achtet darauf, dass ich nicht entgleite. Ich atme schneller, immer schneller und erzittere, als er mir auf eine Art über die Schwelle hilft, die ich so noch nicht kannte. Ich spüre es fast über meinen Körper hinaus. Und dann küsst er mich. Auf den Mund, auf den Hals, auf die Brust.

»Du bist so wunderbar«, flüstert er und atmet so schwer, als hätte er die ganze Zeit die Luft angehalten. »Boah, ich will dich so sehr – sorry, darf ich das sagen?«

»Ja.« Ich versuche, selbst wieder zu Atem zu kommen,

ohne zu extrem über seine Worte zu grinsen. Ich öffne die Augen, ohne dass mir bewusst gewesen wäre, sie überhaupt geschlossen zu haben. »Aber du hast was dabei, oder?«

Er schaut zu unseren Sachen am Boden. »Ja. Soll ich's holen?«

Ich nicke.

»Bin gleich zurück«, flüstert er. Ich sehe zu, wie er ein Kondom aus der Tasche seiner Shorts fischt. Himmel, wie er mich ansieht, als er zurück ins Bett kommt – als wäre ich das Beste, was er je gesehen hat –, ich könnte auf der Stelle sterben. »Sag aber bitte sofort, wenn ich aufhören soll. Egal wann. Jederzeit.«

»Mach ich.«

Er ist sehr vorsichtig, macht langsam. Er achtet genau auf mich, seine Augen so voller Tiefe und Wärme, sie sind fast hypnotisch. In meinem Kopf läuft eine Fotomontage all der Momente, in denen er mich genau so angesehen hat – und das gibt mir gleichzeitig ein Gefühl von Schwäche und Stärke. Er bewegt sich behutsam, seine Atmung ist gleichmäßig, und ich weiß, dass er sich zurückhält.

»Ich liebe dich so sehr«, sagt er leise, sein Mund an meinem. »Das weißt du, oder?«

Ich nicke, weil ich das wirklich weiß. Aber ich kann nicht sprechen, meine Kehle gibt irgendwie nach, weil darin zu viele widerstreitende Gefühle kämpfen, so viele Worte verharren ungeduldig dort und suchen nach einer Möglichkeit, mir zu entkommen. Ich packe seine Schultern, unsere Bewegungen werden schneller, wir atmen einander.

Es ist so zart. Umsichtig. Dieses Geben und Nehmen.

Ich war noch nie so präsent. Nie so verbunden mit jemandem, nicht mal mit ihm. Ich klammere mich so fest an ihn und muss mein Gesicht an seinen Hals pressen, weil mir auffällt, dass ich weine. Weil ich noch nie so was gefühlt habe. Für ihn. Für mich. Ich weiß nicht mal, was dieses *so was* sein soll, aber ich spüre es in meinem Körper, meinem Herzen, meinem Verstand, überall – es ist überall.

Und dann begreife ich es plötzlich: So fühlt sich Freiheit an.

Selbst als er kommt, ist er noch so behutsam. Wir keuchen ein paar Augenblicke so aneinandergepresst, bevor er sich von mir stemmen will, aber ich halte ihn fest. »Nein, bleib so«, sage ich.

»Eden, guck mich an«, flüstert er und streift mir die Haare aus dem Gesicht. Ich wende es ab, weil ich nicht weiß, wie ich das erklären soll. »Du weinst.«

»Gar nicht«, sage ich, aber selbst meine Stimme klingt tränenfeucht und rau.

»Oh, doch.« Seine Hände sind in meinem Gesicht, auch seine Augen suchen es ab. »Sprich mit mir. Hab ich …?« Er zögert. »Hab ich dir wehgetan?«

»*Nein*«, keuche ich. Die Tränen laufen nur so. »Nein, ich weine, weil ich so was noch nie gefühlt habe. Noch nie. Ich hab mich noch nie so …« *So glücklich, so umsorgt, so respektiert* … Aber dann sage ich das, was das alles zusammenfasst: »So geliebt gefühlt.«

»Oh.« Er atmet aus, erleichtert, scheint es zu verstehen. »Und das bist du. Also, ich meine … Ich liebe dich«, sagt er noch mal. »Und ich – ich habe das auch noch nie gefühlt.«

Ich lasse mir von ihm die Tränen wegwischen, und während er mich ansieht, fangen auch seine Augen an zu schimmern. Er grinst und blinzelt. »Mann ey, jetzt muss ich auch weinen.«

»Sorry.« Ich schniefe und bringe mich damit fast selbst zum Lachen.

Auch er lacht. »Schon okay.«

Wir ändern unsere Position, und dann steht er auf, um

das Kondom wegzuwerfen. Dabei fragt er, ob er die Lampe anlassen soll, aber die brauche ich nicht, wenn er da ist. Er kommt zu mir ins Bett und deckt uns zu. Dann legt er mir den Kopf auf die Brust.

»Josh?«, frage ich in die Dunkelheit.

»Hmm?«, macht er und klingt sehr entspannt und schläfrig.

»Ich liebe dich auch.«

Er hebt den Kopf und blinzelt mich an, als wäre er verwirrt oder hätte mich nicht ganz verstanden, aber dann gibt er mir einen sanften Kuss. »Ich weiß, wie schwer es dir gefallen sein muss, das zu sagen.«

Ich schüttle den Kopf. »War es gar nicht. Im Gegenteil.«

DRITTER

TEIL

SEPTEMBER

JOSH

ICH HABE SIE HEUTE schlafend in meinem Bett zurückgelassen. Sie hat nicht mal gezuckt, als um fünf mein Wecker losging. Fast wäre ich bei ihr geblieben, aber weil der Coach mich noch immer auf dem Kieker hat, kann ich mir nicht leisten, auch nur einmal zu spät zu kommen, wenn ich diese Saison überhaupt mal aufs Spielfeld will.

Der erste Semestermonat ist nur so verflogen. Neben meinem Trainingsplan, Edens Job und unseren Stundenplänen bleibt von Tag zu Tag gefühlt weniger Zeit für uns.

Ich bringe das Morgentraining von sechs bis acht hinter mich, dann das Teammeeting vor meiner ersten Vorlesung um neun. Auf dem Weg dorthin texte ich ihr guten Morgen. Aber sie ist meist spät dran und wird mir erst nach ihrer ersten Vorlesung gegen halb neun zurücktexten. Ich habe nur eine Stunde zwischen den Vormittagsvorlesungen, dann muss ich schon wieder zum Training.

Ich hasse es, dass wir nicht einfach mal zusammen abhängen können. Und ich habe keine Ahnung, wie wir uns überhaupt mal sehen würden, wenn wir nicht im selben Gebäude wohnen würden. Sie hat einen zweiten Job in dem Café direkt gegenüber angefangen, aber der Manager klagt schon jetzt über ihre mangelnde Verfügbarkeit. Ich weiß echt nicht, was der erwartet. Das ist eine Unistadt, wir haben alle verrückte Stundenpläne. Manchmal bin ich da, wenn sie am Wochenende arbeitet, um da zu lernen. Ihr habe ich gesagt, dass ich so einfach ein bisschen mehr Zeit in ihrer Nähe verbringen kann, was auch stimmt. Aber ich traue dem Typen einfach nicht. Auf mich wirkt es so, als hätte der es einfach auf sie abgesehen. Kritisiert alles, was sie macht und will immer, dass sie eher kommt und später geht.

Ich war mal dabei, als ihr eine Tasse runterfiel und brach.

Sie lachte so etwa zwei Sekunden lang aus Verlegenheit – und das war niedlich und charmant und das dachten alle, die da waren, und nickten mitfühlend. Und als sie auf dem Boden kniete, um sauber zu machen, kam der Manager an, ganz rot im Gesicht und knallte einen Lappen neben sie mit den Worten:»Das ist nicht witzig. Pass doch auf. Wenn du nicht vorsichtiger sein kannst, kannst du hier nicht weiterarbeiten.«

Wie der das gesagt hat! Er war so wütend, viel wütender, als man über eine billige Tasse sein sollte. Und dann ihr Blick. Ich hab was in ihren Augen aufblitzen sehen. Sie hatte Angst, für eine Sekunde nur, aber ich hab's gesehen. Ich bin aufgestanden und zu ihnen gegangen, ohne überhaupt zu wissen, was ich sagen oder machen würde, dabei hätte ich den Kerl gern einfach bei der Schürze gepackt und gegen die Wand gepfeffert oder nach draußen gezerrt. Und das kenne ich gar nicht von mir, und es gefällt mir auch nicht, wie schnell mich das überkam.

»Ich habe sie abgelenkt«, hab ich ihm gesagt.»Ich zahle für die Tasse.«

Er hat nicht mal was erwidert, nur von ihr zu mir gestarrt, bevor er verschwand.

Ich hockte mich zu ihr und sagte leise:»Du musst dir so was doch nicht gefallen lassen.«

»Ich bitte dich«, hat sie geschnaubt. »ch bin schon mit größeren Arschlöchern klargekommen. Außerdem hast du mich nicht abgelenkt, auch wenn dein Gesicht das Potenzial dazu *hat*. Und du hier permanent von anderen Frauen abgecheckt wirst. Macht mich schon eifersüchtig.«

Ich schaute mich um. Niemand checkte mich ab, aber *sie* schon. Ein Typ beobachtete sie durch die Durchreiche zur Küche, wo die Bedienung das Essen entgegennimmt, sein Blick verharrte einen Tick zu lang auf ihr. Ich starrte ihn an, bis er weg war.

Ich möchte wirklich, dass sie diesen Zweitjob kündigt. Nicht nur, weil ich mir ihr Boss und ihre Kollegen so unangenehm sind, sondern weil das Semester gerade mal einen Monat alt und sie schon jetzt am Limit ist. Das einzig Gute daran, dass wir so eingespannt sind, ist, dass es die wenige Zeit, die wir zusammen haben, noch besonderer macht.

All ihre Veranstaltungen finden am anderen Ende des Campus statt. Oft können wir dann immerhin zusammen nach Hause gehen. Manchmal auch zusammen Mittag essen. Heute werde ich bei der Studierendenvereinigung haltmachen und mir Sandwiches holen, aber dann muss ich auch schon zur Bibliothek rennen, wenn ich sie kurz sehen will, bevor ich wieder zum Nachmittagstraining in der Sporthalle sein muss.

Ich verstecke das Essen in meinem Rucksack und flitze in den dritten Stock, wo Kunst und Naturwissenschaften untergebracht sind. Eden sitzt am Ende eines der Gänge in der Nähe unseres Lieblingsplatzes, wo wir für ein paar Minuten unsere Zweisamkeit genießen können. Ich beobachte sie vielleicht eine Minute. Neben ihr ist ein Wagen mit Büchern, die sie wieder einsortieren soll, aber sie steht auf einem dieser Plastiktrethocker und blättert in dem Wälzer, bevor sie ihn an seinen Platz auf dem Regalfach schiebt. Dann zieht sie den Nachbartitel heraus und blättert darin weiter. Ich schiele auf die Buchrücken, während ich zu ihr gehe. Überwiegend Biografien, wenn ich das richtig sehe. Sie ist so versunken, sie bemerkt nicht mal, dass ich direkt neben ihr stehe.

»Entschuldigen Sie?«, flüstere ich.

»Himmel!«, keucht sie, und das Buch fällt ihr aus der Hand.

»Psst«, mahne ich und hebe es für sie auf. »Wir sind hier in einer Bibliothek.«

Sie nimmt mir das Buch aus der Hand und sagt lächelnd: »Wann hörst du auf, dich so anzuschleichen?«

»Das war keine Absicht – du warst einfach sehr vertieft.«

Sie schaut zu beiden Seiten, ehe sie mich zu sich zieht und sich dann etwas runterbeugt, um mich zu küssen. »So ist es also, groß zu sein«, summt sie, weil sie noch immer auf dem Hocker steht und so ganze fünf Zentimeter größer ist als ich. »Eine ganz andere Welt hier oben.«

»Soll ich von nun an einen Hocker für dich mitnehmen, wo immer wir hingehen?«

»Wieso habe ich das Gefühl, dass du das nur halb scherzhaft meinst?«

»Hey, wenn du das willst, mach ich das.« Ich halte ihre Hände, als sie vom Hocker tritt und dann umarme ich sie fest. »Hunger?«, frage ich.

Sie nickt und schaut sich noch mal um, damit niemand sieht, wie wir uns an den Ecktisch setzen, der ein bisschen versteckt ist. Während ich die Sandwiches auspacke, lehnt sie den Kopf gegen meine Schulter und stöhnt: »Ich wünschte, wir könnten nach Hause gehen und den Rest des Tages im Bett verbringen.«

»Ich auch.« Ich seufze. »Du hast heute Morgen geschlafen wie tot. Wie lang warst du noch wach?«

»Keine Ahnung«, sagt sie und reibt sich die Augen. »Ich musste eine Menge Zeugs lesen.«

Ich berühre ihr Gesicht. Sie hat dunkle Ringe unter den Augen. »Baby, du siehst echt müde aus.«

»Ach, schon okay. Ich kann ja morgen ausschlafen, da muss ich erst am Nachmittag ins Café. Bleibt aber bei unserem Date heute, oder?«

»Definitiv«, sage ich. »Ich hab bis sechs Training, aber wenn ich mich beeile, kann ich gegen Viertel vor sieben zu Hause sein.«

»Musst dich nicht beeilen«, sagt sie und beißt in ihr Sandwich. Dann hält sie sich zum Sprechen die Hand vor den Mund. »Unsere Reservierung ist erst um acht.«

»Reservierung? Oha, das klingt offiziell.« Ich zögere, versuche einzuschätzen, ob sie gerade zum Scherzen aufgelegt ist. »Willst du um meine Hand anhalten?«

Sie hustet und schaut mich mit großen Augen an. »*So* offiziell nun auch wieder nicht.«

Ich lache. Aber wenn sie fragen würde, meine Antwort wäre absolut Ja!

»Du spinnst. Das weißt du schon, oder?«, sagt sie grinsend.

»Ich? Du bist doch die, die nach einem Monat gleich heiraten will!«

»Also, halte dich wenigstens an die Fakten, es sind eher drei Jahre.«

»Dann wird das wirklich ein Heiratsantrag?« Sie schüttelt den Kopf und verkneift sich mühevoll das Lachen. »Oh, mein Gott, du bist echt bekloppt.«

Ich stupse sie mit der Schulter an. »Und genau das liebst du an mir.«

Sie nickt. »Hm-hmmm. Da hast du absolut recht.«

Wir küssen uns, als jemand sich räuspert.

»Oh«, macht Eden. »Hi.«

»Äh, Entschuldigung.« Da steht ein Typ, der so wirkt, als wäre er zu jung, um schon am College zu sein – er hat den gleichen Ausweis um den Hals wie Eden. »Wir bräuchten unten Hilfe am Leihschalter.«

»Klar, komme sofort. Sorry, hab nur kurz Pause gemacht.« Er zuckt mit den Schultern und verschwindet im Gang.

Eden steht auf und beißt noch mal ins Sandwich, wickelt den Rest ein und steckt ihn in die Kängurutasche ihres Kapuzenpullis. »Zu offensichtlich?«, fragt sie.

»Nö«, lüge ich. »Aber nicht vergessen, das noch aufzuessen.«

»Wird gemacht.« Sie drückt meine Hand, und dann geht sie, dreht sich aber noch mal um und flüstert: »Nicht vergessen, ich hole dich um viertel vor acht ab.«

Ich esse auf und werfe einen Blick aufs Handy. Hatte ganz vergessen, dass Dad mir geschrieben hat, als ich für die Sandwiches anstand.

Deine Mom und ich freuen uns schon,
dich kommende Woche an deinem
Geburtstag zu sehen.
Lang ersehnte 21! Passt Dienstag noch?
Kann es nicht erwarten, Eden kennenzulernen.

Bloß weiß Eden davon noch gar nichts. Ich habe ihr weder erzählt, dass meine Eltern herkommen noch dass sie uns zum Essen einladen wollen, weil sie sie gern mal treffen würden. Ich wollte ihr damit keinen Stress oder zusätzlichen Druck machen. Aber langsam muss ich. Heute Abend. Ich werde es ihr heute Abend sagen.

EDEN

ICH SITZE IM HINTEREN TEIL des Hörsaals, damit ich ein paar Minuten eher verschwinden kann, ohne zu viel Aufmerksamkeit zu erregen. Ich bin diese Woche früher zu jedem meiner Kurse gegangen, um den Dozierenden zu erklären, warum ich nächste Woche so früh im Semester fehlen werde. Die Bibliothek hat mir frei gegeben, und mit Mr. Arschloch vom Café ist eigentlich auch soweit alles geklärt. Ich habe meine Schichten getauscht, aber er meinte, er müsse das noch absegnen.

Mittlerweile ist mir das so egal, soll er mich ruhig feuern. Es gibt noch mindestens fünf weitere Cafés rund um den Campus, eins davon wird sicher Personal suchen.

Ich eile zu meinem nächsten Kurs, schließlich hab ich was vor. Es ist die letzte Dozentin, der ich meine Erklärung vortragen muss. *Ich bin Zeugin in einem Gerichtsverfahren in meiner Heimatstadt, ich muss kommende Woche bei der Anhörung erscheinen.* An dieser Formulierung haben meine Therapeutin und ich den Großteil der fünfzigminütigen Telefonsitzung gefeilt. Genau das habe ich all meinen Dozierenden so vorgetragen. Bisher ist es gut gelaufen. Es kamen keine Nachfragen, keine Bedenken. Keine emotionalen Ausbrüche meinerseits.

Ich weiß mein Sprüchlein auswendig.

225

Ich gehe die Stufen hinunter bis zum Podium, wo meine Professorin steht und versucht, ihren Laptop mit dem Projektor zu verbinden. »Verdammtes Ding!«, flucht sie leise. Ihr Frust vermenschlicht sie so sehr, dass sie mich sofort an meine Mom erinnert.

»Ähm, hallo ... Entschuldigung«, sage ich, als ich mich nähere.

Sie schaut auf und nimmt ihre Brille vom Kopf, die sie sich richtig aufsetzt, bevor sie spricht. »Hallo, was kann ich für Sie tun?«

»Ich heiße Eden McCrorey. Ich bin in ihrem Kurs heute Nachmittag, Weltgeschichte.«

Sie nickt und richtet den Blick wieder auf ihren Computer, nicht so ganz aufmerksam. »Okay ... und?«, sagt sie abgelenkt.

Wieder muss ich an meine Mom denken.

Ich hole tief Luft. »Ich kann nächste Woche nicht kommen.«

Jetzt nimmt sie die Brille wieder ab und sieht mich an, als wollte sie sagen: *Ach, ja?*

Ich öffne den Mund, um fortzufahren, doch da fällt mir auf, dass ich mein Sprüchlein ganz falsch angefangen habe.

»Äh, ich meine«, setze ich neu an. »Ich muss als Zeugin in einem Prozess aussagen. In meiner Heimatstadt. Obwohl, es ist kein Prozess.« Ich stolpere über meine eigenen Worte. »Na, also, es ist nur eine Anhörung.« Sofort hab ich die Stimme meiner Therapeutin im Ohr, die mahnt: *Nicht bagatellisieren, nicht entschuldigen.* »Ähm, also, es ist nicht *nur* eine Anhörung«, füge ich hinzu.

Die Professorin macht einen Schritt auf mich zu und legt den Kopf leicht schief, als würde sie mich schlecht verstehen. Ich erkläre das nicht richtig. So sollte ich das ja auch nicht sagen.

»Es ... es ist nur eine vorläufige Anhörung«, stammle ich. »Um festzustellen, ob es überhaupt zu einem Prozess kommt.«

Ich hole Luft und kneife mir in die Nasenwurzel. Fest. Im Versuch, die Tränen zu verhindern, die sich schon den Weg bahnen. »Ähm … Entschuldigung, ich …«

Plötzlich ist da keine Luft mehr, und ich kann keine holen.

»Oh«, gurrt sie. »Eden, richtig?«

Ich nicke, kann ihr nicht anders antworten. Und dann kommt sie mit ausgebreiteten Armen auf mich zu. Ich kapiere rein gar nichts. Sie umarmt mich, bevor ich überhaupt begreife, dass ich weine.

»Oh, tut mir leid«, schluchze ich in ihr fluffiges Haar.

»Schon gut«, sagt sie und wiegt mich ein bisschen vor und zurück. Sofort sackt mein Kopf an ihre Schulter, eigentlich mein ganzer Körper gegen ihren. »Schon gut«, wiederholt sie.

Aus dem Nichts heule ich wie ein kleines Kind in den Armen dieser völlig Fremden – sie ist kleiner als ich, und ich kann richtig spüren, dass mein Schluchzen ihren Körper beben lässt, so sehr klammere ich mich an ihre pieksigen Schulterknochen. Aufhören kann ich trotzdem nicht. »Oh, mein Gott. Das tut mir wirklich leid«, blubbert es aus mir, als ich sie endlich freigebe. Ich ziehe die Ärmel über die Hände und will mir das Gesicht abwischen, aber das war ein richtiger Heulkrampf inklusive Schnodder und allem.

Sie wendet sich ab, geht zu ihrer Aktentasche und kramt darin herum. Schlussendlich bringt sie eine Taschentuchpackung zum Vorschein. »Hier«, sagt sie, holt eins heraus und hält es mir hin.

»Das tut mir so leid«, wiederhole ich. »Ich erkläre das gerade zum fünften Mal. Weinen muss ich dabei zum ersten Mal, Sie Glückliche.« Ich versuche, zu lachen.

»Machen Sie sich keine Gedanken, Eden.« Sie lächelt mich mit zusammengezogenen Brauen an, legt den Kopf schief und klopft mir dann ein letztes Mal auf den Rücken.

»Kein Problem. Warum kommen Sie nicht einfach zu mir in die Sprechstunde, wenn Sie zurück sind? Wir finden schon einen Weg, wie Sie das aufholen können.«

»Das klingt großartig«, keuche ich, meine Atmung hat sich noch immer nicht normalisiert. »Danke.« *Danke*, füge ich im Stillen hinzu, *dass Sie nicht fragen, warum ich weine oder fragen, ob alles in Ordnung ist.*

Sie reicht mir die Packung Taschentücher. »Wenn Sie heute aussetzen wollen, bitte ich meine Assistentin Lauren, Ihnen meine Vorlesung zu mailen.«

»Nein, nein, alles gut. Wirklich«, sage ich automatisch.

»Selbstfürsorge ist wichtiger als körperlich anwesend zu sein, während ich mich zwei Stunden lang über die Politik im alten Rom auslasse. Ganz ernsthaft«, sagt sie. »Ich bitte Sie.«

Sag Ja, fleht eine Stimme in mir. *Sag einfach Ja.*

»Ich schätze«, keuch, keuch, keuch, »das ist eine gute Idee. Aber nur, wenn das wirklich in Ordnung ist. Das war einfach eine harte Woche.« Meine Therapeutin wäre so stolz auf mich, dass ich dieses kleine, gnädige Angebot angenommen habe.

Aber jetzt ist es drei Uhr nachmittags, und ich habe plötzlich nichts zu tun. Was für ein sonderbares, beunruhigendes Gefühl nach diesen Wochen des endlosen Organisierens und Strampelns. Ich hole mir einen Kaffee und lege auf dem Rückweg einen Stopp beim Supermarkt ein, weil es vielleicht ganz klug wäre, mich mit Taschentüchern einzudecken, für den Fall, dass ich noch mal spontan in der Öffentlichkeit in Tränen ausbreche.

Direkt hinterm Eingang sind die Zigarettenpackungen säuberlich und sicher im Kassenbereich aufgereiht. Ich könnte mir eine kaufen. Eine rauchen, den Rest wegwerfen und sofort das Gefühl haben, alles besser bewältigen zu können. Ich stelle mich an, direkt hinter die ältere Frau, die einen Stapel Rubbellose in der Hand hält. Aber es wird nicht bei einer bleiben, das weiß ich. Und Josh würde den Rauch in meinen Haaren riechen, ihn auf meiner Zunge schmecken. Und dann würde er sich Sorgen machen. Ich schaue zu, wie die Frau vor mir dem etwa zwanzigjährigen Kassierer ihre Lose gibt, der sie scannt und ihr sagt, wie hoch der Gewinn ist.

Ich verlasse die Schlange. Sage mir, ich brauche keine Zigaretten. Sage mir, dass es an den Hormonen liegt – ich nehme schließlich seit ein paar Wochen die Pille. Damit hatte ich bislang keine Erfahrung, und Mara hat mich gewarnt, dass die meine Gefühle durcheinanderbringen könnte. Auf der Ebene brauche ich nicht unbedingt weitere Störfaktoren, aber bei dem vielen Sex, den Josh und ich haben, kann ich einfach nichts riskieren. Ich sage mir, dass es an der Pille liegt und nicht daran, dass die Anhörung unaufhaltsam näher rückt.

Ich gehe planlos in den Gängen auf und ab, schnüffle an einer Packung Erdbeeren und stelle sie zurück. Nehme eine Birne in die Hand und drücke sie sachte. Dann esse ich einen Käsewürfel, der zum Probieren bereitsteht.

Ich greife nach einer Packung Biokaffee und trage sie wie ein Baby weiter durch den Gang. Dann stehe ich plötzlich vor den Backmischungen. Tausche den Kaffee gegen einen Schokokuchen.

Ich überrasche Josh mit einem Dinner bei diesem Hibachi-Restaurant, wohin seine Eltern ihn letztes Jahr zu seinem Geburtstag eingeladen haben. Ich möchte schon vorab wiedergutmachen, dass ich zu seinem diesjährigen Geburtstag kommende Woche nicht da sein werde. Davon habe ich ihm natürlich noch nichts erzählt, weil ich ihm noch nicht von der Anhörung erzählt habe. Seit Wochen sage ich mir: *Morgen, morgen sage ich's ihm.* Aber dieses Morgen kommt einfach nie.

Ich fische mein Handy aus der Tasche. Es tutet ein halbes Mal, da geht Mom schon dran.

»Hallo?«, fragt sie und klingt alarmiert. Ich könnte nicht mal sagen, wann ich sie zuletzt angerufen habe, statt ihr zu schreiben. »Eden, bist du das?«

»Hi, ja. Hast du kurz Zeit?«

»Ja, klar«, sagt sie, dabei höre ich im Hintergrund Telefone klingeln. Sie ist auf der Arbeit. »Was ist los?«

»Nichts. Ich habe bloß frei und bin im Supermarkt.«

»Okay ...«

»Ich kaufe ein, was ich für einen Kuchen brauche. Für Joshs Geburtstag«, füge ich hinzu. »Und da dachte ich, du kannst mir vielleicht helfen. Ich dachte an etwas mit Schoko und Erdnussbutter.«

»Das klingt toll«, sagt sie. »Dann läuft also alles gut mit ihm? Mit Josh?«, fügt sie hinzu, betont seinen Namen bewusst.

»Ja. Alles läuft gut. Alles ist gut.«

»Gut.«

Es entsteht eine schmerzhaft peinliche Pause.

»Also, ich habe eine Fertigmischung für Schokokuchen, aber ich finde keine Erdnussbutterglasur oder so was. Und dann ist mir eingefallen, dass du immer so verrückte Glasuren für unsere Kuchen gemacht hast, als wir klein waren.«

Sie lacht. »Vanille-Wassermelone. Zu deinem neunten Geburtstag.«

»Stimmt, ich erinnere mich. Das war lecker.«

»Warte kurz.« Ich höre, wie sie tippt. Ich lausche, wie sie atmet, wie sie vor sich hin summt, während sie sucht, und plötzlich wünschte ich, sie wäre bei mir. »Ah, hier haben wir was, glaube ich. Ja, das Rezept sieht einfach aus. Du brauchst nur Erdnussbutter, Schlagsahne, Schokoladensirup und Peanut Butter Cups – also alles, was man als Studentin sowieso zu Hause haben sollte.«

Ich brauche eine Sekunde, bis ich begreife, dass das ein Witz war. »Oh.« Ich lache. »Für einen Moment dachte ich, das ist dein Ernst.«

»Das ist auch mein Ernst! Du solltest massenweise Süßkram im Schrank haben, sonst bist du doch für langes Lernen nicht gerüstet.«

»Alles klar, das erledige ich sofort.«

»Ich maile dir das Rezept«, sagt sie, und ich kann hören, dass sie lächelt. »Oder vielleicht schicke ich es als SMS?«

»E-Mail passt schon. Kommt so oder so aufs Handy.«

»Schicke es sofort.« Sie tippt schon wieder im Hintergrund.

»Danke. Ich sage dir, wie's geworden ist.«

»Melde dich, wenn ich sonst noch helfen kann.«

»Okay.«

»Wir sehen uns nächste Woche. Ach, und Eden?«, fragt sie. »Du packst das.«

Ich bin nicht sicher, ob sie vom Kuchen oder der Anhörung spricht, und ich weiß auch nicht, ob ich diese Ansicht teile, aber ich sage nur: »Danke, Mom.«

Kurz nach dem Auflegen bekomme ich eine Nachricht meiner Bank, dass Mom mir dreißig Dollar überwiesen hat mit dem Vermerk: *Geburtstagskuchenzuschuss!*

Seit ich ausgezogen bin, überrascht sie mich ständig mit so kleinen Gesten, die mir zeigen, dass ihr wirklich was daran liegt, dass es mir hier gut geht.

Ich habe beschlossen, alles zu kaufen – Rührschüsseln, Kuchenform, Schneebesen, Spatel und Messbecher –, weil ich ganz richtig davon ausgegangen bin, dass es nichts davon im Apartment gibt.

Irgendwie tut es gut, an nichts anderes denken, sondern einfach nur Eier, Wasser und Öl in die Fertigmischung rühren zu müssen. Etwas für jemand anderes zu machen.

Parker kommt nach Hause, als ich den Kuchen gerade in den Ofen schiebe.

»Wow, was ist denn hier los?«, fragt sie und kommt zur Kücheninsel, wo sie den Finger in die Rührschüssel steckt. »Ich hätte nicht mal sagen können, ob das Ding wirklich funktioniert.«

»Was? Der Ofen?«

Sie nickt und leckt den Teig vom Finger. »Lecker.«

»Ich mache einen Geburtstagskuchen für Josh.«

»Ooooh.« Sie macht so Rehaugen. »Das ist ja niedlich.«

»Du kommst heute Abend, oder?«, frage ich zum zwanzigsten Mal.

Sie zögert. »Hm, eigentlich hab ich überlegt, doch zu Hause zu bleiben, weil die Woche echt krass war, aber okay. Mit diesem Kuchen hast du mich überzeugt. Wann soll ich da sein?«

»Um acht. Punkt acht. Obwohl, nee. Viertel vor. Du und Dominic müsst die Ballons mitbringen, damit er nichts mitbekommt.«

»Moment, das heißt aber doch, dass ich eigentlich gar keine Wahl hatte?«

Grinsend schüttle ich den Kopf.

»Also gut, du schlimmer Finger«, sagt sie und zieht ihre Tasche hinter sich her in ihr Zimmer. »Ich hau mich aufs Ohr. Weck mich um viertel nach sieben.«

»Okay«, ruf ich ihr nach.

Ich hatte noch nie eine Freundin wie Parker. Dann wiederum hatte ich einfach nie wirklich viele Freundinnen. Aber ich mag sie. Sie ist nicht übermäßig herzlich oder höflich oder gefühlsbetont, was aber echt angenehm ist. Ihr scheint es nichts auszumachen, dass Josh ständig hier ist oder ich bei ihm. Sie ist mit sich im Reinen, und irgendwie färbt das ab, dass ich mich auch mehr und mehr im Reinen mit mir fühle. Wir müssen voreinander nicht so tun, als wären wir anders als wir sind. Allerdings haben wir Alter Egos aus Kombinationen unserer Namen entwickelt, für die Momente, wenn wir uns Essen bestellen. »Kim McCrorey« und »Eden Parker«. Und wir haben letztens viel zu sehr darüber gelacht, als der Lieferant klingelte und sagte, er habe eine Bestellung für Kimberly.

Ich will das Rezept für die Glasur abrufen, da sehe ich eine Nachricht von Mom:

Hi Eden, Mom hier. Vergiss nicht,
dass der Kuchen mindestens zwei Stunden
abkühlen muss, bevor du ihn glasierst.
Lass ihn 30 min bei Zimmertemperatur abkühlen,
dann kannst du ihn in den Kühlschrank stellen.
Alles Liebe, Mom

Wäre diese Art der Kommunikation nicht so neu für uns, würde ich mich lustig machen und ihr schreiben, dass sie auf diese ganzen Grußformeln getrost verzichten kann. So antworte ich nur: Ok, wird gemacht. Danke

Ich folge der Anleitung Schritt für Schritt, messe die richtige Menge Erdnussbutter, Sahne und Schokoladensirup ab und mische alles zusammen mit den Peanut Butter Cups. Dann stelle ich die Schüssel in den Kühlschrank, wo sie ruhen soll, und pflanze mich selbst auf die verblasste rote Couch, während ich darauf warte, dass der Kuchen fertig wird.

Was laut Küchenwecker noch dreiundzwanzig Minuten dauert.

Dreiundzwanzig Minuten Leerlauf. Dreiundzwanzig Minuten nichts zu tun. Mein Hirn nutzt die Gelegenheit, mich mit Zweifeln und Fragen zu bombardieren, auf die ich keine Antworten weiß. Ich rufe die Mail von Lane auf, um die ich mich in den letzten Wochen gedrückt habe. Darin bietet sie mehrfach an, am Telefon den Ablauf der Anhörung durchzugehen. Und erst jetzt, um halb sechs am Freitagabend, bevor am Montag das Prozedere startet, wenn sie garantiert längst nicht mehr im Büro ist, habe ich das dringende Bedürfnis, mit ihr zu sprechen. In ihrer heutigen Mail schreibt sie:

Liebe Grüße in den Freitag, Eden:
Dies ist nur eine Erinnerung daran, dass es am Montag um 8 Uhr eine kleine Tour durchs Gericht/den Gerichtssaal geben wird. Versuche, dich am Wochenende noch mal mit dem Polizeibericht und der Aussage, die du gegenüber Detective Dodgson gemacht hast, vertraut zu machen, damit du alles gut im Gedächtnis hast. Ich weiß, dass Staatsanwältin Silverman dir einen Ausdruck hat zukommen lassen, aber ich habe dir sicherheitshalber noch die PDF angehängt.
Ziehe bitte etwas Bequemes, Schlichtes an (nichts Anrüchiges, um es besonders blöd auszudrücken). Einfach legere Geschäftskleidung. Und melde dich, solltest du irgendwelche Fragen haben.
Bis bald
Lane

Ob sie Mandy und Gennifer das Gleiche geschrieben hat? Nicht zum ersten Mal frage ich mich, ob sie wirklich mitbekämen, wenn wir uns untereinander kontaktierten, die Regeln umgingen. Weil ich irgendwie wissen will, was er ihnen angetan hat. Weil ich will, dass sie wissen, was er mir angetan hat. Keine Details, eher das *Wie*. Ich weiß nicht mal, warum – vielleicht, weil ich nach all den Jahren immer noch nicht sicher sagen kann, wie mir das überhaupt passiert ist.

Aber ich halte mich zurück.

Stattdessen suche ich nach dem Begriff legere Geschäftskleidung und bekomme sofort Fotos von Blazern über farbenfrohen Oberteilen angezeigt. Farbenfroh halte ich dann doch für die falsche Wahl. Und einen Blazer besitze ich gar nicht.

Ich antworte Amanda endlich. Überlege kurz, ob ich mich entschuldigen soll, dass es so lange gedauert hat. Aber mir will nichts einfallen, womit ich begründen könnte, dass ich erst über einen Monat später zurückschreibe. Außerdem ist ihr das sowieso herzlich egal, sie will schließlich nur eine Antwort. Und die liefere ich jetzt.

Ja, ich komme zurück.

Sofort sind da die drei Pünktchen neben ihrem Namen. Tanzen wie aufgeregte Atome. Ich warte auf ihre Reaktion, aber es kommt keine.

Der Wecker schrillt los. Ich werfe das Handy aufs Sofa und flitze zum Ofen, öffne die Tür und greife hinein, ohne auch nur einen Gedanken an die Ofenhandschuhe zu verschwenden, die ich extra auf der Arbeitsfläche bereitgelegt habe.

»Shit!«, zische ich. »Fuck fuck fuck fuck fuck«, flüstere ich und stelle das kalte Wasser an, um meine Hand in den Strahl zu halten. Ich schaue zu dem Kuchen, der noch im Ofen steht, die Türe steht klaffend offen wie ein Mund. Und dann schaue ich zu, wie zwei rote Linien auf meiner linken Handfläche sichtbar werden wie der Biss einer tollwütigen Bestie.

JOSH

UM PUNKT VIERTEL VOR ACHT klopft sie an meine Tür. Ich öffne, bereit, bloß nicht gefasst darauf, wie sie aussieht. »Oh, wow.«

Sie lacht. »Danke, gleichfalls.«

»Entschuldige, du siehst einfach …« Sie schaut an sich hinunter. Sie trägt ein Kleid – und das einzige Mal, dass ich sie in einem Kleid gesehen habe, war, als sie zum ersten Mal zu mir gekommen ist. Das hätte unser erstes Date werden sollen, dabei wollte sie ja gar nicht weggehen. »Du siehst echt …«

»Echt?«

»Echt umwerfend aus.«

»*Du* siehst echt umwerfend aus«, sagt sie und zieht mich an sich, um mir einen Kuss zu geben. »Bereit?«

Sie geht voran, die Treppe hinunter und zu ihrem Auto. »Wir fahren?«

»Es ist zwar nicht weit, aber …« Sie hebt den Fuß, als wollte sie gleich lostanzen. »Nicht mit den Schuhen.«

»Und das wird jetzt wirklich nichts Offizielles?«

»Oh, mein Gott, Josh, ich mache dir keinen Heiratsantrag!« Lachend entriegelt sie den Wagen.

Ich steige ein und schnalle mich an. »Ich fühle mich inadäquat angezogen.«

»Bist du nicht, ich bin einfach nur übertrieben angezogen.«

»Hmmm, na ja … Wenn's nach mir geht, bist du immer übertrieben angezogen.«

»Was soll das denn heißen?« Sie wirft mir einen verstohlenen Blick zu und fährt los. »Ich brezle mich doch eigentlich nie auf.«

»Nein«, sage ich und lege ihr eine Hand auf das nackte Bein. »Übertrieben angezogen im Sinne von: Für mich hast du immer zu viel an.« Sie keucht, tut schockiert. »Wie bitte?« Sie greift sich ans Herz, wodurch mir der Verband an ihrer Hand auffällt. »Miller, du hast die schmutzigste Fantasie, reiß dich mal zusammen.« Sie lacht. »Oder hab wenigstens den Anstand, damit bis nach dem Heiratsantrag zu warten.«

»Okay, ich reiße mich zusammen.« Dann nehme ich ihre Hand und suche die Ursache des Verbands. »Was ist denn mit deiner Hand passiert?«

»Ach, nichts«, sagt sie und schüttelt den Kopf. »Nur ein kleines Missgeschick in der Küche.«

»Hast du dich geschnitten?«

»Nein, nur eine kleine Verbrennung. Nichts Schlimmes.«

»Sicher? Das sieht nicht so klein aus.«

»Ja, sicher. Außerdem bin ich ziemlich taff, wie du mittlerweile wissen solltest. Eine kleine Verbrennung kann mir nichts.«

»Ich weiß, dass du taff bist.« Ich führe ihre Hand an meine Lippen und gebe ihr einen Kuss auf den Verband, irgendwie noch immer schockiert darüber, wie sehr mich der Gedanke mitnimmt, dass sie sich verletzt hat. »Trotzdem.«

Sie zieht ihre Hand zurück und berührt mich dann im Gesicht, als sie flüchtig zu mir schaut. »Du machst dir zu viele Sorgen.«

»Gewöhn dich dran«, sage ich. »Das ist so meine Masche.«

Sie grinst, erwidert aber nichts. Ich beobachte sie so aufmerksam, ich habe nicht mal mitbekommen, dass wir angehalten haben. »Wir sind da«, sagt sie und sieht mich an. »Hier?« Ich schaue aus dem Fenster. »Moment, da gehen wir hin? Ins Flaming Bowl? Eins meiner Lieblingsrestaurants.«

»Ich weiß.« Sie kichert. »Deshalb sind wir ja hier.«

Wenige Minuten vor acht betreten wir das Lokal. Eden nennt der Bedienung ihren Namen, die uns an die Bar begleitet, wo wir warten sollen, bis unser Tisch fertig ist. Ich greife nach Edens Hand, die sich sofort verspannt und wegzuckt. »Oh, verdammt. Entschuldige.«

»Schon okay«, sagt sie leise und stellt sich an meine andere Seite, wo sie mir ihre rechte Hand anbietet. »Daran geh ich bestimmt nicht kaputt.«

Edens Blick wandert hinter mich, und sie grinst, doch bevor ich nach dem Grund fragen kann, flüstern mir zwei wohlbekannte Stimmen, eine links, eine rechts »Überraschung!« ins Ohr.

Erschrocken fahre ich herum. Dominic und Parker jauchzen förmlich und zeigen auf mich. »Oh, mein Gott! Dein Gesichtsausdruck!«

»Hast du ihn auch gesehen?«, ruft Parker und reißt Eden in eine Umarmung, während sie mir einen Haufen Ballons gibt, die alle zusammengebunden sind und über unseren Köpfen schweben.

»Was ... was soll das?«, frage ich.

»Das ist eine Überraschungsgeburtstagsparty für dich!«, jubelt Eden und schlingt nun die Arme um mich.

»Aber ich hab doch erst nächste Woche Geburtstag.«

»Ich weiß, das ist ja die Überraschung daran.« Sie lacht. »Bist du denn überrascht?«

»Ja!« Ich bin definitiv überrascht.

»Gut, dass ihr endlich da seid. Ich wurde schon gefragt, wo die Toiletten sind«, sagt Parker und trinkt Sake aus der winzigen Tasse.

»Wieso wirst du gefragt, wo die Toilette ist?«, fragt Eden.

»Ich sehe asiatisch aus, das heißt natürlich automatisch, dass ich hier arbeite.«

»Oh, Gott. Was hast du gesagt?«

Dominic fängt an zu lachen, ich auch.

»Was hab ich verpasst?«, fragt Eden.

»Ach, das passiert mir nicht zum ersten Mal. Meist antworte ich auf Koreanisch: *Ich arbeite hier nicht, du Arschloch.* Und dann hauen sie ganz schnell ab.«

»Brillant!« Eden klatscht und lacht nun ebenfalls.

Ich schaue zu Dominic, der mich lächelnd dabei beobachtet, wie ich Eden betrachte. »Was denn?«, frage ich ihn und stelle mich direkt neben ihn.

Er schüttelt nur den Kopf und gibt mir eine Cola mit Zitrone, die er offenbar schon für mich geordert hat. »Ist einfach schön, dich so glücklich zu sehen. Mehr nicht.« Er hebt sein Glas. »Herzlichen Glückwunsch.«

»Danke.«

Den ganzen Abend über reden und lachen wir viel, und Eden sagt jedem und jeder, die sich unserem Tisch nähern, dass ich Geburtstag habe. Der Koch nennt mich das »Geburtstagskind«, während er vor unseren Augen das Essen in einer wahren Performance zubereitet und dann den Grill anschmeißt. Normalerweise macht mir diese Art Aufmerksamkeit was aus – ich habe meinen Eltern früher immer verboten, jemandem im Restaurant zu sagen, dass ich Geburtstag habe, weil ich panische Angst davor hatte, dass dann die ganze Belegschaft ankommt und mir »Happy Birthday« singt. Und das ist genau, was diesmal passiert. Parker filmt das Ganze. Eigentlich sollte mir das peinlich sein, schließlich klatschen jetzt alle im Restaurant für mich, aber ich sehe, wie glücklich es Eden macht. Und dann küsst sie mich, so richtig, direkt vor allen anderen, und sofort brechen alle in lautes Jubeln aus.

Ich neige mich zu ihr und sage: »Ich liebe dich.«

Sie legt den Kopf an meine Schulter, nur kurz, und sagt schnell, leise: »Ich dich auch.«

Nach dem Showteil, der Hibachi ausmacht, werden wir zum Essen allein gelassen. Eden sagt: »Lasst noch etwas Platz für Nachtisch.«

Parker legt die Stäbchen beiseite. »Oh, ja. Ich weiß schon, worum es geht, und wir sollten alle definitiv noch etwas Platz für *den* Nachtisch lassen.«

Wir stapeln uns mit den Resten und Ballons in Edens Auto.

»Danke euch«, sage ich wieder und wieder. »Das war eine wirklich großartige Geburtstagsüberraschung.«

Dominic sagt: »Das hast du alles deiner Freundin zu verdanken.«

Meiner Freundin, wiederhole ich in Gedanken. Ich liebe es, wie das klingt.

»Und …«, fügt Eden hinzu. »Es geht ja noch weiter.«

»Es geht noch weiter?«, frage ich.

»Ja. Du bist nicht der Einzige, der mehrteilige Dates planen kann.«

Als wir beim Wohnheim ankommen, sagt Eden, dass Dominic und Parker mich aufs Dach bringen sollen. »Ich komm gleich nach«, sagt sie.

Während wir oben warten, räuspert Parker sich und verkündet: »Also, wir haben heute Abend ein bisschen konferiert und wollen dir mitteilen, dass du da wirklich eine Gute gefunden hast.«

»Ich hatte ja anfangs meine Zweifel«, gibt Dominic zu, »aber ihr macht einander ja offenbar wahnsinnig glücklich, und dagegen kann niemand was haben.«

»Nicht, dass du unseren Segen bräuchtest oder so«, fügt Parker hinzu. »Wir wollten dir einfach ein bisschen ungefragtes Feedback geben.«

Bevor ich mich dazu äußern kann, kommt Eden rückwärts durch die Tür. Als sie sich umdreht und die Tür hinter ihr zufällt, sehe ich, dass sie einen Kuchen trägt, in dem massenweise Kerzen stecken. Sie singen zum zweiten Mal für mich, und als Eden den Kuchen auf den Tisch stellt, sehe ich, dass in der Glasur winzige Peanut Butter Cups sind.

»Oh, mein Gott, das ist nicht wahr, oder?«, frage ich. »Peanut Butter Cups?«

»Wünsch dir was«, sagt sie, quetscht sich neben mich auf den Zweisitzer und legt mir einen Arm um die Schultern.

Ich sehe sie an und denke: *Ich habe keine offenen Wünsche mehr.* Aber das sage ich nicht. Ich lehne mich vor und blase die Kerzen aus. Sie gibt mir einen Kuss auf die Wange, steht auf und holt eine Tasche aus der Ecke, in der Teller – nicht aus Papier – und Besteck sind. Die muss sie schon im Laufe des Tages hochgebracht haben.

»Du hast das wirklich richtig durchgeplant, was?«, frage ich.

Sie zuckt mit den Schultern, muss aber grinsen, während sie die Kerzen aus dem Kuchen zieht und auf eine Serviette legt. »Okay, weil du Geburtstag hast, musst du anschneiden, und wer immer als Nächstes Geburtstag hat, zieht das Messer raus.«

»Das hab ich noch nie gehört«, sagt Dominic.

Parker schüttelt den Kopf. »Ich auch nicht.«

»Im Ernst?«, fragt Eden. »Das haben wir immer so gemacht.«

»Ist doch ein schöner Brauch«, sage ich und setze das Messer so an, dass es ein dickes Stück wird.

»Mehr«, ruft Parker.

»Okay, so besser?«

»Perfekt«, sagt Eden. »Und wer hat als Nächstes Geburtstag?«

Dominic hebt die Hand. »Juli.«

»April«, sagt Parker.

»Dann wohl ich: November«, verkündet Eden, greift dann mit der Hand über meine und zieht das Messer aus dem Kuchen.

Ich sehe zu, wie sie den Kuchen verteilt, und bin plötzlich überwältigt von dem Gedanken, dass dies der schönste Geburtstag ist, den ich je hatte. Sie beobachtet mich, während ich den ersten Bissen esse. »Schmeckt er dir?«, fragt sie.

»Er ist köstlich.« Ich nehme gleich den nächsten Bissen, und jetzt probiert auch sie. »Aber ich dachte, du hast was gegen Erdnussbutter und Schokolade.«

»Möglich, dass du mich bekehrt hast.«

»Josh«, wirft Parker ein, »dir ist schon klar, dass Eden den gemacht hat, oder?«

»Moment, *du* hast den gemacht?«

»Na ja, er ist nicht komplett selbst gemacht, aber selbst gebacken schon.« »Oh, mein Gott. Der schmeckt wie vom Bäcker.«

Sie isst noch eine Gabel voll. »Ja, okay, er ist gut. Für Schoko-Erdnussbutter.«

Als wir in mein Zimmer kommen, stellt Eden ihre Handtasche auf die Kommode, zieht erst die Schuhe aus und dann den Pulli, den sie über meinen Stuhl hängt. Ich mag es, dass sie sich hier so wohlfühlt. Wenn es nicht viel zu früh wäre, würde ich sie fragen, ob wir nicht zusammenziehen wollen.

»Danke für heute.« Ich schlinge von hinten die Arme um ihre Taille. »Du bist ziemlich aufmerksam.« Ich gebe ihr einen Kuss auf den Kopf, auf den Hals. »So niedlich.«

»Ehrlich?« Sie dreht sich um, damit sie mir in die Augen sehen kann. »Aufmerksam *und* niedlich? Das hat mir schon lange niemand mehr gesagt.«

»Nun, bist du aber.«

»Nein, du«, sagt sie und legt mir die nicht verbundene Hand an die Wange.

»Du kannst einfach kein Kompliment annehmen, oder?«

Sie lächelt mich auf ihre so typische Art an, wovon mir fast schwindlig wird, und dann schließt sie die Arme um meinen Oberkörper. Meine Hände finden ihre Taille ganz automatisch. Wir wiegen uns ein bisschen, während wir uns näher zueinander ziehen.

»Äh, tanzen wir jetzt oder was?«, fragt sie.

»Wieso nicht?«, frage ich zurück und wiege sie nun mit etwas mehr Absicht.

»Aber es läuft doch gar keine Musik.«

»In meinem Kopf schon«, scherze ich und gehe voll auf in diesem kitschigen Moment, der mich von innen heraus glücklich macht.

Sie legt den Kopf in den Nacken und lacht. »Oh, mein Gott. Das hast du nicht wirklich gesagt, oder?« Sie kichert und strahlt übers ganze Gesicht, als sie mich küsst. »Was bist du doch für ein gigantischer Nerd.«

Ich nehme ihre Hand, die in meinem Nacken ruht, strecke sie in die Luft und drehe Eden dann ganz langsam darunter im Kreis. Als ich sie wieder zu mir hole, presst sie sich gegen mich, stellt sich auf die Zehenspitzen und gibt mir noch einen Kuss. Jetzt lacht sie nicht mehr.

»Sieh mich an«, sagt sie und hält mein Kinn. »Ich liebe alles an dir.«

Ich halte mich ja tendenziell für einen sehr ausgeglichenen Menschen, aber wenn sie mit so was kommt und mir praktisch aus dem Nichts etwas so schwindelerregend Schönes sagt, zieht es mir komplett den Boden weg. Sie zieht mir das Shirt über den Kopf, dann wandert ihr Mund über meinen Oberkörper. Ich taste ihr Kleid ab, von oben bis unten, finde aber keinen Ansatzpunkt, um es ihr auszuziehen. »Wie ... Wo ... Hä?«

»Reißverschluss.« Sie lacht und dreht mir den Rücken zu, damit ich ihn öffnen kann. »Aber ganz oben ist noch ein

Häkchen, das du zuerst lösen musst.«

»Ah, ich seh's.« Vorsichtig löse ich den Haken und ziehe dann langsam den Reißverschluss nach unten. Betrachte ihren schönen Rücken, der darunter zum Vorschein kommt. Sie greift in ihr Haar, um die Spange zu lösen, und dann fährt sie mit ihren Händen hindurch, um es aufzulockern. Sofort kann ich ihr Shampoo riechen oder was immer es ist, egal, es sorgt jedes Mal dafür, dass ich sie noch mehr will als eh schon.

Wir siedeln über ins Bett, und sie klettert auf mich. Ihre Haare kitzeln über meinen nackten Oberkörper, während sie meine Brust küsst, meine Arme, meinen Bauch. Ich habe keine Ahnung, wie mich ihre Nähe gleichzeitig so entspannen und so anmachen kann – so was habe ich vor ihr noch nie erleben dürfen. Ich spüre ihren Atem kurz vor jedem kleinen Kuss, als sie sich langsam an mir hinaufküsst, spüre sie lächeln, als sie meine Lippen erreicht. Dann stützt sie sich auf den Ellbogen, rutscht neben mich. Ihre warme Hand liegt an meiner Hüfte. »Du weißt, dass ich dich wirklich liebe, oder?«

»Weiß ich«, sage ich und fahre mit dem Finger ihre Lippen nach. »Ich liebe dich auch wirklich.«

Sie legt den Kopf auf meine Brust, atmet tief ein und kuschelt sich an mich. »Können wir kurz einfach so liegen bleiben?«, flüstert sie.

»Wir können auch die ganze Nacht so liegen bleiben.«

Sie hebt den Kopf. »Ja?«

»Ich bin ziemlich k.o.«, gebe ich zu. »Also, versteh mich nicht falsch, ich könnte natürlich die ganze Nacht durchhalten.«

Sie lacht an meinem Hals, leise, legt den Kopf wieder ab. »Ich auch«, sagt sie, streckt sich und schlingt dann ein Bein über mich. »Aber das ist auch schön«, flüstert sie.

»Ist es«, stimme ich zu. Mein Arm schmiegt sich perfekt an ihren Rücken.

Dies wäre der perfekte Zeitpunkt, ihr vom anstehenden Besuch meiner Eltern zu erzählen. Ich lege die andere Hand auf ihre, die auf meiner Brust ruht, und spüre den Verband. »Du hast dich verbrannt, als du den Kuchen gemacht hast, oder?«

»Anfängerfehler«, sagt sie. »Hab die Ofenhandschuhe vergessen.«

Ich küsse ihre Handfläche. »Hast du eine Salbe draufge-tan? Aloe Vera oder so?«

Sie nickt. »Ja, mach dir keine Gedanken.«

Ein komisches Rappeln weckt mich, das ich nicht zuord-nen kann. Ich öffne die Augen und drehe mich im Bett. Es dauert einen Moment, bis ich wieder weiß, dass wir in meinem Zimmer sind, nicht ihrem. Sie ist nicht im Bett. Blinzelnd sehe ich mich um.

Es ist zu dunkel, im schwachen Mondlicht kann ich nur Edens Silhouette erkennen. Ich will ihr gerade sagen, wie wunderschön sie aussieht, so mit dem Rücken zu mir.

Doch dann weiß ich plötzlich, was das für ein Geräusch war.

Tabletten. Ich höre, wie ein Deckel aufgeschraubt wird. Und dann sehe ich, wie sie die Pillendose zurück in ihre Handtasche steckt. Edens Hand wandert zu ihrem Mund, dann greift sie zu der alten Wasserflasche auf meinem Schreibtisch, setzt sie an die Lippen.

Sie dreht sich um, und ich schließe die Augen. Das Bett quietscht, als sie wieder hereinklettert. Ihr Körper fühlt sich kühl an. Sie schmiegt sich mit dem Rücken an mich, und ich lege meinen Arm um sie, spüre, dass sie tief einatmet und dann seufzt.

»Alles okay?«, frage ich.

»Hm-hmm«, macht sie.

Ich gebe ihr einen Kuss in den Nacken und drücke sie an mich. »Ich weiß, das geht mich nichts an, aber …«, setze ich an, und sie dreht sich zu mir. »Was hast du genommen?«, flüstere ich.

»Oh«, keucht sie. »Nichts weiter.«

»Es ist nur … ich hab schon ein paar Mal mitbekommen, dass du was genommen hast, wenn du dachtest, ich schlafe.« Ich streiche ihr die Haare hinters Ohr, gebe mir Mühe, besonders behutsam zu sein. »Ich weiß ja, dass es mich nichts angeht«, wiederhole ich, »aber … ist alles in Ordnung?«

»Das ist was gegen Schlafprobleme.«

»Du hast wieder Schlafprobleme?«

»Nicht wieder«, verbessert sie mich. »Immer noch.«

Wieso wusste ich das nicht? »Oh, das tut mir leid«, flüstere ich. »Wie kann ich helfen?«

Sie kuschelt sich an mich. »So.«

Ich schließe sie fest in die Arme und entscheide, die anderen Tabletten, die ich bei ihr gesehen habe, nicht anzusprechen.

»Und es geht dich schon was an, Josh«, sagt sie. »Ich wollte es dir sagen, ich wollte nur nicht, dass du dir Sorgen machst.«

»Du hast es mir ja jetzt gesagt. Danke dafür. Jetzt mache ich mir tatsächlich ein bisschen weniger Sorgen.«

»Wirklich?«, fragt sie, ihre Stimme verliert sich fast in der Stille der Nacht.

Ich nicke.

»Ich muss dir noch was sagen.«

»Okay?« Ich bereite mich darauf vor, überrascht zu wirken, wenn sie mir von den anderen Tabletten erzählt.

»Einer der Gründe dafür, deinen Geburtstag vorzufeiern, ist, dass ich nächste Woche weg bin.«

Jetzt hat sie mich ein zweites Mal am selben Abend überrascht. »Moment, warum? Wohin fährst du?«

»Es gibt eine Anhörung. Ich muss ein paar Tage nach Hause. Die Staatsanwältin meint, ich solle sogar eher mit der ganzen Woche rechnen.«

»*Wie bitte?*«, sage ich etwas zu laut. »Die können doch nicht erwarten, dass du einfach so in letzter Minute alles fallenlässt.«

»Stimmt«, flüstert sie und folgt mit dem Blick ihrem Finger, der über mein Schlüsselbein fährt, dann über meinen Hals, meinen Unterkiefer entlang. »Ich weiß es auch schon ein paar Monate.«

Ich weiß nicht, was ich sagen soll. Ich habe keine Ahnung, wieso sie mir das nicht längst gesagt hat. Aber das ist gerade nicht mal das Wichtigste, deshalb schiebe ich den Gedanken weg. »Ich komme natürlich mit.«

»Nein.« Ihr Finger erstarrt, und sie schaut mir endlich in die Augen. »Das ist wirklich keine große Sache.«

»Oh, es *ist* eine große Sache.« Jetzt setze ich mich auf. »Darf ich dich was fragen? Wieso hast du das nicht längst erwähnt?«

Sie setzt sich ebenfalls auf, rafft das Laken um sich. »Werd jetzt bitte nicht sauer …«

»Ich bin nicht sauer«, falle ich ihr ins Wort. »Ich bin überhaupt nicht sauer auf dich, nur …« Ich verkneife mir »besorgt« und entscheide mich für: »Verwirrt.«

»Es war einfach alles so wunderbar«, sagt sie und reibt sich den Kopf, als würde er wehtun.

»Ja.« Ich kann nur zustimmen. »War es. Ist es.«

»Na, ich wollte nicht, dass das getrübt wird, nur weil ich von diesem Mist anfange.«

»Okay, ignorieren können wir das ja auch nicht.«

»Meinst du, das weiß ich nicht?«, faucht sie mich an.

Ich schüttle den Kopf. »So hab ich das nicht gemeint.«

Sie seufzt. »Ich weiß, sorry.«

»Schon gut.«

»Siehst du?«, sagt sie, ihre Stimme zittert. »Genau deshalb hab ich nichts erzählt. Damit das nicht plötzlich zwischen uns steht.« Sie wedelt mit der Hand zwischen uns. »Es macht einfach alles kaputt.«

»He«, ich nehme ihre Hand. »Alles ist okay, hörst du?«

Sie schüttelt den Kopf.

»Mit uns, meine ich. Mit uns ist alles okay. Nichts kriegt das hier kaputt.« Was ich nicht sage, ist, dass *das* schon die ganze Zeit zwischen uns steht. Schon immer. »Lass mich doch bitte mitkommen.«

»Nein.«

»Eden ...«

»Ich kriege das nicht hin, wenn du da bist, Josh.«

Ich kann mir nicht vorstellen, was mir gerade ins Gesicht geschrieben steht, aber ich gebe mir große Mühe, es so neutral wie möglich zu halten.

»Ich meine, ich will nicht, dass du die Details hörst. Ehrlich gesagt will ich nicht, dass überhaupt irgendwer die Details hört.« Sie zögert und schaut mich an. Wartet. Ringt mit sich. »Er wird da sein. Willst du wirklich im gleichen Raum sein wie er?«, fragt sie, bevor ich reagieren kann, fügt sie hinzu: »Ich jedenfalls nicht.«

»Dann willst du es einfach allein machen?«

»Ja.«

»Was ist denn mit deiner Mutter. Ich bin sicher, die würde ...«

Sie schüttelt den Kopf. »Sie ist ja auch Zeugin, deshalb kann sie während meiner Aussage nicht dabei sein. Und ich nicht bei ihrer. Aber ich will sie auch gar nicht dabeihaben. Ich werde das nur allein hinkriegen.« Sie starrt mich an.

»Was ist? Warum guckst du mich so an?«

»Was? … Ach, nichts. Ich denke nur nach, versuche, das zu verstehen.« Wieso will sie das allein machen, wenn ich ihr anbiete, sie zu begleiten? Ich habe so viele Fragen, ich weiß nicht mal, wo ich anfangen soll. »Ich dachte, deine Mutter wusste nichts von allem. Wusste sie doch nicht, oder?«, frage ich, weil, wenn doch, wie krass wäre das? »Wieso soll sie aussagen, wenn sie nichts wusste?«

»Josh«, stöhnt sie. »Ich bitte dich, ich möchte nicht …«

»Ich will doch nur helfen, Eden.« Ich streichle ihre Wange, gebe ihr einen Kuss auf die Stirn, bevor sie sich abwenden kann. »Ich möchte doch nur wissen, was los ist.«

Sie dreht sich auf den Rücken und schaut an die Decke. »Meine Mutter wusste von nichts. Aber sie hat was gesehen. Etwas, was sie für was anderes gehalten hat.«

»Was soll das denn heißen?«, frage ich. »Was hat sie gesehen?«

»Am nächsten Morgen. Da war Blut auf meinem Nachthemd, an meinen Beinen, auf dem Laken.«

Blut. Das Wort hallt in meinem Kopf nach. Mein Herz rast – nein, es ist gerast und hat plötzlich aufgehört, stolpert jetzt.

Eden räuspert sich und spricht leiser weiter. »Sie dachte, ich habe meine Tage bekommen. Schätze ich. Wieso hätte sie auch was anderes denken sollen?«, sagt sie dann, eher zu sich selbst. »Und an dem Morgen hab ich versucht, es ihr zu sagen. Meinem Bruder auch. Aber es kam nicht an. Vermutlich war ich nicht deutlich genug. Ich wollte, dass sie es erraten. Ich wollte es nicht aussprechen müssen. Ich wusste nicht, wie ich es hätte aussprechen sollen. Also, keine Ahnung. Ich schätze, sie wollen sich die Geschehnisse des Morgens von meiner Mom und Caelin schildern lassen.«

Das sind die Details, die sie meint. Nachthemd. Beine.

Laken. Blut. Deshalb will sie mich nicht dort haben.

»Siehst du?«, fragt sie. »Es geht dir keinen Deut besser, das jetzt zu wissen, oder?«

»Das ist nicht … Das ist doch egal, ich …« Ich suche nach den richtigen Worten, finde aber keine.

»Ich werde müde«, sagt sie, dreht mir wieder den Rücken zu und rückt ganz nah an mich. Nimmt meinen Arm und legt ihn um sich. Beendet die Unterhaltung. Sie führt meine Hand zum Mund und küsst meine Fingerspitzen, ganz zärtlich. »Danke aber für das Angebot. Ganz ernsthaft.«

Ich gebe mir große Mühe, mich zu entspannen, aber ich bin total verspannt. Von Kopf bis Fuß. Ich halte sie, bis sie eingeschlafen ist, und versuche, weder an das Blut, das Nachthemd, die Beine noch das Laken zu denken. Versuche, nicht darüber nachzudenken, wie sehr sie darauf gewartet hat, dass jemand sieht, rät, was passiert ist. Und schließlich gebe ich mir die größte Mühe, nicht darüber nachzudenken, was passieren würde, wenn ich noch einmal mit ihm allein in einem Zimmer wäre.

EDEN

ES KOSTET MICH ALL meine Kraft, mich am nächsten Morgen aus Joshs Bett zu quälen. Ich ziehe das Kleid wieder an, nehme meine Handtasche, den Pulli und meine Schuhe. Er liegt auf dem Bauch, die Arme ums Kissen geschlungen. Ich setze mich zu ihm ans Bett und gestatte mir diesen kurzen, leisen Moment, um ihn zu bewundern. Ich streichle ihm über den Rücken und gebe ihm einen Kuss auf die Schulter, aber er ist so müde, dass er davon nicht wach wird.

Unten in unserem Apartment treffe ich in der Küche auf Parker, die sich noch mit Kopfhörern in den Ohren dehnt – offenbar war sie schon laufen – und einen dieser gesunden grünen Smoothies trinkt. Im Gegensatz zu mir strahlt sie und wirkt voller Energie, während ich sicher schlimm aussehe mit den Resten vom gestrigen Make-up, ungemachten Haaren und dem Reißverschluss meines Kleids, der sich mit jedem Schritt weiter öffnet.

Sie nimmt die Hörer aus den Ohren und lacht, als sie mich sieht. »Na?«, sagt sie. »Wie ich sehe, begrüßt du das Konzept des Morgens danach.«

»Bitte was?«, murmle ich, stelle die Handtasche auf die Kücheninsel und lasse die Schuhe einfach fallen.

»Den Walk of Shame, den Gang nach dem Ding, das Flanieren nach dem Plaisieren ...«

»Das denkst du dir doch gerade aus, oder?«, frage ich lachend. »Du solltest mal die Nase aus der sogenannten Literatur ziehen«, sagt sie. »Und vielleicht mal ein Magazin zur Hand nehmen.«

»Nur zu deiner Information«, sage ich, während ich mir etwas Wasser aus dem Kühlschrank hole, »haben wir letzte Nacht einfach nur herrlich gekuschelt.«

»Gekuschelt, klar.« Sie wechselt die Dehnposition. »Willst du einen Smoothie?«

»Pfui, nee danke. Ich trinke einen Kaffee auf der Arbeit.«

»Ach, ja. Kaffee und kein Essen, das Frühstück der Gewinner.«

Ich öffne den Schrank und hole einen Müsliriegel heraus. »Zufrieden?«

Sie streckt erst einen Arm über die Brust, dann den anderen. »Schon besser.«

»Musst du da jetzt rein?«, frage ich mit einem Blick zum Bad. »Ich muss mich fertigmachen.«

»Nee, das hast du zur freien Verfügung«, sagt sie und steuert schon ihr Zimmer an.

»Hey, Parker, äh ... Kann ich ...?«, setze ich an, dabei weiß ich gar nicht, was ich eigentlich sagen will.

Sie dreht sich herum, die Hände auf Höhe der Ohren, weil sie gerade die Hörer wieder reinstecken wollte. »Was gibt's?«

»Keine große Sache oder so, ich wollte dir nur sagen, dass ich kommende Woche ein paar Tage weg bin. Ich muss wegen was nach Hause.«

»Oh.« Sie lässt die Hände sinken und kommt auf mich zu. »Ist alles in Ordnung?«

»Ja, ja, ich ...« Ich könnte es ihr sagen. Einfach die Wahrheit, aber irgendwas hält mich zurück, wie immer. »Alles in Ordnung, nur 'ne Info.«

»Sicher?«

»Ja.« Ich nicke und lächle und wickle den Müsliriegel aus. Sie beobachtet mich, bis ich einmal abgebissen und runtergeschluckt habe. »Wirklich.«

»Okay«, sagt sie langsam, dreht sich dann endlich wieder um und verschwindet in ihrem Zimmer.

Ich esse den Riegel auf und gehe unter die Dusche. Als ich herauskomme, ist Parker aufgebrochen, und ich habe mich selbst verrückt gemacht, weil ich darüber nachgedacht habe, was mir kommende Woche bevorsteht. Mein Herz rast, und ich atme schwer. Nur im Handtuch tapse ich in die Küche, hinterlasse überall Wassertropfen und kippe den Inhalt meiner Handtasche auf die Kücheninsel, damit ich meine Tabletten schneller finde. Ich nehme zwei. Ich kann mir gerade echt nicht auch noch eine Panikattacke leisten.

Ich bin um 12.02 Uhr auf der Arbeit, und Mr. Arschloch erwartet mich schon bei meinem Spind, um mir zu sagen, dass ich zum dritten Mal zu spät komme und dies als eine mündliche Warnung verstehen soll.

»Sorry«, murmle ich.

»Sorry reicht nicht«, zischt er. »Sei doch einfach pünktlich. So schwer ist das nicht.«

Dann verschwindet er, und ich stecke meine Sachen in den Spind, ziehe die Schürze an und bemerke, dass einer der Köche, Perry, mitbekommen hat, dass ich die Augen über unseren Manager verdreht habe. Aber er nickt und lacht nur leise, offenbar hat er Verständnis. Ich zucke mit den Schultern und lächle zurück.

Nach der Hälfte meiner Schicht, gegen vier Uhr, steht eine junge Frau in der Schlange, etwas älter als ich. Sie starrt mich an. Als sie an der Reihe ist, tritt sie an den Tresen und lächelt mich komisch an. Als sollte ich sie kennen oder so, aber ich kenne sie nicht.

»Hi«, sagt sie zögernd, ihr Blick huscht zu meinem Namensschild. »Eden.«

Ich erwidere ihr Lächeln. »Womit kann ich Sie glücklich machen?«

»Oh, ähm …« Sie schaut sich verwirrt um, als wäre sie eher zufällig in einem Café gelandet und auf diese Frage nicht vorbereitet gewesen. »Könnte ich einfach einen …? Hm, keine Ahnung. Was trinken Sie am liebsten?«

»Ich?«, wiederhole ich. »Puh, das hat ja noch niemand gefragt. Also, mit einem Pumpkin Pie Latte macht man schon mal nichts falsch. Manchmal gebe ich noch etwas Vanille dazu, das mag ich gern, aber …«

»Klingt super«, sagt sie, den Blick so intensiv auf mich gerichtet, dass ich wegschauen muss.

»Super«, wiederhole ich. »Zum hier Trinken oder Mitnehmen?«

»Hier trinken«, sagt sie erst, dann aber überstürzt: »Nein, zum Mitnehmen, glaube ich. Ja, zum Mitnehmen.«

»Okay, auf welchen Namen?«, frage ich, Stift in der Hand, die Spitze schon am Becher.

»Gen«, sagt sie leise. »Mit G.«

Mein Herz will zu rasen anfangen, wird aber von der doppelten Dosis des Medikaments in Schach gehalten, die noch durch meinen Körper zirkuliert. Ich schaue sie genauer an, sie mich auch. Ich habe vor ein paar Monaten im Internet nach ihr gesucht. Für mich war sie bisher nur ein statisches Foto auf meinem Computermonitor. Jetzt erkenne ich sie, aber es ist trotzdem anders, sie direkt vor mir stehen zu haben. »Du bist Gennifer?«, keuche ich. »Gen«, verbessere ich mich.

Sie nickt, lächelt noch mal – und da fällt mir auf, wie schön ihr Lächeln ist. Die Art Lächeln, die über alle möglichen schlimmen Dinge hinwegtäuscht. »Du hast nicht zufällig kurz Zeit, oder?«

Perry übernimmt für mich, während ich mich mit ihr an einen Tisch in der Ecke setze.

»Sorry«, sagt sie dann. »Ich bin auf dem Weg zur Anhörung durch die Stadt gekommen und wusste, dass du hier arbeitest. Dein Bruder hat es mal erwähnt – ich hab dich nicht gestalkt oder so.« Sie lacht. »Man sieht euch jedenfalls an, dass ihr verwandt seid.«

»Oh«, mehr bekomme ich nicht raus. Keine Ahnung, wie ich vergessen konnte, dass mein Bruder sie kennt – sie waren schließlich befreundet, das hat er mir sogar erzählt. Offenbar sind sie es noch.

»Ich wollte nicht, dass wir uns zum ersten Mal bei Gericht begegnen. Ist das irgendwie komisch?«, fragt sie und nippt an ihrem Latte. »Der ist echt lecker übrigens.«

»Nein, das ist nicht komisch«, versichere ich ihr.

»Ich weiß ja, dass wir untereinander nicht reden sollen, aber …« Ihr Blick wandert zum Fenster hinaus, ihr Lächeln erstirbt. »Fragst du dich auch manchmal nach dem Warum? Warum er so was …?« Sie unterbricht sich. »Irgendwie bleibe ich immer wieder an dieser Frage hängen. Ich habe ihn sogar gefragt. Am nächsten Tag. Ich bin noch in der Nacht nach Hause, habe meiner Mitbewohnerin erzählt, was passiert ist, und sie hat mich ins Krankenhaus gebracht. Es wurde ein Rape Kit gemacht, und das war furchtbar, aber ich wollte nicht gleich Anzeige erstatten, weil ich dachte, es gibt einen *Grund*. Weißt du, was ich meine?«

»Ich … Ja, glaub schon«, erwidere ich, denn obwohl wir ja absolut nicht miteinander reden sollen, will ich so verzweifelt wissen, was sie zu sagen hat.

Sie setzt sich ein bisschen aufrechter hin. »Ich wollte glauben, dass es ihm einfach nicht bewusst war oder er einen Aussetzer hatte oder … Aber wie sich herausstellte, hab ich …« Sie unterbricht sich wieder. »Ich hab ihn einfach nicht gekannt. Null.«

Eine sonderbare Erkenntnis schlängelt sich durch mein Hirn, während ich ihr zuhöre. Ich glaube, ich habe mir noch nie Gedanken über das Warum gemacht. Denn tief in mir drin, an einem Ort, den man mit logischem Denken nicht erreicht, wusste ich die vermeintliche Antwort. Dass er es getan hatte, weil *ich* es irgendwie provoziert hatte. Ich konnte nie genau sagen, wie. Ob es einen oder viele Auslöser gegeben hatte. Und mein Kopf konnte so lange protestieren, wie er wollte, mir sagen, dass es nicht meine Schuld war, aber in meinem Herzen war mir von Anfang an klar, dass es an mir lag.

Bis jetzt, vielleicht.

»Ich dachte echt, ich kenne ihn«, wiederholt sie. »Ich habe ihm getraut.«

»Ich auch«, höre ich mich sagen.

Sie sieht mich an und versucht zu lächeln, aber diesmal wenig überzeugend. »Tut mir leid, dass ich dich damit einfach so überfalle.«

»Schon okay«, sage ich. »Ich kann das echt verstehen.«

»Ja«, sagt sie leise. »Das dachte ich mir.«

Ich kann nur nicken. Mir gehen so unendlich viele Dinge durch den Kopf, die ich liebend gern sagen würde, aber ihr gegenüber nicht äußern darf.

»Du musst wieder an die Arbeit, schon klar. Ich hoffe, ich hab dir jetzt nicht den ganzen Tag ruiniert oder dich runtergezogen oder …«

»Nein, hast du nicht. Ich bin froh, dass wir uns so kennengelernt haben.«

»Ich glaube, ich wollte dir einfach persönlich sagen, wie …« Sie fährt mit dem Finger über den Rand des Bechers, während sie nach dem richtigen Wort sucht. »Dankbar. Wie dankbar ich bin, dass ich das nicht allein machen muss.«

»Ich auch«, erwidere ich. »Gäb es da nicht dich und Amanda, ich glaube, ich hätte gar nicht …« Ich schüttle den Kopf, kriege den Satz nicht mal beendet.

»Ich habe den Eindruck, dass du es auch allein gekonnt hättest«, sagt sie und schiebt mir den Bon über den Tisch, auf den sie schon ihre Nummer geschrieben hat. »Für danach. Wenn wir alles hinter uns haben. Wenn du willst?«

Während ich ihr nachsehe, beobachte, wie sie in ihren Wagen steigt und davonfährt, wird mir bewusst, dass es eine Version dieser Geschichte gibt, in der Gen kein Wort sagt. Sie lässt die Sache einfach auf sich beruhen, fragt sich nur endlos nach dem Warum. In der Amanda wütend und verängstigt und verletzt bleibt und mir weiter die Schuld an allem gibt. In dieser Version verliere ich mich selbst und finde nie wieder zu mir zurück. Und zum ersten Mal begreife ich – im Kopf *und* im Herzen –, warum wir das wirklich machen.

Für uns.

Wir machen das für uns. Und irgendwie macht diese Erkenntnis das alles noch mal viel beängstigender und realer.

JOSH

Ich sitze lesend im Bett, als ich Dominic rufen höre:»Deine Freundin ist hier!« Ein Blick aufs Handy verrät mir, dass es noch nicht mal fünf Uhr ist. Sie kommt in mein Zimmer und schließt die Tür hinter sich. Sie trägt noch die Schürze.

»Hat Mr. Arschloch dich früher gehen lassen?«, frage ich. Sie schüttelt den Kopf und lässt ihre Tasche fallen, als wäre sie zu schwer, um sie noch eine Sekunde länger zu tragen. Ihr Blick ist irgendwie entrückt. Sie zieht die Schuhe aus und kommt auf mich zu. Ich lege mein Lehrbuch auf den Nachttisch, weil sie direkt zu mir krabbelt und sich an mir einrollt.

»Hey, alles okay?« Ich schließe sie in die Arme, ihre Haare riechen noch nach Kaffee – sie war also nicht mal bei sich, sondern ist direkt zu mir gekommen. Ich muss sofort an ihren beschissenen Manager denken, an den Koch, der sie immer so anlechzt.»Eden, ist was passiert?«

»Nein«, flüstert sie.»Du hast mir bloß gefehlt.«

»Sicher?«

»Ja«, flüstert sie an meinem Hals.

»Du würdest mir aber sagen, wenn einer dieser Typen aus dem Café irgendeinen Blödsinn angestellt hätte?«

Da sieht sie mich endlich an, schaut mir forschend ins Gesicht, hat offenbar keine Ahnung, wovon ich spreche. »Was meinst du? Welche Typen?«

»Ach, nichts«, winke ich ab und schüttle den Kopf. »Nichts.«

Wir verbringen den Rest des Wochenendes im Bett. Die Hälfte der Zeit dösen wir, die andere erkunden wir einander zur Abwechslung mal bei Tageslicht. Mehr schlafen, mehr Sex, außerdem füttern wir uns gegenseitig mit Kuchenresten. Himmlisch.

Sonntagnachmittag wird Sonntagnacht, und dann muss ich sie gehenlassen. Aber ich will einfach noch mehr Zeit mit ihr. Sie überlässt mir den Verbandwechsel, und dann sehe ich ihr beim Packen zu. Beim Verabschieden versuche ich noch ein letztes Mal, sie zu überzeugen, dass ich doch mitkommen darf.

»Ich kann nachvollziehen, was du gesagt hast«, setze ich an. »Aber ich muss ja auch nicht im Gerichtssaal selbst sein, ich könnte einfach davor und danach für dich da sein.«

»Du *bist* doch davor für mich da.« Sie nimmt meine Hand. »Und danach erwartest du mich doch auch hier, oder?«

Ich nicke. »Klar.«

»Danke. Das ist genau, was ich von dir brauche«, sagt sie, und ich versuche, ihr zu glauben.

Wir küssen uns zum Abschied, und mir tut es richtig im Herzen weh, sie jetzt wahrscheinlich eine Woche lang nicht zu sehen. Fast macht es mir Angst, wie sehr ich nach nur einem Monat an ihr hänge.

»Du kannst jederzeit deine Meinung ändern, okay?« Ich lehne in ihrem Autofenster. »Wenn du möchtest, dass ich nachkomme, komme ich sofort nach.«

Sie lächelt und sagt: »Okay.« Dabei habe ich das starke Gefühl, dass sie ihre Meinung nicht ändern wird.

Ich küsse sie noch mal, drücke ihre Hand und sage ein letztes Mal: »Ich liebe dich.«

Und dann stehe ich auf dem Bürgersteig mit demselben hilflosen Gefühl wie vorhin, das sich immer tiefer in meinen Bauch bohrt, je kleiner ihr Auto in der Ferne wird.

EDEN

MOM FÄHRT CAELIN UND MICH am Morgen zum Gericht. Lane erwartet uns direkt hinter der Sicherheitskontrolle und bringt uns zu dem Saal, in dem wir unsere Aussagen machen müssen. Es gibt wesentlich weniger Holz, als ich erwartet hatte, als man immer im Fernsehen sieht. Wesentlich weniger von allem. Der Raum ist rein zweckmäßig eingerichtet. Keine Wärme, kein Charakter, kein Schmuck jeglicher Art. Niemand spricht, also hört man nur unsere Atemzüge, die von der Weite verschluckt werden.

Die Staatsanwältin kommt wenige Minuten später in hochhackigen Schuhen und einem makellosen Kostüm hereinmarschiert, was definitiv keine legere Geschäftskleidung ist. Ihr folgen Amanda mit ihrer Mutter, außerdem Gen, die heute irgendwie jünger aussieht als im Café. Sie wird von einem älteren Mann begleitet, der, wie ich schätze, ihr Vater ist.

Die Eltern begrüßen sich wie bei einer Beerdigung, sehr leise und ernst. Gen kommt auf mich zu, und für einen Moment kriege ich Angst, dass sie mich umarmen könnte oder so was, und so verrät, dass wir uns schon mal gesehen haben. Aber eigentlich kommt sie auf meinen Bruder zu, den sie kurz in die Arme schließt.

Er klingt ganz anders, als er sagt: »Hi Gen, Mandy, Mrs. A.« Doch als Amanda und ihre Mutter nicken und ihn höflich anlächeln, wird mir bewusst, dass er gar nicht anders klingt, sondern wie früher – wie der Caelin, der sich seit Monaten nicht gezeigt hat. Es ist merkwürdig, ihn hier zu sehen. Als jemanden, der nicht nur mein Bruder ist, sondern all diesen Menschen auch etwas bedeutet.

Wir drei – Amanda, Gen und ich – begrüßen uns verlegen und schauen einander an, als würden wir uns selbst in Zerrspiegeln sehen. Wir lächeln einander an, runzeln die Stirn, wenden die Blicke ab.

»Nun«, sagt Staatsanwältin Silverman. Ihre Stimme schneidet durch die von sämtlichen Emotionen dichte Luft. »Wir wollen einfach kurz durchgehen, was uns in dieser Woche bevorsteht, damit alle Bescheid wissen. Wenn Fragen offenbleiben, können wir jetzt alles klären. Morgen stehen die ersten Zeugenaussagen an. Wie Sie ja wissen, müssen Sie sich alle getrennt voneinander aufhalten. Wir haben ein Zimmer am Ende des Flurs, wo Sie warten können, bis Sie aufgerufen werden.«

Gennifers Vater, dessen Namen ich sofort wieder vergessen habe, sagt: »Zu diesem Zeitpunkt sitzen noch keine Geschworenen bei, nicht wahr?«

»Das ist richtig«, antwortet Lane. Sie klingt viel zu aufgedreht. »Eine Anhörung unterscheidet sich eigentlich kaum von einem Prozess. Stellen Sie es sich einfach wie eine Vorverhandlung vor, bei der nur noch keine Geschworenen anwesend sind. Der Teil kommt erst später.«

»Aber er wird hier sein, in diesem Saal, wenn die Mädchen ihre Aussagen machen?«, fragt er.

Ich sehe, dass Mrs. Armstrong die Zähne zusammenbeißt, und frage mich, ob Gennifers Vater weiß, dass sie auch Kevins Mutter ist. Ich frage mich, was sie gerade denkt.

Was sie überhaupt denkt, wenn der Name ihres Sohnes fällt. Schönes kann es nicht sein.

»Ja«, sagt die Staatsanwältin, während sie uns zum Zeugenstand bringt und uns auffordert hineinzutreten. »Also, Kevin wird mit seinem Anwalt dort sitzen.« Sie zeigt zu einem der Tische, die nun vor uns sind. »Ich werde dort sein.«

»Und ich da«, sagt Lane und deutet in den Zuschauerbereich. »Auf eurer Seite mit den Detectives, die an eurem Fall beteiligt waren, und allen anderen, die ihr dabeihaben wollt. Wenn ihr also jemand Vertrautes angucken wollt, schaut einfach zu mir.«

Ich kann nicht aufhören, den Tisch anzustarren, an dem Kevin sitzen wird.

»Alles okay?«, fragt meine Mom leise.

»Das ist einfach sehr nah.« Mehr bringe ich nicht raus. Wo sind denn die riesigen, prächtigen Säle, die man aus dem Fernsehen kennt, wenn man sie braucht. Der hier ist winzig. Klaustrofuckingphobisch. Irgendwo in den 1980ern hängen geblieben. Ich will aufzeigen. Ich habe eine Frage: *Wieso ist dieser Tisch so fucking dicht am Zeugenstand?* Das würde ich gern schreien. *Wer hat sich den Scheiß denn ausgedacht?*

»Morgen geht es also los«, sagt die Staatsanwältin mit einem selbstsicheren Nicken. »Lasst euch nicht aus der Ruhe bringen und seid ehrlich. Wenn ihr die Antwort auf eine Frage nicht wisst, ist es völlig in Ordnung, das auch so zu sagen. Habt eure Handys griffbereit. Falls es Änderungen am Zeitplan oder der Reihenfolge gibt, melde ich mich.«

Mom lädt Caelin und mich danach zum Essen ein, und zwar genau in der Autobahnraststätte, wo Josh und ich an jenem Tag letzten Dezember waren, als er meinetwegen hergefahren war. Hier habe ich ihm von Kevin erzählt, von mir, von allem.

Schweigend wählen wir aus.

Mich irritiert die ganze Herbstdeko – überall Kürbisse, Gespenster, Erntekörbe. Ich denke über Zeit nach. Es hat so wahnsinnig lange gedauert, hier anzukommen, und trotzdem fühle ich mich nicht vorbereitet. War nicht gerade noch Sommer? Oder Frühling? Oder Winter, als ich mit Josh zuletzt hier war, an dem Tisch da drüben am Fenster. Als ich ihm alles anvertraute, mein Herz, meine Seele, mein Alles.

Später, im Auto, sieht Mom uns abwechselnd an und sagt: »Euer Vater war nie gut darin, über seine Gefühle zu sprechen. Aber er gibt keinem von euch die Schuld an dem, was passiert ist. Das müsst ihr wissen. Er ist nur immer noch so wütend.« Das ist ihr Versuch einer Erklärung.

»Aber auf *wen*?«, erwidert Caelin. »Das ist ja die eigentliche Frage.«

»Auf dich jedenfalls nicht«, sagt Mom. Dann dreht sie sich zu mir um. »Und auf dich auch nicht.«

Ich nicke, weil ich das sogar irgendwie verstehen kann. Diese Art Wut. Diese Art Sprachlosigkeit. Vielleicht zu gut.

Ich rufe Mara an, als wir zu Hause sind. Eigentlich wollte ich mich mit ihr über legere Geschäftskleidung auslassen. *Was soll das überhaupt sein?*, höre ich mich selbst sagen und dann fragen, ob ich mir für morgen einen Blazer von ihr leihen kann. Aber als sie sich meldet, ändert sich was.

»Hi«, sage ich. »Hast du heute Nachmittag schon was vor?«

Ich frage sie, ob wir uns beim Spielplatz treffen wollen. Dem Spielplatz, wo wir erst als Kinder waren und dann später zum Trinken und Rauchen und Kiffen mit irgendwelchen Fremden, alles nach Josh und vor Cameron.

Unser riesiges Holzschloss – unser eigenes Zauberreich – steht nach all den Jahren noch.

Als ich auf den Parkplatz biege, wartet sie schon auf mich.

Sitzt auf der Schaukel, die aussieht wie ein Pferd. Schwingt vor und zurück, seitlich darauf sitzend. Meine Scheinwerfer strahlen sie kurz an. Kaum bin ich ausgestiegen, rammt sie schon gegen mich und umklammert mich.

»Mein Gott, was hast du mir gefehlt«, wimmert sie. »Ich bin so froh, dich zu sehen, Edy.«

»Du hast mir auch gefehlt«, sage ich und meine das auch so, obwohl sich alles irgendwie anders anfühlt. Ich habe sie erst vor einem Monat das letzte Mal gesehen, aber so viel hat sich bei mir verändert.

Wir klettern in den höchsten Turm und setzen uns gegenüber voneinander in den Schneidersitz. Sie lacht immer wieder so nervös, und ich weiß nicht, wie ich das deuten soll. »Und, ist Josh gut zu dir?«, fragt sie. »Trägt dich auf Händen?«

»Er ist sehr gut zu mir«, sage ich, bringe im Gegensatz zu ihr aber kein Lächeln zustande. »Er wollte mitkommen. Für mich da sein. Aber ich habe abgelehnt.«

Sie nickt, jetzt mit ernstem Gesicht. »Warum?«

Ich zucke mit den Schultern. »Keine Ahnung.«

Mara schaut zu ihren Händen. »Edy, darf ich dich was fragen?«

»Klar.«

»Warum hast du es mir nie erzählt?«

Ich öffne den Mund, will etwas erwidern, überlege es mir dann doch anders. »Ich hätte fast wieder ›Keine Ahnung‹ gesagt. Wirklich lange habe ich gedacht, dass ich wirklich keine Ahnung habe. Und dann war es auch einfacher, nur ›Keine Ahnung‹ zu sagen, statt eine ellenlange Liste runterzulassen.«

»Ich möchte die ellenlange Liste aber hören«, sagt sie. »Ich hätte dir doch geglaubt.«

»Das ist vermutlich der oberste Punkt darauf. Du hättest mir geglaubt, und dann hätte ich nicht mehr so tun können, als wäre nichts passiert. Dann hätte ich was unternehmen müssen. Und das konnte ich nicht. Zumindest dachte ich, ich könnte nicht.«

Sie nickt, aber kaut auf ihrer Wange, als würde sie sich was verkneifen.

»Du warst alles, was ich hatte. Ich wollte nicht, dass sich was verändert.«

»Es hätte sich nichts verändert«, erwidert sie.

»Hat es sich aber. Das musst du doch auch spüren? Jetzt ist alles anders.«

Sie senkt wieder den Blick. »Du hast mir nie die Chance gegeben, eine gute Freundin zu sein. Ich hab dich echt wahnsinnig lieb, aber ich bin auch superwütend auf dich. Und ich weiß, wie bescheuert das ist. Ich bin so wütend, weil ich doch für dich dagewesen wäre, wenn ich es gewusst hätte.«

»Ich weiß.«

»Aber ich kann dich auch verstehen«, fügt sie hinzu. »Ich an deiner Stelle hätte mich vermutlich ähnlich verhalten.«

Ich zucke mit den Schultern, nicke, sage: »Vermutlich.«

Einen Moment lang sitzen wir einfach schweigend da und betrachten dieses kleine Fleckchen Erde, der so große Teile unserer Kindheit bezeugt hat und ein paar unserer Highschool-Abenteuer. Irgendwo wird gehupt, was uns aus unseren bittersüßen Tagträumen reißt.

»Darf ich dich um einen großen Gefallen bitten, Mara?«

»Immer.«

»Kommst du mit zur Anhörung?«

»Klar«, sagt sie sofort, ohne zu zögern.

»Ehrlich?«

»Ja. Was muss ich tun?«

»Einfach nur da sein«, sage ich. »Und dich von mir anschauen lassen, während ich meine Aussage mache. Schaffst du das?«

Sie nickt.

»Ich muss alles erzählen, was passiert ist. Alles. Jedes Detail. Vermutlich alles, was jemals zwischen mir und …« Ich huste, räuspere mich. »Mir und ihm passiert ist. Mir und Kevin«, sage ich schließlich. »Aber eben besonders, was in der Nacht passiert ist. Und … Er wird da sein. Ich will einfach nicht, dass ich ihn versehentlich anschaue und dann in Tränen ausbreche oder erstarre oder einen Wutausbruch kriege oder so.«

»Würde es helfen, wenn du es mir jetzt schon mal erzählst?«, fragt sie. »Zum Üben.«

»Vielleicht.«

Ich erzähle ihr von dem Monopolyspiel am Abend und wie er mit mir geflirtet hat, obwohl ich damals gar nicht kapiert habe, dass das Flirten war. Ich erzähle ihr, wie ich um 2.48 Uhr aufwachte und ihn in meinem Bett vorfand – wie ich auf die Uhr geschaut habe, weil ich mir nicht erklären konnte, was er in meinem Zimmer wollte. Wie ich dachte, dass das ein blöder Scherz von ihm war. Wie er plötzlich über mir war, mir den Mund zuhielt und meine Arme packte. Wie er mit vollem Gewicht auf mir lag, mir wehtat, mir sagte, ich solle die Klappe halten. Er würgte mich. Er lachte nicht. Er war ernst. Das war kein Scherz.

Mara drückt meine Hände so wahnsinnig fest.

»Und was ist dann passiert?« Mara starrt mich mit sehr weit geöffneten Augen an, ohne zu blinzeln. Sie nickt mir vom anderen Ende des Saals zu.

»Er zog meine Unterwäsche runter und riss mein Nachthemd mit solcher Wucht hoch, dass es riss«, sage ich. »Und dann steckte er es mir in den Mund.«

»Warum?«, fragt Staatsanwältin Silverman.

Aus dem Augenwinkel sehe ich, dass sein weißhaariger

Anwalt den Kopf hebt, seine Hand in die Luft saust, aber ich halte den Blick auf Mara gerichtet. »Spekulation«, sagt er.

»Was ist dann passiert? Mit dem Nachthemd in Ihrem Mund?«, fragt sie also.

»Ich wollte schreien, aber konnte nicht.«

»Wie ging es weiter?«

»Er versuchte, meine Beine auseinanderzudrücken. Ich bekam einen Arm frei, schlug nach ihm, aber dann packte er mich nur noch fester, würgte mich heftiger. Er sagte immer wieder, dass ich aufhören, dass ich stillhalten sollte. Hab ich aber nicht, und er wurde immer wütender.« Ich räuspere mich.

»War er laut?«

»Er hat geflüstert, in mein Ohr. Sein Gesicht war direkt neben meinem, und er sagte ›jetzt mach schon‹. Daran erinnere ich mich deutlich, weil ich nicht wusste, was ich eigentlich machen sollte.«

»Wie alt waren Sie an diesem 29. Dezember?«

»Ich war im November vierzehn geworden.«

»Und Kevin sollte bald zwanzig werden, nicht wahr?«

Ich schaue sie an. Stimmte das? So alt war er da schon? Ich weiß es nicht. Aber ich habe sowieso keine Zeit zu antworten, weil sein Anwalt wieder die Hand hebt, diesmal lachend. »Euer Ehren, inwiefern ist das relevant?«

»Waren Sie zu dem Zeitpunkt sexuell aktiv?«

»Nein. Ich hatte noch nicht mal jemanden geküsst.«

»Noch mal die Frage.« Wieder die Hand. »Inwiefern ist das relevant?«

Die Staatsanwältin fährt zu Weißhaar herum und spuckt ihm die Antwort förmlich hin. »Ich versuche gerade zu zeigen, warum eine Dreizehnjährige nicht weiß, was ein Zwanzigjähriger von ihr will, wenn er ›jetzt mach schon‹ zu ihr sagt.«

Jetzt steht er auf, nimmt seine winzige Brille ab und schüttelt den Kopf, lässt sogar den Mund ein bisschen offen, um zu verdeutlichen, wie groß seine Einwände sind. »Euer Ehren …«, mehr sagt er nicht.

»Abgelehnt«, sagt sie und wendet sich wieder mir zu. »Was ist passiert, nachdem er ›jetzt mach schon‹ forderte?«

Ich schaue Mara fest in die Augen. »Er hat meine Beine auseinandergezwängt. Ich … Ich wurde schwächer. Ich bekam keine Luft.«

»Wegen des Nachthemds in Ihrem Mund?«

»Ja, und weil er mich immer heftiger würgte.«

»An was erinnern Sie sich als Nächstes?«

»Er … ähm …« Ich schließe die Augen. Ich versetze mich gedanklich zurück auf den Spielplatz. Nur Mara und ich. Die laue Nacht um uns. Mara, die meine Hand hält.

»Brauchen Sie eine Pause?«

Ich öffne die Augen. »Nein.«

»Was ist dann passiert?«

»Er hat mich vergewaltigt«, sage ich schließlich. Das Wort klingt viel zu klein und einfach, um seine gesamte Bedeutung zu vermitteln.

»Okay, und hat er Ihnen wehgetan?«

»Ja.«

»Wusste er, dass er Ihnen wehgetan hat?«

»Euer Ehren.« Er hebt die Hand und steht auf. »Spekulation. Erneut.«

»Ich formuliere die Frage neu. Konnten Sie ihm irgendwie vermitteln, dass er Ihnen wehtat?«

»Ich habe geweint. Er hat mich ja gewürgt, deshalb konnte ich weder sprechen noch schreien. Und weil er mich festhielt, konnte ich mich nicht bewegen, aber ich habe geweint. Mir ist erst später aufgefallen, dass ich geblutet habe. Er wusste, dass er mir wehtut – er wollte mir wehtun.«

Weißhaar hebt erneut die Hand, diesmal fast gelangweilt, und er schaut nicht mal wirklich von seinen Blättern auf. »Ich bitte um Streichung von allem nach ›Ich habe geweint.‹ Damit hat sie die Frage bereits beantwortet.«

Maras Gesicht läuft rot an.

Ich möchte den Kerl so dringend ansehen, will, dass er mich ansieht, während er meine Worte auslöschen lässt. Aber ich starre weiter Mara an, lasse sie wütend sein – für uns beide. In diesem Moment weiß ich, dass ich die richtige Entscheidung getroffen habe. Ich hätte es nicht ertragen, wenn Josh das hätte mitanhören müssen. Aber allein hätte ich es auch nicht ertragen.

»Wissen Sie, wie lange er Sie vergewaltigt hat?«

»Fünf Minuten.«

»Wieso wissen Sie das so genau?«

»Als ich mich wieder bewegen konnte, habe ich auf die Uhr gesehen. Ich weiß noch, dass es sich angefühlt hat wie Stunden. Ich dachte, die Uhrzeit stimmt nicht.«

»Was ist dann passiert?«, fragt sie. Ich denke nach, versuche, die Ereignisse in die richtige Reihenfolge zu bringen, aber mein Verstand will immer wieder zum Ende springen. »Was ist das Nächste, woran Sie sich erinnern?« Sie formuliert die Frage um, als würde sie meine Gedanken lesen.

»Er hörte auf mich zu würgen und riss das Nachthemd aus meinem Mund. Ich fing an zu husten, und er sagte andauernd, ich solle still sein. Er strich mir das Haar aus dem Gesicht – das klebte da, weil es von den Tränen nass war. Er wollte, dass ich ihn ansehe.«

Hand fliegt in die Luft.

»Er *sagte*: ›Sieh mich an‹«, korrigiere ich mich. Allmählich begreife ich – Gefühle sind hier nicht erwünscht, Gefühle sind keine Fakten. »Er verlangte, dass ich ihm zuhöre, und dann hielt er mein Gesicht so, dass ich ihm in die Augen sehen musste.«

»Er hat gesagt, Sie sollen zuhören. Was hat er dann gesagt?«

»Er hat gesagt: ›Niemand wird dir glauben. Niemals.‹«

»Und dann? Ist er gegangen?«

»Nein. Er hat sich aufgesetzt, kniete aber noch immer zwischen meinen Beinen. Und dann hat er mich angestarrt – meinen Körper. Ich habe versucht, mich zu bedecken, aber er hat meine Hände immer wieder weggerissen. Und dann verlangte er, dass ich ihm verspreche, es niemandem zu sagen.«

»Haben Sie es ihm versprochen?«

»Ja.«

»Warum?«

»Er hat gesagt, wenn ich es jemandem erzähle, bringt er mich um. Er hat gesagt: ›Ich schwöre bei Gott, sonst bring ich dich um.‹ Nach dem, was gerade passiert war, glaubte ich ihm.«

»Und dann ist er gegangen?«

»Nein.« Ich höre, dass meine Stimme zittert. Meine Kehle macht zu, genau wie in jener Nacht.

»Was ist als Nächstes passiert?«

Jetzt kann ich nicht mal Mara ansehen – den Teil hab ich im Holzschloss ausgelassen. Ich huste, versuche, mich zu räuspern. »Er … ähm … er hat mich geküsst. Und dann ist er aufgestanden, hat seine Unterhose wieder angezogen und mir gesagt, ich soll weiterschlafen.«

»Und dann ist er gegangen?«

»Ja.«

»Vielen Dank. Keine weiteren Fragen.«

Ich atme auf. Ich sage mir, dass ich mich gut geschlagen habe. Aber dann steht sein Anwalt auf, knöpft sein Jackett zu und lächelt mich an. Genauso, wie Kevin mich in jener Nacht angelächelt hat. Nachdem er mir seine Zunge in den Mund gestoßen und bevor er seine Boxershorts wieder angezogen hat – das habe ich vergessen zu erwähnen. *Er hat mich ge-küsst, mich angelächelt, und dann ist er aufgestanden.* Zu spät.

»Guten Tag, Eden«, fängt er an und tut so, als wäre er ein menschliches Wesen. »Ich werde mich kurzfassen, habe nur ein paar Fragen. Wie lange kennen Sie Kevin?«

»Seit ich sieben oder acht war. Damals hat sich mein Bruder mit ihm angefreundet.«

»Und waren Sie nicht mal in ihn verliebt?«

»Wie bitte?«

»Verliebt?« Er zuckt mit den Schultern. »Sie wissen schon. So eine kindliche Schwärmerei?«

»Vielleicht als ich jünger war, aber das bedeutet ja nicht …«

»Antworten Sie bitte nur mit Ja oder Nein.«

Die Sache mit dem Schwärmen ist ja, dass man weiß, wie unerreichbar das Objekt ist, und wenn man ganz ehrlich ist, will man ja gar nicht wirklich was von seinem Schwarm, selbst wenn sich die Möglichkeit böte. Aber antworten darf ich ja nur mit: »Ja.«

»Und an jenem Abend wollten Sie mit Kevin spielen. Monopoly, nicht wahr?«

Ich wollte nicht mit ihm spielen, das war seine Idee. Wann habe ich das erwähnt? Habe ich das erwähnt? Heute? Ich kann mich nicht erinnern. Aber Moment, wieso soll das überhaupt wichtig sein?

»Eden, würden Sie die Frage beantworten?«

»Wir haben Monopoly gespielt.«

»Das Brettspiel?«

Natürlich das fucking Brettspiel. Ich schaue zur Staats-anwältin. Das sind ernsthaft seine Fragen? Ich dachte, wie bleiben bei der Aussage, die ich bei der Polizei gemacht habe?

»Eden?«

»Ja, das Brettspiel Monopoly.«

»Und an jenem Abend, als Sie mit Kevin Monopoly spielten, haben Sie ihm da nicht gesagt, dass Sie gern einen Freund hätten?«

»Das habe ich nicht gesagt.«

»Aber Sie haben Kevin gefragt, ob er eine Freundin hat, nicht wahr?«

Ich schüttle den Kopf. Was soll das?

»Keine Ahnung.« Ich schließe die Augen, versuche, mich zu erinnern. »Nein. Nein, wir haben über die Freundin meines Bruders gesprochen. Er hat mit ihr telefoniert, deshalb waren Kevin und ich ja allein. Er war es, der das Spiel geholt hat«, füge ich hinzu, weil ich mich jetzt deutlicher erinnere. »*Monopoly*.«

»Okay, und dann haben Sie Kevin gefragt, ob er eine Freundin hat.«

»Vielleicht habe ich …«

»Ja oder Nein.«

»J-ja.«

»Eingangs sagten Sie, Sie waren zu diesem Zeitpunkt vierzehn?«

»Ja.«

»Wussten Sie damals, wie alt Kevin war?«

»Er war fast zwanzig.« Ich wiederhole, was die Staatsanwältin gesagt hat.

»Also war er neunzehn, nicht wahr?«

»Ja.«

»Aber wussten Sie damals, wie alt er war?«

Jetzt zweifle ich an mir. Was dachte ich? Dass er achtzehn war? Neunzehn? Zwanzig? »Ich kann nicht sagen, ob ich es damals genau wusste.«

Die Staatsanwältin steht auf und seufzt. »Führt diese Fragerei irgendwohin?«

»Wusste er, wie alt Sie waren?«

Sie hat sich gerade wieder gesetzt, schnellt jetzt aber wieder hoch. »Spekulation, Euer Ehren.«

»Haben Sie darüber gesprochen, wie alt Sie sind?«

»Er wusste, dass ich in die Neunte gehe.«

»Ja oder nein – haben Sie über Ihr Alter gesprochen?«

»Nein.«

Und so geht es gefühlte Stunden weiter. Unsinnige Fragen zwischen ein paar relevanten, an die er immer ein *ja?* oder *nicht wahr?* hängt. Jede meine Antworten wird in immer kleinere Einheiten zerhackt, bis sie keinen Sinn mehr ergeben.

»Eine letzte Frage, Eden. Haben Sie Nein gesagt?«

»Habe ich was?«

»Haben Sie an irgendeinem Punkt Nein gesagt in jener Nacht?«

»Ich konnte nicht sprechen. Er hat sofort meinen Mund zugehalten, und dann hat er …«

»Haben Sie Nein gesagt?«

»Ich habe mich gewehrt, ich habe ihn geschlagen, ich …«

»Aber haben Sie ein einziges Mal Nein gesagt?«

Ich sehe zu Mara, zu Lane, zu Silverman.

»Ich … Ich habe doch schon gesagt, dass ich nicht sprechen konnte.«

»Euer Ehren, würden Sie die Zeugin bitten, die Frage zu beantworten?«

»Beantworten Sie die Frage«, sagt der Richter.

»Nein, aber …«

»Vielen Dank«, sagt er und lächelt wieder, als hätte ich ihm gerade einen Kaffee gegeben oder so was. »Keine weiteren Fragen.«

Und als er sich umdreht und zu dem Tisch zurückkehrt, mache ich den Fehler, ihm nachzusehen – diesem alten, gebrechlichen, weißhaarigen, verknöcherten Monster –, und als er sich setzt, wandert mein Blick ein Stück zu weit, und ich sehe ihn an. Kevin. Und er sieht mich an. Ich bin wie versteinert, wie in jener Nacht.

In meinen Ohren rauscht es, als wäre ich am Meer. Ich schließe die Augen. Ich gehe. Ich verlasse meinen Körper. Verschwinde. Bin weg. Komme erst in der Toilette wieder zu mir, Lane ist bei mir, sagt mir, wie gut ich das gemacht habe. »Gut«, ist das Wort, das sie benutzt. Es hallt in meinem Kopf nach. *Gut gut gut.* Und sie lächelt mich im Spiegel an.

Ich schaue zu meinen Händen – ich wasche sie. Ich habe den Verband zerrupft, die beiden roten Striemen auf meiner Hand, die gerade verschorft waren, sind aufgekratzt und bluten. Ich erinnere mich nicht daran, das getan zu haben. Ich erinnere mich nicht daran, den Verhandlungssaal verlassen zu haben.

»Wie kann dieses Monster von Anwalt denn bitte nachts schlafen?«, fragt Mara.

»Ich will hier raus«, sage ich laut, an niemanden gerichtet.

Lane berührt meine Schulter, und ich zucke zusammen.

»Entschuldige. Aber du hast das wirklich großartig gemacht, ganz ehrlich.«

»Mir egal. Es ist vorbei. Ich will nur hier raus.«

JOSH

EDEN HAT MICH GESTERN um Mitternacht angerufen, um mir zum Geburtstag zu gratulieren. Sie hat erzählt, dass sie über meine Worte nachgedacht hat, das nicht allein durchstehen zu müssen, und deshalb Mara gefragt, ob sie mitkommt. Ich blieb am Telefon, bis sie eingeschlafen ist. Sie hat es nicht gesagt, aber ich habe gespürt, dass sie ziemlich nervös war. Ich wünschte, sie hätte mich mitkommen lassen.

Ich war den ganzen Tag abgelenkt und habe auf eine Nachricht von ihr gewartet. Während der Teambesprechung am Morgen war ich so in Gedanken, dass der Coach mich richtig zusammengestaucht hat. Selbst Dominic hat mich danach zur Seite genommen und gefragt, was los ist.

»Nichts«, hab ich gesagt. »Bin nur müde.« Was stimmte, denn selbst nachdem Eden gegen zwei eingeschlafen war und ich aufgelegt hatte, konnte ich nicht schlafen.

Ich habe ihr vor dem Nachmittagstraining geschrieben, aber als ich um sechs fertig bin, ist noch immer keine Nachricht von ihr gekommen. Ich rufe sie an, hinterlasse eine Nachricht auf der Mailbox.

»Hi, ich bin's nur. Denke an dich. Hoffe, alles ist okay. Ruf mich an, wenn du kannst. Ich liebe dich. Du fehlst mir.«

Auf dem Nachhauseweg bin ich so in Gedanken versunken,

dass ich gar nichts mitschneide – weder Straßenschilder noch Leute um mich herum. Ich starre nur aufs Handy.

»Josh!«, höre ich die Stimme meiner Mutter, dann ihr Lachen. »Was machst du?«

Ich schaue auf. Ich bin doch glatt am Wohnheim vorbei-gelatscht, an meinen Eltern, die auf den Stufen davor warten, beide mit Kaffeebechern aus dem Café, in dem Eden arbeitet.

»Mit dem Kopf in den Wolken«, sagt Dad, kommt näher und schließt mich in die Arme.

Jetzt steht Mom auch auf und reicht Dad ihren Becher. Sie legt mir die Hände auf die Schulter und hält mich ein Stück von sich weg. Lächelnd mustert sie mich einen Moment lang. »Herzlichen Glückwunsch zum Geburtstag, mein Schatz.«

»Herzlichen Glückwunsch, Josh«, sagt auch mein Vater.

Ich kann echt nicht sagen, ob ich mal glücklicher war, sie zu sehen.

»Du siehst müde aus«, sagt Mom, als wir zu mir hoch-gehen. »Schläfst du genug?«

Ich zucke mit den Schultern. »Keine Ahnung.«

»Keine Ahnung?«, wiederholt sie, eine Oktave höher als normal. Ich werfe ihr einen Blick zu und sehe, dass sie meinen Vater mit aufgerissenen Augen anschaut.

»Mom«, stöhne ich. »Mit mir ist alles in Ordnung.«

Ich schließe die Appartementtür auf und lasse sie rein.

»Wo ist Dominic?« fragt Dad.

»Er ist mit ein paar anderen aus dem Team essen gegangen.«

Mom fragt bemüht lässig: »Und Eden? Wo ist sie?« Sie schaut sich um, als würde sie nach Hinweisen suchen, dass sie hier gewesen ist.

Ich setze mich aufs Sofa im Wohnbereich, und sie folgen mir.

»Sie schafft es heute leider nicht.«

»Wie bitte?«, fragt Mom sehr laut, als sie sich zu mir setzt. In normaler Lautstärke spricht sie weiter: »Sie schafft es nicht zu deinem Geburtstag?«

»Wir haben am Freitag schon vorgefeiert. Sie ist diese Woche unterwegs.«

»Unterwegs?«, wiederholt sie, als wäre das das Absurdeste, was sie je gehört hat. »Mitten im Semester?« Sie schüttelt den Kopf. »*Joshua.*«

»Nein, sag meinen Namen nicht so.«

»Wie denn?«

»Als wäre ich naiv oder würde ausgenutzt oder angelogen oder so was. Bin ich nicht. Werde ich nicht. Das ist es nicht.«

»Okay.« Sie verschränkt die Arme und sieht meinen Dad an, als sollte er genauso bestürzt sein wie sie. »Was ist es dann?«

Ich schiele zu Dad, der auf dem Hocker neben dem Sofa sitzt. Er lächelt mich schräg an, nickt, blinzelt, zieht die Augenbrauen zusammen, nickt zu Mom.

»Was ist hier los?«, fragt Mom, der natürlich nichts davon entgeht. »Was habe ich verpasst?«

Dad seufzt. »Sag's ihr einfach, Joshie.«

»Sag mir was?«, fragt sie und packt sich an den Ausschnitt. »Oh, Gott, bitte sag nicht, dass sie schwanger ist, sag nicht, dass …«

»Nein!«

»Danke, danke, danke«, flüstert sie in ihre gefalteten Hände.

»Wieso ist das das Erste, was euch einfällt? Haltet ihr mich wirklich für so verantwortungslos?«

»Nein«, sagt Mom. »Aber so was passiert halt. Man kann noch so vorsichtig sein, zu neunundneunzig Prozent geht das gut, aber es braucht ja nur das eine Prozent …«

»Oh, mein Gott«, sage ich und werde lauter. »All unsere Gespräche zum Thema Sex haben für immer Narben in meinem Gedächtnis hinterlassen, das kann ich euch gern versichern. Können wir das jetzt abhaken?«

»Erst, wenn du mir erzählst, was los ist«, beharrt Mom. »Mir gefällt das gar nicht. Und mir gefällt es nicht, dass du mit diesem Mädchen zusammen bist, Josh. Ich …«

»Okay«, gebe ich nach. »Hör aber doch bitte auf, so was zu sagen.«

Also erzähle ich ihnen alles. Als ich fertig bin, sitzen sie rechts und links von mir, Mom hat mir einen Arm um die Schultern gelegt, Dad eine Hand aufs Knie. Als ich aufschaue, sehe ich, dass Mom weint.

»Entschuldige«, sagt sie und wischt sich die Tränen weg. »Das ist echt viel, Josh.«

»Ich weiß«, stimme ich zu. »Das war ziemlich viel für sie.«

»Für dich aber auch«, sagt Mom.

»Ach, hör auf.« Ich schüttle den Kopf. »Ich werde doch nicht das, was in mir vorgeht, mit dem vergleichen, was sie durchgemacht hat und noch immer durchmacht.« Jetzt meldet sich Dad zu Wort. »Niemand verlangt, dass du was vergleichst. Aber kannst du dir vielleicht zugestehen, dass das ganz allgemein schwierig ist für eine Beziehung?«

Ich nicke. Er hat ja recht, das weiß ich. Was ich nicht weiß, ist, wie ich ihnen erklären soll, dass es nicht schwierig ist, wenn wir zusammen sind. Wenn wir zusammen sind, fühlt es sich an, als kämen wir damit klar – als kämen wir mit allem klar.

Wir bestellen was zu essen und bleiben bei mir. D und Parker stoßen zu uns. Parker zeigt meinen Eltern das Video vom Hibachi-Restaurant, als alle »Happy Birthday« gesungen haben. Als Eden mich so wahnsinnig leidenschaftlich geküsst hat. Als alle gejubelt haben.

»Zeig noch mal.« Mom schaut sich das Video noch zweimal an. Lächelt dann. »Du siehst sehr glücklich aus, Josh«, sagt sie leise.

Gegen elf brechen sie auf zu ihrem Motel. Draußen, beim Auto, sagt Dad: »Kommt, große Umarmung.« Und dann schlingen sie beide die Arme um mich. An einem anderen Tag hätte ich vielleicht so was Dummes gesagt wie: *Bin ich dafür nicht allmählich zu alt?* Aber nicht heute. Heute lasse ich es einfach zu und bin dankbar.

»Du brauchst mehr Ruhe und Erholung.« Mom tippt mit dem Finger gegen meine Brust. »Hörst du?«

»Ja.«

»Wir haben dich lieb« sagt Dad.

»Ich hab euch auch lieb.«

Ich schaue ihnen nach. Dad winkt aus dem Beifahrerfenster. Ich gehe bis zum Ende des Blocks und zurück, um die Anspannung loszuwerden, die sich schon den ganzen Tag lang in mir anstaut. Dann schaue ich aufs Handy, vielleicht habe ich ja einen Anruf, eine Meldung verpasst.

Noch immer nichts.

Oben versuche ich zu schlafen, aber wälze mich nur hin und her.

EDEN

ES IST FAST MITTERNACHT, als ich auf dem Sofa im Wohnzimmer aufwache. Josh hat mir vor einer Minute geschrieben.

Ich hoffe, du schläfst schon tief und fest.
Hören wir uns morgen? Ich liebe dich

Ich rufe ihn an, er geht sofort dran.

»Hi«, sagt er, und ich möchte beim Klang seiner Stimme sofort in Tränen ausbrechen. »Da bist du ja.«

»Hi«, flüstere ich. Mir tut der Hals weh vom vielen Sprechen. »Tut mir leid, ich hab mich hinlegt, als ich wieder zu Hause war, und niemand hat mich geweckt.«

»Schon okay. Wie …« Er zögert. »Wie geht es dir? Wie war es?«

»Es war eine einzige Scheiße.« Ich ringe mir ein bitteres Lachen ab, damit ich nicht wieder anfange zu weinen.

»Eden, Baby …«, sagt er so sanft, ich lasse mich von seiner Stimme umfangen. »Ich kann gleich morgen früh da sein, wenn du …«

»Nein, mach dir keine Gedanken. Es ist vorbei.«

»Wie bitte?«

»Nein, nein, nicht vorbei-vorbei, nur mein Teil daran.

Meine Mutter und Caelin sind für morgen vorgeladen. Ich schätze, ich bleibe noch einen Tag und komme Donn …« Ich muss husten und greife nach dem Glas mit lauwarmem Wasser, das auf dem Couchtisch steht.

»Alles okay?«, fragt er, dabei halte ich das Handy ein bisschen vom Kopf weg.

»Ja, entschuldige«, krächze ich und trinke dann das Glas fast leer, weil mein Hals so trocken ist. »Donnerstag«, sage ich dann. »Donnerstag komme ich zurück.«

»Wirst du krank?«, fragt er.

»Nein, glaube ich nicht. Mir tut nur der Hals weh, weil ich so wahnsinnig viel geredet habe. Stundenlang. Es hat sich angefühlt, als hätte ich tausend Fragen beantworten müssen.«

Er macht ein Geräusch, das ich nicht deuten kann.

»Dann halte ich dich nicht länger auf, okay? Hab mich gefreut, deine Stimme zu hören, selbst so kratzig.«

»Warte, Josh.« Ich versuche zu lachen, muss aber doch wieder husten. »Leg nicht auf. Das war kein Versuch, dich abzuwimmeln. Erzähl mir von dir. Wie war dein Geburtstag?«

»Oh«, macht er. »Der war schön. Aber am Wochenende war ja schon die Hauptveranstaltung. Mit dir. Bester Geburtstag von allen.«

»Hmm.«

»Du klingst erschöpft.«

»Ich wünschte, ich wäre jetzt bei dir«, flüstere ich.

»Ich auch, du ahnst nicht mal, wie sehr.«

»Josh.«

»Ja?«

»Ich weiß, wie blöd das klingt, aber … könntest du wieder am Telefon bleiben?«

»Das ist doch nicht blöd.« Ich höre, wie es bei ihm raschelt, die Matratze quietscht. Ich schließe die Augen und kann mir richtig vorstellen, wie er es sich gerade bequem macht. »Ich hab dich auf laut gestellt.«

»Ich liebe dich«, sage ich.

»Ich liebe dich auch.«

»Danke.«

»Wofür? Dass ich dich liebe?«, fragt er und klingt dabei amüsiert.

Ich grinse so sehr, dass mir das Gesicht wehtut. »Ja.«

JOSH

ICH WERDE WIE IMMER um fünf von meinem Wecker aus dem Schlaf geholt. Draußen ist es noch dunkel, dennoch erwartet mich schon eine Nachricht von meiner Mutter.

Ist sie das?

Dazu ein Link zur Lokalzeitung. Die Überschrift lautet DREI FRAUEN SAGEN AUS GEGEN EHEMALIGES BASKET-BALLTALENT ARMSTRONG. Ich überfliege den Artikel nach ihrem Namen. Er taucht nicht auf, ein Glück. Keiner ihrer Namen wird genannt. Ein Zitat wurde vergrößert: »Erschütternd … wenn wahr.«

Die Zäsur trifft mich. *Erschütternd* – Punkt, Punkt, Punkt –, *wenn wahr*. Als würde mich jemand schubsen. *Punkt, Punkt, Punkt.* Immer stärker.

Sofort bin ich gebannt.

Es gibt weitere Artikel, und ich finde jeden einzelnen. Einer wurde von einer College-Zeitung verfasst und ist überschrieben mit: ER SAGT, SIE SAGT, BLABLABLA. In einem anderen schreibt jemand, dass »der Mangel an Sachbeweisen schockierend« sei. Ausgerecht bei dem scrolle ich zu den Kommentaren.

Ein paar haben sich unter Kontrolle, dass sie nur ein oder zwei Wörter schreiben. »LÜGEN!« oder »armer Kerl.« Andere lassen sich länger aus. »Fünf Minuten, im Ernst? Einen Studenten ins Gefängnis stecken für etwas, das nur fünf Minuten gedauert hat? Ich kann nur den Kopf schütteln, was ist denn mit diesem Land los?« Und dann folgen noch ganze Tiraden über mehrere Zeilen, manche länger als der Artikel, voller Hass und Tippfehlern.

Mir ist todschlecht.

Ich kann nur hoffen, dass sie nichts davon gesehen hat.

Es klopft an meiner Tür. »Hey, bist du wach?«, fragt Dominic. »Ich geh ins Gym, kommst du mit?«

Ich schalte das Handy aus. »Ja.«

Ich trainiere härter als seit Ewigkeiten. Keine Ahnung, ob das an der Wut oder der Traurigkeit liegt. Ich weiß nur, dass irgendwas in mich gefahren ist, das ich bekämpfen will. Der Coach kommt an mir vorbei und nickt anerkennend.

Am liebsten würde ich aufstehen und ihm sagen, dass mir das Team gerade scheißegal ist. Dass sie beknackt sind zu glauben, dass das überhaupt wichtig ist. Aber dann denke ich an meinen Dad, gerade trocken, der stundenlang am Telefon hängt, um zu verhindern, dass ich aus dem Team, vom College fliege. Also trainiere ich nur noch härter. Ich weiß nicht, was ich sonst tun soll.

Sie kann echt nicht früh genug zurückkommen.

EDEN

DONNERSTAGMORGEN, ICH SITZE frisch geduscht am Küchentisch im Esszimmer mit meinem Bruder, meiner Mutter und meinem Vater und trinke O-Saft aus einem Glas, das ich schon eine Million Mal benutzt habe. Speck, Pancakes, Kaffee.

Mom fragt, ob ich Zucker und Milch möchte. Möchte ich, aber ich schüttle den Kopf.

Dad fragt, wer Ei will. Ich nicht. Aber als er mit der Pfanne am Tisch steht, Rührei verteilt und mich anlächelt, halte ich trotzdem den Teller hin.

Dann sind wir einfach alle da. Essen. Gabeln schaben über Teller, eine unangenehme Stille legt sich über uns. Ich stochere in meinem sirupgetränkten Pancake. Weder Mom noch Caelin haben erzählt, wie es gestern für sie war, aber beide haben heute Morgen verräterisch rote und verquollene Augen.

»Was für eine beschissene Woche, was?«, sage ich, einfach um die Stimmung aufzulockern.

Caelin lacht und spuckt den Schluck O-Saft aus, den er gerade getrunken hat. »Perfektes Timing«, murmelt er in seine Serviette.

Mom schnaubt und sagt: »Edy!«

»Wann geht es für dich zurück ins Wohnheim?«, fragt Dad und tut so, als existiere gar keine Spannung. »Bleibst du wenigstens noch übers Wochenende?«

Ich trinke einen Schluck schwarzen Kaffee und lasse mir davon den Gaumen verbrennen. »Eigentlich wollte ich recht bald aufbrechen. Vielleicht schaffe ich es dann noch zu einem meiner Kurse heute und verpasse morgen auch nichts.«

Er nickt, sagt aber nichts.

»Ich möchte einfach nicht so viel aufholen müssen.«

»Und du möchtest sicher zurück zu Josh«, fügt Mom hinzu. »Dein Bruder hat mir online sein Foto gezeigt …«

»Mom«, unterbricht Caelin sie. »Ich habe es ihr nicht *gezeigt*«, erklärt er mir. »Sie hat ihn nur ohne meine Hilfe nicht gefunden.«

»Okay, okay«, unterbricht Mom ihn gleich wieder und wirft mit der Serviette nach ihm. »Ich war neugierig.«

»*Stalking*«, flüstert Caelin durch ein gefaktes Husten.

Darüber muss Dad sogar lachen.

»So oder so, das ist ja ein sehr ansehnlicher junger Mann«, sagt Mom. »Ich halte es dir nicht vor, schnell wieder zu ihm zu wollen.«

»Hm, dabei muss ich wirklich verpassten Stoff aufholen.«

Sie grinst mich über den Tisch hinweg an.

»Eden«, sagt mein Vater. »Wann werden wir diesen sehr ansehnlichen jungen Mann denn mal kennenlernen?«

»Vielleicht, wenn ihr aufhört, ihn einen sehr ansehnlichen jungen Mann zu nennen.«

»Hey.« Caelin reißt die Hände in die Luft. »Ich habe ihn allerhöchstens einen *anständigen Kerl* genannt. Nie ansehnlich oder so was.«

Und so hatten wir seit Jahren die erste semi-normale Familiensituation. Ich schicke einen stummen Dankesgruß an Josh, der gerade vermutlich unterwegs ist zu seinem ersten

Kurs des Tages, dafür, dass er so verdammt anständig und ansehnlich ist und damit den gemeinsamen Morgen mit meiner Familie gerettet hat.

Nach dem Frühstück räume ich mit ab, stelle die Spülmaschine an und versuche, mir nicht anmerken zu lassen, wie eilig ich aufbrechen will. Ich packe Herbstklamotten ein. Meinen weichen Schal, die dazu passenden Handschuhe, eine dicke Jacke, außerdem ein paar langärmelige Shirts und Pullis aus dem hinteren Teil des Kleiderschranks. Um an meine Schuhe zu kommen, muss ich meinen Klarinettenkoffer herausziehen, und als sich meine Hand um den Griff schließt, überfällt mich eine so lebhafte Erinnerung an die neunte Klasse, als ich dieses Ding überallhin mitgeschleppt habe. Ich lege ihn aufs Bett zu meiner Tasche und öffne ihn.

Ein Koffer wie eine Zeitkapsel. Obenauf liegt noch immer aufgeschlagen das Lied, was ich als Letztes geübt habe. Ich nehme alles nacheinander heraus und halte es einen Moment in der Hand: das Plastikkästchen für die Rohrblätter, das Poliertuch, das sich ganz weich anfühlt, den winzigen Schraubendreher, den sich alle immer von mir geliehen haben, weil niemand sonst einen dabeihatte, die kleine Tube Korkfett, die Mara mal für Lippenpflege hielt, das Mundstück, die Birne, den Trichter, das Oberstück, das Unterstück ... alle Teile einer Klarinette, alles säuberlich zerteilt und weggelegt. Genau, wie ich sie beim letzten Mal in den Koffer gesteckt hatte, ohne zu wissen, dass es das letzte Mal sein würde.

Ich bin nicht sicher, warum, aber ich nehme sie mit. Genau wie meine flauschigen Socken und warmen Sachen.

Dann verabschiede ich mich. Caelin umarmt mich das erste Mal seit Monaten. Dad sagt, er hat mir zweihundert Dollar überwiesen, wofür ich zutiefst dankbar bin. Mom bringt mich zum Auto. »Pass gut auf dich auf, ja? Und melde dich, wenn du was von der Staatsanwältin hörst, okay?«

»Mach ich.«

Der Rückweg, der Weg zurück zu Josh und in mein neues Leben, das nichts mit diesem alten zu tun hat, fühlt sich so lang an. Zu lang. Mir fallen immer wieder die Augen zu. Ich halte gerade mal anderthalb Stunden durch, dann muss ich bei einem Rastplatz halten. Ich fahre den Fahrersitz so weit zurück, wie es geht, hole mir einen meiner dicken Pullis aus der Tasche vom Beifahrersitz und decke mich damit zu.

Als ich gerade wegdöse, bin ich plötzlich wieder im Verhandlungssaal, sehe Kevin in die Augen. Dann bin ich in meinem alten Zimmer, es ist Nacht, er schaut auf mich hinunter.

Ich reiße die Augen auf.

Durch die Blätter des Baums, unter dem ich parke, zuckt das Sonnenlicht über mich. Es fühlt sich so sanft an, dass ich mir erlaube, die Augen wieder zu schließen. Der Richter sagt mir, dass ich entlassen bin. »Entlassen.« Das war das Wort. Wie passend, dachte ich mir.

Wie habe ich das denn vergessen können?

Aber ich kann mich nicht bewegen. Erst, als Kevins Anwalt ihm etwas ins Ohr flüstert, wodurch er den Blickkontakt abbricht. Ich sehe, dass Lane und Mara aufstehen, auf mich warten. Die Staatsanwältin nickt, beobachtet mich, während ich den Zeugenstand verlasse.

Ich halte den Blick auf den Boden gerichtet, trotzdem spüre ich, dass er mich weiter ansieht.

Als ich aufwache, liege ich im Schatten. Mir ist kalt und irgendwie fühle ich mich erschöpfter als vorher. Ich schraube den Sitz wieder hoch und ziehe den Pulli an, in der Hoffnung, dass mir so wieder warm wird. Dann kippe ich den mittlerweile kalten Kaffee aus meinem Thermobecher und gehe in die Raststätte, um mir was mit Zucker, Koffein und Kalorien zu besorgen.

Damit überstehe ich den Rest der Fahrt und komme am frühen Nachmittag an. Alle anderen sind noch unterwegs. Vollbepackt stapfe ich in den dritten Stock, schließe auf, schaffe es noch gerade so in mein Zimmer, wo ich sofort zu Boden sacke.

Atmen. Ich muss atmen.

Ich lege mich flach auf den Rücken, schließe die Augen und konzentriere mich auf den harten Untergrund, auf die Stellen meines Körpers, die aufliegen, die vom Boden getragen werden. So hat meine Therapeutin es mir beigebracht. Mit einer Hand auf dem Bauch spüre ich, wie er sich mit jedem Atemzug ausdehnt und wieder zusammenzieht. Ein und aus. Wieder und wieder. Ich bin fast eingeschlafen, als mein Handy in der Tasche vibriert, und da erst fällt mir auf, dass ich niemandem geschrieben habe, dass ich heile angekommen bin.

Ich setze mich viel zu schnell auf, reiße die Handtasche an mich und wühle darin herum, bis ich gegen das Handy stoße. Doch die Nachricht ist nicht von Josh oder Mom. Sie ist von Staatsanwältin Silverman.

Ich habe Neuigkeiten ...

Nein.

Ich kann das gerade nicht lesen. Was immer darin steht, ich will es nicht wissen. Noch nicht. Entweder ist der Fall gestorben, oder es geht weiter. Und ich will gerade weder das eine noch das andere wissen. Ich stehe auf, lasse das Handy am Boden liegen. Es leuchtet noch einmal auf, deshalb versetze ich ihm einen Tritt. Es rutscht über den Boden, unter die Kommode, weg aus meinem Blickfeld.

Ich wuchte meine Taschen aufs Bett, fange an auszupacken. Nicht stillhalten, schön beschäftigen – das ist ein weiterer

Tipp meiner Therapeutin. Ich höre mein Handy noch immer vibrieren, es rappelt jetzt richtig, weil es an der Fußleiste liegt.

Ich schalte den Laptop ein und starte meine Playlist für launisch-traurige Momente. Florence + the Machine schmettert lyrisch finster aus dem Lautsprecher. Trotzdem kann ich das Vibrieren noch spüren – diesmal direkt in meiner Brust. Ich mache die Musik lauter.

Ich verstaue jedes Kleidungsstück, alles säuberlich gefaltet, sogar die BHs und Unterwäsche. Ich paare alle meine Socken und räume eine halbe Schublade frei für allen Kram, den ich von Josh gefunden habe. Ich hänge meine Pullis in den Schrank und stelle die Schuhe zu den anderen. Vorsichtig schiebe ich den Klarinettenkoffer ins oberste Schrankfach. Dann ordne ich meinen Schreibtisch. Sammle mein Make-up und die Haarprodukte auf der Kommode. Dann stelle ich die Pillendosen in eine Reihe, runde das Bild mit der Pille und einer Packung Schmerztabletten ab, die ich die ganze Woche schon einschmeiße, als wäre es Kaugummi, weil ich nonstop Kopfschmerzen habe.

Mittwoch hatte ich eine Sitzung bei meiner Therapeutin. Sie fragte, wie es mir mit den neuen Medikamenten ginge, und da musste ich zugeben, dass ich oft vergessen habe, sie zu nehmen, weshalb ich da gar nichts wirklich zu sagen konnte. Als die nach dem Grund fragte, habe ich nicht erklärt, dass ich sie die meiste Zeit verstecke, sondern einfach nur mit den Schultern gezuckt. Dabei weiß ich ja, dass Josh wirklich der letzte Mensch auf der Welt ist, der mir deswegen Druck machen würde – er hatte ja Verständnis für die Schlaftabletten. Ganz wie ich erwartet habe. Es liegt einfach an mir.

Deshalb beschließe ich – zwinge ich mich –, sie so offen hinzustellen.

Die Musik stoppt abrupt, schleudert mich in plötzliche Stille.

Ich sehe mich um. Jetzt ist alles ordentlich. Das Bett ist gemacht. Die Bücher säuberlich aufgereiht. Mein Leben liegt für mich bereit, wartet darauf, von mir wiederaufgenommen zu werden. Aber ich nehme es nicht wieder auf. Ich schleppe mich zu meinem Bett. Habe nicht mal mehr die Energie, die Decke anzuheben. Ich lege den Kopf aufs Kissen, kuschle mich in meinen Pulli, drehe mich zur Wand und warte darauf, dass sich alles wieder normal anfühlt.

JOSH

NACH DEM TRAINING TROMMELT der Coach uns alle in der Umkleide zusammen. Anspannung liegt in der Luft. Alle sind müde und wollen nach Hause. Ich möchte nur zu meinem Handy und nachsehen, ob sie mir geantwortet hat.

»Okay, Jungs«, fängt der Coach an. »Kurze Ansage. Das kommt direkt vom Dekan. Wir sprechen mit allen Teams, also kein Grund zu meinen, dies sei eine Sonderbehandlung. Okay, ich schätze, ihr habt alle von dem Fall an der Eastland University gehört, wo ein Athlet in einen Fall sexueller Gewalt verwickelt ist.«

Mein Herz fängt an zu rasen.

»Selbstverständlich tolerieren wir so etwas an der Tucker Hill nicht«, fährt er fort, den Blick auf sein Klemmbrett gerichtet. Er liest vor: »Wir tolerieren keine Form von Belästigung oder anzüglichem Rumgeprahle in den Umkleiden. Weder in diesem noch in jedem anderen Team unseres Campus'. Verstanden?«

Ich sehe mich um. Vereinzeltes Nicken.

Jemand hebt die Hand. »Äh, Coach. Gab es eine offizielle Beschwerde oder …?«

»Nein. Gott sei Dank nicht. Der Dekan wollte, dass wir

293

präventiv mit euch sprechen, nur um euch daran zu erinnern, dass so ein Scheiß hier nicht toleriert wird.«

Okay, das ist also eher eine Mahnung. Ich entspanne mich langsam wieder.

Der Coach schaut wieder aufs Klemmbrett. »THU wird sich noch öffentlich dazu äußern, wie genau … vorgegangen …« Er überspringt offenbar den letzten Teil. »Die Quintessenz, meine Herren, ist jedenfalls, dass das Augenmerk auf Teams wie diesem liegt, und wir uns keinerlei schlechte Presse leisten können.«

Schlechte Presse. Darum geht es also eigentlich.

»So ein Schwachsinn«, flüstert jemand. Ich sehe auf. Jon, einer der Ersatzspieler, grinst bescheuert. Er lehnt sich zu dem Typen neben sich, flüstert was, und schon schüttelt es sie, während sie tonlos lachen. Etwas in mir springt darauf an, staut sich auf wie eine Flutwelle, und ich spüre, wie meine Hände sich zu Fäusten ballen.

Der Coach nickt, wir dürfen abhauen, und ich schaue mich um – ich habe das Ende von dem verpasst, was er gesagt hat.

Ich versuche, das Gefühl loszuwerden.

Ziehe mich um und werfe einen Blick aufs Handy – noch immer kein Ton von ihr –, als Jons dummes Gelächter durch die Umkleide dröhnt.

»Die hat doch freiwillig die Beine breitgemacht, und weil der arme Kerl dann keine Beziehung wollte, dachte die: Mach ich den halt fertig.« Die Welle schlägt erneut über mir zusammen, ich spüre, dass ich rot anlaufe. »Genau darum fickt man keine Gestörten.«

Ich weiß, ich sollte es lassen, aber die Welle drückt mich runter, und eine andere Version von mir kommt wieder hoch. Ich gehe um die Schränke herum und sehe Jon, der sich gerade die Haare abtrocknet, während er zwei Erstsemester mit seinen Ansichten überschüttet.

»Ich weiß nicht.« Einer von den beiden ist echt mutig genug, ihm zu widersprechen. »Ich habe gelesen, er hat das sogar mit drei Mädchen gemacht …«

»Dann steht er wohl auf Psychos«, sagt Jon und zuckt mit den Schultern. »Die Fotzen wollen sicher alle nur an seine Kohle. Kennt man ja …«

Ich höre nicht mal den Rest von dem Schwachsinn, den er verzapft, weil die Welle so extrem in meinen Ohren rauscht, in meinem Hals, in meinem Mund, als ich mich hinter ihn stelle, viel zu dicht. »Hältst du eigentlich jemals einfach mal die Fresse?«

Jon dreht sich um, ein dummes, böses Grinsen auf dem Gesicht. Die beiden Erstsemester hinter ihm reißen die Augen auf – offenbar sehe ich wie jemand aus, der ihnen Angst macht.

»Och, das tut mir leid. Hab ich deine zarten Gefühle verletzt?« Dazu tätschelt er übertrieben meine Schulter, die daraufhin heiß wird, fast vibriert. Ich sollte gehen, aber der andere Josh will hier wohl ein Zeichen setzen.

»Nein, *mir* tut es leid. Hast du etwa ein Problem damit, Frauen nicht sexuell zu belästigen?«

»Verpiss dich«, sagt er leise. »Weißt du, was mein Problem ist?«

»Nein, was denn?«, fordere ich ihn heraus. »Bitte, erhelle mich.«

»Du.« Irgendwie lässt das die Welle abschwellen. Ich bin sein Problem? Okay, damit komm ich klar.

»Ich?« Ich verschränke die Arme. »Okay.«

»Ja, du. Du und deine mangelnde Trainingsmoral. Machst nicht richtig mit, verschwendest damit einen wichtigen Platz im Team und kommst jetzt an und willst *mich* schlecht aussehen lassen?« Er schaut sich um, denn um uns haben sich Teamkollegen versammelt. Ich kann nicht einschätzen, ob sie auf meiner oder seiner Seite sind.

»Das erledigst du gerade schon ganz allein.«

»Was machst du überhaupt noch hier!«, brüllt er jetzt. »Nach der Aktion letzte Saison hast du hier nichts mehr verloren. Das sehen alle so.«

Da mischt Dominic sich ein. »He, nicht von dir auf andere schließen, Jon. Du gehst jetzt besser.«

»Wieso? Ist doch wahr.«

»Nein, ist es nicht«, erwidert Dominic.

»Auch egal.« Ich wende mich ab. »Ich hab keine Zeit für so einen Scheiß.«

»Nee, nur für diesen woken Scheiß, wenn so Fotzen sofort Vergewaltigung brüllen? Ich bitte dich, du bist so …«

Die Welle ist zurück, eine Flutwelle, gegen die ich nicht ankomme. Es rauscht in meinen Ohren, prickelt in meinen Armen und Beinen. Reines Adrenalin in meinen Adern.

Einen Moment lang ist es erstaunlich still.

Und dann explodiert der Lärm um uns. Rufe, Geschrei.

Ich brauche kurz, um zu kapieren, warum Dominic zwischen uns steht. Warum jemand meine Arme hält. Warum Jon am Boden liegt. Warum der Coach reingestürmt kommt und brüllt: »Sofort aufhören, ihr Idioten!«

Er schleppt uns sofort in sein Büro.

»Was willst du machen?«, fragt er Jon. »Du kannst Beschwerde einreichen, wenn du willst.«

Jon sieht mich an, grinst, als würde ihn das alles nur amüsieren. »Nee«, sagt er schließlich. »Der hat mich ja nur angerempelt. Keine große Sache.«

»Okay.« Der Coach steht auf und deutet zur Tür. »Du kannst gehen«, sagt er.

Ich stehe auch auf, aber der Coach packt meine Schultern und drückt mich zurück auf den Stuhl. »Du«, befiehlt er, »setzt dich.«

Er schließt die Tür hinter Jon und schmeißt dann sein Klemmbrett gegen die Wand. Ich zucke zusammen.

»Was stimmt nicht mit dir?«, brüllt er. »Ein Schritt vor und zwanzig zurück. Jedes Mal wieder. Willst du überhaupt in diesem Team sein?«

Ich beiße die Zähne zusammen, damit ich nicht versehentlich die Wahrheit sage.

»Na?«, fragt er. »Willst du?«

»Ja«, lüge ich.

»Dann reiß dich gefälligst zusammen und setz Prioritäten!« Die Adern an seinem Hals pochen. »Du bewegst dich gerade auf dünnem Eis, sehr dünnem Eis. Noch so ein Ding und du bist suspendiert. Mir egal, wie viel Talent du hast. Mir egal, was bei dir privat los ist. Wenn du hier bist, gibt es kein Privatleben! Verstanden?«

»Ja, verstanden.«

In Edens Zimmer ist es dunkel, aber ich erkenne ihre Silhouette im Bett. Anfangs bin ich erleichtert. Sie ist hier, sie ist sicher angekommen. Aber dann sehe ich, wie sie daliegt. Zusammengerollt wie ein Embryo. Und so reglos. Sofort überkommt mich wieder eine eiskalte Adrenalinwelle. Mir ist fast schwindlig, als ich zu ihr gehe.

EDEN

EIN KLICKEN WECKT MICH, meine Lampe wurde eingeschaltet. Draußen ist es dunkel. Ich höre, dass die Tür geschlossen wird, dann seine leisen Schritte hinter mir. Das
leise Rascheln von Turnschuhen, die ausgezogen werden. Er
muss gar nichts sagen, ich weiß trotzdem, dass er es ist. Das
leise Aufatmen könnte seinen Fingerabdruck ersetzen.

Das Bett bewegt sich, als er vorsichtig zu mir klettert. Er
schiebt meine Haare beiseite und berührt meine Hüfte,
schmiegt sich an mich, winkelt die Beine an, sodass sich seine
Knie wie ein fehlendes Puzzlestück in meine fügen. Er bewegt
ganz langsam den Arm, bis er auf meinem liegt.

»Hi«, flüstere ich und schlinge seinen Arm enger an mich.

»Sorry«, flüstert er zurück und küsst meinen Hals. »Ich
wollte dich nicht wecken.«

»Schon okay«, sage ich, meine Stimme noch immer kratzig. »Wie spät ist es?«

»Fast acht.«

»Hmm.« Ich recke mich ein bisschen und räuspere mich.
»Ich hab den ganzen Nachmittag verschlafen.«

Er presst sein Gesicht in meine Haare, atmet tief ein und
sagt: »Ich hab dich so vermisst.« Er krallt sich in meinen
Pulli, zieht mich an sich. Irgendwas an der Art, wie er mich

festhält – als könnte ich jederzeit davonschweben –, macht mich nervös.

»Josh?« Ich sehe ihn an. »Was ist los?«

»Nichts.« Er streichelt mein Gesicht und lächelt, aber nur mit dem Mund. Seine Augen lächeln nicht mit. »Nichts ist los«, sagt er, Traurigkeit in der Stimme. »Du hast mir bloß so gefehlt.«

Ich küsse ihn. »Du mir auch.«

Er schlingt beide Arme um mich, drückt mich an sich, küsst meine Haare, meine Stirn, meine Wangen.

»Warte, lass dich mal ansehen.« Ich rücke weit genug von ihm ab, dass ich ihn klarer sehen kann, lege ihm die Hände ans Gesicht. »Ah, der Bart ist wieder da.«

»Bartstoppeln«, verbessert er mich und lächelt endlich richtig, wenn auch nur wenig.

»Okay, Bartstoppeln«, wiederhole ich. »Gefällt mir.«

»College-Version von Josh, was?«, fragt er etwas amüsiert.

»Eher sexy Version von Josh«, ziehe ich ihn auf, dabei ist das eigentlich die Wahrheit.

Er verbirgt das Gesicht an meinem Hals und lacht.

»Ich mags, wenn du so schüchtern bist.«

»Schüchtern?«, wiederholt er langsam, legt den Kopf auf meine Brust und tut so, als würde er überlegen, was das Wort bedeutet. Ob was Gutes oder Schlechtes.

»Sehr niedlich.«

»Okay«, sagt er leise.

»He, ist wirklich alles in Ordnung?«, frage ich.

»Ja.« Er hebt den Kopf, um mich anzusehen. »Eigentlich mach ich mir größere Sorgen um dich.«

»Du wirkst irgendwie traurig.«

»Nein, nein. Ich habe einfach nur wenig geschlafen, während du weg warst. Keine Ahnung. Ich habe mir Sorgen gemacht, weil ich noch nichts von dir gehört habe.«

»Oh. Sorry, mein Handy …« Ich schaue zur Kommode. »Das liegt da drunter. Ich hab vergessen, das wieder vorzuholen. Tut mir leid.«

»Muss dir gar nicht leidtun.« Er nimmt meine verarztete Hand in seine und küsst sie – begutachtet die wild aufgeklebten Pflaster einen Moment lang, aber sagt nichts dazu. »Ich bin froh, dass du dich ausgeruht hast.«

»Ich bin froh, dass du hergekommen bist«, sage ich und streichle ihm übers Gesicht.

»Und? Wie geht es dir?«, fragt er.

»Ganz okay.« Ich setze mich auf, damit ich ihn küssen kann. Er nickt aufmunternd, als wolle er mehr hören. »Besser, seit du hier bist.«

Er gibt mir einen sanften Kuss, aber wohl absichtlich kurz, damit es nicht gleich zu leidenschaftlich wird.

»Aha, du willst mich nicht küssen«, sage ich. »Was ist los? Hab ich Mundgeruch oder so?«

Er schnaubt. »Hör schon auf.«

Er dreht sich auf den Rücken, und ich sage mir, dass er nicht von mir abrückt. Er gibt mir Raum, lädt mich ein. Deshalb küsse ich ihn. Immer leidenschaftlicher. Er hält mich, seine Hände liegen in meiner Taille, aber mehr kommt nicht von ihm.

Ich schiebe sein T-Shirt hoch und küsse seinen Bauch – die Stelle, die ihn sonst immer zusammenzucken lässt. Immerhin ein kleines Seufzen, ein tiefer Atemzug, ein kleines Stöhnen. Ich setze mich rittlings auf ihn und ziehe meinen Pulli aus. Das T-Shirt, das ich darunter trage, kommt direkt ein Stück mit, aber er greift nach dem Saum und zieht es herunter, seine Finger berühren kaum meinen Bauch, während er meinen Bauch damit wieder bedeckt.

Er sieht mich an und öffnet den Mund, als wolle er etwas sagen.

»Was?«

»Nichts.« Seine Hände ruhen in meiner Taille, er schaut zu, wie ich das T-Shirt ausziehe.

Jetzt setzt er sich auf, hält mich auf dem Schoß, gibt mir einen Kuss und legt mir dann die Stirn an meine Brust. Ich greife um mich, damit ich den BH öffnen kann, doch seine Hände halten meine auf und holen sie wieder nach vorn.

»Eden.« Er spricht meinen Namen sehr langsam aus. »Warte. Willst du nicht erst mal reden?«

»Was meinst du?«

»Na ja, wollen wir uns nicht unterhalten?«, fragt er so sanft. »Du warst schließlich weg.«

»Oh«, sage ich. »Uff, verhalte ich mich hier gerade wie ein notgeiler Teenie?«

Er grinst und schüttelt den Kopf. »Ganz so würde ich es vielleicht nicht formulieren.«

»Tut mir leid«, sage ich und rücke ein Stück auf seinen Oberschenkeln zurück, gebe ihm etwas Raum. »Okay, bitte. Dann leg mal los.«

»Nein, ich wollte, dass *du* mir was erzählst.«

»Was denn?«

Er dreht den Kopf weg, wirft die Hände in die Luft. »Alles. Was ist passiert, während du weg warst? Wie war die Anhörung und das alles? Wie war es, wieder zu Hause zu sein? Weißt du schon, wie es weitergeht? Du hast mir eigentlich noch gar nichts erzählt.«

Jetzt rutsche ich von ihm.

»Eden, jetzt mach doch nicht …«

»Mach doch nicht was?«

»Mach doch nicht zu«, sagt er und greift nach mir.

»Ich habe das Gefühl, du bist der, der gerade zumacht«, sage ich.

Er blinzelt mich an. »Wo mache *ich* denn bitte zu?«

»Du hast offenbar keine Lust auf Sex mit mir«, sage ich, während ich mir den Pulli über den Kopf ziehe und die Hände in die Ärmel ramme. »Bin ich dir zu bedauernswert? Zu schwermütig?«

»Was? Nein, wer sagt denn so was?«

»Zu kaputt? Zu verkorkst?« Oh, ich komme richtig in Fahrt. »Zu befleckt?«

»He!« Er klingt streng. »Du weißt, dass ich nicht so denke.« Er zögert, sein Brustkorb hebt und senkt sich schneller. »Leg mir keine Worte in den Mund – das … so was machen wir nicht.«

»Es fühlt sich an, als würdest du mich zurückweisen.«

Ich klettere über ihn aus dem Bett. Gehe zur Kommode, habe das dringende Bedürfnis, eine meiner Tabletten zu nehmen, das plötzlich von dem viel dringenderen Bedürfnis überlagert wird, die oberste Schublade zu öffnen und alle Pillendosen darin verschwinden zu lassen.

»Ich weise dich gar nicht zurück. Ich will einfach nur nicht mit dir schlafen, wenn ich nicht weiß, was gerade in dir vorgeht. Ich mache mir Sorgen, okay?«

Ich sehe ihn an, wie er dasitzt, Herrscher über seine Gefühle, immer so wahnsinnig rational, immer richtig. Ich sinke auf meinen Schreibtischstuhl, versuche, meine rasenden Gedanken zu bändigen, versuche, mich zu beruhigen, versuche, den Stuhl unter mir zu spüren, den Boden unter meinen Füßen.

»Ich weiß, tut mir leid.«

»Dir muss gar nichts leidtun«, sagt er und rückt an die Bettkante, streckt mir die Hände hin. »Ich habe bloß das Gefühl, ich tappe total im Dunkeln.«

»Ich möchte nicht über die Anhörung sprechen.«

»Okay.« Er packt die Lehne des Stuhls und zieht mich zu sich, sodass wir uns wieder zugewandt sind. »Okay, dann sag mir einfach, wie du dich gerade fühlst.«

»Ich …«, setze ich an, schließe die Augen, lasse es zu, dass er meine Hände nimmt. »Ich fühle mich …« Ich suche nach etwas, irgendwas. Einem Gedanken. Einer flüchtigen Vorstellung. »Wie ein Kürbis.« *Wie dumm.*

»Ein Kürbis?«, fragt er und zieht die Augenbrauen zusammen, als könnte er nicht einschätzen, ob ich das ernst meine oder nicht. Dabei weiß ich das gerade selbst nicht.

»Kein herkömmlicher Kürbis. So ein Halloweenkürbis, weißt du?«

»Ja.« Er nickt.

»Als hätte jemand ein Gesicht auf mich gemalt und etwas in mich reingeschnitzt. Mein Inneres ausgehöhlt. Nichts mehr drin, alles rausgekratzt. Und dann eine Flamme in mir entzündet und mich raus in die Kälte gestellt. Und dabei möchte ich …« Ich zögere, weil ich mir selbst zuhöre und spüre, dass mein Mund zuckt, als könnte ich jederzeit anfangen zu lachen oder zu weinen, ich weiß selbst aber gar nicht, was davon. Weil ich nicht weiß, ob das lächerlich ist, was ich da von mir gebe, oder vielleicht die perfekte Metapher für meinen derzeitigen Zustand.

»Du möchtest?«

»Ich möchte … puh, keine Ahnung, mich endlich wieder wie ein Mensch fühlen«, beende ich den Satz. »So schnell wie möglich.«

Sein Blick wird sehr tief, während er mich betrachtet. Dann brechen irgendwie die Winkel seines so perfekten Mundes weg. Er steht auf und zieht mich auf die Beine. Drückt mich ganz fest an sich, mein Gesicht gegen seine Brust und küsst mich auf den Kopf.

JOSH

UND WÄHREND WIR SO mitten in ihrem Zimmer stehen, spüre ich, wie dieses Gefühl – diese Leere, dieses Ausgehöhlte – sie verlässt und in mich kriecht.

»Es tut mir so leid«, flüstere ich, weil ich nicht weiß, was ich sonst sagen soll.

»Du hast doch nichts gemacht«, murmelt sie in mein T-Shirt und klammert sich an mich, als wüsste sie, dass ich ihre Umarmung gerade genauso sehr brauche wie sie meine.

»Es tut mir trotzdem leid.«

»Du musst aber kein Mitleid mit mir haben, Josh.« Sie sieht mich so offen und direkt an. »Bitte.«

»So würde ich das auch gar nicht formulieren. Mir tut es einfach so leid, dass du das durchmachen musst. Das ist so ungerecht. Und ich wünschte einfach, ich könnte was tun – helfen, es leichter machen für dich.«

»Du hilfst mir doch.« Sie lehnt den Kopf wieder an meine Brust. »Du machst es mir leichter.«

»Was möchtest du heute noch machen?«, frage ich. »Hast du Hunger? Willst du einfach schlafen gehen? … Einen Film gucken? Wir machen, was immer du möchtest.«

»Können wir uns einfach wieder hinlegen?«

Während wir uns ausziehen, macht sie sich an ihrer Hose

zu schaffen. Mit einem verschmitzten Grinsen sieht sie mich an. »Ich versuche nicht, dich wieder zum Sex rumzukriegen, versprochen, ich wechsle nur in den Schlafanzug.«

»Hör doch auf«, stöhne ich und lege die Jeans über die Stuhllehne. »Du weißt doch, wie ich das gemeint habe.«

»War doch nur ein Scherz.« Sie hängt ihren Pulli an den Knauf ihres Kleiderschranks und geht dann nur in BH und Unterwäsche zu ihrer Kommode und sieht dabei so umwerfend aus, dass ich fast wünschte, sie würde noch mal versuchen, mich rumzukriegen, einfach weil ich mich auch wieder wie ein Mensch fühlen muss. Sie holt eins meiner T-Shirts aus der Schublade. Ich wusste gar nicht, dass ich das hiergelassen habe. »Darf ich das anziehen?«, fragt sie.

»Klar«, sage ich und gebe mir Mühe, nicht zu begeistert von der Vorstellung zu klingen, sie in meinen Sachen zu sehen. Aber als sie den BH ablegt und mein altes graues T-Shirt mit dem Loch am Ausschnitt überstreift, lassen meine Füße sich nicht daran hindern, zu ihr zu gehen. »Außerdem möchte ich so ziemlich permanent Sex mit dir haben.«

»Permanent?«, wiederholt sie lachend und schiebt mich sanft weg.

»Kein Witz. Ich denke da öfter dran, als ich sollte.« Ich folge ihr ins Bett. »Ernsthaft, du fändest es sicher abstoßend, wenn du wüsstest wie oft.«

Sie lächelt, schlägt die Decke zurück und legt sich hin. Aber dann betrachtet sie mich plötzlich aus schmalen Augen, als würde sie sich fragen, warum ich das alles so sage.

»Ich würde dich also nie abweisen«, fasse ich zusammen und lege mich zu ihr.

»Oh.«

Ich küsse sie so leidenschaftlich, wie sie mich vorhin. »Niemals«, betone ich. »Okay?«

»Okay«, flüstert sie.

Sie kuschelt sich an mich, legt den Kopf auf meine Brust, schlingt Arme und Beine um mich. Ich fühle mich mehr wie ich selbst als die ganze Woche. Wir atmen im gleichen Rhythmus ein und aus, und ich merke, dass sie langsam wegdöst, als ihr Handy irgendwo dumpf vibriert. Ich sehe mich um, und da fällt mir auf, dass sie aufgeräumt hat.

Das Handy vibriert immer wieder. Eden seufzt laut.

»Solltest du mal nachsehen?«, frage ich.

»Ich will nicht«, wimmert sie.

»Es könnte wichtig sein.«

»Es ist wichtig, deshalb will ich es ja nicht herholen.« Sie wälzt sich weg von mir und sagt leise. »Es liegt unter der Kommode.«

Ich frage nicht, wie es dorthin gekommen ist, ich stehe nur auf und sage: »Dann hole ich es eben.« Als ich auf die Kommode zugehe, fallen mir sofort die Pillendosen auf, die aufgereiht obendrauf stehen. Ich schiele zu Eden, die sieht, dass ich sie sehe.

»Meine komplette Apotheke«, erklärt sie. »Schlafstörung, Depression, Angststörung.«

Ich nicke. »Okay« ist das Einzige, was mir zu sagen einfällt. Ich bin froh, dass sie sie nicht länger vor mir versteckt, aber das kann ich ja schlecht sagen, ohne zuzugeben, dass ich schon davon wusste. Ich knie mich hin und presse das Gesicht gegen die Dielen und sehe das Handy ganz hinten an der Wand. Es leuchtet. Ich taste danach, hole es hervor und gebe mir Mühe, nicht aufs Display zu gucken.

Ich kehre ins Bett zurück und reiche ihr das Telefon, aber sie starrt mich einfach nur an. »Machen dir die was aus?«

»Was?«

»Die da«, sagt sie und deutet zur Kommode, zu den Tabletten.

»Nein, die machen mir nichts aus. Wieso sollten sie?«

»Wegen deines Vaters.«

»Eden, du brauchst die. Das ist was anderes.«

»Ja«, flüstert sie traurig und drückt sich das Handy gegen die Brust. »Ich brauch die.«

Sie kuschelt sich wieder an mich, atmet tief durch und schaut dann auf ihr Handy.

Ich schiele aufs Display. Zahllose verpasste Nachrichten. Von mir, ihrem Bruder, Mara, jemandem namens Lane, zwei verpasste Anrufe von ihrer Mutter. Und eine Mail von »Staatsanwältin Silverman«. Das ist die einzige Nachricht, die sie aufruft.

»Sorry.« Ich gebe ihr einen Kuss auf den Kopf und schließe die Augen. »Ich gucke nicht hin, okay?«

»Kannst du aber ruhig.« Sie hält es so, dass ich mitlesen kann. »Es geht weiter.«

Ich habe Neuigkeiten und ich wollte, dass ihr es als Erste erfahrt: Es wird einen Prozess geben. Glückwunsch, ihr habt das möglich gemacht! Ich melde mich, wenn ich mehr weiß, aber plant ein bisschen Zeit für Dezember, gegebenenfalls noch Januar ein. Wir hören uns.

»Eden, das ist ja großartig«, setze ich an, doch sie sperrt einfach nur den Bildschirm, beugt sich über mich und wirft das Handy auf den Tisch. Dann schüttelt sie den Kopf und presst sich an mich, sodass ich ihr Gesicht nicht sehen kann.

»Eden?« Ich versuche, sie dazu zu bringen, mich anzusehen. »Baby?«

Sie klammert sich an mein T-Shirt, atmet schwer, schluchzt. Und dann spüre ich, dass ihr ganzer Körper bebt. Sie weint. »Ich pack das nicht«, keucht sie, als sie mich endlich wieder ansieht. Tränen strömen über ihre Wangen. »Ich pack das nicht noch mal.«

Ich gebe ihr einen Kuss auf die Stirn, versuche, ihre Tränen wegzuwischen. »Doch, du packst das.«

»Nein«, flüstert sie. »Wirklich nicht.«

»Alles gut«, sage ich, obwohl ich das ja gar nicht wissen kann. Ist alles gut? Geht es ihr gut? Wird alles gut? Trotzdem sage ich es.

Sie wiederholt nur immer wieder: *Ich pack das nicht.* Wieder und wieder, bis man gar keine Wörter mehr hört, nur noch Atem. Und dann, nach einer gefühlten Ewigkeit, kehrt Ruhe ein. Ich glaube, dass sie eingeschlafen ist, aber dann sagt sie plötzlich mit klarer Stimme, ganz ruhig: »Sein Anwalt hat mich gefragt, ob ich Nein gesagt habe.«

Ich hebe den Kopf. »Wie?«

»Als würde er davon ausgehen, dass ich eine Wahl hatte. Als hätte ich Ja oder Nein sagen können. Und ich konnte nicht erklären, dass ich gar nicht die Möglichkeit hatte, Ja oder Nein zu sagen, weil er mich ständig unterbrochen hat.«

»Fuck«, sage ich.

»Aber nur, weil ich nicht Nein sagen konnte, heißt das ja nicht automatisch, dass ich Ja gesagt habe.«

»Das weiß ich.«

Sie gibt mir einen Kuss, berührt mein Gesicht, sieht mich einfach nur an.

»Ich liebe dich«, sage ich und habe sofort Angst, das zu oft zu sagen. Dass sie mir nicht mehr glaubt, dass das die Wahrheit ist.

Sie lächelt und schließt einen Moment lang die Augen. »Ich weiß nicht, was ich ohne dich machen würde, Josh.«

»Hm, ja«, sage ich. »Geht mir genauso.«

»Es macht mir fast ein bisschen Angst«, flüstert sie, als wäre es ein Geheimnis, »wie sehr ich dich brauche.«

»Das muss dir keine Angst machen«, sage ich, obwohl es mir sicher genauso viel Angst macht, wie sehr ich sie brauche.

»Auf mich musst du nie wieder verzichten. Also, außer du willst mich irgendwann nicht mehr.«

Sie sieht mir tief in die Augen, hält mein Gesicht in beiden Händen. »Ich werde nie aufhören, dich zu wollen.«

Ich wache auf, weil Eden im Schlaf stöhnt. Sie schlägt um sich. Hat einen Albtraum. »Eden?«, flüstere ich.

»Nein«, stöhnt sie und tritt nach mir. »Nein.«

»Hey, hey, hey. Eden?«, versuche ich es noch mal. »Eden, wach auf.«

Ich berühre ihr Gesicht, aber sie wendet sich ab. »Aufhören«, sagt sie, ihre Hand schlägt kraftlos gegen meinen Bauch. »Bitte«, fleht sie, weint mit dem ganzen Körper.

Ich berühre ihren Arm, streichle ihn sanft. »Eden«, wiederhole ich. Lauter diesmal.

Sie fängt an zu husten, zu keuchen, und dann fasst sie sich an den Hals, an dem alle Adern und Sehnen hervortreten, als könnte sie wirklich nicht atmen. Ich muss sie irgendwie aufwecken. »Eden!« Ich packe sie an ihrer Schulter und schüttle sie.

Sie reißt die Augen auf, setzt sich kerzengerade auf und schlägt nach mir. Sie kratzt mich. Meinen Hals mit der einen, meine Brust mit der anderen Hand. Ich halte ihre Arme fest. »Eden, hör auf damit.«

Sie schreit: »Lass mich los! Loslassen!«

Ich lasse sie los, aber jetzt schlägt sie mich. Wieder und wieder. Sie atmet so heftig, ringt um Atem. Ich weiche zurück zur Wand, aber sie spiegelt mich und droht, aus dem Bett zu fallen, also stürze ich zu ihr, packe sie, um das zu verhindern. Sie tritt mit beiden Füßen nach mir. Diesmal schreit sie nur ein Wort: »Mom.«

»Eden, wach auf!«, rufe ich, aber sie hört mich nicht.

Sie brüllt: »Aufhören.« Ich weiß nicht, was ich machen soll. So wird sie sich nur selbst verletzen. Trotzdem lasse ich sie los, kann nur zusehen, wie sie fällt. Es klingt schrecklich – sie knallt gegen den Tisch und reißt die Lampe um, die zu Boden fällt. Der Schirm zerbricht, aber die Birne leuchtet weiter, strahlt sie aus einem komischen Winkel an, dass sie wie besessen aussieht. Sie schaut mich an, als hätte ich sie geschubst oder so was, als täte es weh, mich anzuschauen.

»Eden?« Ich knie mich zu ihr, aber sie zuckt vor mir zurück, als ich sie berühren will. Ihr Blick wandert durchs Zimmer: Von der Lampe zu mir zu ihren blutenden Knien, ihren aufgeschürften Handflächen. »Eden«, wiederhole ich. Jetzt streckt sie die Arme nach mir aus, aber ich kann nicht sagen, ob sie mich umarmen oder auf Abstand halten will.

»Hey, ich bin's doch nur. Ich bin's. Alles in Ordnung.«

»Was?«, fiepst sie. »Was ist passiert?«

»Du hattest einen Albtraum. Du … du bist aus dem Bett gefallen«, stammle ich, versuche es mit der nettesten Version der Ereignisse.

Parker trommelt gegen die Tür, Eden zuckt wieder zusammen. »Eden?«, ruft Parker. »Eden, alles okay?«

Eden sieht mich an, als wisse sie nicht, was sie darauf antworten solle, aber ich will auf gar keinen Fall für sie antworten, weil ich es doch auch nicht weiß.

»Eden!« Sie hämmert noch mal gegen die Tür. »Ich komme jetzt rein.«

Sie öffnet die Tür, und ihr Blick huscht von der zerbrochenen Lampe zu Eden, die mit angewinkelten Beinen an der Wand kauert, zu mir, der neben ihr kniet. »Was ist denn hier los?«, fragt sie mich. Dann Eden: »Alles okay?«

»Ja, a-alles okay«, antwortet Eden.

Parker blinzelt mich misstrauisch an. »Hast du sie geschlagen?«

»NEIN!«, sagen wir gleichzeitig.

»Oh, mein Gott, Parker, nein«, sagt Eden, die offenbar

endlich richtig aufgewacht ist. »Alles okay, wirklich. Ich hab schlecht geträumt. Und ich bin gefallen.«

»Du hast geschrien«, sagt Parker.

Eden schüttelt den Kopf. »Ich … Keine Ahnung. Daran erinnere ich mich nicht.«

»Ich hole was, um dich zu verarzten, okay?«, sage ich zu ihr. »Bin gleich wieder da.«

Parker folgt mir ins Bad. »Was zur Hölle, Josh?«, flüstert sie.

»Es ist genau das passiert, was sie gesagt hat. Sie hatte einen furchtbaren Albtraum. Ich wollte sie wecken, aber das hat es nur noch schlimmer gemacht.« Ich öffne den Arzneischrank, wo ich letzte Woche den Verband für ihre Hand gefunden habe. Diesmal nehme ich Pflaster heraus und eine Salbe. »Ich würde sie niemals schlagen, ich schwöre.«

»Aber sie hat dich geschlagen, oder?«, fragt sie.

»Nein!«

»Josh, schau dich mal an«, sagt sie.

Ich schließe den Arzneischrank und werfe einen Blick in den Spiegel. Ich blute. Kratzer am Hals, an der Brust. Rote Abdrücke, beginnende blaue Flecken an meinen Armen, an der Brust und am Bauch. Ich betrachte meine Beine. Auch dort beginnende blaue Flecken an Oberschenkeln und Schienbeinen. »Ach, das ist nichts. Sie wusste nicht, was sie tut.« Ich wende mich ab, um einen Waschlappen unter fließendes Wasser zu halten. Meine Hände zittern.

»Josh«, sagt Parker. »Alles in Ordnung?«

»Ich will sie nicht so lang allein lassen«, antworte ich ausweichend, denn die wahre Antwort ist *Nein, nichts ist in Ordnung.* »Alles wird gut.«

»Okay«, sagt sie, klingt aber nicht überzeugt.

Eden hat sich nicht bewegt, seit ich gegangen bin. Sie starrt auf den Boden. Ich hebe die Lampe auf und stelle sie wieder auf den Tisch, weil es wehtut, sie so anzusehen. Dann lege ich Pflaster und Salbe auf den Tisch und halte Eden die Hände hin, um ihr aufzuhelfen, aber sie schaut nicht mal hoch.

»Eden?« Ich setze mich zu ihr auf den Boden. »Kannst du mich hören?«

»Was ist passiert?«, fragt sie wieder und sieht mich endlich an.

»Du hast nur geträumt, okay?«

»Nein, hab ich nicht – das war was anderes.«

»Komm, steh mal auf. Halt dich an mir fest, ja? An meinem Hals.«

Sie lässt sich aufhelfen, und ich setze sie aufs Bett. »Ich mach die eben schnell sauber, okay?«, sage ich und greife nach dem Waschlappen, den ich ihr dann vorsichtig aufs Knie drücke.

»Oh, mein Gott, Josh.« Sie berührt meinen Hals, presst die Hand gegen meinen Oberkörper. »Ich hab dich gekratzt. Das tut mir so leid.«

»Schon gut«, sage ich und klebe eine Reihe von Pflastern auf ihr Knie. »Das war dumm von mir, dich so wecken zu wollen. Meine Schuld.«

»Ich dachte, du bist er - ich hab's nicht mitbekommen.«

»Ich weiß.« Ich nehme den Lappen und drücke ihn auf ihr anderes Knie. Sie atmet scharf ein. »Tut das weh?«, frage ich.

Sie nimmt mir den Lappen ab, schlägt ihn einmal um und tupft mit der noch unbenutzten Seite sanft meinen Hals ab. Ihre Hände zittern ganz fürchterlich. »Das tut mir so leid.«

»Alles gut«, versichere ich ihr und verarzte auch ihr anderes Knie mit Pflastern. »Keine Sorge.«

Dann ziehe ich mein T-Shirt über. Wenn sie schon wegen der paar Kratzer so reagiert, sollte sie die blauen Flecken besser gar nicht erst sehen. »Soll ich das Licht anlassen?«

Sie schüttelt den Kopf und klettert wieder ins Bett.

Ich schalte die Lampe aus und mache einen Bogen um die Glasscherben.

Dann lege ich mich mit einem mulmigen Gefühl zu ihr. Ich habe nicht direkt Angst vor ihr, aber vor den Dingen, die sie heimsuchen. Sie schmiegt sich so an mich, wie sie sich immer an mich schmiegt, schlingt den Arm um mich, wie sie es immer tut. Aber alles fühlt sich anders an.

»Ich liebe dich«, sagt sie. »Josh?«

»Ja?«

»Ich liebe dich«, wiederholt sie.

»Ich liebe dich auch.«

»Bist du sauer?«

»Natürlich nicht.« Ich bin eine Menge, aber sauer – auf sie jedenfalls – nicht. »Eden, hast du oft solche Albträume?«

»Manchmal«, antwortet sie. »So schlimm waren sie lange nicht. Ich weiß, dass ich dir Angst gemacht habe. Das tut mir leid.«

»Hörst du bitte auf, dich zu entschuldigen?« Aber sofort habe ich Angst, zu hart zu klingen. »Es gibt wirklich keinen Grund für eine Entschuldigung.«

»Okay, dann höre ich auf«, flüstert sie und berührt mich an der Stelle, wo sie mich gekratzt hat. Gibt mir einen Kuss aufs Shirt. Es brennt, wo der Stoff in Kontakt mit der offenen Wunde kommt.

»Eden, darf ich dich noch was fragen?«

»Hm-hmm«, macht sie.

»Bekommst du Hilfe? Die über die Tabletten hinausgeht, meine ich. Therapie oder so?«

»Ja.«

»Echt?«

»Ja, ich habe eine Therapeutin. Wir sprechen einmal die Woche.«

»Hilft das?«

»Meistens.«

»Gut, das freut mich.«

Sie ist so lange still, dass ich denke, sie ist eingeschlafen. Aber dann hebt sie den Kopf, um mich anzusehen. »Und du?«

»Und ich? Was meinst du?«

»Warst du mal in Behandlung? Wegen alledem mit deinem Vater – oder einfach allgemein?«

»Oh.« Ich muss an die Treffen für Angehörige von Alkoholikern denken, zu denen Mom mich geschleppt hat, als ich in der Mittelstufe war. »Als ich jünger war, war ich ein paar Mal bei einer Selbsthilfegruppe, aber …«

»Aber?«, fragt sie.

Ich zucke mit der Schulter. »Das war nix für mich, glaub ich.« Aber während wir so daliegen, fällt es mir plötzlich wieder ein. Das stimmt so gar nicht. Die Termine kollidierten mit dem Basketballtraining, deshalb bin ich nicht länger hingegangen.

»Hey, du solltest wirklich versuchen zu schlafen«, sage ich ihr. »Ich bin auf jeden Fall hier, bei dir.«

EDEN

SEIN WECKER KLINGELT UM FÜNF. Wie fast jeden Morgen. Bloß wacht er nicht auf. Und er hält mich nicht wie gestern, als wir eingeschlafen sind. Er liegt abgewandt da. Ich greife über ihn hinweg und stelle den Wecker auf snooze.

Dann flüstere ich seinen Namen, berühre seine Schulter, streichle ihm über die Wange. Nichts. »Josh?«, wiederhole ich, etwas lauter.

Er zuckt zusammen. »Oh, was? Was ist passiert?«

»Nichts. Dein Wecker hat geklingelt.«

Er holt tief Luft und dreht sich auf den Rücken, immerhin etwas näher zu mir. »Wieso ist denn schon wieder Morgen?«, stöhnt er.

»Keine Ahnung.« Ich stütze mich neben ihm auf den Ellbogen, schaue in sein Gesicht. Mein Blick wandert zu den Kratzern an seinem Hals – jetzt sehen sie sogar noch schlimmer aus. Ich lehne mich vor, küsse die roten Linien so vorsichtig, wie ich kann.

Er streichelt mein Gesicht, über meinen Kopf. »Halb so wild«, flüstert er, als hätte er meine Gedanken gelesen.

Ich kuschle mich an ihn, und er verspannt sich unwillkürlich, bevor er einen Arm um mich legt.

»Eigentlich hab ich heute ja immer noch frei«, sage ich.

»Deshalb werde ich mal versuchen, einen Termin bei meiner Therapeutin zu bekommen.«

»Das klingt gut.«

»Würdest du – ach, nichts.«

»Nein, was?«, fragt er. Sein Wecker geht wieder los. »Verdammt«, sagt er und schaltet ihn aus. »Würde ich was?«

»Würdest du …?« Eigentlich wollte ich fragen, ob er dabei sein kann, ob er ihr schildern kann, was passiert ist. Ob er *mir* schildern kann, was passiert ist, aber ich fürchte, es wäre nicht fair, von ihm zu verlangen, das noch mal zu durchleben. »Würdest du mich noch ein paar Minuten halten, bevor du gehst?«, frage ich also.

»Klar, komm her«, sagt er. Natürlich sagt er das. Er legt sich auf die Seite und nimmt mich in die Arme.

»Fester«, sage ich.

Er zieht mich noch näher, küsst mich und flüstert: »Ich liebe dich.«

Neun herrliche Minuten lang fühlt sich die Welt okay an.

Dann legt sein Wecker wieder los.

Er seufzt. »Ich muss aufstehen, Baby.«

Ich beobachte, wie er aufsteht und meine Lampe anschaltet. Er greift in seine Tasche, um ein frisches T-Shirt herauszuholen, aber selbst als er sich umzieht, bleibt er mit dem Rücken zu mir. »Josh?«

»Ja?«, sagt er, noch immer abgewandt.

Jetzt stehe ich ebenfalls auf und stelle mich vor ihn. Er greift schnell nach einer Jogginghose und hält sie sich vor den Körper, als wollte er sich dahinter verbergen.

»Was machst du?«, frage ich und strecke den Arm nach der Hose aus.

»Eden, lass doch …«, sagt er, doch dann darf ich sie ihm doch abnehmen.

Sogleich sehe ich, was er vor mir verbergen wollte.

»Oh, mein Gott«, flüstere ich, eine Hand vorm Mund.
»War ich …?« Ich muss schlucken. Meine Augen füllen sich
mit Tränen, als ich die dunklen Flecken an seinen Armen,
seinem Oberkörper, seinem Bauch, selbst an seinen Beinen
sehe. »War ich das?«

»Komm her«, sagt er und drückt mich an sich. »Ssshh,
das ist nicht deine Schuld, okay?«

»Nein«, sage ich und schüttle den Kopf. Das ist mir einfach zu vertraut. Blaue Flecken am ganzen Körper, ganz wie
bei mir am Morgen danach. Ich muss mich erst mal auf den
Stuhl setzen, meine Beine geben fast nach.

»Eden, schau mich an.« Er kniet sich vor mich auf den
Boden. »Du wusstest nicht, was los ist, okay? Du warst nicht
hier. Du warst dort.«

Ich rutsche vom Stuhl, berühre seine blauen Flecken.
»Was habe ich bloß getan?«

»Du hast nur versucht, von mir wegzukommen – von
ihm, meine ich«, erklärt er, aber ich kann es noch immer
nicht fassen.

»Wie kann ich das getan haben?«, frage ich laut. Einen
Teil spare ich aus. Wie kann ich ihm das angetan haben?
Dem einzigen Menschen, bei dem ich mich sicher fühle, wo
ich mich in jener Nacht nicht ein Stück gegen Kevin wehren
konnte? Und dann begreife ich den Unterschied, während
er mich mit seinen sanften, dunklen Augen beobachtet. Josh
hat sich nicht gewehrt. Er hat das einfach eingesteckt.

»Ich hab dich gepackt. Ich wollte helfen, aber ich wusste
nicht, was ich machen sollte, Eden. Also hab ich dich gepackt, weil …« Seine Hände wandern meine Arme hinunter
bis zu den roten Abdrücken rund um meine Handgelenke.
»Eden, ich schwöre, ich wollte dir nicht wehtun. Aber du
bist fast gefallen, und ich dachte, du wirst dir wehtun, doch
das hat alles nur noch schlimmer gemacht.« Er sieht mich

an, jetzt füllen sich seine Augen mit Tränen. »Es tut mir so leid«, würgt er schnell hervor und schlägt dann die Hände vors Gesicht.

»Nein, mir tut es leid, Josh. So unendlich leid.« Ich ziehe ihn an mich, werde mir das nie verzeihen können. Wir fallen zusammen auf den Boden, wo wir eng verschlungen zusammen weinen. »Ich gebe mir solche Mühe, ehrlich«, sage ich.

»Ich weiß«, sagt er. »Ich auch.«

JOSH

ES IST ERST EINE Woche her, dass wir in meinem Zimmer ohne Musik getanzt haben, gefeiert. Und jetzt liege ich mit ihr am Boden und habe Angst, sie ein weiteres Mal zu verlieren.

Wir bleiben so eng verschlungen liegen, bis die Sonne aufgeht.

»Josh?«, fragt sie schließlich, setzt sich auf und lehnt sich mit dem Rücken ans Bett.

Ich setze mich auch auf, und dann berührt sie mein Gesicht so vorsichtig, so sanft, dass ich nichts lieber will, als wieder mit ihr ins Bett zu kriechen und so lange zu schlafen, bis alles wieder gut ist.

»Ich werde mit Parker sprechen«, sagt sie. »Ihr vom Prozess erzählen. Und auch sonst alles. Ich ertrage nicht mal die Vorstellung, dass sie sich fragt, ob du mir wehgetan hast. Ich erkläre ihr das, okay?«

»Musst du nicht«, sage ich. »Nicht meinetwegen. Wirklich nicht.«

»Ach, ich wollte es ihr schon eine Weile erzählen. Es war nur nie der richtige Zeitpunkt – aber jetzt ist er da.«

»Aber nur, wenn du wirklich willst.«

»Ja, will ich.«

Ich hole ein paar Mal Luft, gehe den Satz in Gedanken durch. »Möglich, dass du dich aufregst«, setze ich an. »Aber du musst wissen, dass ich meinen Eltern von dem Prozess erzählt habe. Ich weiß, ich soll nicht darüber sprechen, aber …«

»Schon okay«, sagt sie so leise, dass ich nicht weiß, ob darin so etwas wie Sorge mitschwingt. »Das ist okay.«

»Ist es das wirklich?«, frage ich.

Sie nickt. »Ich vertraue da auf dein Bauchgefühl. Himmel, ich vertraue deinem Bauchgefühl mehr als meinem. Ich weiß, du würdest es niemandem erzählen, dem du nicht traust, der es nicht wissen *müsste*. Oder?«

»Genau«, versichere ich ihr. »Es wurde bloß zu schwer, es geheim zu halten.«

»Verstehe ich. Es war so lange ein Geheimnis. Es ist nur …«

Ich warte, aber sie spricht nicht weiter.

»Du musst doch sicher dringend zum Training, oder?«, fragt sie. »Nicht, dass du noch Ärger kriegst.«

»Okay«, sage ich, obwohl Training wirklich das Letzte ist, woran ich gerade denke. Aber ich gehe hin, wenn sie das will. »Bist du sicher, dass du allein klarkommst?«

»Klaro«, sagt sie. Lächelt sogar. »Versprochen. Wahrscheinlich lege ich mich einfach noch mal hin.«

Ich komme schwankend auf die Beine. Mir ist komisch, als ich ihr die Hand gebe und aufhelfe. Schwindelig, als ich mich anziehe und ihr einen Kuss gebe. Angst und bange, als ich »Ich liebe dich« sage. Ungut, als ich ihr Zimmer verlasse und die Tür hinter mir zuziehe.

Ich bin fast fünfundvierzig Minuten zu spät beim Training. Jon schüttelt den Kopf, als ich in den Kraftraum komme. »Dein Ernst?«, fragt er laut und schaut sich um.

Ich hab nicht mal mehr die Energie, wütend zu werden oder mich zu verteidigen. Also sage ich nichts.

Dominic ruft mich zu sich. »Yo, Miller.« Er bereitet gerade die Langhantel vor. Als ich bei ihm bin, flüstert er: »Bist du wahnsinnig? Nach gestern zu spät kommen?« Mir fehlt die Kraft, das zu erklären.

»Ich weiß«, ist das Einzige, was ich rausbringe.

»Ich habe dem Coach gesagt, dass du ein dringendes Problem mit einer Hausarbeit hattest.«

»Danke.«

Ich packe die Hantel mit beiden Händen und bin froh, dass ich nicht länger so klapprig bin. Das Blut fließt wieder, wie es soll. So kann ich Dominic immerhin unterstützen.

Wir wechseln uns ab beim Bankdrücken, und ich bin froh, dass er intuitiv spürt, dass ich gerade nicht allein sein sollte. Ich bekomme seine verstohlenen Blicke mit, aber glücklicherweise wartet er bis nach dem Training, bis wir allein in der Umkleide sind, bis er mich fragt, was los ist.

»Parker hat mich mitten in der Nacht angerufen. Sie hatte echt Panik. Als ich angekommen bin, war wohl alles wieder vorbei, was immer bei euch los war, aber …« Er deutet auf die Kratzer an meinem Hals, ich ziehe den Kragen meines T-Shirts hoch. »Was ist los mit dir? Erst fängst du 'ne Schlägerei mit Jon anm und jetzt veranstaltest du irgendwas mit Eden?«

»Ich habe die Schlägerei nicht anfangen.«

»Nein«, er hebt die Hände. »Stimmt. Er war unausstehlich, schon klar. Aber du bist zuerst handgreiflich geworden. Und das ist extrem untypisch für dich.«

»Ich weiß.« Ich seufze. »Das ist eine sehr lange, sehr komplizierte Geschichte. Ich weiß nicht …«

»Ich hab Zeit.«

Also lassen wir die erste Vorlesung ausfallen und gehen frühstücken. Ich erzähle ihm, was los ist. Mit mir, mit Eden. Mit dem Prozess. Mit gestern Nacht. Alles.

»Fuck, das ist alles krass.« Er schüttelt den Kopf. »Ich hatte ja keine Ahnung.«

»Ja, wie auch? Ich wollte ja nicht, dass du es weißt. Aber ich habe allmählich das Gefühl, dass mir alles über den Kopf wächst. Ganz ehrlich, ich hatte noch nie in meinem Leben solche Angst. Ich weiß nicht, was ich machen soll. Was soll ich denn machen, wenn das noch mal passiert?«

»Das ist jetzt nur eine Frage, ich will kein Arsch sein«, sagt er und leitet damit etwas ein, das ich sicher nicht hören will. »Aber bist du sicher, dass sie das wert ist?«

»Selbstverständlich«, sage ich sofort. Keine Frage.

»Ich meine das ganz ehrlich. Das ist wirklich heftig. Selbst für einen wie dich.«

»Dominic, hör auf. Sie ist es wert.« Aber ich spüre, wie wieder alle Gefühle in mir hochkommen – Wut, Traurigkeit ... Eigentlich kann ich sie gar nicht mehr auseinanderhalten. »Das passiert alles ja eigentlich auch nur, weil sie bisher von allen Menschen in ihrem Leben behandelt wurde, als wäre sie nichts wert.«

»Verstehe«, sagt er. »Echt.« Er zögert. »Aber dann wäre es vielleicht ganz klug, wenn du auch mit jemandem sprichst. Jemandem, der sich auskennt. Du weißt, du kannst dich auf mich verlassen. Immer. Aber ich hab echt keine Ahnung, was ich dir in dieser Situation raten soll.«

»Keine Ahnung. Vielleicht.«

»He, du weißt, wie lieb ich dich habe, oder? Aber kann ich ganz ehrlich sein?«

»Ja, okay.«

»Du verlierst gerade wieder die Kontrolle«, sagt er. »Wie letztens.«

VIERTER

TEIL

NOVEMBER

EDEN

SEIT DEM ALBTRAUM IST über ein Monat vergangen und allmählich normalisiert sich die Lage. Ich habe eine meiner Beruhigungstabletten genommen, bevor Parker und ich losgegangen sind. Heute lässt die Wirkung allerdings extrem lange auf sich warten. Ich sitze allein auf der Zuschauertribüne und um mich herum steigert sich das Chaos ins Unermessliche.

Jemand tippt mir auf die Schulter und deutet auf den Platz neben mir. »Besetzt!«, brülle ich, aber in der Halle ist es so laut, dass ich mich kaum selbst verstehe. Ich lege meine Jacke auf den Sitz und versuche, eine Schutzhülle um mich zu erdenken, bis Parker vom Klo zurück ist. Aber es klappt nicht. Ich spüre noch immer den Schweiß an meinen Händen. Ich rieche zu viele Menschen auf viel zu wenig Raum. Ich sehe, dass der Parkettboden schimmert wie ein See, der uns alle verschlucken könnte.

Das Spiel geht erst in einer halben Stunde los, trotzdem ist die Energie hier drin völlig irre. Alles ist … zu viel. Offenbar ist das erste Heimspiel der Saison ein großes Ding. Es ist so anders als das letzte Basketballspiel, an das ich mich erinnere. Da spielte mein Bruder noch an der Highschool, ich war in der Mittelstufe und konnte mich einfach mit einem Buch in einer

Ecke verkriechen und erfolgreich alles andere ausblenden.

Heute Morgen im Bett hat Josh gesagt, ich müsse nicht kommen – er weiß ja, dass ich in einer solchen Menschenmenge Probleme haben werde. Aber als ich sagte, dass ich dabei sein will, musste er lachen und hat mich daran erinnert, dass ich ihm, als wir in der Highschool waren, mal gesagt habe, dass ich niemals so ein Mädchen sein werde, das ihn bei seinen Spielen anfeuert.

»Niemals«, hat er betont.

»Oh, mein Gott«, stöhnte ich ins Kissen. »Wieso hast du mich überhaupt gemocht?«

»He, ich fand das lustig.«

»Es war *gemein*.«

»Im Ernst. Ich fand deine Ehrlichkeit …« Er zögerte, schaute an die Decke, bis er das richtige Wort fand. »Erfrischend.«

»Ein Glück für mich.«

Und dann lächelte er mich so niedlich an, dass ich am liebsten mit ihm im Bett geblieben wäre, aber ich musste mich fertig machen, weil mir eine Schicht im Café bevorstand. Nach dem Duschen kam ich nur mit einem Handtuch bekleidet, das mich gerade so bedeckte, zurück ins Zimmer. Ich dachte, er wäre wieder eingeschlafen, deshalb sammelte ich besonders leise meine Sachen zusammen.

Aber er stöhnte leise das Wort: »*Gott.*«

Ich drehte mich um und sah, dass er mich beobachtete.

»Was denn?«, fragte ich, dabei hatte allein der Klang seiner Stimme, die Art, wie er diese eine Silbe betont hatte, eine Million Schmetterlinge in meinem Bauch freigesetzt.

»Wieso ist es so lange her, dass ich dich zuletzt so gesehen habe?«, fragte er und setzte sich auf.

»Wir hatten viel zu tun«, antwortete ich, dabei war das nur die halbe Wahrheit. Die andere Hälfte war schwerer zuzugeben – dass in jener Nacht etwas passiert war, wovon wir uns beide noch nicht ganz erholt hatten.

Ich ging zum Bett, um ihn zu küssen, aber irgendwie wollte der Kuss nicht enden. Josh nahm meine Hände, zog mich zu sich. »Du riechst so gut«, flüsterte er an meinem Hals. Als ich mich von ihm löste, war eine Seite seines Gesichts ganz nass von meinen Haaren. Ich lachte und wischte es mit einer Ecke meines Handtuchs trocken.

Er legte eine Hand an meinen Bauch, ließ sie bis zu meiner Hüfte wandern, dann hinauf bis zur Mitte meiner Brust, wo ich den Zipfel des Handtuchs eingesteckt hatte, damit es an mir hängenblieb. Er schaute mich an, mit einem Blick, den ich lange nicht gesehen hatte. »Hast du noch ein paar Minuten?«

»Ein paar«, sagte ich.

Er rückte ein Stück zur Seite, machte Platz für mich. »Kommst du noch mal ins Bett?«

Ich legte mich zu ihm, und er küsste mich, betrachtete dann sehr aufmerksam mein Gesicht, streichelte über die Narbe über meiner Augenbraue. Lächelnd küsste er sie. Dann meinen Mund, meinen Hals, küsste sich weiter hinab und ließ sich dabei Zeit, obwohl wir gar keine hatten.

Das Handtuch war schnell vergessen, genauso die Zeit.

Denn seine Berührung … seine Lippen auf mir, seine Hände. Ich wusste nicht, wann es sich zuletzt so leicht angefühlt hatte. Sich einfach hingeben und loslassen und verloren gehen. Meine Hand suchte sich zu ihm, weil ich auch ihn berühren wollte, wollte, dass er diesen Moment genauso genießen konnte wie ich. Aber er nahm meine Hand, schob meinen Arm über meinen Kopf und hielt ihn dort, sanft, für einen Augenblick.

»So komme ich mir egoistisch vor«, erklärte ich.

»Egoistisch?« Er lachte, den Mund gegen meinen Bauch

gepresst. »Wenn du wüsstest, wie sehr ich das genieße, wäre dir klar, dass ich der Egoistische bin. Aber davon abgesehen, vor einem Spiel darf ich sowieso nicht.«

»Oh, ist das eine Regel?«

Er nickte. »Schon, ja.«

»Und so wie ich dich kenne, brichst du keine Regeln.«

»Gibt aber keine für nach dem Spiel.«

Ich bekam Ärger, weil ich fünfzehn Minuten zu spät zur Arbeit kam, aber das konnte meine Stimmung auch nicht trüben. Weder mein Arschloch von Manager noch die unhöflichen Anzugträger noch die abgelenkten Supermütter noch die Tatsache, dass ich einem Kunden einen kompletten Espresso übergoss. Weil ich nur die Augen schließen musste, um mein Herz schneller schlagen zu lassen, was mich jedes Mal daran erinnerte, wie unwichtig das alles war.

Ich mache ein paar Selfies mit der Menschenmenge im Hintergrund: eins mit Daumen hoch, eins mit Zwinkern, eins mit einem übertrieben großen Grinsen und eins mit Luftkuss. Er markiert sie alle sofort mit Herzchen und schreibt:

Ich kann den ganzen Tag an nichts
als heute Morgen denken

»Was gibt's zu grinsen?«, fragt Parker, als sie sich zu mir quetscht.

»Nur ein bisschen Motivationszeugs. Was wünscht man denn vor einem Spiel? Hals- und Beinbruch?«

»Bloß nicht! Wie wäre es mit dem guten alten ›Viel Glück‹?«, schlägt sie vor und schaut zu, wie ich die Nachricht tippe. »Freut mich, dass es euch wieder besser geht.« Dann tätschelt sie meine Schulter. Seit ich ihr alles erzählt habe, ist sie superverständnisvoll und lieb, fast ein bisschen wie die Schwester, die ich nie hatte. Das will ich ihr gerade sagen, aber da laufen schon die Cheerleaderinnen ein, und alle um uns herum springen auf, fangen an zu klatschen und jubeln.

Sie sind unfassbar schön mit ihrem Glitzermakeup, den gestylten Haaren und den perfekten Körpern. Ich frage mich, ob ein paar von Joshs Teamkollegen meine Selfies gesehen und sich gesagt haben: *Hm, nach viel sieht die nicht aus.* Besonders nicht im Vergleich zu diesen Mädels. Sportler konnten so gnadenlos sein. Aber dann wiederum, das konnten ja alle Männer.

Als die Teams herauskommen, springen wieder alle auf und jubeln. Ich sehe Josh. Er hat die Nummer 12, wie damals in der Highschool. *Wieso wusste ich das noch nicht?*

Ich kann gar nicht weggucken. Es ist, als würde ich eine ganz neue Dimension von ihm erleben. Er bewegt sich so elegant, springt und rennt und passt den Ball, als wäre es das Leichteste der Welt. Ich bin richtig beeindruckt, wie kann er sich einfach so zeigen, vor all diesen Leuten?

Irgendwann schaut er zu mir und lächelt mich an. Erst fühle ich mich geschmeichelt, dann richtig aufgedreht. Aber dann folgt sofort ein anderes Gefühl. Es überlagert alles und füllt den Raum aus, an dem heute Morgen noch Schmetterlinge flatterten – als hätte jemand eine Schippe Erde auf sie geworfen, ihre Flügel gebrochen, ihr Feuer erstickt. Und mit diesem Bild komme ich auch auf einen Namen für das Gefühl: Unwürdig. Ich fühle mich plötzlich ganz eigenartig, aber überwältigend unwürdig.

Ich schließe die Augen, versuche, die Leichtigkeit, die pulsierende Befreiung vom Morgen heraufzubeschwören, aber sie sind fort. Ich sage mir, dass wahrscheinlich nur die Tabletten anfangen zu wirken.

Nach dem Spiel warten Parker und ich bei der Umkleide

auf Josh und Dominic. Als sie endlich herauskommen, warten noch viel mehr Mädchen – und Jungs –, um sich auf sie zu stürzen. Ich lasse mich ein bisschen zurückfallen, lasse ihn zu mir kommen. Er küsst mich dort, vor allen anderen, und bringt damit den schweren Klotz der Unwürdigkeit in meinem Innern zum Schwanken. Einerseits würde ich ihn gern aufhalten, ihm sagen: *Josh, warte, was werden die dazu sagen – dass du mit mir zusammen bist? Ich bin nichts. Du hingegen …*

Ich senke einen Moment lang den Blick, und als ich wieder aufschaue, betrachtet er mich amüsiert. »Was ist?«, frage ich.

»Wollen wir uns lieber zurückziehen für den Rest des Abends?«, fragt er leise. Oh, er kennt mich so gut. »Wir müssen nicht mitgehen. Für mich völlig okay.«

»Nein, wir gehen mit. Ich komme schon klar.«

»Sicher?«

»Ja. Davon abgesehen müssen wir doch feiern.«

Er schüttelt lachend den Kopf. »Wir haben verloren.«

»Oh, stimmt.« Dabei wusste ich das, aber ich war offenbar so sehr damit beschäftigt, im Hier und Jetzt zu bleiben, dass meinem Hirn die Wichtigkeit von Gewinnen und Verlieren vorübergehend entfallen ist. »Wobei, eigentlich ist das doch erst recht ein Grund zum Feiern.«

»Deine Freundin hat recht, Miller«, sagt ein Typ, der vermutlich auch mitgespielt hat, aber ich hatte ja buchstäblich nur Augen für Josh. Er stellt sich vor und ist nett, trotzdem vergesse ich seinen Namen sofort wieder.

Wir schlendern Arm in Arm mit ein bisschen Abstand hinter den anderen her zum Restaurant. Die Temperatur gerade ist perfekt, eine kühle, aber noch nicht zu kalte Novembernacht, die meine Vorfreude auf meinen nahenden Geburtstag nur noch weiter steigert.

»Du bist still«, sagt er.

»Tut mir leid.«

»Das muss dir gar nicht leidtun. War nur 'ne Beobachtung.«

»Ach, ich hab nur übers Wetter nachgedacht. Es ist ein so schöner Abend.«

Er schaut in den Himmel, die Wolken fliegen über uns hinweg, schneller als wir.

»Aber ich hab auch ans Spiel gedacht«, füge ich hinzu. »Ich habe mir noch nie ein ganzes Basketballspiel angesehen, geschweige denn richtig mitgefiebert.«

»Obwohl dein Bruder so viel gespielt hat?«

Ich nicke. »Hat mich nie sonderlich interessiert. Aber, Josh«, sage ich etwas ernster. »Du warst so gut.«

Er lacht. »Ich wiederhole noch mal: Wir haben verloren.«

»Tja, das musst du mir wohl nachsehen, ich hab die ganze Zeit nur auf dich geachtet, da ist diese Nebensächlichkeit wohl an mir vorbeigegangen.« *Wie du dich bewegst* – meine Wangen brennen.

»Auf mich?«, fragt er lachend.

»Ja, auf dich.« Ich ziehe ihn näher an mich, unsere Füße bewegen sich in Zeitlupe, während wir uns intensiv ansehen. »Keine Ahnung, ich dachte echt nicht, dass ich eine von denen bin.«

»Eine von denen?«

»Ach, du weißt, was ich meine. Eine von den fünfhundert Mädels, die heute zugeschaut haben und jetzt nach Hause gehen, um von dir zu träumen.«

Er lächelt, aber blinzelt mich ein bisschen mit schräggelegtem Kopf an, als würde er nicht glauben wollen, dass ich das ernst meine. Himmel, er ist so niedlich, wenn ihm nicht klar ist, wie niedlich er ist.

»Ich will damit nur sagen, dass du, wenn du je genug von mir hast, innerhalb einer Minute ein Upgrade finden wirst.«

Jetzt hört er auf zu lächeln, verdreht die Augen und geht normal weiter.

»He, ich sage doch nur … du hast Optionen.«

»Muss das sein?«, fragt er. »Ich will keine Optionen.«

»Okay, aber dir muss doch klar sein, dass es in deinem direkten Umfeld ein Dutzend ziemlich schöner Mädchen gibt, die jederzeit …«

»Oh, mein Gott«, stöhnt er. »Hör auf.«

»Ich bin doch nur ehrlich – hattest du nicht vorhin gesagt, dass dir das an mir gefällt?«

»Jetzt bist du allerdings nur gemein«, flüstert er und lehnt sich nah zu mir. »Zu dir selbst.«

JOSH

WIR GEHEN NACH DEM Spiel noch mit ein paar Teamkollegen in ein Restaurant in der Nähe. Parker kommt mit, ich glaube, damit Eden sich ein bisschen wohler fühlt. Luke ist übers Wochenende da, um Dominic zu besuchen. Ich habe ihnen gesagt, dass sie die Wohnung für sich haben – ich bleibe bei Eden, damit sie ungestört sein können.

Ich war nicht mal sicher, ob ich heute Abend noch was unternehmen will, ein bisschen hatte ich gehofft, dass sie einfach Nein sagt, aber jetzt, wo wir hier sind, ist es doch ziemlich nett. Manchmal vergesse ich, wie sehr ich es genieße, sie so unter Menschen zu sehen. Ich kann sie ganz anders wahrnehmen, als wenn wir zu zweit sind. Ich bemerke Neues an ihr oder entdecke Dinge wieder. Zum Beispiel, dass sie null Interesse an Small Talk hat – etwas, das mir immer erst wieder einfällt, wenn ich sie so sozial interagieren sehe –, so krass, dass es fast ein bisschen unhöflich wirkt. Aber dann wiederum ist sie so wahnsinnig aufmerksam in Gesprächen, wenn es um Relevantes geht. Dann ist sie ganz da und lässt sich nicht ablenken. Das war es auch, womit sie mich gekriegt hat. Bei ihr musste ich echt sein, weil sie mit der anderen Version von mir absolut nichts anfangen konnte. Der Version, die höflich, den lieben langen Tag mit jeder und jedem plaudern konnte, ohne je etwas von Belang zu sagen.

Sie unterhält sich gerade angeregt mit Luke – und aus dem, was ich aufschnappe, schließe ich, dass sie zusammen in der Schulband waren. Ich hatte es ganz vergessen, aber sie hat mal erwähnt, dass sie ein Instrument gespielt hat. Ich lasse mein Gespräch auslaufen und schließe mich ihrem an.

Ich frage über das laute Stimmengewirr: »Was hast du noch mal gespielt?«

Luke zeigt auf Eden und sagt: »Klarinette, stimmt's?«

»Ja!«, sagt sie begeistert. »Gutes Gedächtnis. Und du … Flöte, oder?«

»Wie kannst du dich daran denn erinnern?«, fragt Luke. »Du hast doch nach der Neunten aufgehört, oder?«

Ich kann es ihr ansehen – sie wird ganz blass, für einen Moment ist da so eine Leere in ihren Augen. Ich kenne diesen Blick mittlerweile. Sie hat also bei der Schulband aufgehört, nachdem es passiert ist, weil es passiert ist. Der Moment vergeht schnell, dann nickt sie und lächelt, nimmt aber meine Hand unterm Tisch.

Glücklicherweise meldet sich genau da Dominic zu Wort.

»Moment mal«, sagt er. »Ich dachte, Flöte und Klarinette sind dasselbe.«

Eden und Luke wechseln einen Blick, als wäre das das Verrückteste, was sie je gehört haben. Dann lachen sie hysterisch.

Luke schüttelt den Kopf und gibt Dominic dann einen Kuss auf die Wange. »Nein, Schatz. Das ist nicht dasselbe.«

Ich lege ihre Hand auf den Tisch, drücke sie und lasse dann los. Als sie die Hand öffnet, sehe ich, dass die rosa Narben von der Verbrennung fast nicht mehr zu erkennen sind.

Wir brechen als erste auf. Auf dem Rückweg fällt mir auf, dass sie lächelt. Nicht gezielt mich an, sondern einfach so.

»Ich habe den Eindruck, du hast dich amüsiert.«

»Hab ich tatsächlich«, sagt sie. »Ich mag Luke. Weißt du, dass ich nie ein Wort mit ihm gewechselt habe, als wir zusammen auf der Highschool waren? Ist es nicht lustig, wie sich alles ändern kann?«

»Absolut«, stimme ich zu. »Du, pass auf, ich muss dich was fragen.«

»Okay, das klingt ernst«, sagt sie, wird langsamer und schaut mich an.

»Ernst? Keine Ahnung.« Ich zucke mit den Schultern. »Eigentlich nicht. Meine Eltern würden dich gern zu Thanksgiving einladen.«

»Oh, wow«, sagt sie. »Die Eltern kennenlernen. Das ist schon ernst.«

»Ja?«, frage ich, obwohl ich das eigentlich auch finde, ich wollte bloß keine große Sache draus machen. »Aber es fühlt sich irgendwie richtig an, oder?«

Sie schaut zu Boden und lächelt.

»Ist das ein Ja?«

»Ja«, sagt sie und nickt. Und dann lacht sie.

»Was ist?«

»Weißt du noch, dass du mal gesagt hast, dass du nicht willst, dass ich deine Eltern kennenlerne?«

»Das habe *ich* gesagt?«

»Ja. Als ich ja *so ehrlich* war und dir gesagt habe, dass ich weder deine Freundin noch eins der Mädchen sein will, dass dir von der Seitenlinie aus zujubelt.«

Ich denke zurück und kann mich jetzt tatsächlich daran erinnern. Aber damals war ich besonders wütend auf meine Eltern, weil sie versuchten, Dads jüngsten Rückfall vor mir zu verheimlichen. Ich hatte das Gefühl, ihnen nicht trauen zu können, und ich war einfach so genervt von ihnen und ihrem ganzen Scheiß. Ich wollte, als ich Eden kennenlernte, nicht, dass sie von irgendwas wussten, was mir mal wichtig werden könnte.

»Aber, wie du gesagt hast: Die Dinge ändern sich.«

Das Handtuch liegt noch immer zerknautscht auf ihrem Bett. Wir sprechen es nicht mal an. Wir ziehen uns einfach aus. Wir müssen nicht drüber sprechen. Es fühlt sich absolut richtig an. Als hätte es die ganze Angst, die ganzen Sorgen, die ganze Traurigkeit des letzten Monats gar nicht gegeben. Sie hört nicht auf, mich zu küssen. Wir sind uns so nah, so verbunden, in Takt, ganz wie vor dieser einen furchtbaren, furchteinflößenden Nacht. Atemlos sagt sie an einem Punkt meinen Namen. Erst denke ich, sie sagt ihn einfach so, doch dann wiederholt sie ihn kurz darauf. »Josh, ich …«, setzt sie an. Dann nimmt sie mein Gesicht in beide Hände und sieht mir tief in die Augen, spricht aber nicht weiter.

»Ja?«, frage ich und höre kurz auf, damit ich ihr richtig zuhören kann.

Doch sie schüttelt nur den Kopf, lächelt und flüstert: »Ich liebe dich.«

Ich sage es auch. Wieder und wieder.

Ich schlafe superschnell ein, den Kopf auf ihrem Bauch, die Hand auf der Hüfte, ihre Arme um mich geschlungen. Ich kann gar nicht sagen, wann ich mich zuletzt so gut gefühlt habe, so zufrieden mit meinem Leben, wie in diesem Moment, in dem mein Körper sich im Einklang mit ihren Atemzügen hebt und senkt.

Ich wache früh auf, recke mich und drehe mich aus ihren Armen. Sie liegt neben mir und starrt an die Decke. »Hi«, flüstere ich. Aber sie reagiert nicht. Ich stemme mich auf den Ellbogen und betrachte sie näher. Ihre Augen sind weit geöffnet, sie blinzelt nicht. Eine Adrenalinwelle schießt durch mich. Da ist kein Leben in ihren Augen. Sie wirkt ... *tot.* Ich packe ihren Arm, sage ihren Namen lauter. Jetzt blinzelt sie ein paar Mal, sieht mich dann an. Sie lebt wieder.

»Hm?«, macht sie.

»Alles okay?«

»Ja.« Sie berührt sanft meine Wange. »Ich hab nur nachgedacht.«

»Worüber?«

»Ach, nichts. Kommt schon in Ordnung.«

»Was kommt in Ordnung?«, frage ich. »Was ist los?«

Sie leckt die Lippen, bevor sie antwortet, als wären sie ausgetrocknet von der langen Zeit, die sie leblos dagelegen hat. »Ach ... Ich glaube, ich habe ein paar Tage keine Pille genommen.«

Kalte Panik überkommt mich. »Moment. Glaubst du oder weißt du?«

»Die Packung war leer, und ich hab es nicht sofort geschafft, Nachschub zu holen.«

Ich setze mich auf und schaue auf sie hinunter. Ich habe keine Ahnung, was für ein Gesicht ich mache, aber sie sieht mich mit gerunzelter Stirn an.

»Wie lange?«

»Vielleicht ein paar Tage.«

»Shit.« Ein paar Tage, mehr ist nicht nötig – ich habe in dem Punkt meine Hausaufgaben gemacht, als wir beschlossen haben, die Kondome wegzulassen. Damals klang das so logisch. Außerdem ist die Pille wesentlich zuverlässiger, wieso also beides benutzen? Aber das gilt halt nur, wenn sie die auch regelmäßig nimmt, was sie mir hoch und heilig versprochen hat.

»Höchstens eine Woche.«

»Shit!«, wiederhole ich. »Ist das dein Ernst?«

Sie stützt sich nun auch auf die Ellbogen, sitzt jetzt so halb, und sie ist so wahnsinnig gelassen. »Na ja, es wirkte nicht ganz so dringlich, schließlich waren wir ja in letzter Zeit eher weniger … aktiv.«

»Oh, mein Gott«, flüstere ich in meine Hände. »Und das fällt dir erst jetzt ein?«

Sie öffnet den Mund, sagt aber nichts.

»Das ist dir erst jetzt eingefallen, oder?«

»Ist doch kein großes Ding«, sagt sie, ohne auf die Frage zu antworten. »Ich hole mir die Pille danach. Das ist kein Drama.«

»Okay«, sage ich. Immerhin haben wir einen Plan. Aber da ist dieses Gefühl in meiner Brust … als würde eine Schraube fest angezogen. »Moment, du hast zugelassen, dass ich … Obwohl …?«

»Ich …«

»Oh, wow.« Es steht ihr so deutlich ins Gesicht geschrieben. »*Das* wolltest du mir sagen. Als du ›Ich liebe dich‹ gesagt hast. Lieber Gott, Eden! Was hast du dir dabei gedacht?«

»Schrei mich bitte nicht an«, sagt sie extra leise. »Bitte.«

»Wieso hast du mich nicht aufgehalten?«, schreie ich trotzdem.

Sie streckt den Arm nach mir aus. »Es tut mir leid, ich …«

Ich weiche ihr aus, ich kann nicht anders. »Fass mich gerade bitte nicht an.«

Sie wird sehr still und sieht mir dabei zu, wie ich aus dem Bett steige, wie ich einfach wahllos Kleidungsstücke greife, die herumliegen, und mich anziehe.

»Josh, was machst du?«

»Ich muss mal raus, an die frische Luft«, sage ich. Sie bewegt sich, will wohl auch aufstehen. »Allein.«

Trotzdem ist sie wenige Minuten später bei mir auf dem Dach. Sie stellt sich zu mir ans Geländer, von wo aus ich auf den Campus schaue und versuche zu begreifen, was da gerade passiert ist. Es ist superwindig, und sie kommt näher zu mir. Sie trägt mein graues T-Shirt, das mit dem Loch am Hals, und dazu eine meiner Boxershorts. Zitternd legt sie mir eine Hand auf den Arm.

»Es tut mir leid«, sagt sie noch mal. »Es … es hat sich einfach so angefühlt, als hätte sich wieder alles normalisiert. Ich dachte, es ist okay. Oder … keine Ahnung … vielleicht hab ich auch gar nicht gedacht. Aber es kommt doch alles in Ordnung, Josh. Ich habe die Pille danach schon mal genommen, und alles gut vertragen.«

Jetzt sehe ich sie richtig an. »Nachdem *wir* Sex hatten?«

»N-nein«, stammelt sie und schaut zu Boden. »Du bist nicht wirklich sauer, oder?«

»Doch, Eden. Ich bin wirklich sauer.«

»Es war ein Unfall.«

»War es nicht.«

Sie zögert. Offenbar denkt sie gerade gründlich nach … Gott, wieso hat sie das nicht einfach gleich gestern Nacht gemacht? Heiße Wut flackert in mir auf, nimmt fast so viel Raum ein wie meine Angst. »Okay, dann war es ein Fehler. Aber darf ich darauf hinweisen, dass, wenn gerade jemand durchdrehen sollte, das ja wohl ich sein müsste?«

»Weißt du was?«, setze ich an und versuche, die Gelassenheit meines Vaters anzuzapfen. Vielleicht hilft ja einer seiner Sätze: »Ich brauche gerade ein bisschen Luft zum Atmen.«

»Ist das dein Ernst?«, schreit sie.

»Ja, das ist mein Ernst.«

Der Wind bläst ihr die Haare ins Gesicht, weshalb ich nicht sehen kann, welchen Blick sie mir gerade zuwirft. Aber sie dreht sich um und geht zur Tür. »Du kommst aber wieder, oder?«, fragt sie.

Ich habe ihr nicht geantwortet und bin auch nicht zurück-gekommen. Ich bin zu mir gegangen. Ich habe versucht zu schlafen, konnte aber nicht. Jetzt ist es 6.45 Uhr, und ich stehe vor der Apotheke, noch bevor die überhaupt aufmacht. Was mich überrascht ist, dass ich von Minute zu Minute wütender werde. Ich beruhige mich kein bisschen, wirklich das krasse Gegenteil.

Wir waren immer so vorsichtig. Ich bin niemand, der leichtsinnig ist oder Unfälle verursacht oder Fehler macht. Ich habe ihr damit vertraut – *das* war mein Fehler. Ich gehe zur Kasse und schäme mich in Grund und Boden. Nehme eine Flasche Wasser mit, nur damit ich nicht mit leeren Händen dastehen muss.

Von dort gehe ich direkt zu ihrem Apartment und klopfe an die Tür. Parker öffnet. Sie hat eine Schlafbrille in die Stirn geschoben, kriegt kaum die Augen auf. Sie sagt nur: »Ich hasse dich.«

Eden sitzt in ihrem Bett, als ich reinkomme, hat die Arme um die Beine gelegt. Sie steht sofort auf und rennt auf mich zu, während ich noch die Tür zumache. Als ich mich um-drehe, wartet sie schon mit ausgebreiteten Armen, aber ich kann nicht.

»Hier.« Ich drücke ihr die Tüte in die Hände.

»Was ist das?« Sie schaut hinein, nimmt die Tüte mit zu ihrem Bett. »Dir ist schon klar, dass ich mich selbst darum gekümmert hätte, oder?«

»Nein, das ist mir nicht klar. Mir ist rein gar nichts klar.« Ich gehe in ihrem kleinen Zimmer auf und ab. »Schluck die verdammte Pille, das ist mein voller Ernst.«

»Josh, ich verstehe nicht, warum du so wütend bist. Alles wird gut.«

»Wieso verstehst du nicht, dass ich so wütend bin?«, zische ich.

Sie schnaubt und holt die Packung und die Flasche Wasser aus der Tüte. »Okay, und jetzt stehst du einfach da und guckst zu, wie ich die nehme oder was?«

»Nimm sie einfach.«

Ihre Hände zittern, während sie das Siegel abknibbelt und dann die Tablette aus der Verpackung drückt. Ich greife zu der Wasserflasche, um sie für sie zu öffnen. Sie legt sich die Tablette auf die Zunge und murmelt, als sie mir die Flasche aus der Hand nimmt: »Na, du hast ja an alles gedacht.« Sie sieht mir in die Augen, während sie die Tablette schluckt. Dann wischt sie sich mit dem Handrücken über den Mund.

»Danke«, sage ich und setze mich auf die Bettkante. Erwarte, dass jetzt so was wie Erleichterung einsetzt, aber vergebens.

»Ich hätte es dir fast nicht gesagt«, gesteht sie. »Aber ich wollte ehrlich sein.«

»Bisschen spät dafür.« Meine Worte sind gemein. Ich kann das richtig schmecken, aber verhindern kann ich sie trotzdem nicht.

»Wieso bist du so?«

»Wieso hast du mich nicht gestoppt? Hast du gedacht, dass ich nicht aufhören würde?«

»Nein, ich …«

»Ja?«

»Es … Ach, keine Ahnung. Es hat sich so gut angefühlt.«

»Es hat sich gut angefühlt?«, wiederhole ich. »Wow, wie reif.«

»Ich meine das nicht körperlich … also, das hat sich natürlich auch gut angefühlt, aber ich meine, es hat sich gut angefühlt, wieder zusammen zu sein. Richtig zusammen.« Sie schweigt und will meine Hand nehmen, doch ich ziehe sie weg. »Siehst du? Es war so angespannt und komisch zwischen uns. Ich wollte dich nicht stoppen, weil ich dir dann hätte sagen müssen, dass es diese Unterbrechung mit der

Pille gab, und dann hättest du da direkt wieder was reinge-
lesen, so wie du jetzt alles Mögliche in die Sache reinliest
und mich für verkorkster hältst als ich bin – und guck, wo
wir sind.« Sie wirft die Hände in die Luft. »Trotzdem.«

Ich schlage die Hände vors Gesicht, ihre Erklärung hallt
in mir nach. Ich versuche, es zu verstehen, aber …

»Ich kann nicht«, höre ich mich sagen.

»Was kannst du nicht?«

»Dir trauen«, gebe ich zu. »Ich kann das nicht.« Ich lehne
mich vor, sehe den Boden durch meine Finger, meine Hände
fühlen sich heiß an. Ich kann Eden nicht ansehen.

»Was willst du damit sagen?«

Die Wörter purzeln aus mir, landen aber wie schwere
Felsbrocken. »Keine Ahnung, vielleicht brauchen wir 'ne
Pause oder so.«

»Eine Pause.« Sie lacht. »Deswegen?« Ich schaue auf,
und sie hat so ein schiefes Grinsen im Gesicht. Außerdem
Fassungslosigkeit, Irritation. Offenbar rege ich sie auf, was
wiederum mich aufregt und eine viel tiefer liegendere Sache
in mir weckt – sie nimmt das nicht ernst. Sie nimmt *mich*
nicht ernst.

»Ja, deswegen!«, brülle ich und bin wieder auf den Beinen.

Jetzt hat sie wieder diesen leicht entrückten Ausdruck wie
gestern im Restaurant, heute macht mich das aber nur noch
wütender.

»Nein«, sagt sie. »Wenn wir diesen Schritt gehen, dann
sag mir wenigstens die Wahrheit. Nenn mir den wahren
Grund.«

»Du stellst hier *meine* Aussage infrage, obwohl du die bist,
die gelogen hat?«

»Ich habe nicht gelogen, ich habe nur …« Jetzt verschränkt sie die Arme und sagt: »Gib's doch zu, du willst das
seit dieser einen Nacht mit mir beenden.«

»Welcher Nacht?«

Sie schnaubt und verdreht die Augen, aber ihre Hände zittern noch immer, verraten, dass sie absolut nicht so cool ist, wie sie tut. »Stell dich nicht dumm«, sagt sie, Schärfe in der Stimme. »Du weißt genau, welche Nacht.«

»Das hat nichts mit dieser Nacht zu tun«, sage ich. »Eden, wie soll ich dir nach dieser Sache je wieder trauen?«

»Weil ich halt so bin.«

»Ja, genau«, platzt es aus mir heraus. »So bist du halt.«

Wie sie mich ansieht. Als hätte ich sie gerade geschlagen. Ich möchte auf der Stelle tot umfallen. Ich will es zurücknehmen. »Okay, okay, jetzt guck nicht so. Du weißt, dass ich das nicht so gemeint habe.«

»Doch, hast du«, sagt sie leise, den Blick auf die Pillenpackung, die Tüte und die Wasserflasche gerichtet, die auf ihrem Bett liegen. Sie fängt an, alles in die Tüte zu stecken. Jetzt strecke ich die Arme nach ihr aus, doch sie duckt sich weg. »Nein. Ich möchte, dass du gehst.«

»Ich möchte nicht gehen«, sage ich. *Nimm's zurück, nimm es alles auf der Stelle zurück, du Idiot.* Ich mache einen Schritt auf sie zu, und als sie aufschaut, hat sie Tränen in den Augen.

»Geh einfach, Josh«, sagt sie mit erstickter Stimme und wischt sich mit den Handballen die Tränen weg. »Da ist die Tür. Ich halte dich nicht auf.«

»Eden, sei …«

»Geh!«, schreit sie und verliert schon ihre Stimme an die Tränen. Sie wirft mit der Wasserflasche nach mir, aber verfehlt mich. »Verschwinde, Mann!«, brüllt sie. »Verschwinde einfach.«

Parker erscheint in der Tür und schaut mich an, jetzt ist sie hellwach. »Josh«, sagt sie sehr gefasst. »Du gehst jetzt besser.«

Also gehe ich. Aber weit komme ich nicht. Ich setze mich in den Flur, den Rücken an der Wand. Ich werde hier auf sie warten, egal wie lange es dauern wird, sage ich mir. Bis dahin versuche ich, das Atmen nicht zu vergessen. *Eine Pause.* Ich weiß nicht, ob ich jemals so etwas Dummes gesagt habe.

EDEN

PARKER MACHT MIR EINEN grünen Smoothie, aber ich atme viel zu hektisch, kriege nicht genug Luft, um überhaupt nur einen Schluck davon zu trinken. Abends bringt sie mir Eis, aber selbst darüber muss ich sofort wieder weinen, weil ich sofort an italienische Eiscreme denken muss.

Sobald ich mal aufhören kann, sehe ich ihn wieder in meinem Zimmer stehen, so wütend, und er sagt: *So bist du halt.* Wieder und wieder und wieder. *So bist du halt.* Ich bin immer noch dieselbe. Ich hätte es nicht besser sagen können, aber er war schon immer wortgewandter als ich.

Ich bin einfach … ein Desaster. Ich bin einfach unfähig, nicht alles kaputtzumachen. Ich bin einfach der fleischgewordene Fluch für alle, die ich liebe. Ich hätte nicht gedacht, dass mich mal jemand mehr verletzen könnte als ich mich selbst. Aber zu wissen, dass er dieselben schrecklichen Dinge über mich denkt wie ich – das kriege ich nicht mal ansatzweise verarbeitet.

Ich trage sein kaputtes graues T-Shirt und liege im Bett. Schluchze, heule, hyperventiliere – achtundvierzig Stunden lang. Und obwohl ich nichts lieber will als seine Nähe, drücke ich ihn weg, wenn er anruft, ignoriere seine Nachrichten, sage Parker, sie soll ihn nicht reinlassen. Weil ich halt so bin, und jemand ihn vor mir schützen muss, selbst wenn ich diejenige bin, die das übernimmt.

Ich verpasse alle Kurse und Vorlesungen am Montag, weil ich nicht aus dem Bett komme. Am Abend erscheint sie in meinem Zimmer, bringt mir Suppe. Ich bitte sie, mir lieber meine Tabletten zu bringen. Ich nehme alle drei.

Und endlich schlafe ich ein, traumlos.

Am Dienstag, meinem Geburtstag, gehe ich sowohl zur Arbeit in der Bibliothek als auch zu meinen Veranstaltungen. Irgendwie schaffe ich es, den ganzen Tag mit keinem Menschen zu sprechen. Ich lasse die Therapiesitzung am Nachmittag ausfallen und gehe nicht ans Telefon, als die Praxis anruft. Statt mich dort zurückzumelden, übernehme ich eine Schicht im Café. Habe ja schließlich keine Verabredung zum Essen mehr am Abend.

Ich mache ständig Fehler, lasse einen Teller fallen und bin unhöflich zu den Gästen. Nach der Hälfte der Schicht sage ich, dass ich fünf Minuten Pause mache, bleibe dann aber zwanzig weg. Weil ich im Bad beim Händewaschen eine Panikattacke kriege, als ich die rosa Narben an meiner Handfläche sehe und mir plötzlich wieder einfällt, dass das alles ja wirklich passiert ist – er hat mich wirklich geliebt, er hat mich wirklich verlassen. Und dann sacke ich erst mal zusammen und heule auf dem dreckigen Boden. Als ich wieder rauskomme, meide ich den Blickkontakt zu allen und tue so, als wäre alles okay. Ich nehme den Hinterausgang und gehe zu dem kleinen Laden um die Ecke, um mir Zigaretten zu kaufen – zum ersten Mal komplett legal, schließlich bin ich ja jetzt offiziell achtzehn.

Die Kassiererin wünscht mir herzlichen Glückwunsch, nachdem sie einen Blick auf meinen Ausweis geworfen hat. Dann schiebt sie das Päckchen zu mir und fügt hinzu: »Umbringen werden die dich trotzdem.«

»Danke, das weiß ich«, sage ich und lächle sie breit an. Und kurz denke ich, das wäre nicht das Schlimmste.

»Brauchst du Feuer?«, fragt sie, und ich nicke.

Ich überlege, ob ich einfach nicht zurückgehen soll zum Café, aber wenn ich nicht wirklich an den Folgen dieses unsichtbaren Messers sterben sollte, das da in meinem Herzen steckt, brauche ich den Job leider weiter. Als ich zurückkomme, empfängt mich Mr Arschloch mit den Worten, dass er das in meiner Personalakte vermerken wird. Meinetwegen. Ich mache noch mindestens drei weitere Pausen, um draußen neben den Müllcontainern zu rauchen, wo ein ausrangierter Tisch mit ungleich langen Beinen steht, dessen Farbe abblättert. Ich habe fast ein Jahr nicht geraucht, mir ist schon ganz schwindelig und flau, als die Hintertür zum Café zuschlägt.

»Oh, hi Eden.« Perry kommt zu mir, und da erst fällt mir auf, dass ich nicht mal weiß, ob das sein Vor- oder Nachname ist. Er holt eine E-Zigarette aus der Tasche. »Nicht viel los heute Abend.«

Ich nicke.

»Wusste gar nicht, dass du rauchst«, sagt er.

»Ja, ich hab aufgehört, aber ... offenbar nicht ganz erfolgreich.«

Er schaut mich an, als würde er mich zum ersten Mal wirklich sehen – er hat mir noch nie einen zweiten Blick zugeworfen. »Macht es dir was aus, wenn ich was ... stärkeres ... rauche?«, fragt er.

Ich schüttle den Kopf und wedle mit der Hand.

»Na, so was.« Er grinst. »Ich wusste doch, dass du cool bist.« Dann holt er eine andere E-Zigarette raus – den erdigen, schweren Geruch erkenne ich sofort. Ich lache laut, weil das Universum mich offenbar prüfen will, wenn es mir all meine Laster so schön nacheinander präsentiert.

»Hmm?«, macht er und hält den Rauch in der Lunge. »Was ist so lustig?«, krächzt er, bevor er ausatmet.

»Ach, nichts«, lüge ich. »Hab mir nur gerade vorgestellt, was Mr Arschloch sagen würde, wenn er jetzt rauskäme.«

»Der ist vor 'ner Stunde gegangen«, sagt Perry.

Ich stecke mir die nächste Zigarette an. »Dann hab ich's ja nicht eilig, da wieder reinzukommen.«

»Aha, dann nennt ihr ihn also Mr Arschloch?«

Ich zucke mit den Schultern.

Er nickt und zieht noch mal an seiner E-Zigarette.

»Willst du auch mal?« Ich sehe ihn an, und er kommt näher. Er ist sicher zehn Jahre älter als ich. Offenbar sende ich irgendein krankes Signal aus, das diese Typen anlockt. Wie so ein Leuchtfeuer oder Schall oder so was. *Hey, ich bin hier, allein, verletzlich, ein super Opfer! Kommt alle her! Macht mich fertig!*

»Hm, ich hab heute Geburtstag«, sage ich wie beiläufig.

»Herzlichen Glückwunsch!« Er fängt an zu strahlen. »Warte kurz.« Er verschwindet kurz nach drinnen und kommt mit einer offenen Flasche Sekt und zwei Gläsern zurück. Er stellt die Gläser auf den wackeligen Tisch und füllt sie. Dann reicht er mir eins, hält seins hoch und sagt: »Prost.« Ich zögere, also fügt er hinzu: »Wenn du nix verrätst, verrate ich auch nix.«

Das Universum will mich prüfen? Also gut. Immer her damit. Ich werde eh durchfallen – das kann ich schließlich am besten.

»Prost«, sage ich, und wir stoßen an. Josh wäre so enttäuscht von mir – noch enttäuschter, als er sowieso schon ist. Rauchen, kiffen, saufen mit einem Fremden. Check, check, check. *So bist du halt.* Es läuft auf Dauerschleife in meinem Kopf. So bin ich halt. Nichts zu machen.

»Und?«, fragt er, während er mir die E-Zigarette reicht.

»Holt dich dein Freund nachher ab? Der große Typ?« Er streckt eine Hand weit über seinen Kopf.

»Genau«, sage ich und ziehe ein paar Mal. »Der große Typ.«

Aber so, wie er mich ansieht, angrinst, weiß er, dass die Jagdsaison eröffnet ist.

Ich verliere die Zeit aus den Augen, weiß gar nicht so genau, worüber wir eigentlich reden. Bekomme nicht mal mit, dass er reingeht. Ich wische denselben Tisch schätzungsweise hundertmal. Ich wische den Boden eine gefühlte Ewigkeit. Durch die Scheibe kann ich mein Wohnheim sehen. Ich stelle mir vor, ich hätte den Röntgenblick, könnte direkt in mein Zimmer schauen, dort wartet mein ungemachtes Bett auf mich, lockt mich.

Während wir das Café schließen, schwanke ich. Sekt auf leeren Magen, Zigaretten auf gebrochenes Herz, Gras auf kaputten Verstand. Keine gute Kombination, trotzdem fühle ich mich wieder recht zurechnungsfähig, als wir das Licht ausmachen und das Schild an der Tür auf GESCHLOSSEN drehen. Perry legt mir die Hand auf den unteren Rücken und fragt, ob er mich nach Hause bringen kann. Ich hasse, dass ich weiß, wie viel leichter es ist, mich darauf einzulassen, als stark zu sein und mich dagegen durchzusetzen.

Aber als ich ihn ansehe, diesen Fremden mit dem erwartungsvollen Grinsen im Gesicht, das langsam näherkommt, merke ich plötzlich, dass es sich doch nicht mehr so leicht anfühlt wie früher. »Nein«, sage ich leise. »Aber danke.«

Er läuft trotzdem neben mir her.

»Was soll das?«, frage ich und bleibe stehen. Mein Herz fängt so sehr an zu hämmern, dass ich Angst bekomme vor dem, was als nächstes passieren könnte.

»Ich hab doch gesagt, ich möchte nur sicher sein, dass du gut nach Hause kommst.«

»Aber ich hab doch gerade gesagt, dass das nicht nötig ist.«

»Ja, aber ich …«

»Hör zu. Danke für die anderthalb Gläser schalen, alten Sekt, den du aus der Küche gestohlen hast. Und danke für die acht Züge an deiner E-Zigarette und … ach ja, danke, dass du mir zum Geburtstag gratuliert hast«, sage ich, weil ich langsam in Fahrt komme. »Danke, echt. Sehr. Aber ich bin dir dafür nichts schuldig.«

»Whoa, komm mal runter. Das hast du völlig falsch verstanden.« Dann versucht er, es wegzulachen.

»Nein«, sage ich. »Nein«, schreie ich. »Nein!«, brülle ich immer lauter und lauter. »*Nein!*«, aus voller Kehle.

Da endlich reißt er die Hände in die Luft und weicht zurück.

Ich renne über die Straße, die Treppe zum Wohnheim hoch, schließe die Eingangstür hinter mir und versuche, wieder zu Atem zu kommen. Aber meine Beine fühlen sich an wie Gummi, was es nicht gerade leicht macht, mich bis ins dritte Stockwerk zu kämpfen. Und als stünde ich nicht eh schon vor einem Zusammenbruch, erwartet mich eine Vase vor der Tür, die vor gelben Blumen nur so überquillt, dazu cine Karte, darauf mein Name in seiner Schrift.

JOSH

ICH HABE UNGEFÄHR HUNDERTMAL versucht, mit ihr zu sprechen. Aber sie kommt nicht an die Tür, geht nicht ans Telefon. Ich habe ihr sogar einen Strauß Blumen vor die Tür gestellt, als sie Geburtstag hatte, aber sie stehen eine Woche später immer noch da, mittlerweile komplett verwelkt.

Jeden Morgen, wenn Dominic und ich zum Training gehen und an ihrem Stockwerk vorbeikommen, sagt er dasselbe: »Immer schön weiter.«

Ich gehe zum Training, zu meinen Vorlesungen, zu meinen Kursen und komme nach Hause. Jeden Tag aufs Neue.

Diese Woche hatten wir ein Auswärtsspiel, und ich dachte, dass sie vielleicht nach meiner Rückkehr bereit wäre, mit mir zu sprechen. Ich habe meinen Eltern gesagt, dass sie an Thanksgiving mitkommt, weil ich mir sicher war, dass bis dahin alles bereinigt ist.

Das Training heute Abend läuft wie immer. Fünfzehn Minuten aufwärmen, dehnen. Zwanzig Minuten lang Sprungwürfe, Dreipunktwürfe, Rebounds. Coach geht rum, sieht zu, ruft immer wieder: »Schneller, wie im richtigen Spiel, meine Herren!« Sein Assistent beobachtet mich, macht sich Notizen auf dem Tablet.

Eine Stunde Verteidigungsdrills. Eine halbe Stunde Angriff, wir gehen Spielzüge durch. Der Assistent hat mich wieder genau im Blick, das spüre ich. Wahrscheinlich wartet er nur darauf, dass ich wieder was verbocke. Dann machen wir ein Trainingsspiel, aber nur auf dem halben Feld, und es läuft so viel dynamischer als sonst. Alle spielen gut, kooperieren, probieren wirklich die Spielzüge durch. Es ist nicht so eine Qual wie sonst. Selbst Coach ist zur Abwechslung mal gut drauf, was hilft.

»Das habt ihr ganz anständig gemacht, Jungs – gute Kommunikation«, sagt er und klatscht ein paar Mal in die Hände. »Zur Abwechslung sah es echt mal so aus, als wärt ihr ein Team!« Und dann fügt er, ich kann es gar nicht fassen, vor allen anderen hinzu: »Gute Arbeit, Miller.«

Zum Ende hin werfen wir alle noch ein paar Körbe. Einfach locker, frei, scherzend. »Wer lachen kann, hat noch nicht alles gegeben!«, warnt Coach und pfeift, hängt noch mal zehn Minuten dran. Ich bekomme erst mit, dass die vorbei sind, als ein paar der anderen auf dem Weg zur Umkleide bei mir am Korb stehenbleiben.

»Krass, Miller«, sagt einer von ihnen und geht dann weiter.

»Du bist eine Maschine, Mann!«, sagt ein anderer.

Ich fange den Ball und bleibe stehen. »Hä?«, frage ich, bin total außer Atem und wische mir den Schweiß von der Stirn. Ich schaue mich um, ohne den Rhythmus des Balls im Takt mit meinem Puls hab ich das Gefühl, das Gleichgewicht zu verlieren. Die beiden waren die letzten auf dem Spielfeld. Coach steht in der Nähe, beobachtet mich.

»Ein Unterschied wie Tag und Nacht.« Er kommt auf mich zu und schüttelt den Kopf. »Schön, dich wiederzuhaben.«

»Was meinen Sie?«, frage ich.

»Ach, Miller. Fishing for Compliments ist unattraktiv.«

»Aber ich wollte gar nicht …«

Er unterbricht mich, indem er die Hand hebt. »Was immer du gerade machst, nicht nachlassen.« Er klopft mir ordentlich auf den Rücken und verschwindet, offenbar zufrieden.

Was *mache* ich denn?

Ich hasse mich jede Sekunde jedes Tages dafür, dass ich den einen Menschen verletzt habe, den ich nie verletzen wollte. Außerdem schlafe und schwänze ich zu viel. Ich lüge meine Eltern an, was Eden betrifft. Eigentlich geht so ziemlich mein ganzes Leben gerade den Bach runter. Aber Basketball kann ich offenbar spielen. Das einzige buchstäbliche Feld, auf dem ich weiß, was ich tun muss und gut darin bin und jemanden glücklich machen kann.

Wir gewinnen die nächsten beiden Spiele. Ehrlich gesagt habe ich nie besser gespielt. Habe mich magisch rehabilitiert in den Augen der anderen – zumindest was mein Team angeht. Selbst Jon funkelt mich nicht mehr ständig böse an. Alles, was dazu nötig war: perfekt sein. Kinderspiel.

Bloß hat es sich sonst besser angefühlt.

Darüber denke ich nach, als ich nach dem Auswärtsspiel – wir haben unsere Gegner fertiggemacht – ziemlich fertig nach draußen zu Dominic gehe, der bei seinem Wagen wartet.

»Hey, Miller?«, ruft Coach mir nach.

Ich drehe mich um. Er steht frierend mit den Assistenten und dem Coach der Heimmannschaft im Eingang.

»Ja, Coach?«

Er kommt auf mich zu, lässt die Kollegen stehen, um mir kurz seine ganze Aufmerksamkeit zu widmen. Dann lächelt er, ein echtes Lächeln, ein seltener Anblick, und sagt so leise, dass nur ich ihn verstehen kann: »Freut mich, dass du endlich die richtigen Prioritäten setzt.«

Er rechnet mit einer Reaktion, soviel ist klar. Aber mir ist das so scheißegal, ich weiß echt nicht, wo ich eine hernehmen soll, zumindest keine, die er gern hören würde. Also stehe ich einfach nur da und schaue zu, wie mein Atem eine Wolke um mich bildet.

»Dann los«, sagt er. »Ruh dich aus. Hast du dir verdient. Viel Spaß an Thanksgiving mit deiner Familie.«

»Danke«, bringe ich raus.

EDEN

ICH SCHLOTTERE AUF DEM DACH. Es ist schon Mitternacht. Nur noch eine Zigarette, dann gehe ich ins Bett, das verspreche ich mir. Ich habe einen der Stühle an den Rand des Dachs gezogen, wo ich am Geländer lehne und den Arm über die Kante hängen lasse.

Ich atme die Mischung aus kalter Luft und Rauch ein, die mir wie tausend Nadelstiche in die Lunge beißen. Beim Ausatmen bildet sich eine nicht enden wollende Wolke, weil der Rauch irgendwann in sichtbaren Atem übergeht. Ich presse so lange nach, bis meine Lunge nichts mehr hergibt. An den Rändern meines Gesichtsfelds wird es dunkel, mein Körper fängt an zu brennen. Einen Augenblick lang überlege ich, ob ich einfach noch etwas länger durchhalten kann, bis ich ohnmächtig werde und so vielleicht etwas inneren Frieden finde. Aber dann übernimmt mein Körper wieder und saugt frische Luft in sich, stures Ding.

Als ich die Zigarette ausdrücke, höre ich, wie eine Autotür zugeschlagen wird. Dann eine weitere. Stimmen werden durch die kalte Luft heraufgetragen. Es ist der Tag vor Thanksgiving, viel ist nicht los. Ich lehne mich über die Kante, um besser sehen zu können. Sie haben um die Ecke gegenüber geparkt.

Ich beobachte ihn von hier oben. Ich erkenne seinen Gang, seine Stimme, obwohl ich nicht verstehen kann, was er sagt. Es ist zweieinhalb Wochen her. Ich sehe ihn und will eigentlich nur zu ihm runterrennen, mich in seine Arme werfen und ihn bitten, mich morgen mit zu seinen Eltern zu nehmen. *Tun wir einfach so, als wäre alles in Ordnung,* würde ich sagen. *Machen wir eine Pause von dieser bekloppten Pause.* Wie gern ich das will. Aber noch während ich das denke, überkommt eine sonderbare Lähmung meinen Unterkörper, zwingt mich, still sitzenzubleiben. *Warte,* befielt mein Körper. *Bleib.* Er gewinnt immer.

Als er mir gestattet, mich wieder zu bewegen, ist es still. Ich senke den Blick, habe die Zigarettenpackung zerdrückt.

Wie ich mir versprochen habe, gehe ich ins Bett.

Als ich am nächsten Morgen aus meinem Zimmer komme, stehen ein Koffer und eine Tasche von Parker bei der Tür, bereit, sie nach Hause zu begleiten. Sie steht in ihrem Wintermantel beim Mixer und füllt ihren grünen Frühstücksproteinsmoothie in zwei Reisebecher. Wie jeden Morgen, bevor sie zum Schwimmtraining geht, will sie mir was davon unterjubeln.

»Du trinkst das jetzt«, befiehlt sie. »Du brauchst die Antioxidantien mehr denn je, so viel wie du rauchst.«

»Genau genommen«, setze ich an, aber sie unterbricht mich.

»Keine Widerrede!«

»Was ich eigentlich sagen wollte: Ich habe aufgehört. Mal wieder.«

»Wann?«, fragt sie und sieht mich misstrauisch an.

»Gestern Abend.«

»Höchste Zeit«, sagt sie und verdreht die Augen, während sie die Deckel auf die Becher drückt und meinen dann in den Kühlschrank stellt. »Okay, wenn du dich ab jetzt nicht mehr aktiv selbst umbringst, erinnere ich dich einfach noch mal an mein Angebot, morgens mit mir joggen zu gehen.«

»Vielleicht komme ich mal mit, wenn wir beide zurück sind. *Vielleicht*«, betone ich, weil ich nicht den Eindruck habe, Versprechungen machen zu können. Niemand anderem und erst recht nicht mir selbst.

»Also gut, komm her«, sagt sie und reißt mich an sich. Drückt mich sehr lange und fest. »Fahr vorsichtig und pass auf dich auf, ja?« Dann verzieht sie das Gesicht, als würde sie etwas Schlimmes riechen. »Lieber Gott, in wen verwandle ich mich gerade? In meine Mutter?«

Meine Lachmuskeln sind wegen Vernachlässigung außer Form, aber ich gebe trotzdem ein kleines Schnauben von mir. »Guten Flug«, sage ich. »Wir sehen uns in ein paar Tagen.«

Sie geht zur Tür, dreht sich dann aber noch einmal um. Mit einem schiefen Lächeln, aber auch gerunzelter Stirn fügt sie hinzu: »Und tu mir doch bitte den Gefallen und denk zumindest drüber nach, das T-Shirt mal auszuziehen, okay?«

»Oh.« Ich sehe an mir hinunter. Das graue T-Shirt ragt aus dem Ausschnitt meines Pullis. Mir war gar nicht klar, wie offensichtlich es ist, dass ich jeden Tag sein T-Shirt unter meinen Sachen trage. »Okay.«

»Hab dich lieb«, flötet sie, während sie sich mit ihren Taschen und dem Becher zur Tür hinaus manövriert und dann schnell hinter sich schließt.

Ich hole tief Luft, habe aber kaum ausgeatmet, da höre ich Stimmen im Flur. Ich gehe zur Tür und schaue durch den Spion. In dem gewölbten Kreis sehe ich ihre Silhouetten: Josh auf der einen, Parker auf der anderen Seite.

Ihre Stimmen sind leise, gedämpft.

Parker, dumpf: »Josh, ich weiß nicht, was ich dir sagen soll.«

»Sag mir wenigstens, ob sie okay ist.«

Parker stemmt eine Hand in die Hüfte, die andere führt sie zum Mund – ich schätze, sie macht Psst, denn danach deutet sie zur Tür. Wenn sie was antwortet, höre ich es nicht.

Josh fasst sich an den Kopf. Er antwortet etwas, aber ich verstehe nur »… um ihr zu sagen, wie leid es mir tut.«

Parker schüttelt den Kopf. Murmelt irgendwas. Dann höre ich ein »nicht« und »lass es einfach«.

Josh wirft die Hände in die Luft und schüttelt den Kopf. »Aber …«, der Rest ist unverständlich.

Parker streckt den Arm aus, berührt ihn kurz. »Warte ab, lass sie zu dir kommen.«

Er sagt irgendwas Kurzes, nickt dann.

Ich sehe Parker nach, die sich entfernt. Josh sieht ihr ebenfalls nach. Dann dreht er sich zur Tür, macht einen Schritt auf sie zu. Ich halte die Luft an, während er sich mit beiden Händen gegen den Türrahmen stemmt, den Blick auf den Boden gerichtet. Mein Herz rast beim Gedanken daran, wie nah wir uns wären, gäbe es die Tür nicht zwischen uns. Ich höre ihn seufzen. Dann rückt er ab, reibt sich übers Gesicht – die Bartstoppeln sind wieder da, diesmal könnte man es vermutlich wirklich Bart nennen. Er schaut noch einmal zur Tür, und ein bisschen fürchte ich, er weiß, dass ich ihn beobachte. Wenn er jetzt klopfen würde, ich wäre nicht sicher, ob ich die Türe zulassen könnte. Meine Hand sucht sich zum Knauf – keine Ahnung, ob ich so verhindern will, dass er reinkommt oder nicht.

Aber dann geht er.

Und ich atme auf.

Ich nehme den grünen Smoothie mit ins Bad und nippe daran, bevor ich unter die Dusche gehe. Kälte umfängt mich, als ich das T-Shirt ausziehe. Ich fühle mich nackter als nackt, als hätte ich gerade eine Hautschicht abgelegt und wäre jetzt ungeschützt zahllosen Schadstoffen meiner Umwelt ausgesetzt. Trotzdem lasse ich das T-Shirt in den Wäschekorb fallen, werfe meine restlichen Klamotten darauf und drücke von oben nach so fest ich kann.

Als ich aus der Dusche komme, erwartet mich eine Nachricht von Staatsanwältin Silverman:

Hab ein paar schöne Feiertage, Eden.
Ich wollte dir das sofort mitteilen:
Es gibt ein Datum. Halte dir die zweite
Januarwoche frei. Wie immer: Melde dich,
wenn du Fragen hast. Danke, CeCe

CeCe. Wie komisch, ihren Vornamen da stehen zu sehen. Offenbar bringt das ein Stück Nähe, wenn eine Anhörung zum Prozess führt. Ich habe ihren vollen Namen auf Formularen gesehen, eigentlich heißt sie Cecelia Silverman, aber ich hätte nie gedacht, dass sie im Alltag CeCe genannt wird. Was für ein normaler Spitzname. Fast niedlich. Ist sie privat niedlich? Keine knallharte Powerfrau in Stöckelschuhen und Kostümen mit strengem Pferdeschwanz? Isst sie etwa Popcorn in Kinos, macht kleine Scherze oder singt schräg zu Liedern aus dem Autoradio? Ich schreibe sofort zurück, noch tropfnass, unter mir formt sich eine Pfütze – mir war gar nicht klar, dass ich diese Nachricht so dringend gebraucht habe.

Okay, danke für das Update.
Dir auch schöne Feiertage, Cece.

JOSH

ICH PARKE AM BORDSTEIN vor dem Haus meiner Eltern. Direkt beim Briefkasten. Ich schalte den Motor aus und wische die Hände an der Hose ab. Selbst im geschlossenen Auto höre ich das Kreischen der Haustür. Ich steige aus. Hole meine Taschen aus dem Kofferraum. Gehe zum Haus.

Ich halte den Blick zu Boden gerichtet, kann sie einfach nicht ansehen, wie sie da auf der Veranda stehen. Dad kommt mir entgegen und nimmt eine meiner Taschen. Da erst wage ich, ihn anzusehen. In seinen Augen sehe ich so viele Sorgen und Fragen.

Ich versuche zu lächeln, aber ich kann nicht.

Mom steht noch oben, hält die Hände hoch und reckt den Hals, der Anfang eines Worts hängt in der Luft. »W...« Ich ahne ein *Was ist los?* oder *Wo ist sie?*, aber sie stoppt sich selbst.

Ich bin sehr dankbar, dass sie nichts sagen, bis ich im Haus bin.

Harley kommt angeflitzt, reibt sich an meinen Beinen und schnurrt laut. Sie warten, bis ich sie auf den Arm genommen habe, bis sie wie ein Puffer zwischen uns ist. Da erst fragt Mom: »Spann uns nicht länger auf die Folter, was ist los?«

Und dann stehen sie einfach nur da, warten auf eine Erklärung.

»Wir haben uns getrennt«, gebe ich zu. Nachdem ich es drei Wochen lang vor mir selbst verleugnet habe.

»Oh, mein Schatz«, sagt Mom. »Komm her.« Sie schließt mich in die Arme, weshalb Harley runterspringt. Dad klopft mir auf den Rücken.

Als ich ihn ansehe, lächelt er traurig. »Tut mir leid, mein Junge.«

Ich nicke. *Nicht so sehr wie mir*, würde ich sagen, wenn ich könnte.

»Okay«, sagt Mom. »Komm erst mal an, zieh deine Jacke aus. Willst du drüber reden?«

Ich schüttle den Kopf. »Eher nicht.«

»Ihr habt euch nicht wegen des Besuchs hier getrennt, oder?«, fragt sie. Offenbar glaubt sie, es ist gerade erst passiert, weil sie jetzt erst davon hört.

Lachend lasse ich mich aufs Sofa plumpsen. »Schön wär's.«

»Wegen des Prozesses?«, fragt Mom, setzt sich zu mir und legt mir die Hand aufs Bein.

»Mom?« Ich lege meine Hand auf ihre. »Danke, aber ich möchte gerade wirklich nicht darüber sprechen.«

Sie schaut zu meinem Dad, dann zu mir. »Okay, mein Schatz.« In der Küche schrillt ein Wecker, und sie steht auf.

»Brauchst du Hilfe?«, fragt Dad.

»Nein, alles im grünen Bereich. Wir warten praktisch nur noch auf den Truthahn.« Und dann macht sie eine nicht wirklich subtile Geste in meine Richtung, als wollte sie sagen: *Mach was. Kümmer dich um ihn.*

Dad seufzt und setzt sich gegenüber von mir in seinen Lehnsessel. »Wollen wir uns ein Spiel angucken?«, fragt er und sieht mich sanft an.

»Klar«, antworte ich. »Alles, nur kein Basketball.«

Er lacht. »Abgemacht.« Er schaltet ein Footballspiel an, und wir schauen beide zu, ohne viel zu reden. Das ist so ziemlich genau das, was ich brauchte. Ich strecke mich auf dem Sofa aus, und sofort kommt Harley wieder, um sich auf meiner Brust zusammenzurollen.

»Da hat dich jemand vermisst«, sagt Dad und zeigt auf die Katze. Ich kraule sie unterm Kinn, und sofort fängt sie an zu schnurren wie ein winziger Motor. »Joshie, du weißt, dass du jederzeit mit mir reden kannst, oder? Wenn du willst?«

»Ja«, erwidere ich. »Danke.«

Ich döse ein bisschen weg, schlafe nicht wirklich, schwelge eher in der Erinnerung an diesen einen Abend, als Eden hier übernachtet hat, noch zu Highschoolzeiten. Wir sind nicht mal hochgegangen, sondern haben Pizza gegessen, ferngesehen und sind dann hier auf der Couch eingepennt, nachdem wir ewig geredet haben. Wir kannten uns gerade mal ein paar Wochen, aber da wusste ich schon, dass ich dabei war, mich in sie zu verlieben. Ich habe ihr Geheimnisse erzählt. Über mich. Meine Familie. Die Abhängigkeit meines Vaters. Dinge, die ich niemandem sonst erzählt habe. Weil ich ihr vertraut habe. Weil ich darauf vertraut habe, dass sie es verstehen würde. Und das hat sie. Immer.

Ich öffne die Augen und schaue zu Dad.

Er hat mich beobachtet.

»Ich hab's verbockt«, sage ich.

Er schüttelt kurz den Kopf. »Passiert uns das nicht allen mal?«

Ich nicke, dabei würde ich eigentlich lieber sagen: Nein, das passiert uns *nicht* allen, mir nicht – zumindest sollte es das nicht – nicht *so* krass jedenfalls.

Bevor wir weitersprechen können, poltern meine Tante und zwei jüngere Cousins, die zehnjährigen Zwillinge Sasha und Shane, unter lautem Getöse herein. Eine willkommene Ablenkung von dem, wie ich mir diesen Tag eigentlich ausgemalt hatte.

»Josh?«, fragt meine Tante, als ich aufstehe, um sie zu umarmen. »Wo ist deine Freundin?«

Dad schüttelt den Kopf, zieht den Finger unterm Kinn über den Hals, aber zu spät.

»Oh«, macht sie und hält sich den Mund zu. »Sorry.«

»Sie kommt nicht«, sage ich.

»Ohh«, macht sie noch mal, diesmal länger und legt dazu den Kopf schief. »Das tut mir leid.«

Ich zucke mit den Schultern und versuche, nicht zu sehr am Boden zerstört auszusehen.

»Josh, Josh!« Shane hüpft neben mir auf und ab und hält mir einen Basketball vor die Nase. Der chemische Gummigeruch ist mir so wahnsinnig vertraut und überflutet mein Hirn mit Erinnerungen. »Josh, guck mal. Mein neuer Basketball. Hab ich gerade erst zu meinem Geburtstag bekommen.«

»Cool«, sage ich.

Sasha murmelt: »Zu *unserem* Geburtstag.«

Shane verdreht die Augen und seufzt, aber ich lache. Es kommt nicht oft vor, dass ich mich frage, ob ich was verpasst habe, weil ich Einzelkind bin. Wenn ich die beiden zusammen erlebe allerdings schon.

»Was hast du bekommen, Sasha?«, frage ich.

»Mom hat mir eine Klarinette gekauft«, verkündet sie, stolz auf sich.

»Moment, du spielst Klarinette?«, frage ich. Natürlich tut sie das.

»Pfft«, macht sie fast theatralisch. »Seit ungefähr zwei Jahren. Was du wüsstest, wenn du mal zu einem unserer Schulkonzerte kommen würdest.«

»Sasha«, unterbricht meine Tante. »Lass den armen Kerl

in Ruhe. Seine Spiele fallen immer auf deine Konzerttermine, das weißt du doch.«

»Tut mir leid, Sasha«, sage ich. »Und wenn ich versuche, es zum nächsten zu schaffen?«

Sie zuckt mit den Schultern und verschwindet in die Küche. Ihr ist das wahrscheinlich egal, aber ich fühle mich schäbig. Mir war gar nicht klar, dass das noch was ist, was ich wegen Basketball verpasse. Ist ja nicht so, als wäre unsere Familie riesig. Die können mich nicht einfach damit durchkommen lassen, dass ich nicht bei so was aufkreuze, und mir nicht mal was davon erzählen.

Ich wende mich an meine Tante. »Ich möchte echt nächstes Mal herkommen. Sagst du mir Bescheid, wann das nächste Konzert ist?«

»Klar«, sagt sie und wirkt überrascht. »Wenn du wirklich willst – aber wir wissen ja alle, wie beschäftigt du bist. Lass dir kein schlechtes Gewissen machen.«

»Josh? Josh, Josh«, quengelt Shane. »Wollen wir noch 'ne Runde spielen vorm Essen?« Er dribbelt zweimal, dann bekommt er einen Blick von seiner Mutter. Große Augen, geschürzte Lippen. Genau den Blick kenne ich zu gut von meiner Mutter.

»Nicht im Haus, du kleine Bestie.« Sie deutet zur Tür. Dann wendet sie sich an mich. »Würde es dir was ausmachen? Er spricht von nichts anderem«, flüstert sie mir zu. »Mein Cousin Josh hier, mein Cousin Josh da.«

»Aber klar«, sage ich genauso leise, weil ich froh bin, eine Ausrede zu haben, an die frische Luft zu gehen, wo Edens Abwesenheit nicht so spürbar ist. »Dann mal los«, sage ich zu Shane. »Sasha, willst du mitspielen?«, rufe ich Richtung Küche.

»Ich hasse Basketball!«, ruft sie zurück.

Ich muss über ihre Offenheit lachen. Wenn sie das sagt, klingt es, als wäre das gar nicht so schwer auszusprechen.

»Danke«, flüstert meine Tante.

Ich folge Shane in die Auffahrt, der sofort losrennt und auf den Korb wirft, den Dad an unserer Garage befestigt hat, als ich noch jünger war als er gerade ist.

»Guter Wurf«, lobe ich. »Mit dem Sprung hast du gut Boden wettgemacht.«

Er strahlt, als er mir den Ball zuwirft. Wir wechseln uns ab, machen Korbleger, dribbeln. Ich gebe ihm den einen oder anderen Tipp, den er freudig aufzunehmen scheint.

»Öffne die Schultern ein bisschen«, sage ich und mache es ihm vor.

»So, Josh?«, fragt er immer wieder.

»Bisschen mehr in die Knie – ja, genau«, sage ich. »Füße etwas weiter auseinander. Ellbogen rein. Und wenn du wirfst, musst du die Finger folgen lassen.«

Erst als mein Vater uns Wasser bringt und ich sein breites Lächeln sehe, bemerke ich, dass ich selbst grinse. Ich gebe den Ball an Shane ab, der wiederum an Dad passt.

»Okay«, sagt Dad und dribbelt los. »Aber habt ein bisschen Rücksicht mit mir, ich werde alt.« Doch dann macht er eine superschnelle Wendung, an uns beiden vorbei und, zack, den perfekten Korbleger. Shane bleibt der Mund offenstehen. Mir auch ein wenig.

»Alt?«, wiederhole ich. »Hast du das gesehen?«, frage ich Shane.

»Onkel Matt, ich wusste nicht, dass du so hoch springen kannst«, staunt er.

Ich nicke zustimmend.

Dad spielt weiter mit uns und bringt eine ganz neue Energie mit, ganz wie früher. Nicht lang, und ich merke, dass mir die Lunge wehtut von der kalten Luft, dem vielen Lachen und Rufen und Scherzen mit den beiden. So viel Spaß hatten wir so lange nicht, ich hatte völlig vergessen, dass das überhaupt möglich ist. Der Grund dafür, dass ich mit Basketball angefangen habe, war genau dieses Gefühl. Der Spaß, das Gefühl von Verbundenheit mit ihm. Ich weiß gar nicht, wann das verschwunden ist.

Ich hebe die Hand, will signalisieren, dass ich was trinken gehe. Da kommt Mom raus, stellt sich zu mir und legt mir den Arm um die Schultern. »Wie kommst du klar?«

Ich nicke. »Ganz gut.«

Sie sieht mich an und lächelt. »Essen ist fertig«, ruft sie.

Und als Dad bei mir ist, hält er die Hand hoch. Ich schlage ein, und dann umarmt er mich schnell und gibt mir einen Kuss auf die Stirn auf so eine Art, dass ich mich wieder wie zehn fühle. Shane läuft an mir vorbei und wirft dann den Ball einfach über die Schulter. Ich fange ihn, und während ich ihnen nachsehe, wünschte ich, ich könnte diesen Moment einfrieren.

Wir sitzen am Esstisch, und mein Herz ist leichter als in den letzten Wochen, eigentlich sogar Monaten. Seit jener Nacht. Eden hatte schon auch recht. Nicht, dass ich die Beziehung beenden wollte, damit nicht. Das wollte ich nicht – will ich auch immer noch nicht. Aber seit jener Nacht hat es sich angefühlt, als hätte ich eine Faust im Brustkorb, als würde jemand mein Herz zusammendrücken, fester und fester, wann immer ich mal was Gutes fühlen will. Und ich frage mich, ob es ihr die ganze Zeit so geht. Wenn das so ist, dann glaube ich, kann ich es jetzt verstehen. Warum man so viel aufs Spiel setzt, um an dem Guten festzuhalten, das Schlechte zu vergessen, wenn auch nur für einen Augenblick.

EDEN

»HAST DU ABGENOMMEN?«, fragt Mom, während ich ihr in der Küche helfe und alle Beilagen in getrennten Schüsseln anrichte, für die ich gerade noch das passende Besteck suche.

Ich schaue kurz an mir hinunter. Ich habe keine Ahnung, ob ich zu- oder abgenommen habe, ob überhaupt noch alles an mir dran ist. Ich habe den Blick in den Spiegel so gut es geht vermieden. Denn wenn ich doch mal hineinsehe, schaue ich mir nur in die Augen und denke unweigerlich: *So bist du halt, so bist du halt, so bist du halt* und wünschte, ich könnte auf Kommando verschwinden.

»Äh, ich glaube nicht«, sage ich, damit sie sich keine Sorgen macht.

Sie fragt nach Josh, ob er heute bei seinen Eltern ist.

»Hm-hmm«, mache ich, weil ich nicht lügen will, aber die Wahrheit auch nicht rausbekomme. Meine Großeltern werden bald eintreffen, und wenn ich jetzt in Tränen ausbreche, habe ich gleich aufgequollene Augen und sehe nicht wieder normal aus, bis sie da sind. Zumindest erkläre ich mir so, dass ich ihr noch nicht erzähle, dass wir uns getrennt haben.

»Hast du wenigstens dran gedacht, ihn zu fragen, ob er später zum Nachtisch vorbeikommt?«, fragt sie.

»Wird er wahrscheinlich nicht«, sage ich. »Ich glaube, die

machen da ein ziemlich ausgedehntes Ding …« Noch immer nicht wirklich gelogen.

»Ach, schade.« Sie seufzt. »Na, dann frag ihn doch, ob er irgendwann am Wochenende mal vorbeikommen will.«

Ich schließe mich im Bad ein und klammere mich ans Waschbecken. Versuche, *nicht* in den Spiegel zu sehen, während ich den Arzneischrank öffne, um meine Tabletten rauszuholen. Ich habe vorhin schon eine genommen, aber ich schätze, die war nicht stark genug, um Gespräche über Josh abzudecken. Also nehme ich noch eine. Dann atme ich tief ein und zähle bis fünf, atme aus bis fünf, atme ein, atme aus, wieder und wieder. Ich verlasse das Bad erst, als ich höre, dass meine Großeltern ankommen. Immerhin wissen die nichts von dem Prozess, zumindest das Thema sollte heute also keine Rolle spielen.

»Hallo Oma«, sage ich und umarme die beiden nacheinander. »Hallo Opa.«

Oma hält mich am ausgestreckten Arm von sich und begutachtet mich von Kopf bis Fuß, als würde sie eine Bestandsaufnahme machen, was ihrer Meinung nach alles mit mir nicht stimmt. »Lieber Gott, Eden Anne«, sagt sie. »Du siehst ja fürchterlich aus.«

»Oh.« Mehr bringe ich nicht raus. Ich versuche, das wegzulachen, aber es gelingt mir nicht, darüber hinwegzutäuschen, wie sehr mich ihre Direktheit verletzt.

Opa zuckt nur mit den Schultern und schüttelt den Kopf. »Ich persönlich finde dich so hübsch wie eh und je, meine Liebe.«

»Danke«, sage ich und ringe mir nun doch ein Lächeln ab.

»Ja, hübsch«, stimmt Oma zu, wedelt aber mit der Hand in der Luft, »aber offensichtlich geht es ihr nicht gut.«

Ich räuspere mich. »Ich hatte einfach viel zu tun, habe nicht viel Schlaf bekommen.«

»Vanessa!«, ruft Oma. »Sieh dir Eden mal an.«

»Oh, bitte, lassen wir das doch.« Ich wende mich an Caelin, der sich hinter mir herumdrückt. »Caelin«, flüstere ich, »Hilfe?«

»Hi Oma.« Er nimmt sie in die Arme, Opa hingegen reicht ihm nur die Hand, verweigert eine Umarmung. Ich schaue Caelin ins Gesicht, der davon nicht überrascht scheint – wann hat sich das wohl geändert? Wann hat Opa entschieden, dass es nicht mehr okay ist, Caelin zu umarmen? Ist mir gar nicht aufgefallen.

»Oh, mein Gott«, keucht Oma und begutachtet nun Caelin am ausgestreckten Arm. »Sieh dich an.« Sie legt ihm die Hand an die Wange. »Was geht denn hier vor? Du siehst ja genauso schrecklich aus.«

Wir wechseln einen Blick und fangen an zu lachen.

»Das ist nicht witzig«, sagt sie. »Wo sind eure Eltern? Verstecken sich vor mir, nehme ich an?«

»Wir sind hier, Ma«, sagt Dad, der mit zwei Weingläsern bewaffnet zu uns stößt – roten für Opa, weißen für Oma. Mom folgt ihm auf dem Fuße, ein aufgesetztes Lächeln im Gesicht.

Wir nehmen am Tisch Platz, und sofort kommt das Gespräch auf Caelins und meine Erscheinung. »Was gibst du denen denn zu essen, Vanessa?«, fragt sie. »Die brauchen eine ausgewogene Ernährung. Meine Güte, sie sind ja total …« Sie zögert und schleudert dann eine Hand in unsere Richtung. »*Ausgemergelt*«, beendet sie den Satz.

Ich komme spontan nicht auf die Bedeutung des Worts »ausgemergelt«, nehme mir aber vor, das bei nächster Gelegenheit nachzuschlagen, weil ich annehme, dass uns das gerade recht gut beschreibt.

Leise sagt Mom: »Ich wusste, dass mir dafür die Schuld gegeben wird.«

»So war das nicht gemeint«, beharrt Oma. »Conner, was gibst *du* denen denn zu essen?«, richtet sie die Frage nun bewusst an meinen Dad, denn wieso nur eine verletzen, wenn man gleich zwei treffen kann.

»Ma, lass mal gut sein, ja?«, sagt Dad schließlich. »Sie sind Collegestudenten und einfach k.o.«

Dann ist der Prozess wohl nicht das Einzige, was vor ihnen geheim gehalten wird. Offenbar wurde die Tatsache, dass Caelin letztes Semester nicht ans College zurückgekehrt ist, während der sonntäglichen Telefonate mit Oma ebenfalls ausgespart.

Ich schaue zu Caelin, und er seufzt. »Genau genommen«, fängt er an, aber Dad wirft ihm einen strengen Blick zu, sodass er sofort verstummt. Caelin schüttelt den Kopf, schenkt sich dann großzügig Wein ein, trinkt einen ordentlichen Schluck und füllt gleich nach. Es scheint niemandem sonst aufzufallen. Er stellt es zwischen uns und nickt hin. Ich greife nur zu dankbar danach und trinke ebenfalls einen großen Schluck, was auch niemand mitzubekommen scheint.

Opa fragt, wie es bei Dad auf der Arbeit läuft, was den Fokus von uns nimmt. Mom rennt immer wieder mit Tellern und Schalen in die Küche, um nachzufüllen. Ich stochere im Kartoffelpüree, sollte definitiv nicht auf nüchternen Magen trinken, aber es spricht mich einfach nichts an bei all den Lügen, die zwischen uns stehen.

»Oh«, sagt Oma und reckt den Zeigefinger in die Luft, als wäre ihr gerade wieder etwas eingefallen. »Caelin, wir haben in der Zeitung von Kevin Armstrong gelesen. War das nicht der Junge, der früher immer hier war?«, sagt sie und schüttelt jetzt schon ungläubig den Kopf. »Dein Mitbewohner?«

Caelin wischt sich mit der Serviette über den Mund, bevor er antwortet: »Ja«, sagt er. »Jener welcher.«

»Ach je«, keucht Oma. »Wenn ich das richtig verstehe, steckt der in ziemlichen Schwierigkeiten.«

Caelin nickt und trinkt einen Schluck Wein. »Das will ich hoffen.«

Und dann, aus dem Nichts, schlägt Dad mit der Hand auf den Tisch. Alle zucken zusammen, das Besteck hüpft von den Tellern. »Verdammt noch mal«, brüllt er. »Können wir nicht einmal in Ruhe essen, ohne über diesen Mist zu sprechen?«

Ich atme tief ein und scheine nicht wieder ausatmen zu können.

»Conner!«, tadelt meine Mutter.

»Was ist denn jetzt los?«, fragt Oma und schaut uns abwechselnd an. »Was hab ich gesagt?«

Und dann fangen plötzlich alle an, einander anzuschreien. Ich habe keine Ahnung, wer wem was vorwirft, um was es eigentlich gerade genau geht. Oma sieht sich noch immer um, wartet darauf, dass ihr jemand erklärt, was eigentlich los ist. Ich stehe auf und gebe ihr einen Kuss auf die Wange. Opa auch. Und dann gehe ich durch die Küche zur Hintertür, wo ich meine Jacke vom Haken nehme, die Schuhe anziehe und rausgehe. Die kühle, feuchte Nachtluft dringt in meine Lunge, und es ist so eine Erleichterung, wieder atmen zu können, dass ich lachen muss.

Ich setze mich auf das Holzbrett unserer alten Schaukel und lasse die Beine baumeln, lasse mich vom Wind wiegen. Ich lehne mich zurück, schaue in den Himmel und beobachte die kleinen Wolken, die mein Atem formt, zähle wieder, langsamer diesmal. Von eins bis fünf, wieder und wieder.

Ich höre, dass die Hintertür auf- und wieder zugeht. Ich setze mich auf, und sehe meinen Bruder, der sich mit der Weinflasche nähert.

»Sie sind weg«, sagt er und setzt sich auf die Schaukel neben mir, hält mir die Flasche hin.

Ich schüttle den Kopf. »Ich glaube, ich hatte genug.«

»Alles okay?«

Ich zucke mit den Schultern. »Joa.«

»Also einigermaßen okay?«

»Ja«, antworte ich. »Und bei dir?«

»Also, abgesehen davon, dass ich offenbar richtig scheiße aussehe, würde ich sagen: bei mir auch.«

Ich fange an zu lachen, und er lacht mit.

»Alter«, sagt er und trinkt einen Schluck. »Was sind wir doch für eine tolle Familie.«

»Da sagst du was«, stimme ich zu. »Hast du mich gerade ›Alter‹ genannt?«

»Ich bin schon ordentlich dicht«, sagt er und lacht, schüttelt den Kopf.

»Meinst du nicht, dass du die dann erst mal wegtun solltest?«, frage ich und nicke zu der Flasche in seinen Händen. Irgendwann haben wir offenbar die Positionen gewechselt. Jetzt ist er der Versager, das heißt, ich müsste die Erfolgreiche sein. Ihm ist wohl nicht klar, dass ich noch lange nicht damit fertig bin, die Versagerin zu sein. Unsere Eltern müssen so stolz auf uns sein.

»Doch«, sagt er. »Werde ich auch.«

»Wann denn?«

»Wenn der Wichser im Knast ist«, sagt er und trinkt noch einen Schluck.

»Und wenn er da gar nicht hinkommt?«, frage ich.

»So was darfst du nicht laut aussprechen«, fährt er mich an. »Das darfst du nicht mal denken, sonst ist der Gedanke in der Welt.« Er wirft die Arme hoch, *in die Welt*, in das Universum, und Wein regnet auf uns beide herab. »Sorry«, sagt er. »Tut mir leid.«

»Schon okay«, sage ich und schüttle die Weintropfen von meiner Jacke.

Er stellt die Flasche tatsächlich weg und holt eine Zigarettenpackung aus der Jackentasche. Steckt sich eine an und hält sie mir hin.

»Verlockend«, gebe ich zu, »aber nein danke.«

»Gut«, sagt er. »Das ist wirklich gut.« Er zieht an der Zigarette, die hellrot in der Dunkelheit glüht. Dann lehnt er sich zurück und atmet den Rauch so aus, dass ich ihn nicht abbekomme. Danach hält er die Zigarette auf Augenhöhe vor sich, starrt sie einen Moment an, bevor er sie in die Weinflasche steckt, wo sie zischend ausgeht. Dann sieht er mich auffordernd an. Ich halte ihm die Faust hin, und er stößt mit seiner dagegen.

»Du bist jetzt sicher total traurig, dass Josh nicht zu unserem wunderschönen Essen kommen konnte, was?«, fragt er grinsend. »Weiß er, wie bekloppt wir sind?«

»Oh, ja.« Ich muss lachen. »Er weiß definitiv, wie bekloppt *ich* bin. Wir haben uns getrennt.« Ich spreche es zum ersten Mal laut aus.

»Oh, nein«, sagt er und klingt ehrlich betroffen. »Wieso denn?«

»Meine Beklopptheit war wohl ein bisschen viel für den armen Kerl«, versuche ich zu scherzen, aber nicht mal ich finde das lustig.

»Soll ich ihn noch mal verprügeln?«, fragt er. »Würde ich nämlich machen.«

»Nein, nein. Das ist meine Schuld.« Ich schaue zu Boden, wo ich den Schuh durch den Dreck schleifen lasse. »Ich hab was Blödes gemacht, was ihn ziemlich verletzt hat und …« Ich zucke mit den Schultern und schniefe, will die Tränen zurückhalten. »Aber ich weiß nicht so ganz, wie es jetzt weitergehen soll.«

»Das tut mir leid«, sagt er und fragt glücklicherweise nicht nach, was ich Blödes angestellt habe.

»Ja, mir auch.«

Wenn ich nur einen Weg finden könnte, auch Josh zu sagen, dass es mir leidtut.

Am nächsten Tag sitze ich in Maras Auto, wir essen Nachos, die wir gerade gekauft haben. Sie erzählt mir von Thanksgiving mit ihrem Vater und seiner Verlobten, die sich das Essen hatten liefern lassen.

»Es war echt lecker«, gibt sie zu, »aber das habe ich ihnen nicht gesagt. Es ist doch total geschummelt, sich das von wem anders kochen zu lassen, auch wenn es tausendmal besser ist als der schlimme Truthahn, den meine Mutter sonst aufgetischt hat. So ein trockenes Stück Fleisch macht Familie doch aus.« Sie reißt das Päckchen mit der scharfen Soße auf und gibt sie zu dem Käsedip, den wir uns teilen. Dann stellt sie mir die Frage, vor der ich mich gefürchtet habe. »Und, wie läuft es bei dir?«

Ich erzähle ihr, was mit Josh passiert ist, aber sie unterbricht mich, bevor ich ihr das Schlimmste erzählen kann. »Oh, mein Gott, Edy, sagst du mir gerade, dass du schwanger bist? Bist du deshalb …«

»Was? Nein! Um Himmels Willen, nein! Ich habe mir die Pille danach geholt – also, eigentlich hat Josh die geholt … Moment, was wolltest du eigentlich fragen? Bin ich deshalb, was?«

»Ach, nichts. Du siehst nur ein bisschen …« Sie kneift die Augen etwas zusammen. »Ein bisschen fertig aus. Mehr nicht.«

»Ja, darin sind sich offenbar alle einig.«

»Entschuldige, erzähl weiter«, sagt sie und tunkt einen Tortilla-Chip in den Käse, bevor sie ihn mir reicht. »Wieso habt ihr euch getrennt?«

»Mir war klar, dass es riskant war, weil ich ein paar Tage die Pille nicht genommen hatte. Trotzdem habe ich ihn … du weißt schon, kommen lassen.«

»Oh«, macht sie. »Hm. *Warum?*«

Ich schüttle den Kopf. »Kann ich gar nicht mehr sagen, war einfach so. Und er ist superwütend geworden. So wütend habe ich ihn noch nie erlebt. Und dann bin ich wütend geworden, weil er so wütend war, und dann knallt er mir plötzlich an den Kopf, was ich doch für eine Versagerin bin und dass er eine Pause braucht und ich werfe mit der Wasserflasche nach ihm.« Ich zögere, weil ich überlegen muss, ob ich was vergessen habe. »Ja, so war das.«

»Du hast eine Wasserflasche nach ihm geworfen?«

»Aber nicht getroffen.«

Sie nickt, scheint darüber aber länger nachzudenken als nötig. »Moment, er hat dich eine Versagerin genannt? Das klingt gar nicht nach Josh.«

»Nein, das war nicht das Wort, was er benutzt hat, aber das hat er gemeint. Und er hat ja recht«, fahre ich fort. »Ich bin eine Versagerin.«

»Edy, sag so was nicht.«

»Bin ich aber doch. Das, was ich gemacht habe, ist genau das, was eine Versagerin macht. Findest du doch auch.«

»Okay, aber wer einmal was falsch macht, ist doch nicht gleich eine Versagerin«, widerspricht sie mir.

»Ich kann einfach nicht aufhören, mich zu fragen, was passiert wäre, wenn ich es ihm nicht gesagt hätte und mich einfach selbst drum gekümmert hätte …« Das ist so die Gedankenschleife, die seit Wochen in meinem Kopf abläuft. »Aber eigentlich ist das ja gar nicht der Punkt, um den es geht«, antworte ich mir selbst.

»Genau«, stimmt Mara mir zu. »Darf ich dir was sagen, um es etwas besser zu machen, aber ich glaube das halt auch wirklich?«

»Okay.«

»Ich glaube, es war richtig, es ihm zu sagen. Du warst ehrlich, was ja absolut kein Fehler ist. Und ich glaube, ihr beide werdet eine Lösung finden.« Sie nimmt meine Hand. »Ehrlich gesagt bin ich mir da sogar ziemlich sicher.«

Ich drücke ihre Hand, weil ich so dankbar bin über ihre Worte, aber es erinnert mich nur daran, dass das unser Ding war – Joshs und meins -, unser eigener Morsecode.

»Oh«, füge ich hinzu. »Natürlich ist da auch noch der Prozess im Januar. Mir bleibt also gerade mal ein Monat, mich wieder einigermaßen zu sammeln, nur um den ganzen Scheiß gleich noch mal durchzumachen.«

Sie drückt meine Hand ein weiteres Mal, fester. »Du schaffst das.«

Ich atme tief durch die Nase ein, will so die Tränen, die aus mir rausquellen wollen, zurückhalten. »Mann, ich kann nicht schon wieder anfangen zu weinen – ich weine seit drei Wochen. Ich kann echt nicht wieder anfangen, ich habe Angst, dass ich sonst bleibende, körperliche Schäden davontrage.«

Maras Augen fangen an zu funkeln. »Okay, das bringt mich auf eine Idee.« Sie packt unser Essen weg und stellt die Tüte zu mir in den Fußraum. Dann startet sie den Wagen – ein abenteuerliches Grinsen auf dem Gesicht.

»Okay, wieso hab ich jetzt Panik?«, frage ich sie, als sie in Drive schaltet.

»Anschnallen«, befiehlt sie.

Wir fahren durch den mir immer noch so bekannten Ort, bis wir etwa zwanzig Minuten später auf den Parkplatz einer Einkaufsstraße biegen, die mir vage bekannt vorkommt. Und dann entdecke ich das Schild: SKIN DEEP.

»Nein«, sage ich.

»Hör mir erst mal zu«, bittet sie. »Ich finde, wir müssen was tun, das dich daran erinnert, wie krass cool du eigentlich bist, und mir hilft dabei nichts besser, als mir ein neues Piercing stechen zu lassen.«

Mara sammelt Piercings, könnte man sagen. Angefangen hat es bei der Nase – da war ich sogar dabei –, weiter ging's mit der Augenbraue, dann der Lippe, dann der Zunge, dann dem Bauchnabel und wer weiß mit was sonst noch.

»Wolltest du dir nicht schon immer das Ohr oben piercen lassen?«, fragt sie und berührt es. »Das ist doch sehr niedlich und gar nicht so auffällig.«

Ich zucke mit den Schultern. »Ja, schon.«

»Warum warten?«

»Weil ich nicht sicher bin, ob es so klug ist, mitten in einer emotionalen Krise eine Entscheidung für die Ewigkeit zu treffen.«

»Ich bitte dich«, sagt sie und schnallt sich ab. »Emotionale Krisen sind so ziemlich der einzige Zeitpunkt, an dem das so richtig sinnvoll ist! Und ein Piercing ist wahrlich nicht für die Ewigkeit. Eine Tätowierung hingegen, das wäre eine Entscheidung für immer. Ein Piercing kannst du doch einfach wieder rausnehmen, wenn es dir nicht gefällt. Komm mit. Cameron arbeitet heute. Der kann uns sicher gleich reinquetschen.«

»Der arbeitet immer noch hier?«

»Ja. Nach dem Abschluss ist er vom Piercer zum Tattoo-Lehrling aufgestiegen.«

Ich folge ihr hinein und erkenne den kleinen Wartebereich sogar wieder – irgendwie kommt er mir diesmal sauberer und weniger anrüchig vor. Die Musik ist einladender, alles ist freundlicher als beim letzten Mal. Cameron kommt aus dem hinteren Bereich und scheint sich ernsthaft zu freuen, mich zu sehen.

»Hey, Eden. Wow, wir haben uns ja 'ne Weile nicht gesehen«, sagt er und lächelt.

»Edy will ein Piercing«, sagt Mara.

»Eigentlich«, sage ich mit Blick auf die Zeichnungen an

den Wänden, »hätte ich lieber ein Tattoo.« Vielleicht brauche ich was Drastischeres, was für die Ewigkeit. Etwas, das mich wieder in die Wirklichkeit holt, wenn ich mich mal wieder zu sehr in Gedanken verliere.

»Wie bitte?«, kreischt Mara. »Oh, ja!«

Cameron gibt mir einen Stapel Bücher und sagt: »Hier, da kannst du schon mal nach Anregungen suchen. Ich hab hinten noch einen Kunden, wenn ich mit dem fertig bin, können wir gleich loslegen.«

Ich blättere mich durch die Bücher, Seite um Seite, und hoffe, dass mich irgendwann etwas anspringt, während Mara sich mit dem älteren, starktätowierten Typen unterhält, der hinterm Tresen steht, als wären sie alte Bekannte – was sie ja vielleicht auch sind. Gibt so viel, was ich verpasst habe.

Und dann blättere ich um und zwischen all den unterschiedlichen, aufwändigen, hübschen Blütenmustern sehe ich es. »Ich hab's«, rufe ich Mara zu.

Sie kommt zu mir und schaut auf die Seite. »Eine Pusteblume? Schöne Idee. Süß und dezent. Ganz wie du.«

Der Typ vom Tresen gesellt sich ebenfalls zu uns und linst mir über die Schulter, scheint sich für mich zu freuen. »Cool«, sagt er. »Wohin lässt du sie dir stechen?«

Ich schaue zu meinen Händen, schiebe den einen Ärmel hoch. »Hierhin vielleicht?«, sage ich und male mit dem Finger einen Kreis unterhalb des Handgelenks.

»Ja«, sagt er lächelnd. »Das wird gut.«

Mara hüpft und quiekt. »Jetzt möchte ich auch eins haben! Aber ich warte. Heute ist dein Tag.«

»Nein, ist es nicht. Heute ist …«, fange ich an, doch erstarre, als ich sehe, wer da aus dem hinteren Teil des Studios kommt, dicht gefolgt von Cameron, der ihn zum Tresen begleitet. Der obere Teil seines T-Shirtärmels ist aufgerollt, er hat eine frische Tätowierung auf der Schulter, die von Plastikfolie bedeckt ist, ich kann aber trotzdem erkennen, was es ist. Eine Nummer. Seine Trikotnummer vom Basketball. Für immer auf seiner Haut verewigt.

Es ist der Sporttyp. Schon wieder. Scheint mich zu verfolgen wie so ein Albtraum, der dich ständig heimsucht. Ich sehe zu, wie er Cameron bezahlt, er bemerkt mich nicht mal. Vor ein paar Jahren hat er mich belästigt, jetzt bin ich dran. Plötzlich bin ich auf den Beinen und folge ihm nach draußen. Das Glöckchen an der Tür bimmelt zweimal schnell hintereinander.

»Hey!«, rufe ich ihm nach. »Hey!«

Er dreht sich um. »Ja?«

»Erinnerst du dich an mich?«, frage ich.

Erst schüttelt er den Kopf, aber dann verändert sich sein Gesichtsausdruck. »Ach, doch, du bist Caelins ...« Er zögert. »Nee, du bist Joshs ...«, wieder unterbricht er sich.

»Ich bin Caelins, ich bin Joshs«, äffe ich ihn mit herrlicher Schärfe in der Stimme nach. »Eden, ich heiße Eden.«

»Stimmt«, sagt er und schaut sich um, vielleicht nach Caelin oder Josh – ob die da sind, um mich zu verteidigen. »Und?«

»Nur dass du's weißt, ich weiß, was du und dein Kumpel an dem Tag gemacht haben, als ihr mir nach der Schule aufgelauert habt. Und welche Lügen du über mich verbreitet hast, auch.«

»Keine Ahnung, wovon du sprichst«, sagt er, aber in die Augen gucken kann er mir nicht mehr.

»Oh, doch.«

»Was willst du von mir?«, fragt er. »Eine Entschuldigung?«

Ich schüttle den Kopf. »Ich hab Josh nie davon erzählt. Ich will nur, dass du weißt, wie unfassbar krank das war. Erbärmlich und bemitleidenswert, um ehrlich zu sein.«

»Okay«, murmelt er. »War's das?«

Ich zucke mit den Schultern. »Ja, das war's.«

Er nickt und dreht sich um.

»Ich weiß nicht mal deinen Namen«, rufe ich ihm nach.

Er sieht sich noch mal um, öffnet den Mund. »Za…«

»Ich hab nicht gesagt, dass ich ihn wissen will«, sage ich.

»Pfft«, macht er, wendet sich ab und geht schnell zu seinem Auto.

Die anderen verfolgen alles durchs Ladenfenster, ich kehre zu ihnen zurück.

Cameron fragt immer wieder, ob alles okay ist, wenn er die Nadel in die schwarze Tinte tunkt. Ich bejahe immer wieder. »Es tut weh, aber nicht so, wie ich gedacht hätte.«

»Taffes Mädchen, hm?«, sagt er voller Bewunderung.

Ich lache, aber er meint nur, dass ich stillhalten soll.

»Ich hab mich übrigens nie bedankt«, sagt er.

»Wofür?«

»Dass du Steve den Laufpass gegeben hast.« Er sieht mir dabei in die Augen, als müsse er unterstreichen, wie ernst er das meint. »Ich weiß, ich hab dir Druck gemacht, weil du anfangs so komisch zu ihm warst, aber mir hat echt nicht gefallen, wie er dich mit der Zeit behandelt hat. Ich bin einfach froh, dass du es beendet hast. Wie du es beendet hast. Bevor es zu …« Er spricht den Satz nicht zu Ende, aber ich glaube, ich weiß, was er sagen will. Bevor es zu schmerzhaft wurde, zu verletzend, zu zerstörerisch. »Für euch beide.«

Ich nicke nur.

Es kommt mir vor, als wäre das ewig her. Ich fühle mich nicht mal mehr wie derselbe Mensch. Damals dachte ich, ich hätte keine Wahl, ich müsste einfach jede Form von Liebe akzeptieren, die mir angeboten wurde, egal ob ich sie nun so wollte oder brauchte. Vielleicht können wir ja nur die Liebe annehmen, die wir zu verdienen glauben.

»Ich weiß, dass man mir das nicht oft anmerkt oder ich das so sage«, fügt er hinzu, ohne aufzuschauen diesmal, während er Farbe und Blut von meinem Arm wischt. »Aber ich zähle dich auch zu meinen Freundinnen.«

»Danke«, sage ich. »Dass du das sagst. Und dass du so gut zu Mara bist – sie verdient es, so geliebt zu werden.«

Er lächelt, erwidert aber nichts.

»Und, was sagst du?«, fragt er, als er fertig ist.

Ich betrachte meinen Unterarm, meine ganz eigene Pusteblume, kleine Samen fliegen zu meiner Handfläche. Wünsche, Hoffnungen. Meins.

JOSH

ES IST MEIN LETZTER Abend bei meinen Eltern, und wir sitzen vorm Fernseher und essen den zweiten Abend in Folge Reste von Thanksgiving. Da steht Mom plötzlich auf, wirft einen Blick auf die Uhr und sagt: »Ich muss schnell noch was einkaufen. Hat noch jemand einen Wunsch?«

»Wir haben Lebensmittel bis unters Dach«, sagt Dad und deutet zur Küche.

»Verklag mich doch, ich will halt was anderes«, zischt sie.

Er reißt die Hände in die Luft. »Schon gut, schon gut«, sagt er sanft. »War nur eine Feststellung.«

Ich werde von einer Erinnerung überfallen, ich war zwölf und habe gehört, wie meine Mom meinem Dad genau diesen Satz präsentierte – bloß sagte sie »wir«. *Wir* müssten nur schnell was einkaufen oder ein Eis essen fahren. Oder *wir* müssten los, um noch auf den letzten Drücker was für ein Schulprojekt zu besorgen – sie und ich. Bloß waren wir dann nie einkaufen oder Eis essen oder was besorgen, sondern sind zu Treffen gefahren. Ich weiß noch, dass sie immer eine Begründung parat hatte, wenn sie eine brauchte. Und als ich sie jetzt betrachte, frage ich mich, ob das heute noch so ist. Denn eigentlich hat Dad recht, wir haben Unmengen an Lebensmitteln zu Hause.

»Mom, kann ich mitkommen?«, frage ich und stehe auf.

Sie zieht die Augenbrauen zusammen und sagt: »Zum Einkaufen? Im Ernst?«

»Ja«, sage ich.

Sie schüttelt den Kopf. »Sei nicht albern. Ich bin ja gleich wieder da. Und falls dir noch was einfällt, was du brauchst oder mitnehmen willst zum College, schick mir einfach eine Nachricht.«

»Nein, Mom, ich möchte mitkommen«, sage ich etwas nachdrücklicher, gehe zur Tür und ziehe meine Schuhe an.

Sie sieht mich fast ein bisschen genervt an, doch als ich ihr mit ein bisschen geweiteten Augen zunicke, versteht sie wohl, dass mir klar ist, dass wir nicht wirklich einkaufen fahren.

»Oh«, sagt sie und steckt die Arme in den Mantel. »Na gut.«

Sie gibt meinem Vater einen Kuss und sagt: »Wir sind bald wieder da.«

Er sieht erst sie, dann mich an. »Jetzt will ich auch mit«, scherzt er.

Mom knufft ihn und schüttelt den Kopf. »Tschüss«, ruft sie über die Schulter.

Draußen zieht sie die Handschuhe über und schaut mich an, sagt aber nichts.

Als wir im Auto sitzen, frage ich: »Wir fahren zu einem Treffen, oder?«

»Ja«, antwortet sie. »Willst du wirklich mitkommen?«

»Ja. Ich habe da letztens erst drüber nachgedacht. Vielleicht sollte ich es noch mal versuchen. Also, solange es dir nichts ausmacht.«

Sie schüttelt den Kopf. »Gar nicht.«

Wir fahren auf den Parkplatz der Kirche und gehen hinein. Vorbei an den bunten Kirchenfenstern und Bänken, runter in den Keller zu dem Raum, an dem ein Schild hängt: TREFFEN DER ANONYMEN ALKOHOLIKER, HEUTE UM 20 UHR. Der Raum ist klein und könnte der Keller eines jeden Einfamilienhauses der Gegend sein. Viel weist nicht darauf hin, dass wir hier überhaupt in einer Kirche sind. Es gibt einen Tisch, auf dem Kaffee und Donuts mit Puderzucker bereitstehen. Außerdem Flyer für die unterschiedlichen Gruppen: Anonyme Alkoholiker, Angehörige Anonymer Alkoholiker, Anonyme Drogenabhängige. Immer mehr Leute stoßen zu uns, junge und alte, und Mom spricht mit allen, aber es ist offenbar okay für sie, dass ich mich im Hintergrund bei den Donuts aufhalte. Als sich alle einen Platz im Kreis suchen, winkt sie mich heran. Ich setze mich neben sie.

»Gut«, sagt Mom, doch als ich sie ansehe, verstehe ich, dass sie gar nicht mit mir spricht, sondern mit uns allen. »Es ist kurz nach acht, wieso fangen wir nicht an?«

Ich betrachte nacheinander die Anwesenden und rätsele, wer die Gruppe wohl leitet. Der alte Mann mit der Krücke und dem grauen Bart? Die Frau um die vierzig mit den teuren Schuhen, die aussieht, als käme sie gerade von einem geschäftlichen Treffen. Vielleicht ist es auch ...

»Herzlich willkommen«, fängt Mom an. »Ich bin Rosie, und mein Mann ist Alkoholiker.« *Mom* leitet die Gruppe. Ich bestaune sie einfach, während sie unsere – ihre – Geschichte erzählt, und bin einfach nur beeindruckt davon, dass sie sich traut, so offen zu sein. »Ich weiß, wie schwer die Feiertage für uns alle sein können, nicht nur für unsere Angehörigen. Ich jedenfalls mache mir gerade wesentlich mehr Sorgen und Gedanken«, fährt sie fort und öffnet dann das Gespräch für alle. »Wer möchte denn gern was erzählen?«

Ich lausche einfach.

Dem Mann mit dem Bart, dessen Frau Alkoholikerin ist. Der Frau mit den teuren Schuhen, deren Tochter gerade einen

Rückfall hat. Der jungen Frau, die wahrscheinlich nicht viel älter ist als ich und die von ihrem Verlobten spricht. Dem Mann, dessen Bruder diese Woche aus dem Entzug kommt. Als das Gespräch ein bisschen versandet, fragt Mom, ob sich noch jemand mitteilen möchte, und dann sieht sie mich an.

»Ich bin Josh. Mein Vater ist … ist Alkoholiker und drogenabhängig«, sage ich und finde es wirklich schwer, das auszusprechen. »Ich bin das erste Mal wieder bei einem dieser Treffen, seit ich ein Kind war. Wenn es okay ist, würde ich heute einfach gern nur zuhören.«

»Natürlich ist das okay«, sagt Mom, und es wird zustimmend genickt. »Oft hilft es ja schon, einfach nur zu wissen, dass es Menschen gibt, die was ähnliches erleben.«

Es stellt sich noch jemand vor – ein unauffälliger Mann mittleren Alters, wie man ihm einfach auf der Straße begegnen könnte. »Ich habe gerade zu kämpfen«, sagt er und hat die Hände fest vor dem Körper gefaltet. »Mir fällt es so schwer, nicht alles zu kontrollieren, was sie macht.« Keine Ahnung, ob *sie* in diesem Fall die Frau, die Tochter oder wer auch immer ist, aber das ist auch völlig unwichtig, denn jetzt lehnt er sich vor und fängt an zu weinen. »Aber es fällt mir so schwer, ihr zu trauen. Ach, euch muss ich ja nichts vormachen. Ich kann eigentlich niemandem trauen«, bringt er noch heraus. Wieder wird in der Runde genickt, und ich nicke sogar mit, merke ich. Die junge Frau mit dem Verlobten steht auf und holt Taschentücher für den Mann.

Das Treffen schließt mit einem gemeinsam gesprochenen Gelassenheitsgebet, und die Frau neben mir nimmt meine Hand, hält sie sehr fest. Mom nimmt meine andere Hand, und obwohl sie so klein wirkt in meiner, fühlt sie sich stark an.

»Ich bin stolz auf dich.« Sie wirft mir einen Blick zu, während wir nach Hause fahren.

»Ich habe doch gar nichts gemacht. Aber du warst groß-artig, Mom«, sage ich. »Wie lange leitest du diese Gruppe schon?«

»Eine Weile.« Sie zuckt mit den Schultern und wuschelt mir dann durch die Haare. »Und, was meinst du? Wirst du wieder zu einem Treffen gehen? Ich bin mir ziemlich sicher, dass es auch bei dir in Campusnähe Angebote gibt.«

Ich nicke. »Ja, ich glaube, ich suche mal.«

»Das würde dir guttun bei allem, was bei dir so los ist«, sagt sie. »Ich bin immer für dich da, das weißt du, aber eine Mutter ist nicht immer das, was man braucht.«

Ich bin nicht sicher, was genau sie damit meint. Dad, Eden, College oder noch was ganz anderes, aber ich nutze diesen Moment, ihr die Frage zu stellen, die ich bisher nicht laut auszusprechen gewagt habe: »Er macht diesmal einen anderen Eindruck, oder?«

Sie wartet bis zur nächsten roten Ampel, bis sie mich ansieht. »Es hat ihn sehr mitgenommen, dass du letztes Weihnachten nicht nach Hause gekommen bist. Das hat ihn verletzt.«

»Das tut mir leid«, setze ich an. »Ich wollte nicht …«

»Nein, nein«, unterbricht sie mich. »Das ist ja genau der Punkt. Du hast ein klares Zeichen gesetzt – zum ersten Mal.«

»Oh«, mache ich.

»Und es hat ihn nicht nur verletzt, es hat ihm Angst gemacht. Er hat verstanden, dass er dich verlieren kann. Deshalb wirkt er diesmal anders. Soweit ich das beurteilen kann, zumindest.«

»Aber du hast doch schon so oft gegengehalten«, sage ich.

»Schon, aber das ist was anderes. Er weiß, dass er mich nicht verlieren wird. Wir stehen das zusammen durch. In guten und in schlechten Zeiten. Das habe ich versprochen, und daran werde ich mich halten. Aber du?« Sie tippt mich an. »Du hast so was nie geschworen. Ich glaube, das hat er endlich verstanden.«

»Bereust du es?«, frage ich, obwohl ich nicht weiß, ob ich bereit bin für die Antwort. »Dich an das Versprechen zu halten?«

»Nein«, sagt sie. »Besonders nicht in letzter Zeit.«

Als wir mit ein paar Alibi-Einkäufen nach Hause kommen, ist Dad in der Auffahrt, angestrahlt von den Lichtern der Garage. Er dribbelt langsam einen meiner alten Basketbälle, den ich seit der Mittelstufe nicht mehr gesehen habe. Als er uns entdeckt, wirft er seine Zigarette zu Boden und tritt schnell darauf.

»Glaubt er wirklich, ich weiß nicht, dass er raucht?« Mom schüttelt den Kopf, während sie sich abschnallt und dann aussteigt.

Ich greife gerade hinter mich zur Rückbank, um die Tüten rauszuholen, doch da ist sie schon an meiner Seite und berührt sanft meinen Arm.

»Ich nehme die«, sagt sie. »Wieso verbringst du nicht ein bisschen Zeit mit Dad?«

»Okay.«

Dad kommt auf uns zu, den Ball zwischen Hüfte und Arm geklemmt. »Ich wollte euch schon vermisst melden«, scherzt er.

»Mutter-Sohn-Zeit kennt keine Beschränkung«, sagt Mom, die auch immer wendig ist, aber eben auf eine andere Art als Dad.

»Kann ich dir helfen?«, fragt er Mom.

»Nicht nötig«, sagt Mom und eilt zum Haus, hält nur kurz bei ihm, damit er ihr einen Kuss auf die Wange geben kann. »Bleibt nicht zu lange draußen, Jungs«, ruft sie über die Schulter. »Und, Joshua, mach's ihm nicht zu leicht.«

Ich bleibe also in der Auffahrt stehen. Weil ich nicht weiß, was ich sagen soll, halte ich die Hände hoch. Dad passt den Ball. Ich passe zurück. Er dreht sich zum Korb, will werfen, doch ich blocke ihn, mache den Wurf.

Er klatscht in die Hände und wartet auf den Pass.

Er versucht, an mir vorbeizukommen, aber ich blocke ihn wieder.

Und wieder. Und wieder.

»Wow, okay«, sagt er lachend. »Du machst es mir wirklich nicht leicht, was?«

»Nein.«

»Gut«, sagt er, und ich glaube, wir wissen beide, dass wir nicht mehr über Basketball sprechen.

Ich drehe mich und täusche an, ich renne vor, bleibe ihm einen Schritt voraus, mache den Korb. Wieder und wieder. Er wird müde, das sehe ich, trotzdem lasse ich nicht nach. Erst, als er mitten in der Auffahrt steht, Hände in den Seiten, schwer keuchend und mit einem gezwungenen Lächeln sagt: »Okay, okay.« Er macht ein T mit den Händen und schüttelt den Kopf. »Time-out, okay?«

»Bist du erledigt?«, rufe ich.

»Ja, du hast mich platt gemacht.« Er keucht, stützt sich kurz mit den Händen auf die Beine, bevor er sich wieder aufrecht hinstellt. »Du hast mich echt platt gemacht, Joshie.«

Wir setzen uns auf die Verandastufen, wo Mom heimlich Wasserflaschen für uns bereitgestellt hat. Er schraubt die erste auf und reicht sie mir, dann nimmt er die zweite für sich. Wir setzten uns, direkt nebeneinander, trinken große Schlucke, kommen wieder zu Atem.

»Josh, weißt du eigentlich, wie stolz ich auf dich bin?«, sagt er aus dem Nichts.

»Wegen Basketball.«

»Äh, nein«, sagt er. »Ich bin ganz unabhängig von Basketball stolz auf dich.«

»Ach ja?«

»Wie kannst du das überhaupt fragen?«, schnaubt er. »Selbstverständlich. Basketball ist doch nur ein Sport.«

Ich nicke, lasse die Worte sacken, versuche zu verstehen, wieso sich das für mich nicht wahr anfühlt. Klar, es ist nur ein Sport. Ein Sport, den ich mittlerweile hasse. Ein Sport, der mir so viel genommen hat, von dem ich aber trotzdem nicht ablassen kann, obwohl ich weiß, dass es nur ein Sport ist.

»Ist es aber nicht. Nicht für mich«, höre ich mich sagen. »Eine Zeitlang war es alles, was ich hatte.«

»Wie meinst du das?« Er schüttelt den Kopf, blinzelt mich an, versteht offensichtlich nicht. »Sag doch so was nicht, du hast doch so viel mehr zu bieten.«

»Nein, ich meine, ich habe mich daran geklammert. Wenn du nicht da warst. Nicht erreichbar.«

»Wenn ich getrunken habe, meinst du?«

»Ja.«

»Josh, ich ...«, setzt er an, aber ich bin noch nicht fertig.

»Ich klammere mich schon so lange an diesen Sport, obwohl es nicht mehr gesund ist, obwohl ich hasse, wie ich mich dabei fühle, obwohl ich mich dafür hasse, gerade Teil dieses Teams zu sein.« Ich muss kurz aufhören, muss durchatmen, muss meinem Kopf Zeit geben, mit meinen Worten Schritt zu halten. »Dieser verfickte Sport hat mein Leben gekidnappt – und ich hasse ihn. Himmel, ich weiß nicht mal mehr, was ich überhaupt mache!«

»Josh«, versucht er es noch mal. »Niemand zwingt dich, dabei zu bleiben, wenn du nicht ...«

»Doch, *du*!«

»Ich? Ich habe nie ...«

»Doch, Dad. Ich musste dranbleiben, weil ich mich nicht darauf verlassen konnte, dass du für mich da bist. Aber das hier?«

Ich nehme den Ball in die Hände, der zwischen meinen Füßen lag. »Das hier, dieser ›nur ein Sport‹ – vielleicht ist es wirklich nur ein Sport, aber er war eben immer für mich da. Er war meine Konstante, wobei du das eigentlich hättest sein sollen.«

Er hat sich die Hand über den Mund gelegt, hört mir wirklich zu.

»Ich … ich bin echt fertig. Ich sabotiere mein Leben deswegen«, fahre ich fort. Ich spüre heiße Tränen auf meinen Wangen, aber das ist mir egal. »Weißt du, dass *ich* mich von Eden getrennt habe? Ich habe mich getrennt. Obwohl ich sie so sehr liebe, einfach nur, weil ich dachte, ich kann ihr nicht trauen. Dabei liegt es an dir – du bist der, dem ich nicht trauen kann.«

Er schüttelt den Kopf, auch er hat Tränen in den Augen. Mit so viel Traurigkeit in der Stimme sagt er: »Das …« Aber er kann nicht weitersprechen, muss erst herzerweichend schluchzen. »Das wusste ich nicht.« Er keucht. »Nichts davon, das musst du mir glauben. Ich dachte …« Er zögert. »Du hast ja deine Mutter, und sie ist so großartig, so *gut*«, sagt er, seine Stimme zittert bei dem letzten Wort. Dann rammt er sich den Finger gegen die Brust. »So viel besser als ich. Ich dachte einfach …«

»Mom ist großartig, ja. Sie ist ein toller Mensch. Sie ist eine hervorragende Mutter, aber ich brauche dich doch auch – ich kann gar nicht glauben, dass ich *dir* das sagen muss.«

Er nimmt mir den Ball aus den Händen und lässt ihn fallen, er springt die Stufen hinunter und rollt ins Gras, und dann schließt er mich in beide Arme, hält mich fest, hält uns beide.

»Danke«, sagt er, als wir uns lösen. »Danke, dass du mir genug traust, um mir das zu erzählen. Ich kann das gerade gut aushalten, das verspreche ich dir. Ich bin für dich da, okay? Ab jetzt bin ich für dich da.«

»Okay.«

»Okay?«, wiederholt er.

Wir stehen auf, und während wir zur Tür gehen, habe ich das Gefühl, eine Last – eine echte, spürbare Last – ist von mir abgefallen, eine Schwere, die ich schon so lange in mir herumtrug. Einfach weg.

»Dad, warte«, sage ich. »Ich bin auch sehr stolz auf dich. Das weißt du, oder?«

Als ich Sonntagabend wieder auf dem Campus bin, schicke ich Coach eine Mail und sage ihm, dass ich am Montag nicht zum Training kommen werde. Ich sage ihm, dass ich eine persönliche Angelegenheit regeln muss, obwohl er ja so betont hat, dass so was wie ein Privatleben nicht erlaubt ist.

Gleich Montagmorgen stehe ich vor dem Büro meines Beraters – ich bin schon vor den ganzen Angestellten der Abteilung da. Weil ich endlich die richtigen Prioritäten setze.

EDEN

MONTAG NACH DER LETZTEN Vorlesung gehe ich ins Café und kaufe zwei Packungen des guten, dunkelgerösteten Kaffees mit meinem Mitarbeiterinnenrabatt. Dann marschiere ich nach hinten durch, wo ich Mr Arschloch an seinem Bürotisch vorfinde.

»Ich muss kündigen«, sage ich.

Er sieht mich mit versteinerter Miene an, als würde es mich kümmern, ob er wütend wird oder nicht. »Ich nehme an, das gilt dann auch ab sofort und nicht erst nach der eigentlich üblichen Frist von zwei Wochen.«

»Genau.«

»Nun.« Er atmet ein, nimmt den Stift, der ihm hinterm Ohr klemmt, und wirft ihn auf den Tisch. »Ich weiß nicht, was wir ohne dich machen sollen. Du warst eine Wahnsinnsbereicherung.«

Meine Antwort ist sofort da, aber ich zögere kurz, sage mir dann aber: Wieso nicht? Er ist schließlich nicht wichtig. Und tun kann er mir auch nichts. Also lächle ich ihn süßlich an. »Und Sie waren ein Wahnsinnsarschloch.«

Ich bleibe noch kurz stehen, damit ich sehen kann, wie ihm die Kinnlade runterfällt. Dann lege ich meine gewaschene und gefaltete Schürze auf seinen Tisch und gehe.

»Rechne bloß nicht mit einem Arbeitszeugnis!«, ruft er mir nach.

Ich meide auf dem Weg nach draußen den Blickkontakt mit Perry, der ist schließlich genauso unwichtig.

Meinen nächsten Termin bei meiner Therapeutin nehme ich wahr, und sie lacht sogar, als ich ihr schildere, wie ich gekündigt habe, bevor sie mir etwas ernster erzählt, warum dies ein Zeichen dafür ist, dass ich Fortschritte mache. Ich verpasse keine Veranstaltung in den letzten beiden Wochen des Semesters, und ich ziehe Joshs T-Shirt nicht wieder an, nachdem es gewaschen ist. Ich bin sicher, das kann man auch als Fortschritt werten, obwohl es sich nicht so anfühlt. Ich lasse mich ein paar Mal von Parker zum Joggen mitschleppen, und sie gibt sich große Mühe, mich nicht zu doll auszulachen, wenn ich nach dreißig Sekunden schon eine Pause brauche.

Aber ich werde von Mal zu Mal besser, besonders als ich kapiere, dass das mit der Atmung gar nicht so anders ist als beim Klarinette spielen. Man muss bloß mit dem Zwerchfell arbeiten und bis ganz nach unten einatmen – erstaunlich, wie schnell dieses Wissen zurückkehrt.

Wir haben eine Woche ohne Veranstaltungen, bevor die Prüfungen starten. Das Einzige, was Parker außer Schwimmen und ich außer Arbeiten in der Bibliothek machen müssen, ist lernen.

Parker ist eine so große Hilfe, ohne sie wüsste ich gar nicht, was ich machen sollte und würde einfach von der überwältigenden Aufgabe gelähmt werden, mit dem Lernen anfangen zu müssen. Alles war einfach nur beängstigend, und ich stellte mich auf eine Reihe von Panikattacken ein, bis sie mich in ihre Lernstrategie einweihte. Jetzt bringt sie mir morgens einen Smoothie, abends ordern wir Essen bei Kim McCrorey und mittags mache ich uns eine Kanne dunkel gerösteten Kaffee, die wir uns teilen, während wir uns mit unseren Büchern, Mitschriften und Computern im Wohnzimmer breitmachen. Wir lernen jeden Tag bis Mitternacht und stehen um sieben auf, um joggen zu gehen.

Es tut mir gut, meinen Kopf mal für was anderes zu benutzen, als mir Sorgen zu machen und mich selbst zu hassen. Und es tut gut, meinen Körper zur Abwechslung mal besser zu behandeln. Wie lange ich mich eigentlich nur in meiner Haut wohlgefühlt habe, weil Josh dafür gesorgt hat. Das jetzt ist anders. *Ich* sorge selbst dafür. Benutze meine Muskeln, werde stärker, gebe meinem Körper, was er braucht, sorge zur Abwechslung mal für mich.

Am Sonntag vor den Prüfungen jogge ich allein los, weil ich von dieser neuen Energie total aufgedreht bin, und Parker mich weggeschickt hat, damit sie in Ruhe eine Runde schlafen kann. Deshalb laufe ich erst nur einmal um den Block, dann noch mal. Als ich zum zweiten Mal an dem italienischen Eiscafé vorbeikomme, merke ich erst, dass mir langsam kalt wird. Die Sonne geht unter, und ich kann schon kaum noch meine Finger und Zehen spüren. Ich brauche was zum Aufwärmen, bevor ich wieder nach Hause laufe. Diesmal hängt ein anderer Zettel bei der Kasse: WIR SUCHEN VERSTÄRKUNG. Chelsea steht von dem Stuhl hinterm Tresen auf, wo ein aufgeschlagenes Buch liegt.

»Ich heiße Chelsea«, sagt sie genauso gelangweilt wie letztes Mal, »und ich bin heute für dich zuständig.«

»Oh, hi«, sage ich, freue mich völlig grundlos, sie zu sehen. »Ich war schon mal da, als du gearbeitet hast, aber wahrscheinlich erinnerst du dich nicht an mich.«

Sie starrt mich nur an.

»Lernst du?«, frage ich und deute zu dem aufgeschlagenen Buch.

»Ja, hier herrscht schon den ganzen Tag tote Hose. Offenbar will niemand Eis, wenn da draußen«, ihr Blick wandert zum Nieselregen, der gegen das Fenster schlägt, »das los ist.« Ich lache, sie nicht.

»Also?«, fragt sie.

»Oh, ja. Eine heiße Schokolade zum Mitnehmen, bitte«, sage ich.

Sie bereitet meine Bestellung vor und schiebt ihre Brille hoch. Derweil schaue ich mich um und frage mich, ob das ein guter, sicherer Ort zum Arbeiten wäre, ob ich mir vorstellen könnte, hier Eis und Kaffee zu verkaufen. Aber dann entdecke ich etwas Vertrautes neben Chelseas Stuhl. Sie kommt zurück und lässt den Deckel auf den Becher schnappen, schiebt ihn zu mir und sagt:»Eine heiße Schokolade. Zum Mitnehmen. Bitte sehr.«

»Darf ich dich was fragen? Welches Instrument spielst du?« Ich deute zu dem Koffer – der erheblich ramponierter aussieht als meiner. Übersät von Aufklebern, Kratzern und Dellen, weil er definitiv mehr von der Welt gesehen hat als meiner.

Jetzt schaut sie auch zu ihrem Koffer, und als sie mich wieder ansieht, lächelt sie sogar.»Saxophon«, sagt sie.»Na, und Klavier und Gitarre. Spielst du was?«

»Oh, ich nicht – ich *habe* mal Klarinette gespielt, in der Highschool, aber jetzt nicht mehr.«

»Schade, wir brauchen nämlich eine Klarinette.«

»Für ein Orchester oder wofür?«, frage ich und staune über das Zittern in meiner Stimme.

»Nein, nein, nicht so was Großes. Also, ich *spiele* zwar im Universitätsorchester – mein Hauptfach ist Musik … Erstsemester«, fügt sie schulterzuckend hinzu.»Aber ich meine die Tuck Hill Campus Band, die ist offen für alle Studierenden.«

»Oh«, sage ich und merke, dass ich neugierig näher zu ihr trete.

»Noch nichts von gehört?«

»Nein.«

»Das ist so eine Art Ensemble, aber wie gesagt offen für alle. Wir geben keine richtigen Konzerte, spielen nur manchmal bei Veranstaltungen auf dem Campus. Eigentlich spielen wir eher zum Spaß.« Sie schaut sich schnell um, als wäre sie von ihrer eigenen Gesprächigkeit überrascht. »Es ist nett. Wir proben einmal die Woche. Wenig Druck – eigentlich gar kein Druck – im Vergleich zu allem anderen.«

Ich spüre mich selbst nicken, denn ich weiß genau, was sie mit Druck meint. College ist so anders als Highschool. Alles ist anders. Und erst jetzt, in diesem Moment, fällt mir auf, dass ich bisher mit niemandem über diesen Druck, diesen Unterschied sprechen konnte – weder mit Josh noch Parker noch Dominic –, weil die alle eben keine Erstsemester mehr sind. Ich aber schon. Ich stecke gerade mitten drin.

»Hast du Interesse oder …?«

Sie lässt die Frage ausklingen.

»Ich?«, frage ich nach. »Im Ernst?«

»Alles, was ich frage, meine ich ernst«, sagt sie ganz monoton, grinst dann bloß kurz. Sie ist komisch, anders, aber ich mag sie.

»Lieber Gott, keine Ahnung, ich hab echt ewig nicht gespielt, bin vermutlich ziemlich eingerostet. Ich habe meine Klarinette seit Jahren …« Ich unterbreche mich selbst, denn ich wollte *rausgeholt* sagen, was ja nicht stimmt. Fast hätte ich vergessen, dass ich meine Klarinette ja mitgebracht habe, dass sie ganz oben in meinem Kleiderschrank liegt. »Aber bevor ich aufgehört habe, habe ich sechs Jahre lang gespielt«, füge ich hinzu und weiß nicht, ob ich damit Chelsea oder mich überzeugen will.

»Sechs Jahre sind ja nicht wenig«, sagt sie. »Und eingerostet geht schon klar. Wir sprechen hier ja nicht vom Symphonieorchester.«

»Ähm, okay.«

»Ich kann dir vor der nächsten Probe eine Nachricht schicken, wenn du mal vorbeikommen willst. Ist aber erst nach den Prüfungen. Bist du über Weihnachten auf dem Campus?«

»Ja«, höre ich mich antworten, weil ich spontan in diesem Moment entscheide, in den Ferien nicht nach Hause zu fahren. »Ich bin hier.«

Sie reicht mir ihr Handy, damit ich meine Nummer reintippen kann.

»Okay«, sagt sie mit einem Blick auf meine Kontaktinfo. »Eden.«

Am Kakao nippend gehe ich nach Hause und merke da erst, dass ich gar nicht nach dem Job gefragt habe. Aber ich fühle mich auch so ziemlich gut, und da fängt es an zu schneien, die Flocken sammeln sich glitzernd am Boden, einzelne verfangen sich in meinen Haaren und Sachen.

Ein zwangloses Ensemble, bei dem es nicht um Noten oder Punkte geht. Lächelnd überquere ich die Straße, weil ich gedanklich zurück in dem lauten Musikraum bin, wo nach der Probe alle noch einmal gleichzeitig in ihre Instrumente bliesen oder hämmerten oder wie immer man es bediente, ganz ohne Melodie oder Rhythmus, einfach zum Spaß.

Als ich die Tür zum Wohnheim öffne, steht er bei den Briefkästen. Er hat sich wirklich einen richtigen Bart stehenlassen. Und er trägt sein grünkariertes Flanellhemd, das er mir mal geliehen hat, und ich kann an nichts anderes denken, als daran, wie weich und warm es sich angefühlt hat.

»Hi-hey«, sagt er und wirkt überrascht von der Tatsache, mir zum ersten Mal seit einem Monat gegenüberzustehen.

»Hi«, bringe ich gerade so raus.

Er sieht mir prüfend in die Augen, und ich bin mir sicher, ich schaue ihn genauso prüfend an, auf der Suche nach einem Hinweis, wie wir uns verhalten sollten. Aber ich kann weder wegsehen noch was sagen noch mich bewegen.

»Äh«, macht er. »Du ... siehst ...«

»Aus als würde ich frieren?«, schlage ich vor.

Er lächelt, und das ist so schön, dass ich sofort zurücklächeln muss. Er leckt sich über die Lippen und schluckt, kommt dann etwas auf mich zu. Ich lasse zu, dass er meine Hand nimmt. »Du fehlst mir«, sagt er leise.

Ich nicke und drücke seine Hand kurz, zwinge mich dann, loszulassen und mich einen Schritt von ihm zu entfernen. »Du fehlst mir auch«, sage ich, weil es die Wahrheit ist. »Aber ich bin noch nicht so weit.«

»Okay«, sagt er. Und dann steht er einfach nur da, die Post gegen die Brust gedrückt, während ich zum Treppenhaus gehe.

JOSH

ICH WOLLTE IHR SO viel sagen, es hat sich so viel angestaut. So viel ist in dem einen Monat passiert, den wir nun getrennt sind. Ich möchte ihr erzählen, dass ich mit Basketball aufgehört hab. Dass ich seit Wochen mit meinem Berater und Dr. Gupta konferiere, wie ich Psychologie zu meinem Hauptfach machen kann. Ich schätze, das ist etwas, worüber sie sich für mich freuen würde. Ich würde ihr erzählen, dass ich mit der Finanzierungsstelle einen Plan ausgeknobelt habe, wie ich mit ein paar kleineren Stipendien und Zuschüssen – und einem kleinen Kredit – das bekloppte Basketballstipendium auslösen kann, das mich gefangen gehalten hat.

Ich wollte ihr sagen, dass ich jetzt regelmäßig zu diesen Treffen gehe, zuhöre, selbst spreche und so viel nachdenke. Und wie komisch es ist, plötzlich so viel Zeit zu haben, weil das Basketballtraining mir nicht mehr jede Minute raubt. Wie gern ich jede davon mit ihr verbringen würde, selbst nur als Freunde – hätte ich ihr doch wenigstens das gesagt. *Du fehlst mir*, hätte ich sagen sollen. *Nicht nur als Freundinfreundin, sondern auch als Freundin – beste Freundin.* Denn ich bin mir ziemlich sicher, dass sie das ist.

Aber sie ist noch nicht so weit.

Das ist okay.

Ich habe fast damit gerechnet, dass sie einfach an mir vorbeigeht und so tut, als gäbe es mich gar nicht. Dass sie stattdessen mit mir gesprochen und mir gesagt hat, dass sie noch nicht so weit ist, ja, das ist mehr, als ich zu hoffen gewagt habe.

Als ich in die Wohnung komme, sitzt Dominic über eins seiner Bücher gebeugt da. Er schaut kurz zu mir auf und muss gleich ein zweites Mal gucken. »Was ist dir denn passiert?«

»Was meinst du?«

»Du bist als einer runtergegangen und als ein anderer zurückgekommen. So ein bisschen, als wärst du verprügelt worden, bloß das Gegenteil.«

»Sie hat mit mir gesprochen«, gebe ich zu.

»Was hat sie gesagt?«

»Dass sie nicht mit mir sprechen will.«

Er blinzelt und dreht die Hand in der Luft, von Daumen hoch zu Daumen runter. »Hmmm … gut?«, fragt er unsicher.

»Ja, schließlich hat sie ja trotz allem mit mir gesprochen.«

»Heteros sind schon irgendwie anders«, sagt er mehr zu sich selbst als zu mir. »Oh, apropos – macht es dir was aus, wenn Luke am Wochenende nach den Prüfungen herkommt?«

»Nee, klingt gut«, erwidere ich. »Ist es dann langsam was Ernstes mit euch?«, frage ich.

Er schlägt sein Buch zu und sieht mich an, gibt sich wohl Mühe, nicht zu breit zu grinsen. Aber dann nickt er langsam und sagt. »Ja, sehr ernst. Er zieht hierher. Er hat gerade erfahren, dass er nächstes Semester die Uni wechseln kann.«

»Das ist ja großartig! Freut mich für dich.«

»Danke, das bedeutet mir echt viel.« Er zögert. »Und ganz im Ernst, freut mich für dich, dass sie mit dir gesprochen hat.«

Die Prüfungswoche verstreicht wie jedes Mal im Koffein-rausch. Aber am Samstag treffen wir uns auf dem Dach, um das Semesterende zu feiern. Bei der Menge an Studierenden in diesem Haus ist einfach klar, dass irgendwer eine Party schmeißen wird.

Ich geh schon mal allein hoch, damit Dominic und Luke allein sein können. Unweigerlich frage ich mich, ob sie auf-kreuzen wird oder nicht. Bei solchen Veranstaltungen weiß man bei ihr ja nie. Ich spreche mit einer, mit der ich letztes Jahr den Gerichtspsychologiekurs gemacht habe. Sie wohnt nicht hier, aber ihre Mitbewohnerin kennt wohl jemanden aus dem Haus. Und da entdecke ich Luke und Eden am Rand des Dachs. Dominic und Parker sind auch mittlerweile da. Das Mädel aus meinem Kurs verabschiedet sich, um ihre Mitbewohnerin zu suchen, und ich stelle mich in die Nähe von dem Topf mit heißem Cider. Das erscheint mir der klügste Ort, denn hier kann sie mich leicht ansprechen, wenn sie will, aber auch leicht ignorieren, wenn nicht.

»Hey.« Als ich mich umdrehe, steht da Parker. Sie um-armt mich ohne Vorwarnung, was überraschend angenehm ist, aber auch untypisch für sie. »Wir haben uns ja lange nicht gesehen.«

»Stimmt. Wie geht's dir?«

»Ganz okay. War ein komisches Semester, aber ich glaube, mir gefällt die Rolle als Mitbewohnerin-Schrägstrich-Freun-din, die du mir durch sie aufgehalst hast.«

»Schön«, sage ich. »Glaube ich zumindest.« Sie starrt mich länger an, als sich gut anfühlt. »Was ist?«, frage ich schließlich.

»Ich habe mich nur gefragt, wie lange es wohl dauern wird, bis du anfängst, mich über sie auszuhorchen.«

»Hatte ich nicht vor ...«

»Nein, ich weiß«, unterbricht sie mich lächelnd. »Fortschritt.« Sie guckt zu etwas hinter mir und zuckt dann mit dem Kinn in die Richtung. Als ich über die Schulter sehe, steht da Eden. Ich drehe mich zurück, aber Parker ist weg.

»Bewachst du den Cider?«, fragt sie lachend.

»Äh, sieht so aus«, antworte ich. »Möchtest du?«

Sie nickt, also schöpfe ich etwas in eine der Tassen, die daneben bereitstehen. »Danke«, sagt sie, nimmt die Tasse in beide Hände und riecht daran.

»Ich kann aber auch gehen, wenn du willst«, biete ich an.

»Nein, nein, bleib ruhig«, sagt sie. »Wir können uns ja nicht auf ewig aus dem Weg gehen.«

Sie entfernt sich ein paar Schritte und sieht mich dann auffordernd an, also folge ich ihr.

Schnell sage ich: »Ich bin dir nicht aus dem Weg gegangen.«

»Stimmt.« Sie nickt. »Okay, *ich* kann dir ja nicht auf ewig aus dem Weg gehen.«

Sie steuert den Doppelsitzer mit den platten Kissen an, auf dem wir schon so oft zusammengesessen haben. Diesmal habe ich sie nur nicht auf dem Schoß und an meine Schulter lehnt sie sich auch nicht. Wir sitzen einfach wie zwei normale Leute nebeneinander und schauen uns an.

»Der Bart gefällt mir«, sagt sie. »Das sind definitiv keine Stoppeln mehr.«

Ich lache – Himmel, es fühlt sich gut an, in ihrer Gegenwart zu lachen.

»Was gibt es sonst so Neues bei dir?«, fragt sie. »Abgesehen von dem Bart.«

»Ich bin nicht mehr im Team.«

»Oh, mein Gott. Einschneidende Veränderung.« Sie lächelt mich an, als würde sie wissen, wie einschneidend das tatsächlich für mich ist. »Ich wusste, dass du das schaffst.«

»Was, aufgeben?«, scherze ich.

Sie stupst mich leicht mit dem Arm an, und es ist das

beste Gefühl der Welt. Dann sieht sie einen Moment lang in die Ferne, lächelt etwas sanfter und sagt: »Ein weiser junger Mann hat mir mal gesagt, dass, nur weil du zufällig was gut kannst, das nicht automatisch heißt, dass dich das auch glücklich macht.«

Ich senke den Blick, schaue in meine Tasse – das war eins der Geheimnisse, die ich erzählt habe, als wir die ganze Nacht bei mir zu Hause auf dem Sofa durchgequatscht haben. »Ich kann nicht fassen, dass du das noch weißt.«

»Wieso denn nicht? Als könnte ich irgendwas vergessen, was du mir sagst.«

Mein Herz, gerade noch im Höhenflug, klatscht zu Boden. »Was ich zu dir gesagt habe, tut mir so leid, Eden.«

»Oh«, keucht sie. »Nein, das – fuck, entschuldige, das hab ich gar nicht gemeint. Ich wollte wirklich nur sagen, dass … ich weiß, wie sehr und wie lange dich das Training und all das schon belastet. Ich wollte gar nicht – wir müssen darüber überhaupt nicht jetzt sprechen.«

»Okay. Können wir aber, wenn du willst. Wann immer du willst.«

Sie holt tief Luft und sieht mir in die Augen. »Also, ich habe endlich verstanden, warum du so wütend auf mich warst.«

»Du, wir müssen ja nicht hier sprechen«, sage ich. »Wir könnten nach unten gehen.«

Sie lacht, mein absolutes Lieblingslachen: schnell, halblaut, spontan. Eins, das definitiv von Herzen kommt und ehrlich ist. »Lass uns lieber hierbleiben, okay? Irgendwie glaube ich, dein Zimmer ist nicht der beste Ort.«

»Moment, so habe ich das nicht gemeint.«

»Weiß ich doch, aber überleg mal, Josh. Wir reden hier immer noch von *uns*.«

Jetzt lache ich, aber dabei saust mir das Wort – *uns* – wieder und wieder durch den Kopf. Uns. Es gibt also noch ein Uns für sie. »Okay. Verstanden. Entschuldige, ich habe dich unterbrochen, was wolltest sagen?«

Sie holt noch einmal tief Luft. »Ich habe kapiert, warum du so wütend warst. Ich weiß, dass ich mich manchmal nicht wirklich selbst respektiere, und irgendwie hat das in dieser Nacht dazu geführt, dass ich dich genauso wenig respektiert habe. Das wollte ich absolut nicht. Ich wollte dich nicht verletzen – ich will dich nicht verletzen, nie wieder.« Sie streckt die Hand aus und streichelt mir über die Wange. »Es tut mir wirklich leid.«

Ich nehme ihre Hand. »Danke, dass du das verstehst. Dass du immer Verständnis hast. Das ist deine Superkraft.« Sie senkt den Blick auf unsere Hände, lächelt dieses schüchterne Lächeln. »Ich glaube, ich verstehe auch ein bisschen besser, was passiert ist, warum. Und ich wollte dich mit meinen Worten wirklich nicht verletzen.«

»So bist du halt«, sagt sie und sieht mich an.

»Was?«

»Das hast du gesagt. *So bist du halt.* Das – die ganze beschissene Situation – *bin* ich.«

Wenn sie das so ausspricht, klingt es noch schlimmer. »Ja, das habe ich gesagt, aber ich will wirklich noch mal unterstreichen, dass das nicht stimmt. Ich habe das nicht mal so gemeint, als ich es gesagt habe, und jetzt meine ich es noch mal weniger. Ich schwöre, ich habe das nie gedacht. So würde ich nie über dich denken. Niemals. Das musst du mir glauben.«

Wieder senkt sie den Blick auf unsere Hände, und ich sehe, dass sie schwerer atmet, leicht schnieft. Dann stellt sie ihre Tasse auf den Boden, und ich fürchte schon, dass sie gehen wird, aber dann nimmt sie meine Tasse, stellt sie zu ihrer und schließt mich fest in die Arme. Ich spüre, wie es sie schüttelt, spüre ihren Kopf unter meinem Kinn. Und ich halte sie einfach, während immer mehr Leute vom Dachboden verschwinden.

»Danke«, sagt sie, als sie sich irgendwann von mir löst. Ihre Haare verfangen sich in meinem Bart, und ich streiche sie ihr hinters Ohr. »Mir war wohl nicht klar, wie sehr ich das hören musste.«

Sie hebt die Hände, um sich die Tränen wegzuwischen, und da sehe ich etwas an ihrem Arm, etwas lugt unter der Jacke hervor. Als sie sich mit den Händen durch die Haare fährt, weiß ich mit Sicherheit, dass ich es mir nicht einbilde.

»Was ist das?«, frage ich, nehme ihre Hand und drehe sie um.

»Oh.« Sie schiebt den Ärmel hoch. »Ich hab mich tätowieren lassen«, sagt sie mit einem Schniefen und einem Lachen.

»Eine Pusteblume?« Mein Herz fängt an zu rasen. Weil. Pusteblumen. Das war doch *unser* Ding. »Die ist superschön.«

»Danke.«

»Hat die was zu bedeuten?«, wage ich zu fragen.

Sie atmet durch die Nase aus, schaut wieder in die Ferne, über die Köpfe der anderen Leute auf dem Dach hinweg. »Ich würde sagen, sie steht für Freiheit. Und Stärke.«

»Das gefällt mir – und passt perfekt.«

»Und für dich«, sagt sie leiser.

»Wie meinst du das?«

»Na ja, sie schließt auch dich ein«, sagt sie, wodurch mein Herz gleich wieder beschleunigt. »Einfach eine Erinnerung daran«, sie atmet tief ein und aus, bevor sie fortfährt, »der Mensch zu sein, für den du mich hältst.«

»Und was für ein Mensch ist das?«

»Keine Ahnung, ein Mensch, der widerstandsfähig ist statt destruktiv. Hoffnungsvoll statt … sich machtlos oder zum Scheitern verurteilt zu fühlen. Mutig«, fügt sie noch hinzu.

»Das ist nicht der Mensch, für den *ich* dich halte. So bist du doch schon, Eden.«

»Ich gebe mir Mühe.«

Ich führe ihr Handgelenk zu meinem Mund und gebe ihr einen Kuss auf die Pusteblume. Sie berührt wieder mein Gesicht. Ich kann der Versuchung nicht widerstehen, ich drehe den Kopf und gebe ihr einen Kuss auf die Handfläche. An die Stelle, wo sie sich verbrannt hatte. Ihre Finger finden den Weg zu meinen Lippen.

»Ich würde dich wirklich gern küssen«, sagt sie, »aber ich werde es nicht tun, okay?«

»Oh, okay«, erwidere ich.

»Ich möchte, dass wir weiterreden.« Sie nimmt meine beiden Hände. »Ich möchte, dass wir wieder Freunde sind.«

Ich nicke. »Das möchte ich auch.«

»Aber erst mal nur Freunde. Weil ich noch immer nicht so weit bin …«

»Nein, ich verstehe schon. Wirklich.«

»Dann passt das so auch für dich?«, fragt sie. »Können wir erst mal nur Freunde sein?«

»Ja«, antworte ich. »Das passt für mich.«

EDEN

PARKER FÄHRT AM NÄCHSTEN Morgen, um die Feiertage bei ihrer Familie zu verbringen. Das Erste, was ich danach mache, ist, zu meinem Schrank gehen und den Klarinettenkoffer aus dem obersten Fach holen. Damit habe ich mich die ganze Prüfungswoche hindurch motiviert.

Chelsea hat geschrieben, dass sich die Band Ende der Woche trifft, und dass es ein kleineres Kontingent wäre – das war das Wort, das sie benutzt hat: »Kontingent« -, weil viele Bandmitglieder bereits nach Hause aufgebrochen wären. Ich mag, dass Chelsea nach nur zwei sehr unbeholfenen Gesprächen weiß, wie sehr es mir entgegenkommt, vor einer kleineren Gruppe vorzuspielen.

Während ich die Klarinettenteile nacheinander aus dem Koffer hole und nach so langer Zeit wieder zusammenstecke, habe ich das Gefühl, dass sich auch andere Teile meines Lebens wieder zusammenfügen. Als würde ich langsam wieder die werden, die ich mal war – die Teile wiederentdecken, von denen ich dachte, sie wären für immer verloren.

Ich habe Parker versprochen, dass ich mit dem Joggen allein weitermache, bis sie zurück ist. Und ich halte das Versprechen, gehe fast jeden Morgen laufen. Jeden Nachmittag übe ich Klarinette und werde mit jedem Mal besser.

Und dann, am Donnerstag, nach einer knappen Woche voller umsichtiger, netter Textnachrichten zwischen Josh und mir, fasse ich meine Haare zu einem einfachen Zopf zusammen, ziehe einen Sport-BH, Leggings, Jogginghose, Kapuzenpulli und eine Weste an, dazu noch dicke Socken und meine Turnschuhe. So gehe ich die Treppen hoch, hole tief Luft und klopfe bei Josh an die Tür.

»Willst du mit mir Joggen gehen?«, frage ich, ohne jede Form der Begrüßung.

Er starrt mich einen Moment lang an, wie ich da in seiner Tür stehe, schaut mir ins Gesicht, betrachtet meinen Aufzug. »Ich weiß ehrlich gesagt nicht, ob du das ernst meinst oder einen Witz machst.«

»Ich meine das ernst«, sage ich. »Ich jogge jetzt.«

»Seit wann?«, fragt er, ein halbes Grinsen im Gesicht.

Ich will nicht *seit du dich von mir getrennt hast* sagen. »Seit ich so viel mit euch Sportskanonen zu tun habe. Das musste ja irgendwann abfärben.«

»Ich bin aber gar keine Sportskanone mehr, schon vergessen?« Er lacht. »Aber mitkommen zum Joggen kann ich natürlich trotzdem.«

Wir bringen einander auf den neusten Stand. Ich erzähle ihm, welche Bücher ich gelesen habe, und gebe mir Mühe, ihn nicht so extrem anzustarren, während wir nebeneinander herlaufen. Ich schätze, er drosselt für mich das Tempo, trotzdem halte ich gut mit. Auch er erzählt mir, was er gemacht hat – zu AA-Treffen gehen, ein ernstes Gespräch mit seinem Vater führen, ein Hauptfach wählen, an dem ihm wirklich was liegt. Ich kann nicht ganz fassen, wie sehr er sich in so kurzer Zeit verändert hat. Er hat sich komplett neu erfunden und strahlt richtig. Ich erzähle ihm von meiner Klarinetten-Atemtechnik, von dem Vorspielen morgen, und da bleibt er stehen.

»Mensch, Eden, das ist super«, sagt er mit diesem riesigen, wunderschönen Lächeln im Gesicht. »Ich freu mich so, dass du damit wieder anfängst. Ich hatte immer den Eindruck, dass dir das echt fehlt.«

»Ja«, stimme ich zu und bin ebenfalls stehengeblieben. Mein Atem bildet schwere weiße Wolken in der Luft. »Es hat mir auch echt gefehlt.«

JOSH

AM NÄCHSTEN MORGEN GEHE ich runter und will bei Eden klopfen. Als ich näherkomme, höre ich Musik. Nicht aus einem Lautsprecher, sondern echte Musik. Eden öffnet mir in Schlafanzughose und ihrem Lieblingspulli die Tür, die Klarinette in der Hand.

»Hi«, sagt sie lächelnd und wirkt wirklich glücklich, mich zu sehen.

»Morgen«, begrüße ich sie. »Hast du gerade gespielt?«

»Das kommt darauf an.« Sie kneift die Augen ein bisschen zusammen. »Bist du hier, um dich über den Lärm zu beklagen?«

»Nein, das klang wirklich gut.«

»Na, dann kannst du gern reinkommen. Willst du Kaffee?«

»Nein, ich kann nicht bleiben. Ich muss noch was mit der Finanzierungsstelle klären, bevor ich fahre. Aber apropos. Dominic ist schon los – er hilft Luke beim Packen.«

»Stimmt, Luke zieht ja auch her. Das ist echt cool.«

»Allerdings«, stimme ich zu. »Ich wollte nur fragen, ob du mitfahren willst. Dein Vorspielen ist ja heute Nachmittag, das weiß ich. Wann wolltest du denn los?«

»Oh«, sagt sie. »Lieb, dass du fragst, aber ich werde hierbleiben.«

»Allein? Über die Feiertage? Wieso denn das?«

»Ach, lange Geschichte«, seufzt sie. »Als ich an Thanksgiving zu Hause war … In meiner Familie arbeitet es gerade gewaltig, und das tut mir nicht gut. Und ich brauche unbedingt einen klaren Kopf, bevor der Prozess losgeht.«

»Das kann ich gut verstehen.« Und das kann ich wirklich, ich weiß ja, wie heftig die Anhörung für sie war. So heftig, dass sie *uns* fast für immer zerbrochen hat. »Du musst auf dich selbst achten und aufpassen.«

»Ja«, sagt sie etwas traurig. »Davon abgesehen, ist Weihnachten sowieso ein bisschen triggernd für mich.«

»Wegen Familiendramen?«

»Oh«, macht sie. »Manchmal vergesse ich, dass du gar nicht wirklich meine Gedanken lesen kannst. Ähm, nein. An Weihnachten … ist es passiert. Als Kevin – der Übergriff.« Irgendwie habe ich das Gefühl, sie will mir das Wort »Vergewaltigung« ersparen.

»Das hast du mir noch nie erzählt.«

Sie zuckt mit der Schulter.

»Okay, nur ein spontaner Gedanke: Du könntest mitkommen und bei mir und meiner Familie feiern, wenn du willst. Rein freundschaftlich, versprochen.«

Sie lächelt einen Moment lang. »Danke für das Angebot, aber ich halte es für das Beste, einfach hierzubleiben.«

Ich habe das Gefühl, ich sollte ihr anbieten, bei ihr zu bleiben, aber ich muss einfach dieses Jahr bei meiner Familie sein. Und sie aus ihren ganz eigenen Gründen hier. Außerdem muss ich ja auch gar nichts für sie regeln oder besser machen oder sie beschützen. Ausnahmsweise habe ich mal das Gefühl, dass alles gut wird. Ich. Sie. Dieses neue *Wir*.

»Alles klar«, sage ich. »Na, dann werde ich wohl direkt nach meinem Termin aufbrechen, also …«

Sie legt die Klarinette ab, dann kommt sie zu mir und umarmt mich fest. Atmet ein und aus, ihr Kopf – wie immer – direkt unter meinem Kinn.

»Wenn du was brauchst«, sage ich, als wir uns voneinander lösen. Meine Hände wandern wie automatisch zu ihrem Gesicht, und ich sehe sie an. Sie schaut mir in die Augen und für einen Moment denke ich, sie will mich küssen. Deshalb lege ich die Hände auf ihre Schultern und mache einen Schritt zurück.

»Wenn ich was brauche«, beendet sie den Satz für mich, »melde ich mich.«

EDEN

DIE ZWEITE JANUARWOCHE BRICHT schneller an, als ich für möglich gehalten hätte. Ich bin im gleichen Verhandlungssaal wie letztes Jahr, er kommt mir bloß noch kleiner vor, weil so viel mehr Menschen darin sind. Mehr Zuschauer rechts und links. Mehr Medienleute hinten. Außerdem Geschworene.

Ich trinke einen Schluck Wasser und schaue zu Mara und Lane. Dann halte ich den Blick auf CeCe gerichtet, die sich auf ihre Notizen konzentriert.

Kevin sitzt mit seinen Anwälten an seinem Tisch. Der weißhaarige Anwalt, der so gern die Hand und Einspruch erhebt, nur um dann so lange im Kreis herum zu fragen, bis uns allen schwindlig wird, stellt mir die gleichen Fragen wie letztes Mal, diesmal bloß noch verwirrender, weil er will, dass ich mir widerspreche.

Ich habe mich die vergangenen beiden Wochen intensiv vorbereitet, damit ich vor der letzten Frage gewappnet bin. Dazu habe ich die Mitschriften der Anhörung durchgearbeitet, als wäre es eine Prüfung, die ich mit Bestnoten bestehen muss. Ich habe zu Hause geübt, wie ich Klarinette übe. Habe laut auf jede erdenkliche Art Nein gesagt. Habe sie alle miteinander verglichen und das zu mir passende

Nein ausgesucht, wie ich mein Outfit ausgesucht habe. Leger. Geschäftlich. Schlicht. *Nein*, würde ich sagen. Einfach und direkt. Emotionslos. Weil jedem Menschen mit nur einem halben Hirn oder halben Herzen klar sein müsste, dass es absolut irrelevant ist, ob ich laut Nein gesagt habe.

Letzte Nacht um zwei bin ich in die Küche gegangen, um mir ein Glas Wasser zu holen, und als ich mich gegen die Spüle lehnte, ist mir was eingefallen. Etwas, das definitiv Teil dieser Prüfung sein sollte. Ich habe CeCe eine Nachricht geschickt und ihr beschrieben, wie er mich am folgenden Weihnachten noch einmal belästigt hatte, in unserer Küche – ich hatte auch das Wort »Belästigung« üben müssen. Das habe ich niemandem gegenüber erwähnt, nicht mal den Detectives noch Lane noch CeCe. Weil ich es nicht für relevant hielt, weil ich dachte, es war nicht schlimm genug, um es überhaupt anzusprechen. Ich schrieb ihr also eine Nachricht, die so lang war, dass sie das ganze Handydisplay füllte. Ich beschrieb, dass mir gerade, als ich in die Küche gekommen war, um mir ein Glas Wasser zu holen, eingefallen war, wie er zu mir kam, als niemand sonst in der Nähe war, wie er sich direkt hinter mich stellte, mich gegen die Spüle presste und plötzlich seine Hände wieder überall waren, unter meinem Oberteil, in meiner Hose, denn, war es nicht wichtig, dass alle wussten, wie er immer wieder so kleine Momente ausnutzte? Um mich daran zu erinnern, dass es ihn gab, um mich an mein Versprechen zu erinnern, dass ich bloß nichts verrate? Dass ich selbst lange nach dieser einen Nacht noch von ihm terrorisiert wurde. Weil ich einen Artikel gelesen hatte – und obwohl Josh mich gewarnt hatte, bloß nicht in die Kommentare zu schauen, habe ich es getan – und dort stand was über die fünf Minuten. *Nur* fünf Minuten. Und sie mussten einfach alle wissen, dass es nicht nur fünf Minuten gewesen waren.

CeCe schrieb sofort zurück.

Danke, Eden. Das ist eine große Hilfe.
Aber versuch doch bitte, vor morgen
noch ein bisschen zu schlafen.

Jetzt sitze ich also hier und denke darüber nach – frage mich, ob das allen klargeworden ist, als CeCe so nahtlos ihre Fragen aneinandergereiht hatte, dass alles eine einzige, schlüssige Geschichte ergab. Jetzt, nachdem Weißhaar mir offenbar eine Frage gestellt hat, die ich verpasst habe.

»Muss ich die Frage wiederholen?«, will er wissen.

»Ja«, sage ich laut und deutlich ins Mikrofon.

Allerdings fällt mir da ein, dass ich vorhin wieder den Teil mit dem Lächeln vergessen habe. Diesmal wollte und sollte ich ihnen erzählen, dass er mich angelächelt hat, bevor er ging. Kuss. Lächeln. Boxershorts. Tür. Wie konnte ich das vergessen? Wie dumm. Wir haben das doch geübt!

»Würden Sie die Zeugin bitte anhalten, mir zu antworten?«, sagt Weißhaar jetzt.

Der Richter lehnt sich zu mir und sagt: »Eden, beantworten Sie bitte die Frage.«

Moment, hieß das, ich habe sie schon wieder verpasst? *Fuck.*

»Ähm«, mache ich, aber das Mikro verstärkt nur ein komisches, schrilles Geräusch statt meiner Stimme. »Könnten Sie die Frage noch einmal wiederholen?«, sage ich zu weit vom Mikro entfernt.

Weißhaar schnaubt. »Also noch einmal: Haben Sie zu irgendeinem Zeitpunkt in dieser Situation laut Nein gesagt?

Das ist sie. Die letzte Frage. Jetzt kommt es darauf an. Ich suche und suche, finde aber das so sehr einstudierte Nein nicht in meinem Gedächtnis. Es sollte eigentlich direkt greifbar sein, bereit, sich von mir an seinen Kopf knallen zu lassen, ganz leger und geschäftlich. Aber … fuck. Ich öffne den Mund und buchstäblich nichts kommt heraus.

»Euer Ehren«, sagt er.

»Die Zeugin wird die Frage beantworten«, sagt der Richter.

Ich senke den Blick zu meinen Händen, die in meinem Schoß liegen. Dort sehe ich die Pusteblume, die aus dem Ärmel ragt. »Es gab keine Frage«, höre ich mich selbst leise ins Mikro sagen.

»Sprechen Sie bitte lauter«, fordert mich der Richter auf.

»Es gab keine Frage«, wiederhole ich.

Weißhaar seufzt und dann stellt er noch einmal die Frage, langsam, betont jede Silbe. »Die Frage war: Haben Sie zu irgendeinem Zeitpunkt Nein gesagt?«

»Und meine Antwort ist: Es gab nie eine Frage.« Ich höre, dass meine Stimme zittert. »Er hat nicht gefragt.«

Der Anwalt wiederholt noch einmal seine Frage, diesmal fügt er hinzu: »Nur Ja oder Nein.«

»Es gab keine Frage, die ich hätte beantworten können«, wiederhole nun ich, und ich sehe, wie wütend er wird. Sein Gesicht läuft rot an, sein Mund ist ganz verkniffen und angespannt, als er weiterspricht.

»Ja oder Nein«, sagt er. »Haben Sie Nein gesagt?«

»Ich konnte keine Frage beantworten, die nie gestellt wurde.«

»Haben Sie zu irgendeinem Zeitpunkt Nein gesagt?« Er brüllt mich fast an.

Ich schaue ein weiteres Mal zu meiner Tätowierung. Dann wieder auf, bloß diesmal nicht Weißhaar oder CeCe oder Mara oder Lane an, sondern Kevin. Er hat mich voll im Blick, noch immer mit dieser Messerschärfe, mit der er mich so lange kontrolliert hat. Bis heute.

Ich lehne mich vor, obwohl ich am ganzen Leib zittere, obwohl mir die Tränen über die Wangen laufen, und sage, ohne den Blickkontakt zu brechen: »Er. Hat. Mich. Nie. Gefragt.« Dann wende ich mich direkt an den Richter, der schräg oberhalb von mir sitzt. »Das ist meine Antwort.«

Und im nächsten Moment stoße ich die Türen auf und renne durch den Flur, versuche, mich zu erinnern, wo die Toiletten sind. Mara rennt hinter mir her, ruft meinen Namen, aber ich kann nicht anhalten, bis ich es geschafft habe. Bis ich die Tür aufgestoßen und gekotzt habe. Alles. Ausgekotzt.

Mara hält meine Haare und hört nicht auf, mir zu sagen, wie großartig ich war.

Ich höre Lanes hohe Hacken auf den Fliesen. Sie sagt so was wie »Oh! Eden. Okay. Alles okay.« Und dann schwitze und friere und lache und weine ich gleichzeitig da auf dem Boden neben dem Klo. Mara zieht für mich ab, und Lane hält mir ein paar angefeuchtete Tücher hin, damit ich mir das Gesicht abwischen kann. Dann kniet selbst sie sich zu Mara und mir.

»Du hast es geschafft«, sagt Lane mit einem breiten Lächeln.

»Sie war großartig, oder?«, fragt Mara.

Lane nickt. »Ganz großartig.«

Als wir irgendwann draußen sind und zum Auto gehen, wirft Mara einen Blick auf ihr Handy. »Eine Nachricht von Josh«, sagt sie, während sie liest.

»Der schreibt *dir*?«, hake ich nach.

Sie nickt. »Ja, er wollte dich nicht belästigen. Er fragt, wie es gelaufen ist. Darf ich ihm schreiben, dass du es allen gezeigt hast?«

Ich lache. »Okay.«

Sofort plingt ihr Handy. »Er schreibt: ›Mit nichts anderem hab ich gerechnet.‹«

Wir sitzen einfach einen Moment da, und ich spüre richtig die Auswirkungen der winterlichen Hitzewelle, die diese

Woche herrscht. Staubflocken treiben durch die Sonnenstrahlen, die in das muffige Auto fallen. Die Stille ist nicht unangenehm, und sie endet, als Mara den Wagen startet und alle Fenster öffnet, um frische Luft hereinzulassen.

In mir ist plötzlich Gelassenheit. Zur Abwechslung mal keine ewig mahlenden Gedanken. Keine Ängste, keine Schuldgefühle, kein Bedauern, nicht mal Traurigkeit, nur schlichte Gelassenheit. Ich habe getan, weshalb ich hier war, und ich habe es so gut gemacht, wie ich konnte. Ich betrachte das Gerichtsgebäude, dessen Gewaltigkeit mir kalt und grausam erscheint, besonders weil ich an Mandy und Gen denke, die noch immer darin warten. Ich wünschte, ich könnte ein bisschen von diesem Gefühl mit ihnen teilen.

Ich zücke mein Handy und eröffne einen Gruppenchat zwischen Amanda, Gen und mir. Meine Finger verharren über den Buchstaben, weil ich nicht weiß, was ich schreiben darf, was ich schreiben sollte. Also entschließe ich mich für ein Herz. Ein einzelnes. Lila. Amanda schickt sofort eins zurück, dann auch Gen.

Ich betrachte die drei Herzen und rufe mir ins Gedächtnis, dass, was immer passiert, wir hier *für uns* machen.

»Dann sag an«, Mara tritt aufs Gas. »Kaffee? Essen? Mehr Tattoos?«

Ich stecke das Handy weg und schaue meine Freundin an, die durch die letzten Monate so viel mehr ist als eine Freundin, die ich, nach all den Jahren, endlich verstehe. Ich habe immer viel zu kompliziert gedacht, dabei ist es so simpel. Sie ist für Team Edy, wie sie es nennt. Und daran zweifle ich nicht mehr. Und ich glaube, sie ist der einzige Mensch auf der Welt, dem ich es durchgehen lasse, mich weiter so zu nennen.

»Ich weiß genau, wo ich hinwill.«

JOSH

WIR SITZEN SCHON DEN ganzen Tag auf dem Dach und
trinken Eistee, den Parker in einer großen Glaskaraffe gemacht hat. »Wenn der Winter so tut, als wäre es Frühling,
dann kann ich ja wohl auch was zur Erfrischung machen«,
hat sie gestern gesagt, bevor sie die Karaffe hochgeschleppt
hat.

Dominic und Luke lenken mich mit Geschichten von
Lukes zahllosen Abenteuern bei Musikcamps ab, während
Parker ihre sarkastischen Kommentare einstreut, damit es
interessant bleibt. Ich höre kaum zu, weil meine Gedanken immer wieder zu Eden und dem Prozess wandern,
der mehrere Autostunden entfernt stattfindet. Die Un-
gewissheit frisst mir ein Loch in den Bauch, nicht bei ihr
sein zu können, tut fast körperlich weh. Ich habe gestern
beim Treffen sicher gut fünfzehn Minuten darüber gesprochen. Ida, eine emeritierte Professorin und die Leiterin der
Gruppe, betonte, wie wichtig Selbstfürsorge ist, und erinnerte mich daran, wie wichtig es ist, die Sauerstoffmaske
aufzusetzen, selbst wenn das Flugzeug abstürzen könnte.
Ich gebe mein Bestes.

Als Parker klagt, sich in einen Hummer zu verwandeln,
renne ich runter, um Sonnencreme zu holen. Beim Hoch-

kommen sehe ich schon von der Tür aus, dass sie und Dominic über meinem Handy hängen.

»Was ist los?«, frage ich und höre, dass meine Stimme vor Angst zittert. »Schuldig? Oder …?« Ich bringe es nicht mal über mich, die andere Möglichkeit auszusprechen.

»Es gibt gute und schlechte Nachrichten«, sagt Parker.

»Parker«, fährt Dominic sie an. »Musst du das so formulieren?«

Schlechte Nachrichten. Und gute. Wie soll das gehen? Das kann in diesem Fall doch gar nicht funktionieren. Entweder lautet das Urteil schuldig, dann sind die Nachrichten gut. Oder es lautet nicht schuldig, dann sind sie schlecht. Was, wenn das die schlechte Nachricht ist? Wie schlimm wird es dann werden?

»Es wird nicht mit einem schnellen Urteil gerechnet«, fasst Dominic zusammen, offenbar ahnt er mein Gedankenkarussell. »Edens Anwältin sagt, es kann Tage dauern.«

»Das ist die schlechte Nachricht?«, frage ich. An sich keine tolle Nachricht, aber auch nicht so schlecht. Damit kann ich leben. »Was sind dann die gute?«

»Eden ist auf dem Weg zurück«, sagt Parker mit einem verschlagenen Grinsen und gibt mir mein Handy. »Sie möchte dich beim Brunnen treffen – was ist das wohl für ein sündiger Ort? Heute um sechs.«

Ich bin zu früh, und während ich auf sie warte, muss ich an den Tag auf der Wiese mit den Pusteblumen denken. Ich habe sie ein paar Minuten lang beobachtet, bevor ich zu ihr ging, wie sie da ganz ruhig und irgendwie überwältigend saß. Sie schien der einzige Farbtupfen zu sein, weil alles andere in meinem Leben so grau und trist war. Keine Ahnung, wie ich mich dazu gebracht habe, mich zu ihr zu setzen. Sie war so anders als alle anderen Menschen, die ich kannte, und ich war so eingeschüchtert von ihr – aber ich mochte sie. Ich wollte sie kennenlernen, wollte, dass sie mich kennenlernt. So einfach war das. Ich war mir sicher. Sie war jedes Risiko wert, was der Versuch mit sich brachte. Damals wie heute.

EDEN

ICH KOMME AUS DER DUSCHE und wische über den beschlagenen Spiegel. Zum ersten Mal seit langem betrachte ich mich selbst. Ich bin fast überrascht, noch mein Gesicht vorzufinden. Meine Augen, die mich ansehen. Meine Haare, meinen Körper, meine Tätowierung, meine Narben. »*So bist du halt*«, flüstere ich.

Ich achte gar nicht richtig darauf, was ich anziehe, weil ich einfach nur los möchte. Ich will nicht länger warten.

Ich nehme den Weg, den wir gemeinsam gekommen sind – an unserem ersten, richtigen Date –, und folge ihm an all den Blumen mit ihren Namen und der Trauerweide vorbei. Als ich die Lichtung sehe, werde ich schneller. Diesmal rauscht jedoch kein Wasser. Kein Licht, keine Geräusche. Weil ja eigentlich Winter ist, trotz der untypischen hohen Temperaturen.

Ich meine, ich bin als Erste da, doch dann sehe ich ihn auf der Bank in der Nische des Apfelbrunnens sitzen, den Blick vor sich gerichtet. Als ich näherkomme, wird mir klar, dass er etwas in der Hand hält. Ich gehe so leise ich kann. Aber erst als ich direkt hinter ihm bin, erkenne ich, was es ist. Eine Pusteblume. Und er bläst dagegen, schaut den kleinen Samen zu, die durch die Luft fliegen. Ich schaue mich um und entdecke da erst, dass rund um den Brunnen durch das warme Wetter lauter Löwenzahn aus dem Boden gesprossen ist und nun in Blüte steht. Nur für uns, wie es scheint.

Für diesen Moment.

Ich lege ihm die Hände auf die Schultern und gebe ihm einen Kuss auf die Wange. »Ich hoffe, du hast dir auch ordentlich was gewünscht.«

Er dreht sich zu mir um, lächelt schon.

»Keine Sorge«, sagt er. »Das habe ich.«

Er nimmt meine Hand von seiner Schulter und küsst meine Tätowierung. Dann leitet er mich zur Vorderseite der Bank, und ich setze mich zu ihm.

»Eigentlich hatte ich nur einen Wunsch«, sagt er dann.

»Meinst du, er erfüllt sich?«, frage ich.

»Hat er sich schon. Du bist aufgetaucht.«

Ich bin aufgetaucht, denke ich und hake mich bei ihm unter, ziehe ihn an mich.

»Das ist ein guter Ort«, sage ich.

»Wofür?«

»Um so weit zu sein«, antworte ich. Und dann nehme ich seine Hand. Drücke einmal. Er sieht mich an und drückt zweimal zurück, zwei leichte Impulse. Ich wiederhole, was ich gesagt habe, deutlicher diesmal. Keine offenen Fragen, keine Zweifel. »Ich bin so weit.«

UNTERSTÜTZUNG

Weißer Ring (D): weisser-ring.de

Weißer Ring (AT): weißer-ring.at

Opferhilfe (CH): www.opferhilfe-schweiz.ch

Krisenhilfe (D): telefonseelsorge.de

Krisenhilfe (AT): telefonseelsorge.at

Krisenhilfe (CH): 143.ch

Profamilia (D): profamilia.de

Hilfetelefon Schwangere (D): hilfetelefon-schwangere.de

Familienberatung (AT): familienberatung.gv.at

SHMK (CH): shmk.ch

Für Angehörige von Alkoholikern: al-anon.de

Anonyme Alkoholiker (D): anonyme-alkoholiker.de

Anonyme Alkoholiker (AT): anonyme-alkoholiker.at

Anonyme Alkoholiker (CH): anonyme-alkoholiker.ch

LGBTIQ Helpline (CH): lgbtiq-helpline.ch

LGBTIQ Bertaung (D): queere-jugend-hilfe.de

LGBTIQ Beratung (AT): courage-beratung.at

DANKSAGUNG

Zuallererst: Danke an *dich*, liebe Leserin, lieber Leser, dass du dir Zeit genommen hast, um Edens Geschichte zu lesen. Für all die lieben Worte, Posts, #BookTok edits ... und die vielen, manchmal nicht gerade subtilen Wünsche nach Buch zwei! Ihr habt mir gezeigt, dass ein weiteres Kapitel für Eden nicht nur möglich ist, sondern sogar gebraucht wurde. Dafür werde ich ewig dankbar sein.

Ich danke meiner Agentin, Jess Regel, dass sie mich bei der Hand genommen und buchstäblich seit Jahren durch die Dunkelheit geführt hat, während ich mir darüber klarzuwerden versuchte, wie dieses Buch aussehen soll. Danke, dass du dich immer für mich und mein Schreiben eingesetzt hast und ich mich bei allen Höhen und Tiefen in dieser wilden Branche seit einem Jahrzehnt auf dich verlassen kann (ein *Jahrzehnt*, kannst du das fassen!?). Aufrichtigsten Dank an Helm Literary und Jenny Meyer und Heidi Gall von Jenny Meyer Literary, dafür, dass ihr diese Geschichte einem so großen Publikum zugänglich gemacht habt.

Herzlichster, tiefer Dank gilt meiner Lektorin, Nicole Fiorica, für deine unerschütterliche Unterstützung für dieses Buch – selbst als es erst einen groben Absatz gab. Danke, dass du Eden und Josh so vollends verstanden und ihre Geschichte an jedem Punkt verteidigt hast. Deine scharfsinnigen Anmerkungen und wohlüberlegten Ratschläge waren von unschätzbarem Wert für dieses Buch ... und haben mir geholfen, den Verstand nicht zu verlieren!

Auch Justin Chanda, Anne Zafian, Karen Wojtyla und dem Wahnsinnsteam von McElderry Books bin ich dankbar. So viele talentierte, kreative und engagierte Menschen bei Simon & Schuster waren daran beteiligt, dieses Buch Wirklichkeit werden zu lassen. Angefangen beim Lektorat mit Bridget Madsen und Penina Lopez, über die Designer, Deb Sfetsios-Conover und Steve Gardner, bis hin zur Herstellungsleiterin Elizabeth Blake-Linn. Außerdem die Publicity- und Marketingteams mit Nicole Valdez, Anna Elling, Antonella Colon, Emily Ritter, Ashley Mitchell, Amy Lavigne, Bezawit Yohannes und Caitlin Sweeny. Darüber hinaus Michelle Leo, Amy Beaudoin, Nicole Benevento und das gesamte Lehr- und Bibliotheksteam.

Des Weiteren bin ich noch immer meiner Lektorin Ruta Rimas dankbar, ohne die es nie *The Way I Used to Be*, geschweige denn die Fortsetzung *The Way I Am Now* gegeben hätte.

Endloser Dank gilt meinen Freund*innen und meiner Familie für euer Verständnis für alle abgesagten Pläne, verpassten Anrufe und unbeantworteten Nachrichten, die sich beim Schreiben an diesem Buch angestaut haben … und dafür, dass ihr noch immer da wart, als ich den Schlusspunkt gesetzt habe und aus meiner Schreibhöhle herausgekrochen kam. Die Liebe und Inspiration, die ihr mir gebt, ist einmalig – ich stehe tief in eurer Schuld.

Danke all meinen Schreibfreund*innen für jede Ermunterung an den Tiefpunkten und für jeden Jubel an den Höhepunkten – Cyndy Elter, Robin Roe, Kathleen Glasgow, Amy Reed, Jaye Robin Brown, Robin Constantine, Rebecca Petruck und der gesamten »Camp Nebo«-Crew – ihr seid die Besten der Besten.

Und zu guter Letzt, Sam. Deine Liebe hat mir gezeigt, wie man wünschen, hoffen und heilen kann. Danke, dass dieses

Buch unser tägliches Leben *so* lange durchsetzen durfte, danke für die unzähligen Gespräche über Eden und Josh, danke, dass du die zahllosen Entwürfe gelesen hast … und dass ich unseren Hände-drück-Morsecode leihen durfte. Du inspirierst mich bei jedem Schritt.

AMBER SMITH ist die New York Times-Bestsellerautorin der YA-Romane *The Way I Used to Be*, *The Last to Let Go* und *Something Like Gravity*. Sie setzt sich für ein stärkeres Bewusstsein für genderspezifische Gewalt sowie LGBTQ+-Gleichstellung ein. Sie schreibt in der Hoffnung, dass ihre Bücher dabei helfen können, Veränderungen voranzutreiben und den Dialog bezüglich dieser Themen zu entfachen. Aufgewachsen in Buffalo, New York, lebt sie jetzt in Charlotte, North Carolina, mit ihrer Frau und ihrer ständig wachsenden Familie geretteter Hunde und Katzen. Du kannst sie online finden unter AmberSmithAuthor.com.